Elisa Cappelli

L' ALBA DEL CREPUSCOLO

UUID: 0e0118cc-e094-11e5-957a-0f7870795abd

Questo libro è stato realizzato con StreetLib Write
(http://write.streetlib.com)
un prodotto di Simplicissimus Book Farm

INDICE

Dedicato a me stessa,
alla mia Trasformazione,
al mio Cammino...

PROLOGO

Al mondo che verrà...

Notte sinuosa, di sensi assetata,
scura beltà nel suo esser pericolo,
persa nel montante vigor del giorno,
maestral folgore, oracolo di intimità,
assoluto
mortale.
E scorge ora il mondo una nuova era,
è l'alba del crepuscolo.

Siano questi versi una nuova bibbia. Una fonte di conoscenza per il mondo che verrà, la verità sovrana contro i futuri mistificatori, il mio testamento.
Il sole è appena tramontato e questa, potrebbe essere l'ultima notte dei miei trecento anni.
Il mondo è scosso da una guerra che non ho mai voluto, ma di cui sono responsabile. A confrontarsi non sono i buoni e i cattivi, i

ricchi e i poveri o i cristiani e gli islamici, ma l'antagonismo naturale di due specie: santi e diavoli, gazzelle e predatori, umani e vampiri.
I vampiri osservatori, la categoria cui appartengo, sono dediti alla conoscenza più che all'esperienza e per questo, ho pensato per secoli che l'amore, almeno quello fisico e passionale, non potesse far parte della mia vita. Ma inaspettatamente, mi sono innamorata ed ho imparato ad accostare ai piaceri funesti del sangue, quelli ardenti del corpo. Ho infranto tutte le regole di sopravvivenza dei vampiri e concependo un figlio da un essere umano, ho provocato l'ira dell'intero genere umano, insorto, con l'unico scopo di cancellare l'incertezza, l'ibrido che porto in grembo e di mantenere pura la propria razza.
Ora sono in fuga con tre compagni, miei simili, disposti a sacrificare la loro stessa vita pur di aiutarmi a portare a termine la mia "missione". Loro provvedono ad ogni mia necessità.
Abbiamo trovato riparo nella profonda gola di una montagna nel bel mezzo della foresta canadese.
Moris, lo stoico, col suo atteggiamento calmo e distinto, sa gestire al meglio anche le

circostanze più drammatiche e creare attorno a sé un clima pacifico e disteso. Si adopera per accendere un fuoco corteggiando la timida fiamma con movenze eleganti e vellutate.
Zakk, suo fratello gemello, ha in comune con lui soltanto lo sguardo blu, profondo e placido nonostante tutti i suoi sensi siano in costante allerta e il suo corpo teso e pronto a scattare ad ogni evenienza. E' un guerriero di centenaria esperienza e vigila affinché nessuno riesca ad avvicinarsi al nostro nascondiglio, almeno non prima che gli eventi si compiano. Le sue spalle mastodontiche sigillano l'ingresso e infondono un immediato senso di protezione.
Fuori da questa grotta, interi eserciti sono sulle nostre tracce. I vampiri sono avvantaggiati da sensi molto più sviluppati, supervelocità e poteri psichici, ma gli umani sono in numero molto maggiore e conoscendo il nostro punto debole, ossia la tossicità per il nostro corpo, del sangue di un nostro simile, avvelenano i proiettili delle loro armi con il sangue di vampiro.
Tutto ciò che volevo era solo conoscere l'amore e ora tremo al pensiero che potrei non vivere abbastanza per tenere tra le braccia mio figlio. Anche ammesso che per questa notte i guerriglieri non ci trovino, potrei non

sopravvivere al parto, dal momento che il mio caso è unico e straordinario e nessuno, nemmeno Agnes, la guaritrice della nostra congrega, sa cosa aspettarsi. I vampiri maschi sono per loro natura sterili e lo stesso si credeva delle femmine, fino ad ora.

Da poco più di un'ora sono cominciate le doglie. Agnes sta disponendo al suolo delle coperte nel tentativo di rendere più confortevole il giaciglio sul quale darò alla luce la mia creatura.

Agnes vive da cinquecento anni e solo ora i suoi lunghi capelli si mostrano incerti tra il biondo cenere e il grigio perla. Mentre con un lembo dell'ampia gonna a fiori asciuga le minuscole gocce di sangue salato, affiorato sulla sua fronte spaziosa in seguito alla fuga, continua a ripetermi di aver respirato così a lungo unicamente per assistere a questo evento miracoloso.

<<Ho fatto nascere molti bambini>> dice, <<ma mai nessuno tanto speciale e tanto prezioso! E' il messia che stavamo aspettando e ovunque lui sarà, là sarò anch'io>>.

Ecco la parola che mi fa tremare, *messia*, perché colui che per me è il figlio naturale dell'amore, per la maggior parte del mondo può rivelarsi una minaccia. Tuttavia, coloro

che sono liberi nell'anima, siano essi umani o vampiri, credono in un mondo d'amore, un mondo migliore ed unito, e questo bimbo incarna la loro speranza, questo bimbo è un messaggero della pace.
Ho paura, sì, per il mio piccolo e suo padre, ora disperso, per me stessa e tutti gli innocenti la cui vita questa guerra reclamerà ancora. Per tutti loro e per le future generazioni continuerò a scrivere, finché ne avrò il tempo, finché le spesse pareti di roccia scoscesa mi proteggeranno dalla furia degli eserciti e il dolore non sarà troppo forte.
Povero piccolo mio, arrivi in un mondo pieno d'odio per lo più, ma non temere, la storia della tua nascita ispirerà gli animi e un giorno, umani e vampiri, ti seguiranno.

CAPITOLO 1

Rosso Rubino

Gli umani sembrano non aver coscienza del loro tempo. Vivono una vita frenetica alla perenne ricerca di qualcosa che non sanno ben definire e si aggirano per musei, cinema e teatri, cercando lo svago e pensando che ciò che vedono in realtà non li riguardi da vicino. Ad esempio, un film di guerra racconta una storia realmente accaduta, ma sempre a qualcun altro, in un passato molto remoto, di cui non è possibile avere memoria e quindi sentirsi personalmente coinvolti.

È così che gli esseri umani si proteggono, così creano nella loro mente l'illusione di essere al sicuro.

Lo stesso accade per molte opere raffiguranti noi creature della notte, da sempre ritenute unicamente il frutto di artisti particolarmente visionari e fantasiosi. La nostra esistenza è rimasta dubbia per secoli e secoli, dandoci così la possibilità di prosperare indisturbati nell'oscurità.

Questa inconsapevolezza è venuta progressivamente meno, quando un certo Pit McKenzie, biologo e ricercatore dell'università di Harvard, fornì, agli inizi degli anni quaranta, la prima prova scientifica dell'esistenza dei vampiri, mettendo a punto un vaccino antimorso, che cambiò per sempre il mondo, ribaltando le regole della catena alimentare e trasformando i cacciatori in prede e viceversa.

Una notte, al rientro da un convegno con illustri colleghi, dei quali invidiava spasmodicamente la brillante carriera, costellata di importanti scoperte scientifiche nel campo della chimica e della medicina, il dottor McKenzie inciampò nel corpo moribondo di un tale, ributtante litri di sangue e in preda a convulsioni. Nel tentativo di soccorrerlo, lo studioso notò che dalle labbra dello sventurato, sporgevano lunghi ed affilatissimi canini e che dalla bocca, usciva del fumo, come se dell'acido lo stesse corrodendo dall'interno. Già cullandosi in sogni di gloria e intravvedendo la possibilità di fare la scoperta del secolo, McKenzie se lo caricò in spalla e lo trasportò in gran segreto nel sul laboratorio,

dove cominciò a studiare nei minimi particolari l'anatomia del vampiro.
Con grande sorpresa, scoprì che i vampiri, non sono affatto morti. Il loro cuore batte, seppur con un ritmo lentissimo, quasi impercettibile. Il sangue, molto più complesso di quello umano, continua a circolare all'interno del loro corpo, mantenendolo tiepido. Non fu in grado di rilevare la temperatura corporea, in quanto l'esemplare che stava studiando si trovava in condizioni critiche e molto alterate, ma stimò comunque che essa si assestasse approssimativamente intorno ai trentatre gradi centigradi. La bassa pressione del sangue probabilmente rallentava ogni processo biochimico all'interno del corpo, dall'avanzamento delle patologie all'invecchiamento. Sulla base dei suoi calcoli, la soglia di sopravvivenza di un vampiro doveva sfiorare l'immortalità. Ricerche future gli diedero ragione. Si accorse inoltre, che non vi sono altri liquidi nel corpo di un vampiro al di fuori del sangue. Niente lacrime, niente sudore, niente urina o altre secrezioni, soltanto ed esclusivamente sangue di varia colorazione e densità, a seconda della concentrazione di emoglobina e quindi di ferro. Tale sangue si presentava molto più complesso di quello

umano, una mutazione dello stesso e lo catalogò come fattore RHH.

Il vampiro non riprese mai conoscenza e dopo una lunga agonia, morì prima che McKenzie riuscisse a scoprire cosa lo avesse ridotto in quello stato. Egli allora cominciò a fare degli esperimenti, dapprima sui topi, ma siccome la quantità di sangue di vampiro a sua disposizione era molto limitata, decise ben presto di testare sugli esseri umani gli effetti dell'RHH.

McKenzie aveva un fratello ammalato di cancro, al quale restavano pochi mesi di vita.

<<Forse ho trovato una cura per la tua malattia!>> gli disse, e così l'uomo acconsentì a farsi iniettare piccolissime dosi di RHH ogni giorno per diversi mesi. All'inizio non si manifestarono particolari effetti collaterali, ad eccezione di una forte nausea, immediatamente dopo l'iniezione. Dopo qualche settimana, la malattia del fratello sembrò regredire, gli tornarono le forze, il colorito e il buon umore. McKenzie allora, pensò che avrebbe potuto usare il fratello come esca e portarlo fuori la notte per cercare di tendere una trappola a qualche vampiro, catturarlo e continuare i suoi studi. Ma fu di giorno che una vampira affamata abboccò.

Quando arrivò al suo laboratorio quel pomeriggio, McKenzie non potè credere ai suoi occhi. Trovò due corpi sul pavimento: quello della vampira, con il viso caldo ed arrossato dal sole e con la bocca spalancata e fumante che ancora rigettava il sangue, e quello di suo fratello, rinsecchito, prosciugato di ogni liquido, con sulla gola due spessi fori. Mckenzie allora capì: primo, che i vampiri pur essendo fotosensibili, possono vagare di giorno e secondo, che il sangue di un loro simile è letale.
Di lì a poco tempo, mescolando alcune gocce di RHH al sangue umano, fu in grado di elaborare un vaccino AntiVampiro, che cominciò ad essere somministrato soltanto alla parte della popolazione più ricca, che poteva permetterselo.
Fu così ufficialmente dichiarata aperta la caccia al vampiro e sebbene all'inizio fossimo stati avvantaggiati dal controllo esercitato dal Governo sulla circolazione delle informazioni inerenti la nostra esistenza, dovemmo adattarci in fretta e imparare ad essere invisibili, a non lasciare alcuna traccia e cosa più difficile, a controllare la nostra sete, in modo tale da non lasciare vittime e quindi segni evidenti del nostro passaggio. Da allora,

ci sfamiamo bevendo piccoli sorsi da persone diverse, le cui menti sappiamo manipolare, cosicché, al termine del nostro incontro non ricordano più di aver incrociato il nostro sguardo.
Essendo i nostri sensi molto sviluppati, sappiamo fiutare la presenza del siero AntiVampiro nel sangue umano, ma questo non bastò a scongiurare la scomparsa per inedia di intere legioni di vampiri. Il siero infatti, si diffuse troppo velocemente e i pochi di noi rimasti, furono presto costretti a cacciare nelle zone più misere della città, per poi spostarsi in massa nei continenti più poveri del mondo, dove il vaccino AV per ovvie ragioni non poteva essere distribuito.
Oggi, nel mondo siamo solo poche migliaia, dal momento che non abbiamo di fatto avuto il tempo materiale per rigenerarci.
La riproduzione tra i vampiri è un processo assai complicato che può richiedere mesi, a volte anni e può essere praticata soltanto ed esclusivamente dagli osservatori, vampiri di una tipologia rarissima, immuni all'RHH dei loro simili e quindi immuni anche al vaccino, i soli in grado di trasferire il proprio sangue in un organismo umano e trasformarlo. Gli osservatori sono creatori.

Io sono una degli unici nove esistenti su tutto il pianeta.

New York.
Delirante, eccessiva, magnifica, eccitante metropoli. Con la sua geometria perfetta, gli alti palazzi che sfidano il cielo e l'immensa varietà di sangue vivo, è la città ideale per i vampiri. La luce del sole si infiltra a fatica tra torri, tetti, antenne e terrazzi, così, numerosi vicoli rimangono spesso nella penombra e molti di noi si mimetizzano tra la folla anche di giorno.
Se esistesse un posto che un osservatore potesse veramente chiamare casa, la mia sarebbe New York.
Da più di mezzo secolo, ne seguo i cambiamenti, l'arte, le mode, la cultura. Essa è un'inesauribile fonte di ispirazione, un costante invito ad assaporare la vita e ad accettarne le sfide. E' il posto in cui è possibile mettersi alla prova, inseguire le proprie ambizioni e realizzare i propri sogni.
Anche i vampiri sognano e bramano, ma per noi vampiri osservatori, la realizzazione di un desiderio personale è sempre subordinata al compimento della nostra missione. Dalle nostre scelte dipende la sopravvivenza della

nostra specie. Nulla è più importante dell'osservazione e del successivo addestramento dell'umano prescelto per diventare uno di noi e trascorrendo tanti anni a suo stretto contatto, capita spesso che i nostri desideri coincidano con quelli dell'umano in questione e che ciò che egli ottiene nella vita, sia per noi un modo per esperire la vita stessa. Cerchiamo allora di assecondare quei desideri cosiddetti "nobili", quelli cioè che nobilitano la persona e contribuiscono alla sua crescita spirituale.

Per essere un vampiro degno, è necessario essere consapevoli. Siamo in definitiva gli angeli custodi dei nostri eletti, tentiamo di indirizzarli, di creare loro delle opportunità e in taluni rari casi, ove questi non costituiscono una lezione necessaria, di appianare gli ostacoli.

Negli ultimi trent'anni, per me New York è stata una donna.

Ruby Frost non aveva avuto un'infanzia facile. I suoi genitori erano alcolizzati e totalmente incuranti delle necessità di una bambina di sei anni. Mentre loro svolgevano qualsiasi tipo di attività criminale che potesse finanziare il loro fabbisogno giornaliero di alcol, dallo spaccio di droga, alla prostituzione, la piccola Ruby, lasciata sola, rovistava nella spazzatura alla ricerca di qualche avanzo di cibo putrido e quando spesso non ne trovava, iniziava a rosicchiare le punte crespe dei suoi capelli rossi, che erano proprio del colore delle carote, pensava, e se si concentrava abbastanza, riusciva anche a sentirne il sapore.

Una notte, mentre volteggiavo sopra le guglie ed ammiravo estasiata il vellutato tappeto di luci di New York, fui colta all'improvviso dalla scia dei suoi pensieri infantili e da un opprimente, persistente senso di abbandono. Seguii quella traccia e mano a mano che mi avvicinavo alla fonte psichica di tali caotiche congetture, aumentava in me la paura, una paura paralizzante che assunse una forma nel momento stesso in cui, attraverso la finestra, scorsi la piccola Ruby, in lacrime, tremante e ferita, sola nella sua cameretta. Era la paura del non essere amata; era un padre rabbioso e barcollante che sfilatasi la cintura di borchie e cuoio, l'abbatteva violentemente su di lei, la quale era stata molto cattiva quel giorno, perché aveva rovesciato il cesto dei rifiuti sul pavimento e non aveva più ripulito. Ma la visione non si dissolse perché quella volta, a differenza di come era solito fare, il padre non tornò in soggiorno dalla sua bottiglia, ma si tolse i pantaloni e sbattutala sul letto, strappò via con forza i vestitini della piccola. Le allargò le gambe e si spinse dentro di lei, anche se non c'era posto, anche se lei urlava e si dimenava e se il sangue gli imbrattava la carne e le lenzuola. Avevo intercettato il ricordo tremendo del trauma subito dalla bambina e l'empatia, dote naturale di tutti gli osservatori, aveva fatto si che lo rivivessi con lei, condividendo ogni sensazione, ogni sentimento e tutto il dolore.

Non so dire con esattezza perché la scelsi in quel momento. Gli eletti veramente speciali, quelli destinati ad essere a loro volta osservatori, sono immediatamente riconoscibili agli occhi del creatore, poiché una luce brilla sul loro capo, la cosiddetta *fiamma di creazione* . Tuttavia nella storia diversi furono i casi, in cui essa si sviluppò in seguito e altri invece in cui essa si spense all'improvviso e definitivamente.

Nulla è immutabile ma al contrario, in costante e perenne cambiamento, per questo motivo, la selezione di un essere umano non viene mai fatta da un osservatore in preda ad una crisi emotiva. Bisogna sempre studiare il caso e ponderare ogni decisione. Di certo, erano molte le similitudini tra la mia infanzia spezzata e quella di Ruby e mi ero quindi identificata facilmente con la sua solitudine, con la fame e la disperazione, ma la compassione non può essere una motivazione sufficiente per un osservatore. Eppure lì, su due piedi, non ebbi dubbi. Mi affidai al mio istinto.

Riconsiderando ora la questione, posso dire che la connessione tra noi si era stabilita spontaneamente e ciò non avviene mai per caso. Inoltre, Ruby, non soltanto in virtù della sua giovane età, aveva un cuore buono, che nonostante la violenza subita, non odiava, ma voleva sopravvivere e tornare a sperare. Sì, era dotata di una bontà innata Ruby, e io pensavo, col tempo, di poterle insegnare l'amore.

Ogni anima ferita ha la capacità di riabilitarsi e di risorgere più forte dalle ceneri della propria paura, perciò l'osservatore deve cercare di limitare ogni intervento attivo nella vita degli esseri umani. Per quanto tremende possano essere determinate esperienze, l'individuo può guarire completamente, affrontando le circostanze, piuttosto che sfuggendovi. Per questo ritenni opportuno che Ruby rimanesse in famiglia e trovasse il modo di riconnettersi ai suoi genitori. A volte essi manifestavano la volontà di disintossicarsi dall'alcool e lei, con tutto l'amore di cui era capace, li assisteva, asciugando loro la fronte e il vomito. Quando erano sobri, sapevano essere amorevoli e premurosi e ciò bastava per accendere in lei la consapevolezza che i suoi genitori erano buoni e le volevano bene.

La vigilia del suo quinto Natale fu un momento magico per Ruby, il più felice della sua vita e ne conservava la memoria come si poteva custodire il più prezioso dei tesori. Quella mattina, fu svegliata da insoliti rumori provenienti dalla cucina. Corse giù dal letto per controllare cosa stesse accadendo e vide sua madre svuotare nel lavello, una a una, tutte le bottiglie di liquore che avevano in casa. Suo padre stava invece trafficando in soggiorno con degli scatoloni. Quando si accorse della sua presenza, la mamma la prese in braccio e si sedette con lei sul divano, tenendola sulle ginocchia. Le accarezzò i capelli e le diede un bacio sulla fronte che provocò una scarica elettrica in tutto il suo corpicino. Non aveva mai provato un tale appagamento e nonostante temesse che potesse tutto svanire in un istante, si sentì assolutamente e totalmente felice. Rimase rapita nel guardare il padre montare un albero di natale sintetico e cominciare ad addobbarlo con palline, stelline,

nastrini e luci di mille colori. La mamma, dandole un altro bacio, prese ad intrecciarle i capelli e le disse: <<tesoro mio, quest'anno Babbo Natale ci ha fatto un bellissimo regalo, ha dato un lavoro a mamma, che ora potrà comprarti dei vestitini nuovi e delle bambole!>>
Si scambiò uno sguardo pieno di speranza con il marito, che nel frattempo si era proteso per sollevare la bambina tra le braccia e farle mettere, sulla punta dell'albero, un angelo di vetro trasparente, aggiungendo: <<vedrai piccola, da oggi in poi le cose andranno bene!>>
Ruby sgranò gli occhioni verdi, annuì e non si vergognò di mostrare i tre fori, dovuti alla caduta dei primi dentini, del suo splendido sorriso, l'unico che io vidi mai nei suoi ricordi. La tregua infatti durò poco, perché il lavoro ai grandi magazzini, tra scaffali e scaffali di alcolici, era una tentazione troppo forte per una madre tanto debole. La sua ricaduta coinvolse immediatamente anche il marito, che era appena stato assunto come facchino al porto. Entrambi persero il lavoro, ritrovandosi di nuovo senza un soldo e senza un futuro. Tornarono così alla malavita e ripresero a scaricare sulla bambina tutta la loro

frustrazione.
Durante il giorno, Ruby rimaneva chiusa nella sua stanza, mentre la madre riceveva i vari clienti e il padre era fuori a svolgere qualche "lavoretto". La ragazzina non correva particolari pericoli e io sfruttavo questo frangente, per nutrirmi e dormire le consuete tre ore del vampiro, stando sempre bene attenta di ricomparire nei dintorni della casa, appena prima del tramonto, quando il padre, già molto alterato, rientrava, si scolava altre due bottiglie e dava prova della sua potenza. Spesso la vittima designata era la moglie, la quale si sentiva sollevata quando invece era il turno di Ruby, della quale era solita coprire le grida, ascoltando la musica a tutto volume dalle cuffie che teneva sempre a portata di mano, e continuando a tracannare dalla bottiglia, mentre si sforzava di riordinare la cucina.
Cercai di proteggere Ruby meglio che potevo pur cercando di stare in disparte e non intervenire direttamente, perché in fondo, condividendo la sua fiducia, coltivavo ancora la speranza che i genitori rinsavissero. Spesso, quando il padre si dirigeva come una furia verso la sua stanza, ordinavo alla serratura della porta di scattare e al legno di trasformarsi

in acciaio, che lui non potesse sfondare in alcun modo. Anche Ruby rimaneva sorpresa di queste magie e le attribuiva sempre ai poteri del suo angelo custode di vetro trasparente, da cui non si separava mai e attraverso il quale guardava sempre, divertendosi nel vedere le deformazioni assunte dagli oggetti che la circondavano. Molte altre volte, amplificavo i rumori e le voci provenienti dalla casa, in modo tale che i vicini sentissero quanto stava per accadere e intervenissero, portando via Ruby con loro, finché le acque non si fossero calmate, o chiamando i servizi sociali per un sopralluogo. La famiglia fu segnalata come a rischio e soggetta a frequenti controlli da parte degli assistenti sociali, i quali provvidero ad iscrivere Ruby a scuola e ad impiegare i suoi genitori in lavori socialmente utili, cosicché potessero essere seguiti e la loro dipendenza dall'alcool tenuta sotto controllo. Ma loro non smisero mai di bere, tuttavia, temendo le conseguenze, si sforzarono di non lasciare segni evidenti sul corpo di Ruby, che non fu più abusata sessualmente e anche i pestaggi divennero rari.

La sua vita finalmente migliorò, cominciò a farsi degli amici a scuola e a distrarsi dalla sua situazione familiare. Così passarono i giorni e poi gli anni ed io invece, come una perenne cariatide, rimanevo immobile a sorreggere il delicato equilibrio che avevo costruito.

CAPITOLO 2

Rosso è il sangue, rosso è il furore.

A Ruby piaceva la scuola. L'odore delle matite colorate nel suo astuccio la metteva sempre di buon umore, tanto da sentire il bisogno di sniffarlo, quando succedeva qualcosa di spiacevole e la tristezza prendeva il sopravvento. I pastelli furono di fatto la prima droga di cui Ruby fece uso. Li vedeva come tante piccole bacchette magiche, con cui poteva cambiare colore alla vita e creare anche tante altre realtà o nuovi amici.

I soggetti che preferiva disegnare erano gli angeli. La sua cameretta ne era tappezzata, almeno fino a quando sua madre o suo padre non entravano a strappare tutti i fogli dal muro. Non vedevano infatti di buon occhio questa ossessione della figlia per le creature celesti e si erano convinti che in lei ci fosse qualcosa che non andasse, il che la rendeva ancora più meritevole di una lezione. Il padre

soprattutto, non riusciva a spiegarsi la strana sensazione di sentirsi osservato e addirittura minacciato ogniqualvolta, ubriaco fradicio, tentasse di avvicinarsi a Ruby. Ogni passo che muoveva verso di lei inoltre, gli costava una fatica immane, come se le sue gambe pesassero tonnellate, e certo era per via dell'alcool, ma in più occasioni gli era capitato di vedere mobili ed oggetti vari spostarsi spontaneamente dal loro posto per frapporsi tra lui e la sua vittima.
Ruby rappresentava sulla carta tutte queste scene per omaggiare il suo angelo di vetro, che lei sapeva essere il fautore di tali imprese magiche. Dal ramo profumato della magnolia di fronte alla finestra della sua camera, da cui seguivo la sua crescita, io sorridevo e le mandavo tanti bei sogni di giostre a forma d'angelo che la facevano volare in alto tra nuvole di zucchero filato.
Ruby era una studentessa modello, sempre molto attenta e brillante in ogni disciplina. Amava in particolar modo la letteratura, i poeti romantici e il romanzo ottocentesco, ma provava una vera repulsione per la letteratura gotica e soprattutto per il filone vampiresco che si era sviluppato dal Dracula di Bram Stoker in poi.

Gli insegnanti parlavano spesso di vampiri, di recenti scoperte, addirittura di un vaccino antimorso, ma lei non ci credeva, non era mai stata vaccinata per nessuna malattia, figuriamoci per i vampiri e poi credeva soltanto ed esclusivamente agli angeli.
Invece, Cime Tempestose si collocava di gran lunga in testa ad ogni classifica come il romanzo più perfetto di tutti i tempi. Vi si identificava al punto da chiedersi a volte stupidamente, se Emily Brontë non avesse scritto quel libro appositamente per lei. Lo lesse e rilesse all'infinito, lo conosceva a memoria, ma mai una volta, il suo cuore si stancò di palpitare, quando arrivava il punto in cui Cathy confessava a Nelly il suo amore assoluto per Heathcliff, che inconsapevole era ormai perso nella tormenta.
Il fatto è che Ruby capiva il furore di Heathcliff e lo associava a quello di suo padre. Entrambi erano uomini capaci d'amore, ma impossibilitati a dimostrarlo, perché perseguitati da un passato penoso che li aveva annullati. La loro situazione era ulteriormente peggiorata dalla vicinanza di persone incapaci di aiutarli, le cui azioni anzi, li spingevano sempre più nel baratro. Come Cathy scelse di far prevalere la sua superficialità e di sposare il

ricco Linton, non mostrandosi quindi degna dell'amore di Heathcliff, così lei Ruby, sceglieva di disobbedire e di indurre il padre in tentazione con il fiorire delle sue forme, perdendo il diritto di essere da lui amata.

Passava sui libri molto più tempo di quanto passasse a socializzare con i compagni di classe. Era una ragazzina chiaramente introversa e diffidente. Era magrissima, non sorrideva quasi mai e portava sempre vestiti molto ampi e rigorosamente di colore nero, per nascondere il disagio che le provocava il suo corpo in evoluzione.

Il suo senso di inadeguatezza teneva a debita distanza i coetanei, soprattutto i maschi, con i quali non sapeva proprio come approcciarsi. Con le ragazze invece, il rapporto era più semplice, lei le aiutava con i compiti a casa e loro la invitavano alle feste di compleanno. Ruby detestava le feste, ma sapeva che tutti la consideravano già un soggetto piuttosto strano, e rifiutare di andarci avrebbe decretato la fine della sua già misera vita sociale.

Il giorno del dodicesimo compleanno di Linda Swanson, la compagna di classe con la quale era entrata più in confidenza, la festa si tenne in una casa circondata da un giardino enorme, con al centro una fontana, sormontata da uno splendido angelo di marmo bianco, con un braccio proteso e l'indice puntato dritto di fronte a sé.

Quando lo vide, Ruby accennò un sorriso e rispose: <<ciao!>>, lieta di constatare che il suo protettore la seguisse ovunque.

Alla festa erano invitati molti ragazzi e ragazze di varie età, che divoravano quantità industriali di cibo e dimenavano forsennatamente i loro corpi a tempo di musica, in ogni angolo della casa.

Appena vide entrare Ruby, Linda le piombò addosso, afferrandola per un braccio e trascinandola con sé per le scale: <<vieni, andiamo in camera mia, così mi aiuti a scegliere qualcosa di sexy da mettere. Mark è appena arrivato e stasera mi chiederà di mettermi con lui, me lo sento!>>

Mark era un ragazzino di un anno più grande, biondino, piuttosto carino e già molto conteso tra le ragazze a scuola. Ruby non riusciva a capire come Linda potesse essere davvero convinta che quella sarebbe stata la sua sera, ma non si azzardò a chiederlo e la seguì in camera. Quando Linda si svestì, rimanendo senza alcun pudore, con solo le mutandine davanti a Ruby, lei si sentì agitata e nervosa e avrebbe voluto scappare. I seni di Linda erano

già tondi e pesanti, molto più sviluppati dei suoi e di questo fu tanto sollevata, ma come avrebbe fatto ad evitare che diventassero così? Non voleva assomigliare a una donna, non voleva essere come sua madre, o suo padre avrebbe avuto ogni diritto di trattarla come trattava lei.
Da un po' di tempo rimuginava sul fatto che il cibo fosse suo nemico. La corretta alimentazione era sempre stato l'ultimo dei pensieri per la sua famiglia e lei aveva imparato ad arrangiarsi con quel poco che trovava in dispensa. Ora però, il suo corpo stava cambiando e reclamava più sostanze, ma lei non poteva permettersi di perderne il controllo. Sentiva la fame, ma tutto ciò che si concedeva era un po' di latte e una mela, e quando invece cedeva e divorava come un animale tutto ciò che trovava in cucina, aveva la soluzione subito a portata di mano, anzi di dito. Vomitare era facile, un'azione del tutto naturale, cui lei era abituata, visti i genitori alcolizzati, che poi fosse qualcosa di autoindotto oppure no, non faceva molta differenza, la cosa più importante era che così poteva rimanere una bambina e conservare la sua innocenza.
<<Senti Ruby>> disse Linda, <<perché diavolo

non ti vesti come una ragazza ogni tanto? Come farai ad attirare l'attenzione di qualcuno con quel sacco nero che ti metti sempre addosso? Perché non guardi nel mio armadio e vedi se c'è qualcosa che ti va? Dai, saremo fichissime stasera! Che ne dici di questo top?>>
Era dorato e decisamente molto provocante con un profondo decolté.
<<No grazie, sto bene così e poi quando mai ho detto di voler attirare l'attenzione di qualcuno?>>
Ma non fu così. Inaspettatamente quella sera, Mark non ebbe occhi che per Ruby la strana, Ruby la strega, Ruby il manico di scopa. Lei ci fece a malapena caso e messa in bocca una tartina, corse subito in bagno a vomitarla.
Poco più tardi, uscì fuori in giardino. Non si sentiva affatto bene quella sera e non era sicuramente per la fame, che ormai sapeva gestire, no, era una sensazione che non aveva mai provato prima. Qualcosa era cambiato, lo sentiva dentro di lei, qualcosa che la rendeva irrequieta ed irritabile.
Un gruppetto di ragazzi si era raccolto attorno ad una panchina per bere e da quel che Ruby poteva capire, per parlare di ragazze. Qualcuno di loro, vedendola, la chiamò e le disse qualcosa che lei però non volle ascoltare

e accelerò il passo verso la fontana, nascosta dalle siepi e lontana dal vociare. Sentì un forte dolore all'addome e un senso di bagnato. Si appoggiò alla vasca piena d'acqua e si chinò per controllare. Si toccò con una mano che immediatamente si colorò di rosso. Ruby sussultò, non capendo, rifiutando ciò che stava per vedere. Immerse immediatamente la mano nell'acqua per purificarla da quella sozzeria e tra le lacrime rivide la scena terribile di tanti anni prima, l'unica altra volta che avesse mai sanguinato. L'acqua della fontana si era leggermente tinta di rosa, alzò lo sguardo come a chiedere scusa al suo angelo, che però, con gli occhi fissi davanti a sé, non la stava guardando, e in quel momento ebbe la consapevolezza di essere perduta per sempre.

<<Ruby? Stai bene?>>

Dietro le sue spalle si era materializzato Mark, il quale sembrava sinceramente preoccupato, ma lei non gli rispose e corse via nella notte.

La maturazione di Ruby non stava certo andando nella direzione che avevo sperato. Non approvavo molte delle sue scelte, ma d'altra parte, soltanto attraverso di esse si sarebbe andata delineando la persona di Ruby Frost, che io volevo come compagna. Nonostante tutto, conoscevo il cuore di Ruby e

avevo fede che prima o poi avrebbe scoperto dentro di sé l'amore per se stessa e per la vita. Allora avrebbe trovato anche la forza di perdonare e di perdonarsi. Soltanto in quel giorno glorioso, io mi sarei manifestata, ma quel giorno era ancora molto lontano.
Durante la notte, quando ero certa che la famiglia Frost fosse caduta in un sonno profondo, di solito mi allontanavo, seppur per breve tempo, per mettere a tacere la mia sete. I vampiri sono creature molto flessibili, si adattano velocemente ad avverse condizioni ambientali e possono quindi sviluppare diverse abilità, a seconda delle circostanze e delle doti naturali di ognuno. Ecco che per una vampira di colore come me, ad esempio, l'esposizione alla luce del sole risulta molto più facile, rispetto invece a molti altri della mia specie; altri, grandi nuotatori nell'altra vita, ora possono respirare sott'acqua, altri ancora invece possono cambiare forma, ma indipendentemente da tutto ciò che ci distingue gli uni dagli altri, c'è un'unica cosa che tutti i vampiri hanno in comune e da cui nessuno di loro può prescindere: il bisogno di bere sangue.
Qualcuno può necessitarne di una quantità maggiore rispetto a un altro, più o meno

frequentemente, può preferire il sangue di una determinata tipologia, e sebbene oggi sia possibile, nonché consigliabile cibarsi del sangue degli animali o di quello conservato per le trasfusioni, ogni vampiro desidera più di ogni altra cosa, affondare i canini nella gola della sua preda umana.

Personalmente, sono abituata a non lasciare vittime, non soltanto per le ragioni che ho spiegato prima, ma anche e soprattutto perché amo la vita e non la morte e nutro un profondo rispetto per chi, coscientemente o no, mi offre il suo sangue.

I vampiri osservatori sono filantropi, hanno molta più sete di conoscenza che di sangue, anche se ovviamente il piacere provocato dall'ingoiare la vita direttamente dalla fonte è insostituibile e finché la persona rimane in vita, è parte determinante del processo di acquisizione della conoscenza stessa. Di conseguenza, l'uccisione generalmente non rientra nel nostro modus operandi, ma d'altro canto, il desiderio non è mai pienamente appagato, perché per rispettare la vita, dobbiamo violentare la nostra natura di predatori e ritrarci prima che il cuore della persona vada in sofferenza.

Caccio nei posti più disparati, un'altra delle

nostre regole di sopravvivenza, spostandomi istantaneamente da un luogo all'altro, grazie al dono speciale e molto raro tra i vampiri, del saper manipolare lo spaziotempo. Nel mio personale universo, non esistono la distanza, la velocità e anche la forza di gravità è un concetto molto relativo.

Scelgo gli individui unicamente in base alla stima del piacere che mi potrebbe dare assaggiare una persona piuttosto che un'altra e succede spesso quindi che i miei occhi felini si soffermino su giovani aitanti, o su ragazze curvilinee, corpi insomma, piacevoli da tenere tra le braccia. Quando è il momento, i canini si allungano e si fanno affilatissimi, diffondendo in tutta la bocca una fitta di dolore, che svanisce non appena entrano in contatto con la pelle umana. Qui, rilasciano una sostanza anestetizzante, che rilassa la persona e la rende insensibile al dolore. In quel momento faccio l'amore con le mie prede. Prendo da loro quanto basta al mio sostentamento, memorizzo il loro sapore, perché siamo anche sensibili al gusto, e provvedo a cancellare ogni ricordo di quanto accaduto dalle loro menti. Quando riaprono gli occhi, si ritrovano soli e leggermente confusi.

Una notte come tante altre, ritornai verso casa

Frost, dopo aver bevuto da una coppia di fidanzati, desiderosa di coinvolgermi in un menage à trois. Anche dopo trecento anni, il sesso rimane una grande tentazione, ma un osservatore non vive di passioni umane, perciò del tutto insoddisfatta, mi forzai a ritornare dove sarei dovuta essere stata già da un po'.

La casa era ancora immersa nell'oscurità, ma c'era qualcosa di sbagliato ed un odore inconfondibile, quello del sangue. Subito vidi nella mia mente, l'angelo di vetro frantumato a terra in mille pezzi e Ruby, raggomitolata nel suo letto, con il viso gonfio, irriconoscibile e il sangue che usciva copioso da ogni orifizio del suo corpo straziato. Era stata violata in ogni modo possibile ed immaginabile, era stata annientata e anche se respirava ancora, Ruby non era più là.

Sentii una pulsione maligna salirmi dalle viscere al cervello e il demone che era in me, uscì allo scoperto, senza alcun freno, senza dignità, senza pietà.

Mi proiettai nella stanza in cui il carnefice stava dormendo beato, con il volto rilassato e compiaciuto. Lo afferrai per la gola con una mano dalla quale erano spuntate unghie lunghissime, come artigli, lo trascinai in aria, nel cielo nero e freddo della notte e mentre continuavo a salire, mantenendo salda la presa su quella bestia che si dimenava e chiedeva aiuto, lanciai un grido, di cui mai avrei pensato di essere capace, e le sue orecchie cominciarono a sanguinare. La vista del suo sangue mi eccitò ulteriormente e desiderai di farlo a brandelli. Mi avventai con la bocca spalancata sul suo orecchio e glielo strappai con un unico morso. L'animale si disperava inutilmente e le sue grida mi divertivano. Continuavo a prendere quota e nel frattempo, coprii la fontana zampillante del suo sangue, laddove prima c'era il suo orecchio, con la mia bocca avida, e succhiai con forza. Il suo sangue era putrido, come quello delle creature della palude, ma continuai a deglutire. Poi affondai le unghie nella sua gola, in modo tale da non concedergli il sollievo dell'anestetico e ne squarciai una buona porzione. Mi chinai a bere tutto il sangue che potevo, affondando i denti anche in altri punti e masticandone la carne. Bevvi e bevvi, finché il suo corpo, completamente dissanguato e privo di vita, smise di sobbalzare. Risi, perché per la prima volta in trecento anni, mi sentii totalmente sazia. Lo lasciai andare e mentre guardavo quella carcassa, prendere velocità e cadere rovinosamente a terra, ritornai in me e comprendendo la gravità di ciò che avevo fatto, mi chiesi chi tra di noi due, fosse il vero mostro.

CAPITOLO 3

Rubini sincroni

Durante il coma, Ruby non ricevette molte visite. Venne la polizia, che nel frattempo tratteneva la signora Frost, sua madre, completamente sconvolta dopo il ritrovamento dei pochi resti del marito.
La sua testimonianza per gli inquirenti era totalmente inaffidabile, dal momento che, in evidente stato confusionale, continuava a ripetere di aver visto un essere infernale strappare il marito dal letto, come se fosse un pupazzo e trascinarlo con sé nello spazio. L'unica speranza per riuscire a ricostruire il puzzle di questo complicato e misterioso caso, rimaneva, per i poliziotti, la deposizione di Ruby, se mai si fosse svegliata.
In quei giorni, l'ente di assistenza sociale aveva acquisito la temporanea custodia di Ruby, perché questa era la prassi quando veniva accertato l'abuso su un minore. Gli incaricati,

si presentavano all'ospedale tutti i giorni, nel vano tentativo di recapitarle importanti notizie su eventuali nuove famiglie che una volta dimessa, avrebbero potuto prendersi cura di lei, se mai si fosse svegliata.
Linda e Mark cercarono di convincere i genitori ad accordare loro una visita alla sfortunata compagna di classe, ma per timore che i ragazzi fossero troppo impressionabili, il responso delle famiglie fu sempre negativo. Tristi per l'impossibilità di fare ciò che desideravano, i due insieme si adoperarono per scrivere una lettera a Ruby, che fecero recapitare unita ad un angelo di stoffa, con ali di velluto, che potessero accarezzare dolcemente la sua pelle gonfia ed escoriata, e che lei sicuramente avrebbe molto apprezzato come simbolo ed impegno di amicizia, se mai si fosse svegliata.
Leggevo "semmai si fosse svegliata" in continuazione nella mente delle persone, che più o meno sentitamente, provavano compassione per lei. Molti non osavano esprimerlo ad alta voce, ma pensavano che sarebbe stato molto meglio se non si fosse più ripresa, perché affrontare tutto ciò che sarebbe venuto dopo, sarebbe stato peggio della morte. Credevano che Ruby fosse persa nell'oblio,

che ovunque si trovasse in quel momento, stesse meglio e non sentisse lo strazio fisico, ma io sapevo invece che lei era cosciente, all'interno di quel corpo immobile. Era intrappolata in una dimensione in cui riviveva ancora e ancora tutto ciò che era successo, nei minimi dettagli. Il rosso sangue era il colore predominante dei suoi pensieri e tutto attorno era nero, perché in lei era morta la speranza, il suo angelo protettore l'aveva abbandonata e ora non restava che morire.
Esisteva ancora una forte connessione psichica tra di noi, anche se l'unica ad esserne consapevole ero io.
Come lei, io rimasi catatonica ed insensibile ai mutamenti esterni, mentre lottavo contro il diavolo che avevo scoperto dentro di me. Non riuscivo a darmi pace per aver estirpato con tanta crudeltà, un'erba invasiva e velenosa certo, ma pur sempre una pianta verde nel giardino della vita. Avevo perso la mia identità, l'amore incondizionato per la vita, che mi aveva caratterizzato come essere umano prima e resa degna di essere un vampiro osservatore dopo. Come tale, pensavo di dover osservare e capire e amare e preservare la vita, sempre e comunque. Decisi allora di lasciarmi andare, come stava facendo

Ruby. Non mi nutrii per diversi giorni e diventavo sempre più debole e assonnata, eppure non dormivo. La mente saettava tra luoghi lontani, volti perduti, occasioni mancate e decisioni fatali. Pensavo al pensiero di me che mi aveva accompagnata per secoli e lo comparavo all'immagine che altri avevano avuto del mio essere. Molto spesso vi notavo una discrepanza e su questa mi concentravo per punirmi. Intanto, le mie membra erano peste e doloranti e il corpo cominciava a rinsecchirsi.

Mentre mi spegnevo così lentamente, divenni d'un tratto conscia di un suono, che di fatto era sempre stato lì a dare il ritmo alle mie autocommiserazioni, ma che avevo sempre ignorato. Era il cuore di Ruby, regolare, pulsante, vivo, che nonostante la sua mancanza di volontà e due conseguenti arresti, non mollava. Il suo cuore era forte e batteva all'unisono con il mio, che aveva accelerato il suo ritmo per lo sforzo di pompare, nonostante il digiuno e l'impossibilità quindi, di rigenerarsi.

In quel momento, rammentai le parole del mio adorato mentore, colui che mi aveva scelta e creata: <<rimani sempre in ascolto e ricorda: quando sincroni i rubini vibreranno,

terreno ed ultraterreno si uniranno e sarà tempo d'essere luce >>.
Non avevo mai considerato né compreso pienamente, le implicazioni di tali parole, scambiandole per una banale regola sull'attimo più opportuno di porre in atto una trasformazione. E così ho sempre agito, aspettando, come era stato fatto con me, di istaurare un rapporto intimo e di fiducia con la persona prescelta, che era chiamata a scegliere se seguirmi o no nell'immortalità, o meglio nella conscia longevità. Ma nell'istante stesso in cui udii il mio cuore e quello di Ruby, i nostri rubini, sovraccarichi e sanguinanti, di natura così diversi, eppure in quell'attimo perfettamente identici, capii che il ciclo della trasformazione comprendeva anche me. Avevo raggiunto l'ultimo e il più alto grado di consapevolezza, che segnava la fine del mio retaggio umano e il definitivo passaggio alla dimensione del vampiro. Con l'uccisione del padre di Ruby, avevo conosciuto la parte più oscura della mia anima, che scioccamente avevo deciso di reprimere per molti anni.
Avere un potere ultraterreno ed esserne degni, non significa fare sempre del bene o fare sempre una cosa comunemente considerata giusta, ma significa fare esperienza di questo

dono con responsabilità, essendo in grado di controllarlo certo, ma prima di tutto di accettarlo per ciò che è, con i suoi luoghi di luce e quelli bui. Non siamo santi, non siamo giudici, ma vampiri, a volte crudeli, a volte letali a volte illuminati e pieni d'amore, per noi stessi e per la vita che togliamo. L'amore è l'energia più potente e dove c'è amore, c'è luce. Ora so che il padre di Ruby, che invece ho ucciso con odio, doveva essere sacrificato affinché io, come creatore, potessi misurarmi con la mia volontà, la mia forza e la mia capacità di comprensione del tutto, in modo tale da passare questa nuova consapevolezza ai miei eletti e creare vampiri migliori.
Era tempo di luce, era tempo di manifestarsi ed era tempo per Ruby di tornare alla vita.

La vedevo. Rannicchiata nell'oscurità e tremante per il gelo che l'avvolgeva. Il ghiaccio aveva cristallizzato i suoi capelli e spentone il colore, apparivano albini anziché fulvi. Sotto i lividi, si intravedevano labbra blu ed occhi vitrei. Tutta la sua persona era ridotta ad un ramoscello secco, che si andava via via rimpicciolendo, finché giunta la fine, sarebbe stato risucchiato dal nulla circostante. La vita fluiva via piano da ogni piaga del suo corpo

nudo e spigoloso, colorandolo di rosso.
Arrivai fluttuando leggiadra e soave, ad illuminare l'opprimente oscurità, con le sembianze più familiari e riconoscibili per Ruby, quelle dell'angelo. Il bagliore la raggiunse e quando alzò la testa per individuarne la fonte, rimase sbigottita. Per un attimo, dimenticò il suo dolore.
Immense ali di piume dorate mi pesavano sulla schiena. Spiegate, esse misuravano il doppio del mio corpo e mi parvero subito adatte, quando le materializzai nella mia carne, perché simboleggiavano la croce che portavo, il mio senso di colpa per essere una spietata assassina. Muovendole lentamente e non senza fatica, spostavo l'aria intorno a me, diffondendo al contempo, una sottilissima polvere d'oro. Ruby fu colpita da questa brezza, che le scrostò il ghiaccio e depositò un pizzico di lucente preziosità tra i suoi capelli. La mia pelle color del bronzo, rifletteva le radiazioni delle ali e Ruby pensò di trovarsi al cospetto di un vero e proprio essere di luce, prima di cambiare idea e di svilire quell'immagine come una mera allucinazione.
<<Tu...>> disse con appena un filo di voce, <<tu sei bellissima!>>
Poi abbassò gli occhi e il suo tono, da

adorante, si fece amaro: <<ma lo so che non sei reale, sei pura immaginazione, solo una proiezione della mia povera mente, che vuole raggiungere gli angeli per trovare la pace. Ma sto ancora soffrendo, quindi so che non sei reale!>>

La luce che emanavo riscaldava l'atmosfera e il corpo di Ruby, le cui labbra ora, ancora livide e gonfie, erano di un rosso bordeaux. Il mio sguardo fu saldo come un abbraccio, e le parlai con tutto l'amore di cui ero capace: <<Ruby, guardati intorno. Non c'è niente qui al di fuori del tuo sangue e di me. E' reale il tuo sangue? E' reale il tuo dolore?>>

La mia voce echeggiò, solenne e potente, come se arrivasse da molto lontano e avesse attraversato, inalterata, lo spazio e il tempo, solo per essere udita da lei, lì, in quella dimensione di morte, creata dalla sua anima ferita. Lei fece un cenno di assenso con il capo.

<<Allora, come potrei io non esserlo? Io sono reale quanto il sangue, io esisto per il sangue. Esisto per la vita, e per la tua in particolare. Non sei mai stata sola Ruby, e mai lo sarai. La tua vita è la mia vita>>.

<<Ma se quello che dici è vero, perché mi hai abbandonata? Perché hai permesso che mi accadesse tutto questo?>>

<<Ti ho protetta in molte occasioni e tu lo hai sempre saputo. Quanto è accaduto ha messo a dura prova anche me. Ora, io conosco tutte le sfumature dell'oscurità, sono cosciente e pronta a continuare il cammino. Tu conosci tutte le gradazioni della sofferenza e stai per diventare consapevole della tua forza. Ascolta Ruby, ascolta il battito nel tuo petto. Il tuo cuore vuole vivere. Nessuna violenza è riuscita a zittirlo ed ora lui canta, ascolta...>> tesi l'orecchio, e così fece anche lei. <<Canta insieme al mio, lo senti? Sono un'unità, un'identità!>>
Si mise seduta,attenta a captare il suono. Quando lo agganciò, cominciò a scandirne il ritmo con il piede sinistro, tatuato di sangue: <<tu tum, tu tum – tu tum, tu tum – tu tum, tu tum>>.
I suoi occhi non erano più vuoti, ma pieni di euforia ed io colsi l'occasione per lanciare il mio invito: <<ora sei pronta anche tu a continuare il cammino, per cui lascia che redima le tue ferite, perché la strada è ancora lunga e tortuosa>>.
Mi avvicinai e lei mi guardò sorpresa ed intimorita, impreparata ad un contatto fisico. Mi chinai sui suoi piedi e le ali folte e soffici come una coperta, le sfiorarono le gambe

scheletriche, procurandole un brivido in tutto il corpo. Appoggiai le labbra sulla pelle tagliata del piede sinistro, che continuava a sanguinare. Senza far scendere i canini succhiai il sangue dolcemente, provocando uno spasmo in Ruby, che istintivamente ritirò il piede.

<<Non temere>> le dissi. Mi morsi con forza il labbro inferiore più carnoso e ricco di succo, finché sgorgarono copiose gocce di sangue. Baciai la ferita del suo piede e il mio sangue vi penetrò, cicatrizzandola all'istante. Ruby rimase incredula, ma non più spaventata, e senza parlare, per non interrompere la solennità di quel momento, mi lasciò ripetere il processo su tutte le piaghe che martoriavano il suo fragile corpo. Il ritmo unitario dei nostri cuori si fece più forte e deciso, mentre tutto intorno cresceva la luce.

CAPITOLO 4

L'Eterno incombe

Intensa, bianca, abbagliante. La luce invase gli occhi di Ruby, insinuandosi nel suo cervello con fitte lancinanti, prima di dissolversi e lasciare il campo ad asettici e anonimi pezzi di mobilio, che soltanto dopo diverse e difficoltose messe a fuoco, capì appartenere ad una stanza d'ospedale. Più volte si guardò attorno senza vedere niente e nessuno di familiare, finché posò gli occhi ancora stanchi, sull'angelo di stoffa, adagiato sul comodino alla sua destra insieme alla lettera dei suoi amici. Immediatamente, i tratti affusolati del mio volto bronzeo, incoronato da barocche spirali di capelli neri, si sostituirono a quelli inespressivi ed infantili del pupazzo e Ruby ricordò di non essere sola. Tuttavia, diversamente da quanto mi ero aspettata, ciò non provocò in lei alcun cambiamento, nessuno slancio, nessun proposito per il futuro, che continuava ad essere un luogo buio e sconosciuto per lei. Non c'era curiosità nella sua anima, non c'era nessun'altra immagine di me nella sua mente, oltre a quella alata che le avevo fornito, nessuna volontà di sapere come le ferite del suo corpo fossero guarite in un solo istante. Non le importava se i medici, dopo averla attentamente esaminata, la ritenessero una miracolata, lei non si sentiva speciale. Sapeva soltanto che il suo corpo sembrava un vecchio straccio rammendato più e più volte. Non si contavano le cicatrici, che erano bianche, lisce ed indolori adesso, ma che non si sarebbero più potute cancellare, nemmeno con tutto il sangue sacro del mondo e che sarebbero sempre state li a ricordarle il suo martirio. Sì, Ruby riaprì gli occhi, ma non il cuore, che in quel momento, smise di battere in sincronia con il mio.

Nonostante la caduta della nostra intima connessione, non rinnegai mai la mia eletta. Il mio istinto di creatrice mi suggeriva che lei sarebbe stata la migliore di tutti i vampiri. Sarebbe stato necessario più tempo del previsto, ma alla fine avrebbe riconquistato fiducia nel prossimo e avrebbe scelto spontaneamente di seguirmi.

Non mostrò alcuna emozione quando, fu costretta a raccontare lo stupro alla polizia, e non batté ciglio nemmeno quando la informarono, risparmiandole i dettagli più scabrosi, della morte del padre. Descrisse l'aggressione subita nei minimi particolari, senza una lacrima, con voce ferma e tanta freddezza, da far rabbrividire anche gli psicologi che la presero in cura e che per molti anni, cercarono di sbloccare la sua emotività con ogni strumento a loro disposizione. Non rifletterono mai sulla possibilità che Ruby fosse apatica per pura scelta, preferendo invece attribuire la responsabilità di tale comportamento alla sua giovane mente, incapace di elaborare il trauma.
Il libero arbitrio segna la differenza tra un essere umano e l'altro agli occhi di un vampiro osservatore. Oltre a fare affidamento sul nostro istinto pressoché infallibile, è il modo in cui gli umani compiono delle scelte e le portano a termine, davanti ai vari ostacoli della vita, a costituire il protocollo di discriminazione per i vampiri della mia specie. Per Ruby non faceva alcuna differenza che il padre fosse vivo o morto. Se fosse rimasto in vita, avrebbe potuto ripetere lo scempio, ovviamente, ma dolore fisico a parte,

per lei non sarebbe stato diverso rispetto alla prima volta. Il dolore che provava dentro era unicamente suo, non riguardava nessun altro, nessuno poteva cancellare quanto successo. Lei avrebbe dovuto trovare il modo di gestirlo e di lasciarlo anche andare, forse, un giorno, per cui decise di non alimentarlo più con sentimenti ed emozioni e di lasciarlo morire poco a poco. Fu la scelta del tutto razionale di una ragazzina di dodici anni, che sapeva di dover ancora crescere molto e si voleva conoscere negli anni, voleva scoprire che persona sarebbe diventata con addosso il peso di quel dolore. Da questo punto di vista, pensai che fosse incredibilmente matura per la sua età e avrei desiderato che questo potesse bastare per avviare la trasformazione, ma sapevo che così non era e che avrei dovuto aspettare anch'io di conoscere l'adulta Ruby, la superstite guerriera dell'anima.

Passò i successivi due anni sballottata da una famiglia all'altra perché, non riuscendo a stabilire un rapporto confidenziale con lei, ben presto, tutti ritenevano che la ragazza fosse ormai troppo compromessa e irrecuperabile e preferivano quindi, rimandarla ai servizi sociali. Anche questi spostamenti continui non la sconvolgevano più di tanto. Non vedeva

l'utilità di investire tante energie nel trovare una nuova casa, che comunque non sarebbe stata per sempre, dal momento che pianificava di andare a vivere da sola appena raggiunta la maggiore età. Le facevo visita in sogno ogni notte che si addormentava in un letto nuovo. Lei era perfettamente consapevole della mia presenza costante nella sua vita, ma non le importava, perché aveva deciso di tagliarmi fuori come stava facendo con tutto il resto.
I suoi sogni erano come carovane nel deserto, frammenti di vita e colore in mezzo al nulla. A volte sognava di camminare per le vie affollate di una grande città e di provare un grande senso di appartenenza. Le persone avvolte in variopinti cappotti più o meno imbottiti sfrecciavano veloci, in ogni direzione, dirette di gran fretta chissà dove. Nessuno ci faceva caso, ma tutti erano uniti gli uni agli altri da quello che a Ruby sembrava un infinito filo di nylon trasparente. Lei era l'unica a conoscenza di quel segreto e perciò sapeva di essere diversa dagli altri, anche se non si sarebbe mai definita speciale, eppure si trovava perfettamente a suo agio e in pace in mezzo a quell'interminabile e vivace collana di perline umane. Si chiedeva però quale collo essa ornasse e sollevati gli occhi per scrutare il

volto del cielo, incontrava i miei, densi, abbaglianti, sapienti, presto eclissati da una coltre di nubi, dall'etere, quell'immensità tanto assoluta da confondersi con il nulla. A quel punto si svegliava inquieta.
Altre volte, la realtà tangibile sfuocava in uno scenario più desolato dell'aperta campagna che sfumava nei toni grigio-blu del crepuscolo. Scappava da qualche imminente disastro e sapeva di poter volare. Mentre i semplici contadini disperati gridavano e correvano per mettersi in salvo, a lei bastava allargare le braccia e con energici colpi, spostare l'aria intorno verso il basso e con un balzo spiccare il volo. Si staccava da terra con enormi sforzi, ma non riusciva mai a prendere quota, perché zavorre invisibili la trattenevano al suolo. Una di queste volte, sfrecciando da nord-est con massima apertura alare, arrivai prima che potesse precipitare e le afferrai la mano per cercare di correggere la sua posizione di volo e darle la giusta traiettoria, ma lei bruscamente si divincolò, preferendo cadere, come era caduto suo padre e perdersi nel caos terrestre.
Spesso sognava luoghi in cui era stata, i sobborghi di New York, la scuola,il luna park, la casa e la fontana con la statua dell'angelo,

che assumeva sempre la mia fisionomia. Raramente le persone che aveva conosciuto invece, popolavano i suoi sogni, ad eccezione della figura svampita di sua madre, che si affacciava dall'alto di un pulpito intarsiato, con sguardo inquisitore e voce tonante, puntando il dito indice verso di lei e dicendo: <<Strega, è tutta colpa tua! Che le fiamme dell'inferno ti avvolgano, quando il demone famelico divorerà la tua carne>>.
La donna allora guardava oltre Ruby, che in quell'istante voltandosi, mi trovava seduta su un anonimo monumento funebre, sospeso in aria, alla stessa altezza del pulpito. Ruby capiva che sua madre la stava consegnando a me, una creatura ora di nero vestita, molto meno luminosa e familiare di quanto ricordasse. Non mi rivolse la parola, come del resto non aveva fatto mai nei nostri incontri onirici, tranne la prima volta, con il rituale della guarigione che la riportò tra i vivi, nemmeno per chiarire i suoi dubbi sulla mia natura divina o demoniaca. Ogni volta che questo sogno si ripeteva, si risvegliava angosciata, con il macigno della colpa che le comprimeva il petto, impedendole una regolare respirazione.
Questo mal d'essere radicatosi ad una tale

profondità da diventare parte integrante della sua personalità, non regredì mai, nonostante l'adolescenza relativamente tranquilla trascorsa con una coppia di mezza età del Queens, i signori Goodwin, che a dispetto della diffidenza ed impenetrabilità di Ruby, finalmente le diedero una casa e l'amarono come la figlia che non avevano mai avuto.

L'abitazione si presentava come una tradizionale ed ingessata casa di bambole a grandezza naturale, pulita ed ordinata, impreziosita da bianche decorazioni floreali attorno agli interruttori della luce e ai lampadari grandi e cascanti in ogni stanza. Le finestre erano schermate da lunghe tende di pizzo bianco, che a seconda dell'arredamento nei diversi ambienti della casa, azzardavano anche ricami in tenui azzurro, rosa o giallo. Centrini inamidati sui mobili e le varie collezioni di miniature d'argento e porcellana sparse qua e là, conferivano un perfetto stile inglese alla casa, palesando le origini e le inclinazioni della sua padrona, la signora Goodwin. Il mobilio invece, possedeva più le caratteristiche della funzionalità che della raffinatezza, e Ruby pensò che nelle massicce credenze e nei lisci e sobri tavoli in legno di faggio, emergesse molto di più la genuinità country del signor Goodwin, che in effetti aveva costruito personalmente quei pezzi di arredamento. La casa come anche il giardino circostante, pieno di siepi ed aiole fiorite, dove sovrane spiccavano le rose dei vari colori, erano il logico prodotto delle personalità complementari dei proprietari, persone gentili e piacevoli, che con il loro calore e generosità, avevano reso quello un bel posto in cui stare per Ruby.

Nei sei anni che trascorse con i Goodwin in quella casa bomboniera, Ruby non riuscì mai ad esprimere tutta la gratitudine e il rispetto che aveva provato per loro fin da quel primo giorno in cui, contravvenendo ai loro gusti ed aspettative, avevano assecondato i cambiamenti che lei riteneva necessari apportare nella sua camera, decisamente troppo confezionata ed incompatibile con i suoi intimi disordini. Decise di cambiare il rosa delle pareti con un bianco titanio più adulto e in sintonia con il piattume dei suoi pensieri. Tolse tutti i quadri raffiguranti cuccioli e paesaggi di campagna, lasciando il muro completamente spoglio e oscurò lo specchio sopra la cassettiera, posizionandovi davanti una pila di cd e libri. Sostituì la tenda a mantovana con balze e nastrini, con un telo nero e grigio, ma mantenne il vaso di violette sul davanzale. Quando vide il letto al centro della stanza, sormontato da un baldacchino di ferro battuto da cui scendeva un drappo di velo rosa e bianco, non poté credere ai suoi occhi e pensò di essere tornata nell'ottocento. Si sdraiò e fece scorrere la stoffa sul binario, sigillando l'area di riposo e scoprì con grande sorpresa, che la sensazione di protezione che provava là sotto, era molto piacevole. Non lo fece togliere e all'interno di quella capanna di tulle si sentì al sicuro e dormì sempre sonni tranquilli. Scelse infine di disfarsi dell'ingombrante plafoniera a conchiglia, a vantaggio di un semplice cavo elettrico, scarno e quanto mai solitario, al centro del soffitto, che supportava una debole nuda lampadina. A tale vista, la signora Goodwin inorridiva ogni volta che entrava in camera di Ruby, ma era felice di notare che tali modifiche all'ambiente tranquillizzavano la ragazzina, facendola sentire, stando a quanto riusciva a intuire, più a suo agio. Ruby in effetti, si identificava molto in quella misera fonte di luce, che esprimeva esattamente il concetto che lei aveva di se stessa: ridotta all'osso, in vita a malapena, isolata da tutto e da tutti, ma ancora presente, ancora pensante, ancora potenzialmente radiante. Era soddisfatta che qualcosa in quella casa la rappresentasse ed io mi sentii più che mai sollevata del fatto che cercasse finalmente di esprimere un'idea dopo tanto tempo. Era un nuovo inizio per entrambe, anche se liberandosi di tutte le bambole e i pupazzi che da anni abitavano quella stanza in attesa di una bambina, Ruby gettò via anche l'angelo di velluto, che l'aveva accolta al suo risveglio in ospedale.

Facendomi trasportare da un'insolita emozione fin troppo umana, mi sentii dapprima respinta e invasa dall'amarezza, ma poi, la naturale, sana bevuta di sangue frizzantino direttamente dalla gola di una dog-sitter quattordicenne, mi ricordò chi ero veramente e la mia sfera emotiva collassò, lasciando spazio solo alla mia spasmodica sete. Fagocitavo il sangue con trasporto e ad occhi chiusi, immaginando di avere tra le braccia proprio lei, Ruby, invece di quella sua coetanea e realizzai inequivocabilmente la forza e la pericolosità del mio desiderio per il sangue della mia prescelta.

Gli incidenti domestici si rivelavano spesso un sottile tormento per me. La cucina non era un ambiente che Ruby amasse particolarmente frequentare, se non due o tre notti a settimana, quando disperata per i morsi della fame, abbandonava di soppiatto la sua camera per correre a svuotare d'un colpo il frigorifero e la dispensa, il cui contenuto, dopo una brevissima sosta nel suo stomaco stressato, inevitabilmente, finiva nel water l'istante successivo.

I Goodwin si preoccupavano non poco delle condizioni di Ruby e cercavano di coinvolgerla nelle varie attività della casa e soprattutto quelle culinarie, nella speranza di riuscire a controllare più da vicino i suoi disordini alimentari e di invogliarla a mangiare qualcosa di sano.

Quando un pomeriggio la signora chiese a Ruby di aiutarla a preparare la cena per gli ospiti di quella sera, lei non se la sentì di spegnere il suo entusiasmo ed accettò, facendo del suo meglio per tagliare le verdure a cubetti tutti uguali, come piaceva alla sua benefattrice.

In circostanze non del tutto casuali, d'improvviso la lama del coltello scivolò sul suo indice sinistro e il rosso del peperone sul tagliere, si combinò con quello del suo sangue. Simultaneamente, la mia vista si annebbiò e tutto intorno a me si trasformò in un mare rosso, profumato e cremoso in cui, arti tesi già pronti al balzo, mi stavo per tuffare, quando attraverso i sensi di Ruby, sperimentai invece un gusto aspro e povero, che lei stessa, portatasi d'istinto la ferita alla bocca, stava assaporando. Per via della grave mancanza di sostanze nutritive nel suo corpo, il suo sangue stava perdendo qualità e avrebbe potuto non sopportare l'immissione del mio fluido vitale, nel momento in cui avessi deciso di avviare la trasformazione.

Dovevo in qualche modo indurla a risolvere i suoi disordini alimentari prima che fosse troppo tardi e per riuscirci, avrei dovuto mettere sul piatto della bilancia qualcosa di altrettanto allettante quanto la via di fuga dalle emozioni e dal dolore. Il rifiuto del cibo infatti, serviva a Ruby come alibi per mortificare un corpo ingombrante, sottraendosi così alla responsabilità del vivere la vita nella sua pienezza. Se non mangiava era autorizzata ad avere frequenti sbalzi d'umore, ad essere scortese e indifferente nelle varie occasioni, e cosa più importante, poteva tenere lontani i ragazzi, che non avrebbero mai considerato un mucchietto d'ossa come lei e per i quali comunque, non provava alcun interesse. Ormai però, il vomito sopraggiungeva spontaneamente e senza che se ne accorgesse, aveva perso il controllo del

suo corpo.
Sapevo di rischiare molto a precorrere i tempi, perché la sua maturazione si trovava in quel periodo, ancora in una fase germinale, ma l'alternativa di aspettare con il pericolo di perderla per sempre era d'altra parte, insostenibile, per cui risolsi di fornirle tutti i dati necessari affinché potesse compiere la scelta suprema e accelerare così, la sua crescita. Mi sarei rivelata a lei completamente, senza sotterfugi o travestimenti, le avrei mostrato la mia vera natura e le doti straordinarie che mi distinguono, e le avrei offerto la possibilità di lasciare quello stato di morte latente, quel mondo stagnante in cui si era rifugiata per cercare di sfuggire al dolore, e di unirsi a me nella vita e nell'amore.
Avevo lasciato perdere i sogni a favore di un approccio più terreno che lei non potesse equivocare come il frutto della sua fantasia. Ecco allora che scorgeva l'ovale bronzeo del mio volto tra la folla, in autobus, al parco, nella mensa della scuola e in ogni altro luogo lei frequentasse abitudinariamente. Incrociava il mio sguardo, si perdeva per qualche istante nel viola profondo ed ipnotico dei miei occhi, poi cambiava direzione per sottrarsi al mio potere.

<<Non è possibile, non può essere>> si diceva un tardo pomeriggio all'uscita della biblioteca, <<sto diventando pazza?>> e intanto ricordava le lezioni di biologia di quella settimana a scuola, sulla morfologia del sangue umano, da ben distinguersi da quello del vampiro.

<<Ragazzi, ricordate, i vampiri sono sempre in agguato. In generale vale sempre la regola di non fidarsi degli estranei, ma questi esseri conoscono mille trucchi per attirarci a sé, per cui l'unico vero modo per proteggersi in realtà è il vaccino McKenzie>>, aveva detto la signora Pratt, proprio quella mattina in classe.

<<Che stupida>> pensava Ruby, <<non ha alcun senso, perché mai sto pensando a queste cose? Che cosa ha a che fare un angelo di una così sconcertane bellezza con un mostro? Un v...vampiro? No, è impossibile, mi avrebbe fatto fuori comunque un bel po' di anni fa>> e d'un tratto sbiancò, al pensiero di quanto accaduto a suo padre, la cui morte inspiegabile, era ancora annoverata tra i casi irrisolti.

Quel sabato sera, Ruby voleva distrarsi da quegli oscuri pensieri e aveva deciso di andare con un paio di compagne di corso alla festa di Halloween, allestita nella palestra della scuola.

Visto il suo attuale aspetto, smunto, diafano,

spiritato, le parve azzeccato vestirsi da Emily Rose, la posseduta, quindi si mise addosso una lunga, bianca camicia da notte della signora Goodwin, abbastanza ampia da nascondere le sporgenze delle sue ossa, si arruffò i capelli, si accentuò le occhiaie con dell'ombretto viola e indossò delle lenti a contatto completamente nere, che subito riaccesero bui presagi nella sua giovane mente. Scacciò via ogni pensiero e si avviò alla festa.

La palestra era stracolma e c'erano molte persone che Ruby non conosceva, gente più grande, tra la quale anche degli universitari, ragion per cui le sue amiche erano tanto eccitate.

Si guardò attorno, alcune maschere erano davvero pittoresche e divertenti, altre delle vere e proprie opere d'arte, altre ancora però, veramente spaventose. L'aveva colpita in particolar modo un tipo altissimo, leggermente gobbo e pelato, un perfetto Nosferatu e si chiese se fossero presenti dei vampiri veri. Sarebbe stata un'occasione d'oro per loro e rabbrividì al pensiero, innervosendosi per non riuscire a concentrarsi su qualcos'altro. Finalmente arrivarono le sue amiche con del succo di frutta e cominciarono a parlare di chi sotto l'orrido make-up, fosse

carino e chi no.
Era la mia sera, il dubbio si era già annidato nella sua mente e sarebbe stato più facile farle comprendere la realtà. La osservavo da una certa distanza e stranamente, sembrava divertirsi. Sorrideva ogni tanto alle battute di un gruppo di ragazzi, raccoltosi attorno a lei e alle sue amiche, che nel frattempo, erano passate dal succo alla birra.
Nel momento stesso in cui vidi Ruby accettare una piccola pasticca bianca da uno dei ragazzi e mettersela in bocca, fui inchiodata da due glaciali occhi d'argento che mi penetravano dall'altro lato della sala, proprio alle spalle di Ruby, troppo, troppo vicino a lei.
Il cuore mi si fermò per un istante, e il gigante dallo sguardo eterno e la testa lucida, sorrise diabolicamente, sapendo di essere stato riconosciuto, e mostrò le sue zanne calate, leggermente scalfite da millenni di storia, pronte per l'ennesimo affondo.
Sapevo che Tristan Exaa, il più antico vampiro esistente, non si trovava lì per un unico sorso.

CAPITOLO 5

Patto di sangue

Durante i sette anni del mio addestramento, Sonny, il mio maestro e creatore, mi aveva a lungo parlato degli altri osservatori sparsi per il globo, riferendosi a loro sempre come "fratelli".

<<Siamo una famiglia>> diceva, <<per te è ancora troppo presto, la transizione non è completa e lo spirito umano che ancora dimora in questo tuo nuovo corpo di vampiro non è in grado di captare e comprendere le energie sottili che intercorrono tra noi, che ci legano l'un l'altro in modo indissolubile e ci rendono un tutt'uno. Siamo i perpetuatori della specie, di fatto degli dei per gli altri vampiri, i quali, per quanto ben fatti ed istruiti, non condividono la nostra forza, la nostra sensibilità e tanto meno la nostra unione>>.

La voce baritonale di Sonny nasceva dal profondo ed era come un tuono che dalla cupa

intensità del cielo esplodeva, lasciando esaurire a poco a poco la sua carica paralizzante. Scandiva ogni parola lentamente, producendo un'eco che mi entrava dentro e si andava a incastonare nella mente, nel cuore e successivamente nell'anima, cosicché io maturassi la sensazione fisica e la conseguente consapevolezza di come e quanto lui mi stesse plasmando a suo piacimento. Tuttavia, a volte le sue parole rimanevano un enigma ed ero costretta a chiedere maggiore chiarezza.
<<Che cosa intendi con "unione"? Sì, forse è vero, sono troppo giovane per capire, ma io mi sento unita a te adesso e non credo di poter sentire lo stesso per qualcun altro>>.
<<E' la tua parte umana che sta parlando in questo momento, ma presto tutto cambierà. Ancora qualche iniezione del mio sangue e abbandonerai i sentimentalismi e le passioni umane per dedicarti alla sacralità della tua missione. Sarai in costante contatto telepatico con i fratelli osservatori, perciò potrai comunicare con loro in qualunque momento e ovunque ti trovi. Le vostre, anzi le nostre esperienze di vita saranno un continuum, cioè non c'è separazione tra gli uni e gli altri in tutto ciò che sperimentiamo, o meglio non c'è individualismo. Tutto ciò che vivi tu in prima

persona, lo vede, lo sente, lo gusta, lo tocca e lo fiuta anche ogni altro osservatore su questa terra. Per cui l'atto della creazione di un vampiro è in realtà un avvenimento politico, comune. Ecco perché selezioniamo con tanta cura i nostri eletti>>.

<<Vuoi dire che non potrò isolarmi mai? Non potrò mai essere davvero sola?>> Buona parte della mia mente ancora umana, inorridiva al solo pensiero.

<<Puoi tentare di farlo, ma dubito che ci riusciresti, perché la condivisione è parte della tua natura e per andare contro natura, bisogna essere dotati di infinita esperienza e di una forza mentale straordinaria. Se attraversassi i millenni, potresti avere qualche chance, ma comunque non potresti interrompere la comunicazione con i tuoi consanguinei, che oggi, nel 1713 sono circa centomila>>.

<<E tu sei proprio sicuro che io sia un osservatore e non un vampiro comune?>> Guardavo il suo volto disteso e pacato che si increspò in un leggero sorriso, quando colse l'ansia nella mia domanda.

<<Come alla notte segue il giorno. E' una verità oggettiva, non vi è alcun dubbio sulle tue caratteristiche di osservatore. Questo è quello che sei, un creatore, e se io mai mi

potessi sbagliare, cosa che metterebbe in discussione la mia stessa natura di osservatore, non potrebbero mai cadere in errore i più di trecento osservatori della terra, che all'unanimità approvano la mia scelta>>.
Non riuscivo a capacitarmi di ciò che tali rivelazioni e conferme avrebbero comportato nella mia vita. In quel momento ero una vampira da soli tre mesi e per me il mondo era mutato in uno scrigno pieno di tesori inimitabili e scoperte sensazionali. Un intero universo che prima ignoravo si stava schiudendo davanti a me e sotto i miei piedi. Ero figlia della terra, lo ero sempre stata, ma la consapevolezza di questa relazione era ora biunivoca. Sonny mi aveva insegnato il linguaggio basico, attraverso il quale la terra detta i suoi comandamenti a tutte le sue creature. Imparai così a parlare con gli animali, a controllare gli elementi e gli agenti atmosferici, mentre il mio corpo cementava e centuplicava la sua forza e il tempo rallentava il suo corso fino a scomparire. Provavo infinite nuove sensazioni e un forte sentimento di appartenenza ed unità con l'universo fisico circostante, ma nulla di lontanamente paragonabile alla totale comunione psichica e spirituale, di cui il mio maestro aveva parlato.

<<Per consanguinei intendi gli altri tuoi figli? I vampiri che hai creato tu? Sarò in grado di riconoscerli anche senza averli mai incontrati prima?>>
<<Intendo consanguinei nel senso letterale del termine, ossia tutti coloro che possiedono il tuo stesso sangue, non soltanto i miei figli, ma tutti i vampiri creati dal mio stesso creatore e dal suo stesso creatore a sua volta e così via. Ovviamente sì, saprai riconoscerli immediatamente. Il nostro albero genealogico è praticamente sterminato e si perde agli albori del tempo. Il sangue del capostipite viene trasmesso continuamente da vampiro a prescelto, e poiché esso, ad ogni trasfusione viene a contatto con il tessuto umano, imperfetto e facilmente attaccabile da agenti esterni, a volte esso muta, può perdere sostanza e indebolirsi quanto più si allontana dalla fonte originaria, o in rari casi, al contrario, può amalgamarsi con un sangue particolarmente resistente, potenziarsi e sviluppare ulteriori qualità. Noi siamo quelli eccezionali tra gli straordinari, perché apparteniamo alla seconda categoria>>.
<<E in che cosa consiste la diversità del nostro sangue?>>
Sonny godeva ad ognuna delle mie domande,

perché gli dava la possibilità di fare ciò che amava di più, insegnare e spargere la sua saggezza per il mondo. Ora so che non tutti gli osservatori espletano la loro funzione con tale devozione e i risultati sono spesso penosi per i nuovi nati e di riflesso per tutta la specie. Ogni osservatore ha un suo metodo e una sua filosofia, quella di Sonny si fondava sulla pazienza e sull'infiltrazione graduale nel nuovo essere, delle informazioni e delle successive dimostrazioni pratiche, necessarie non unicamente alla sua sopravvivenza, ma alla pienezza della sua nuova vita di vampiro.
<<Il sangue che scorre nelle nostre vene è quello della fonte originaria>>.
Ero sbalordita. Ancora una volta non riuscivo a capire.
<<Ma come è possibile? Hai detto di non sapere con esattezza a quando risalgono le origini della nostra stirpe>>.
Si era spogliato nel frattempo e lasciata cadere la camicia di lino bianco sul legno ruvido del pavimento della baracca in cui vivevamo allora, si era sdraiato comodamente sul letto, con il braccio destro sopra la testa e lo sguardo fisso nei miei occhi. Continuò la sua lezione.
<<Il mio creatore era un essere umano di incredibili qualità fisiche e intellettuali. Era un

creativo, un mecenate e un leader molto autoritario, temuto e rispettato, giusto nell'amministrazione della cosa pubblica, ma spietato con i nemici e i criminali. Mi disse che il suo sangue era dominante e resisteva a quello del vampiro suo creatore che impiegò ben nove anni per trasformarlo. Ciò gli permise di comprendere in modo quanto mai esaustivo l'essenza del vampiro e la condizione privilegiata e allo stesso tempo carica di responsabilità dell'osservatore. Fu sempre molto devoto al suo creatore per non averlo abbandonato al suo destino e averlo iniziato a qualcosa di grande e sacro. Le potenzialità della sua mente divennero smisurate, come anche quelle del suo corpo, che continuava a crescere in dimensioni ed energia. In seguito ad un attacco da parte di un gruppo di vampiri ribelli, egli capì di essere diverso, molto più forte, veloce, e praticamente indistruttibile anche rispetto al suo maestro, che invece fu facilmente eliminato dagli altri. La vendetta aveva un sapore troppo dolce per lasciar perdere, così giustiziò uno ad uno i ribelli, impotenti e indifesi contro il suo avanzare. Nei secoli, notò le sue doti accentuarsi. Fu conosciuto come "il giustiziere", perché pur non imponendo vere e proprie leggi, vagava

nel mondo facendo piazza pulita di tutti quei vampiri che non rispettavano le regole della sua etica. Oggi invece, con i suoi tremila anni, è noto come “l’Eterno”, e di certo lui riesce a disconnettersi dalle nostre frequenze cerebrali ogniqualvolta lo desidera>>.
<<Vuoi dire che è ancora in vita?>> Non riuscivo a credere alle mie orecchie.
<<Oh sì. E’ il più vecchio vampiro esistente, l’unico vero immortale che calpesti questa terra>>.
Protese il braccio sinistro verso di me invitandomi ad avvicinarmi al letto e con voce roca disse: <<tu mia regina, attraverso me, sei la diretta discendente di Tristan Exaa, ma ti consiglio di non chiamarlo mai nonno!>>
Rise e il suo volto si accese completamente con marcate virgolette su entrambe le guance, che accentuavano sempre la sua espressione di gioia e facevano da cornice al capolavoro dei suoi lunghi ed affilati canini.
<<Quando avrò finito con te, anche Tristan sarà molto orgoglioso della mia opera d’arte. Ma adesso vieni, è l’ora della nostra intima e salutare bevuta quotidiana>>. Non avrei mai potuto resistere a quel sorriso tanto radioso quanto il sole di mezzogiorno.

Così, quando la notte di Halloween del 1995, in una palestra del Queens, New York, gremita di ragazzini in maschera urlanti ed ubriachi, intercettai quello sguardo metallico e i disegni oscuri dell'imminente tragico futuro che esso proiettava, seppi all'istante che Tristan Exaa non si trovava lì per un solo sorso.
Era la prima volta che incontravo il mio avo, sebbene come Sonny mi aveva annunciato, già lo conoscessi come se fosse una parte profonda di me stessa, la modalità più saggia e allo stesso tempo più repressiva della mia stessa coscienza.
Da molto tempo mi preparavo per quell'incontro. L'avevo immaginato in una vasta sala consigliare, con Tristan al centro seduto su un trono, come un re che riceve i suoi sudditi. Lui incarna la massima autorità nel mondo dei vampiri, è l'anziano e tutti lo venerano come il padre degli dei, con un potere assoluto che applica sempre per il bene dell'intera nostra specie. E' unicamente grazie a lui e alla sua progenie, che i vampiri non si sono ancora estinti, perché il loro sangue è così forte, da risultare immune persino al vaccino antimorso MK, che invece ha sterminato a milioni, altri della nostra razza. I nove vampiri creatori oggi superstiti nel

mondo, sono tutti discendenti diretti di Tristan Exaa.
Avevo pensato alle parole più giuste da dire, a quelle abbastanza intelligenti da attirare la sua attenzione e mi ero allenata a controllare il tono della mia voce per non tradire il timore riverenziale che avrei sicuramente provato al suo cospetto, come se potessi facilmente celare il mio stato d'animo. Ma nulla di tutto ciò servì quella notte.
Chiunque alla sua presenza, si sarebbe sentito piccolo ed insignificante e non soltanto per una questione di dimensioni. Era immenso, uno spirito supremo, l'essere più elevato che la mia mente soprannaturale potesse mai concepire, ma nel fatidico momento in cui la sua mano titanica si impossessò di Ruby e la trascinò via con sé nel buio della notte, fu il terrore ad assalirmi, non la soggezione, perché l'unione delle nostre menti sentenziava la morte della mia prescelta.
Accadde tutto ad una velocità impossibile da vedere per gli occhi umani. Aprii una porta nello spazio e l'attraversai, catapultandomi all'istante nel tetro scenario scelto da Tristan per portare a termine l'esecuzione esemplare e impartirmi la sua personale e più solenne lezione sulla deontologia degli osservatori.

Arrivò al cimitero comunale del Queens un millesimo di secondo dopo di me. La sua pelle era bianchissima e lucida, ombre violacee sotto gli occhi indicavano che non si era nutrito per giorni, in preparazione a quell'evento, e dalla sua testa calva, si innalzavano fiammelle dal nucleo dorato e code violette. Teneva Ruby incosciente, stretta con una sola mano e si preparava ad affondare le zanne nella sua piccola gola, dalla quale avrebbe succhiato fino al totale prosciugamento, nonostante il disgusto per quel sangue avariato, e avrebbe infine ritorto lentamente quella testa fulva fino a sentirne il crack finale.
Questo il suo piano.
Mi cercò con lo sguardo e quando fu certo che fossi presente, spalancò la bocca e si avventò su Ruby. Lanciai un urlo acuto che scosse le chiome degli alberi e crepò un paio di lapidi nelle vicinanze, nel momento in cui sentii le sue zanne penetrare nell'avambraccio destro che con un balzo fulmineo, ero miracolosamente riuscita ad interporre tra le sue fauci e il collo esposto di Ruby. Non si aspettava che osassi oppormi alla sua volontà poiché non avevo pensato di farlo. La sua morsa mi impediva ogni movimento e il dolore si diffondeva rapidamente e sempre

più intenso lungo tutto il braccio e il collo, per poi arrivare alla testa, che si surriscaldava e pulsava come se avesse dovuto esplodere da un momento all'altro. Non mollava nemmeno la presa su Ruby che continuava ad essere in suo potere e mentre l'argento liquido dei suoi occhi si fondeva nei miei, imploranti di grazia, lui continuava a dissetarsi di me, finché il dolore non divenne insopportabile e mi costrinse ad urlare di nuovo. Il mio braccio si stava già avvizzendo e compresi che probabilmente non mi avrebbe mai lasciata andare, dunque dovevo lottare e tentare il tutto per tutto per salvare almeno Ruby. Immaginai allora di colpirlo con il braccio libero, in modo tale da riuscire a fargli perdere la presa su di lei e intanto pensavo anche che in quella occasione stavo apprendendo forse l'ultima delle lezioni, cioè che per proteggere il proprio eletto, un osservatore poteva arrivare a sacrificare se stesso con onore. Fu questo pensiero, non il pugno che indirizzai sulla nervatura del suo braccio sinistro, a farlo desistere. Tristan sfilò i canini dal mio arto ormai privo di vita, ma la sua mano rimaneva ben ancorata alla schiena di Ruby.

<<Aaaaah stupida femmina!>> esplose, con una voce stridula e tagliente, così diversa da

quella di Sonny, eppure ugualmente profonda.
<<La morte di un osservatore non è mai onorevole, né accettabile! Questa è la lezione che devi imparare stanotte!>>
Mi agganciò per il bavero con la sua enorme mano e mi sollevò in aria, sputandomi in faccia il mio sangue mentre parlava: <<che cosa se ne farebbe in ogni caso della sua miserabile vita questo fantoccio che ti ostini a chiamare "la tua eletta", senza di te?>>
<<Ti prego, risparmiala! Ha molte doti di cui non è ancora consapevole che la renderanno un vampiro esemplare>> riuscii a dire rantolando, <<perché ti vuoi cibare proprio di lei? Non puoi volere la sua fine, come non hai mai voluto la mia, lo so. Anche lei sarà un osservatore, è preziosa, ci serve!>>
Lentamente, comprendendo di essere stato ingannato dal mio falso desiderio di immolarmi, abbassò il braccio e mi permise di toccare terra.
<<Naomi Prissahn, il diamante nero del Belize. Sei molto più astuta di quanto pensassi. Un punto a favore per Sonny. Sono sempre stato contrario alla creazione di osservatori di genere femminile, le cui decisioni sono sempre filtrate dall'emotività e tu non fai certo eccezione. Dieci punti in meno per Sonny!>>

Tornò con lo sguardo perfido su Ruby.
<<No aspetta, l'emotività non porta ad esiti sempre negativi e comunque ho eseguito delle valutazioni oggettive su Ruby e conosco le sue potenzialità. Ha solo bisogno di più tempo>>.
Il tono della sua voce si alzò urtando anche le mie orecchie soprannaturali: <<il tempo è ciò che non abbiamo e proprio del tempo, tu sei padrona! Sei il più veloce dei creatori della terra, puoi materializzarti e smaterializzarti ovunque, in un solo istante, e te ne stai qui a sprecare le tue doti con questa feccia, indegna del tuo sangue, mentre potresti creare centinaia di vampiri contemporaneamente. Dov'è il tuo amore per la nostra specie? Il tuo istinto di sopravvivenza? Come ha potuto Sonny dare a te il dono più prezioso? Non capisci che la tua ostinazione a seguire questa mortale, che ha già scelto la morte come compagna, non fa altro che danneggiarci? Lei deve morire!>>
<<Nooo!>> ero disperata e non sapevo più a cosa aggrapparmi per convincerlo a risparmiarle la vita. <<Tristan, ti supplico, non ucciderla! Farò come chiedi, troverò altri umani degni, li seguirò e li condurrò al nostro seguito. Nel frattempo parlerò apertamente a Ruby e se accetterà la trasformazione,

comincerò subito a trasfondere il mio sangue in lei>>.

<<Devi rinunciarci totalmente. Ormai è debole, compromessa, andata e non vale ogni tuo ulteriore sforzo. Sono venuto per liberarti da lei, visto che come pensavo, tu non ne sei in grado. Così potrai continuare il tuo lavoro e contribuire ad assicurarci la sopravvivenza in questi tempi bui>>.

<<Ma lei è la mia eletta, non puoi semplicemente gettarla via come se fosse un rifiuto!>>

<<Io posso fare ogni cosa!>> tuonò, e dovetti coprirmi le orecchie con entrambe le mani. <<E' in gioco la salvezza della nostra specie! Ci stiamo estinguendo Naomi, gli umani ci hanno traditi. Solo un secolo fa, credevo alla possibilità di una serena convivenza tra vampiri ed umani. Feci accordi con i più potenti capi di stato, che desideravano alleggerirsi il peso di alcune piaghe sociali, in cambio della piena libertà di nutrirci indisturbati. Così, i barboni scomparvero dalle strade, i criminali dalle celle sovraffollate, le spie infiltrate dai governi, i moribondi dagli ospedali. Tutto sembrava andare per il meglio, regnava la pace e la nostra esistenza veniva mantenuta segreta, per consentirci un

maggiore raggio d'azione, finché un giorno, scoprii che gli umani, tramando alle nostre spalle, avevano lanciato un vaccino, che portò all'olocausto della nostra razza. Ora non c'è più tempo da perdere. Non possiamo più permetterci di sprecare anni nell'addestramento dei futuri vampiri. Dobbiamo effettuare le trasfusioni in fretta e perché abbiano successo, dobbiamo scegliere gli umani con il fisico più sano e sviluppato>>.

Un forte vento si abbatté su di noi. Mi scompigliò i capelli e agitò le pesanti pieghe della tonaca nera di Tristan. In quel momento sembrava l'anticristo venuto ad annunciare la fine del mondo, ma comprendevo le sue ragioni e sapevo che era nel giusto, per cui con un'atroce sofferenza nel cuore, avanzai la mia proposta: <<io capisco l'urgenza del momento, ma una vita ha sempre un valore inestimabile. Tu preservi la vita di noi tutti da oltre tremila anni, sei la fonte vivente di conoscenza e saggezza, per cui adesso non può non importarti di spegnere una vita innocente, solo per costringermi alla tua volontà. Non ve ne è alcun bisogno. Ti do la mia parola, e in nessun modo riuscirei e venirne meno senza che tu lo sappia, che mi dedicherò alla creazione di altri vampiri e lascerò questa ragazza al suo

destino, finché un giorno, se mai quel giorno verrà, sarà perfettamente degna del dono>>. Abbassai la testa, aspettando il suo giudizio finale. Lui appoggiò Ruby a terra, tanto delicatamente da capovolgere la mia idea di lui di un essere machiavellico, si squarciò un polso con i denti ancora esposti e me lo porse, restituendomi il nutrimento che mi aveva preso e sigillando col sangue il nostro patto.

CAPITOLO 6

La fiamma della creazione e il libero arbitrio

Il dolore è paralisi.

Le contrazioni sopraggiungono puntuali ogni quarantacinque minuti e alterano la percezione sensoriale del mio corpo e dell'ambiente circostante, cosicché, per un lasso di tempo pressoché infinito, tutto scompare. La grotta, il fuoco, la guerra implodono, lasciando soltanto spazio vuoto, aria nera, che mi circonda e mi penetra, annullando anche la mia mente. Ogni pensiero coerente svanisce e la mia mano tremante, è costretta a chiudersi a pugno, come per prepararsi ad un incontro di box con l'acuto, spietato, vermiglio avversario, che esige ogni attenzione, ogni respiro, ogni goccia di gelido ferroso sudore.

Sì, il dolore è rosso, come il sangue.

Ogni volta lo sento arrivare da lontano, mi

concede l'illusione di conoscerlo, spiazzandomi poi quando esplode nel mio ventre in tutta la sua potenza. Si apposta al centro del mio corpo, divenendone padrone assoluto e atroce. Cresce sempre più intenso e mi costringe a portare entrambe le mani sulla pancia, nel disperato tentativo di contenerlo e di proteggere la mia creatura che ora sento spingere verso il basso. Ma non soddisfatto, il dolore si sposta sul retro, invadendo anche le reni e giù fino al retto, talmente asfissiante e paralizzante, da impedirmi ogni grido e movimento. E intanto, pulsazioni sempre più accese raggiungono il mio cervello, e tra gli spasmi, confusamente penso a quanto sottile sia il confine tra dolore e piacere. Entrambi vibrano di rosso, di un rosso sangue. Nient'altro vedo e nient'altro fiuto se non il suo scarlatto profumo fra le mie gambe.

Comincio ad ansimare, la gola brucia e mi sento assetata. Il dolore mi avvolge e il sangue, vivo, ricco, spumeggiante...Devo bere.

Mi passo la lingua sulle labbra disidratate ed eccoli lì, i canini sottili ed affilati, esposti e pronti all'azione. Il dolore persiste incessante e piango lacrime di sangue che non mi dissetano abbastanza e in questo momento mi sento una povera cosa e mi rendo conto di come il

dolore copuli copioso con la paura. Ecco la differenza, sottile ma determinante, tra il dolore e il piacere.
Nessuno ha visto mai nascere un bambino da un vampiro, nessuno può aiutarmi.
Il mio corpo potrebbe effettivamente esplodere e il mio piccolo, che si muove, mentre come me cerca di resistere alle contrazioni, potrebbe incorrere in chissà quali complicazioni e non sopravvivere, o rimanere orfano. Sono sola con il mio dolore, sola con la mia creatura. Devo resistere e proteggere il mio bambino a tutti i costi.
E se una volta nato, il suo sangue, così aromatico e simile a quello di suo padre...la mia sete...ho sete di lui. E se il mostro che è in me decidesse di uscire nuovamente e attaccassi il mio piccolo? Oddio, no, non questo. Non posso pensarlo, non devo...il dolore, la sete, la sofferenza è sempre più...
<<AAAAAHHHH...>>
Il mio grido spezza il silenzio della grotta.
Sento dei rumori intorno a me, ma ciò che vedo è soltanto il viso squadrato e bellissimo di Dennis, il mio amore umano, con occhi di giada, la bocca ampia e piena e la vena pulsante della sua gola. Si eccitano i miei sensi e mi sento urlare ancora, perché il dolore è

troppo forte e la sete così intensa, che quando qualcuno appoggia la mano sulla mia fronte madida di sudore, con un balzo fulmineo, del quale non mi rendo subito conto, ne azzanno un polso e cerco di spegnere almeno l'aridità che mi tortura.

Quel qualcuno si divincola facilmente dalla mia debole presa, e soltanto quando parla, cercando di consolarmi, capisco trattarsi di Agnes: <<Oh tesoro, fatti coraggio, cerca di resistere>>. Torna a carezzarmi la testa e poi la sento trafficare sotto la mia veste.

<<Ci ho provato con tutte le mie forze Naomi, davvero>>, poggia le sue mani calde sul mio ventre, <<ma come sospettavamo i miei poteri lenitivi non hanno alcun effetto su di te, mi dispiace>>.

La sua voce è sommessa e prossima al pianto.

Agnes è quanto di più simile ad una madre io abbia mai conosciuto e so che farebbe qualsiasi cosa per alleviare le mie sofferenze. Cerco di aprire bocca e di dirle quanto mi dispiaccia per aver tentato di morderla, ma non riesco ad emettere alcun suono, quindi sforzandomi di uscire dalla paralisi indotta dal dolore, che ancora non mi dà tregua, allungo il braccio e accarezzo la sua mano appoggiata alla mia gamba sinistra. Anche la sete persiste.

<<No no no no, non sforzarti di parlare o di muoverti piccola, cerca di stare tranquilla. Stai iniziando a sanguinare, ecco perché hai tanta sete. Ma non ti preoccupare, io, Moris e Zakk ti daremo a turno il nostro sangue per aiutarti>>. Poco distante la voce calma di Moris mi rassicura: <<certo, per la mia signora, questo e molto altro!>>

Lo sento avvicinarsi e subito le mie labbra si bagnano di un delizioso liquido dal sapore inconfondibile. Succhio con tutta l'energia rimastami dal polso esile ma fermo di Moris, che si offre con dedizione e aspetta paziente che io ritrovi sollievo. Mi è difficile deglutire ma ad ogni sorso rinvigorisco e inizio a riprendere contatto con la realtà.

<<Agnes, quanto tempo credi ci voglia ancora perché tutto sia finito?>> A differenza di Moris, avverto una nota di angoscia nella voce di Zakk, che per la prima volta nella serata, ha abbandonato l'ingresso della grotta per portarsi al suo interno insieme a noi.

<<Se dobbiamo donare il nostro sangue,>> continua, <<e lo farò all'istante senza riserve, ci indeboliremo tutti e con una guerra in atto...potrebbe essere un rischio troppo grande. Per stanotte non ci dovrebbero essere problemi, ma sappiamo bene che gli umani

aspetteranno la luce del sole per attaccare, quando noi saremo più vulnerabili>>.
Pian piano la luce calda e soffusa del fuoco si sostituisce al rosso tormento nei miei occhi e ricomincio a distinguere forme e volti. Zakk mostra una profonda ruga sulla fronte tra gli occhi profondi, segno di una seria preoccupazione.
Agnes cerca di mantenere la calma, ma a tratti sembra confusa, insicura su cosa rispondere: <<non credo che nascerà stanotte. Il parto è ancora chiuso e le contrazioni sono forti sì, ma ancora molto distanti l'una dall'altra. Io non ne ho idea, ma visto come tutto il processo sia rallentato nel corpo di un vampiro, potrebbe trattarsi di giorni se non addirittura di settimane>>.
Queste ultime parole sono poco più di un sussurro e rivelano tutta l'angoscia di Agnes, che si trova ora ad affrontare ancora una volta nella sua lunga vita, il suo incubo peggiore, l'impotenza, l'incapacità, nonostante i suoi poteri di guaritrice, di salvare chi ama.
<<Settimane? Non potremo mai farcela, saremo tutti annientati già prima del tramonto di domani, con ogni probabilità>> dice Zakk alterato.
Ora che il dolore si trova nella sua fase calante,

ritrovo la mia lucidità. Con uno sguardo ringrazio Moris per il suo sangue e mi espongo per parlare ma lui mi precede: <<calma, pensiamo ad una cosa per volta. All'interno di questa grotta il sole non ci può raggiungere, quindi siamo al sicuro. Possiamo resistere lunghissimi periodi senza dormire, per cui Agnes continuerà ad assistere Naomi per tutto il tempo necessario ed io e te Zakk proteggeremo l'ingresso. I nostri sono arrivati no? Non siamo soli>>.

<<Sì la grotta è ben coperta. Siamo circondati da vampiri e questa notte dovrebbe passare tranquilla. Anche Tristan è arrivato e si è appostato con il suo esercito, ma chi può dire quali siano veramente le sue intenzioni...>>

Il tono grave di Zakk nel pronunciare queste parole, ricorda a tutti che gli umani non costituiscono l'unico pericolo per noi là fuori. Anche buona parte dei vampiri, capeggiati dal nostro capostipite, non approva la mia unione con un inferiore e soprattutto l'ibrido che ne sta per nascere, quindi, al suono rimbombante di quel nome, Tristan, mi sento attraversare da un brivido. Guardo negli occhi i miei compagni e tacitamente ci troviamo d'accordo sul fatto che comunque, ora come ora, il male minore è proprio quello di fidarsi di Tristan

Exaa.

<<Non abbiamo altra scelta>> dice Moris <<Tristan rappresenta la nostra unica speranza e Naomi è la speranza della nostra intera specie, per cui Tristan farà la sua parte e si batterà al nostro fianco contro gli umani, di notte e di giorno. Il suo esercito è costituito da supervampiri. Non avranno problemi particolari alla luce del sole>>.

L'abilità di Moris di calmare gli animi e di infondere speranza, rinnovando l'energia del gruppo, è impressionante e tutti gli sono immensamente grati per questo, nonostante ognuno di noi sia consapevole del fatto che lo scenario da lui dipinto è molto più roseo della realtà.

<<Sì, Moris ha ragione>> riesco a dire infine, rimettendomi a sedere, <<Tristan non ci tradirà. Il vostro sangue servirà a tenermi in vita, ma se la cosa andasse avanti per le lunghe, non dovete stremarvi per me. Potrei bere anche da qualcun'altro la fuori, vampiro o umano, o dai pipistrelli qui dentro, qualunque cosa pur di accumulare l'energia necessaria a trasmigrare quando la grotta sarà espugnata>>.

Tutti annuiscono e nei loro pensieri leggo la devozione incondizionata per questo bimbo, per la cui sopravvivenza, prioritaria rispetto a

qualunque altra cosa, essi sono disposti a sacrificare anche la loro vita.
Mentre Zakk e Moris ritornano alle loro postazioni, io cerco il calore del fuoco e mi perdo nella danza sfrenata delle sue fiamme. Vivaci scintille mi svolazzano intorno, solleticando la mia pelle ramata, ancora scossa dai brividi del passato dolore e del remoto piacere. Innumerevoli immagini sovraccaricano la mia mente in un'altalena di emozioni: *su*, il fuoco della passione, il corpo caldo e scultoreo di Dennis sopra il mio; *giù*, il fuoco della disperazione, quel corpo caldo e scultoreo che potrebbe ormai essere polvere. Dove sei amore mio? Ti vedrò, ti toccherò ancora? *Su*, il fuoco arancione dei capelli di Ruby, dolce, fragile e piccolo fiore. E' questo il sentimento di una madre? La gioia di starti accanto e accompagnare la tua crescita? Strano come il tuo visino smunto si confonda con quello paffuto che si agita nel mio ventre. Piccolo mio, credo tu non sia figlio unico! *Giù*, il fuoco della rabbia di chi è costretto a cedere ad un ricatto, e la gelida tempesta del nord, nominata tristezza, che con i suoi inamovibili motivi, spegne ogni focolare.
Non posso biasimare Tristan per avermi allontanata con la forza da Ruby. Dall'alto della

sua posizione, sa giudicare con obiettività, ci conosce tutti, uno ad uno, e comprende i segreti delle nostre anime meglio di quanto ci illudiamo di poter fare noi stessi. Sa cosa è meglio per ciascuno di noi e per quanto apparentemente incomprensibili o crudeli appaiano le sue azioni, agisce sempre nel nostro interesse.

Io invece, non sono un buon vampiro, sono venuta meno ad ogni insegnamento, abbassandomi alla condizione umana. Non vi è sacrilegio più grande per un vampiro creatore. Tristan continua a celarmi la sua mente, quindi non so che cosa decreterà di fare di me quando il bambino sarà nato, se ci sarà un processo o qualche provvedimento "disciplinare" per la mia riprovevole condotta, ma so per certo che non permetterà mai che perisca per mano degli umani, incoscienti, inconsapevoli e per questo oggi, i nostri peggiori nemici.

Vedendomi corrucciata, Agnes si avvicina, prende una delle mie mani tra le sue e ne accarezza il dorso. Accenna un sorriso pacato e con la mente mi rassicura dicendomi che andrà tutto bene, che il mio bambino nascerà forte e sano e che quando lui sarà in questo mondo, tutti vedendone la grandezza, gli si

inchineranno, come dinanzi ad un re.
Agnes cara. Venera me e mio figlio quasi con fervore religioso, eppure non vi è mai stato tra noi il distacco reverenziale che separa il santo agonizzante dal suo Dio. Viviamo insieme da molti anni e le sue braccia magre, sono sempre state tese per me, non per pregarmi, quanto piuttosto per accogliermi, come un genitore amorevole che abbraccia e consola il figlio, al risveglio da un brutto sogno. Come se i vampiri osservatori avessero bisogno di conforto, come se potessero davvero sognare... Anche di questo dovrò rispondere a Tristan, le cui regole tuttavia, non impediscono ad un osservatore di costituire una propria congrega, purché ovviamente ciò non lo distolga dai suoi doveri.
Per due secoli Agnes ed io abbiamo vagato insieme per il mondo e soltanto negli ultimi anni, da quando Tristan ha imposto di procedere alla creazione di una moltitudine di nuovi vampiri, i gemelli Moris e Zakk, comprendendo la straordinarietà della situazione e le sue implicazioni per l'intera comunità si sono uniti a noi, fornendoci tutta la protezione possibile in vista di un imminente conflitto.
Agnes non ha mai voluto raccontarmi la storia

della sua vampirizzazione. Nei secoli ha imparato a schermare bene i suoi ricordi, rendendomeli impenetrabili, al punto da pensare che lei stessa non rammenti cosa le sia accaduto. Quando mi concentro e le guardo dentro, tutto è offuscato da un fumo nero, e a volte, quando non si è nutrita a sufficienza e le sue difese sono più deboli, ho la sensazione di soffocare, mentre l'olfatto è saturo di quel ripugnante odore di...carne bruciata. Poi vengo scaraventata fuori dalla sua mente e poco le importa che io sia un creatore suo superiore. Per tutti questi motivi, immagino si sia trattato di un evento estremamente traumatico, che lei stessa, rifiutandosi di rivivere insieme a me o a chiunque altro, ha rimosso.
Quando incontrai Agnes per la prima volta, il mio cuore aveva rallentato i suoi battiti da poco più di novant'anni, e in tutto questo tempo, dopo che Sonny mi aveva lasciata, affinché potessi sperimentare in piena libertà e crescere come osservatore, non avevo mai più condiviso la mia vita con nessuno.
Era l'alba del diciannovesimo secolo e mi trovavo in Inghilterra, centro del mondo ed impero dal quale dipendeva anche il mio paese natale, lo stato caraibico oggi noto come Belize. L'impero britannico allargava i suoi

tentacoli in ogni angolo del globo, occultando i meri interessi economici delle innumerevoli spedizioni, dietro all'urgenza di missioni con presunti scopi scientifici, religiosi e/o umanitari. Ma il mio passaggio in Inghilterra non aveva nulla a che vedere con la politica.

Come osservatore, ero, e sono tuttora, interessata alla perenne ricerca di personalità complesse, di caratteri divisi, di problematiche interiori che nell'individuo, siano propulsori di una indagine intima. Le persone abituate ad esaminarsi, ad interrogarsi sul perché delle cose e disposte ad investire energie per risalire ad una qualsiasi risposta, costituiscono solitamente il mio target, perché i conflitti interiori portano sempre all'evoluzione dell'umanità e da esseri umani evoluti, vengono forgiati vampiri eterni ed eccelsi.

Nessun paese più dell'Inghilterra, in quel particolare periodo storico, poteva offrire più opportunità ad un osservatore. Da qui era partita la rivoluzione industriale e la ribalta della scienza come valore sociale, ma un nuovo opposto sentire era alle porte, una rivoluzione spirituale, foriera dei nuovi ideali romantici, che scisse ulteriormente la coscienza degli uomini, indecisi se propendere per una filosofia o per l'altra. La parte più

intima di loro si stava risvegliando e reclamava udienza, ma la mente, sezionata in settori logico-matematici, imponeva loro la razionalità.
Si creò molta confusione negli animi, soprattutto in quella minore parte della popolazione che aveva già compiuto la sua scelta, che però continuava segretamente, ad essere costernata da dubbi, ripensamenti e disperazione per aver ormai raggiunto il punto di non ritorno.
Intorno all'anno 1807, dunque, mi dedicavo all'esplorazione di conventi e seminari, che allora ritenevo fertili vivai per la mia ricerca. Mi avrebbe punito Dio se avessi osato intingere le mie zanne creatrici direttamente nella gola sacra di Cristo? Probabilmente, Lui no, ma la chiesa avrebbe sicuramente ricostituito la Santa Inquisizione, sostituendo la caccia alle streghe con la caccia al vampiro. E fu proprio una strega ed un vampiro fusi in un tutt'uno, che scoprii, nel corpo magro e grinzoso, dai tratti ispanici di Agnes, vagando per la campagna inglese a nord di Londra, dove si trovava il convento delle sorelle albane, nei pressi della cittadina di Saint Albans, da cui esse prendevano il nome.
Vi era una grande e scura nube sopra il

convento, l'addensarsi dei rimorsi e della colpa, che rendeva pesante l'essenza di queste sorelle, quasi palpabile quanto il fumo denso e amaro proveniente dal grandissimo camino, sul lato ovest della struttura, che quelle colpe e quelle sofferenze, fattesi di carne e sangue, inceneriva.

Udivo ogni genere di lamento, ma fui attirata come da una calamita, in mezzo al bosco, dove si ergevano i ruderi di quello che mi sembrava un tempio pagano, con fondamenta e frammenti di pareti di pietra grezza, enormi massi accostati gli uni sugli altri e un altare, la parte meglio conservata, ancora sormontata da una buona porzione di tetto. Mi accorsi che nel retro di questo altare, variopinto di simboli e adorno di fiori, si apriva una stanza, nella quale vidi per la prima volta Agnes disperata, accovacciata su un letto fradicio di sangue, dove giaceva una giovane suora in fin di vita, con ancora il velo bianco sul capo.

Quando entrai, Agnes non fu sorpresa di vedermi ed entrambe sapevamo di essere creature simili.

<<Sapevo che qualcuno doveva arrivare>> disse, <<ma non ho potuto aspettare oltre, le sue condizioni erano troppo disperate e ho voluto provare a guarirla con il mio sangue,

pur sapendo che esso non ha alcuna proprietà superiore e che per lei sarebbe stato puro veleno. L'ho condannata!>> e la sua voce si ruppe in un pianto inconsolabile.

Appena posai gli occhi su quella novizia, sentii il brivido della chiamata e il formicolio risalirmi dalla punta dei piedi, lentamente fino alla testa, alla sommità della quale poi, partì un'onda di calore, una fiammata, della quale Agnes si accorse e sgranati gli occhi, si mise in ginocchio davanti a me, adorandomi: <<porti sul capo la fiamma della creazione, sei un osservatore!>>

Brivido, formicolio e fiamma di color viola ametista, la mia pietra naturale, erano i sintomi che stavo sperimentando nella mia vita da vampiro, ogni qualvolta mi trovavo alla presenza di un potenziale nuovo osservatore.

Agnes aveva preso a baciarmi i piedi, riponendo in me la speranza di vedere salvata la vita della "sua prescelta". Vedendo il fagottino inerme avvolto in una coperta intrisa di sangue ai piedi del letto, feci alzare Agnes e le chiesi di mostrarmi quanto era accaduto.

Ella con la mente, mi raccontò della sua professione di guaritrice e levatrice. Curava da sempre le persone con erbe, pozioni, amuleti e rituali magici, che lei definiva *i culti della terra*. Le suore sapevano della sua presenza nei dintorni del convento.

Agnes era fondamentale per questa comunità di religiose, che colta da profonde crisi spirituali, spesso, soprattutto le più giovani, ma non solo, perdevano la retta via e scappavano dalla clausura, nei boschi, dai quali, per volere di Satana, ritornavano spesso incinte o corrotte da qualche malattia venerea. Le doti di guaritrice di Agnes si erano accentuate dopo la sua trasformazione, riuscendo ora a curare tagli, ferite varie, tumori e qualsiasi altro problema fisico del corpo umano, soltanto con l'imposizione delle mani.

Per quel che riguardava le gravidanze, le religiose lasciavano ad Agnes il compito di sbarazzarsi dei piccoli, che dovevano sparire dal convento quanto prima. Molte volte lei si portava fino alle porte della città dove abbandonava i neonati sulle soglie delle abitazioni, nella speranza che i piccoli fossero adottati. Se invece i bimbi nascevano morti, andavano immediatamente cremati nell'inceneritore, insieme ai corpi delle suore infettate da qualche malattia scomoda. In cambio di tutti i suoi servigi e sicure della sua discrezione, le suore a turno, lasciavano Agnes

bere un po' del loro sangue.
La novizia in quel letto, che si chiamava Beatrice, aveva instaurato un rapporto speciale con Agnes, alla quale confidava ogni cosa, rendendola partecipe della guerra che le stava dilaniando l'anima. Era stata consacrata a Dio da poco, ma proprio ora lei non lo sentiva più parlarle, non lo sentiva più dentro di lei e le sembrava che la veste bianca che portava, fosse una menzogna, perché impuri erano invece i suoi pensieri e le reazioni che essi provocavano nel suo corpo, soprattutto quando dalla finestrella inferriata della sue cella, guardava giù e vedeva il giovane padre Brown, che settimanalmente faceva visita alle sorelle.
Quella notte, Beatrice diede alla luce l'ennesimo figlio del peccato di quel convento. Il parto era stato difficile, perché il bimbo deformato, a causa della malattia del sangue della madre, aggravatasi se non forse provocata proprio dai continui salassi effettuati da Agnes nel corso degli anni, nascendo, aveva causato notevoli lacerazioni ed una gravissima emorragia, che Agnes aveva tentato di arrestare con i suoi poteri di vampiro. Il bimbo nacque comunque morto e anche se aveva smesso di sanguinare, per

Beatrice non c'era comunque più nulla da fare, poiché Agnes poteva effettivamente fare prodigi, ma i suoi poteri erano sempre paradossalmente stati vani proprio con le malattie del sangue. In preda al panico e alla costernazione per aver contribuito a peggiorare le condizioni di salute della ragazza, Agnes aveva forzato Beatrice ad ingoiare il suo sangue di vampiro, nell'ultimo disperato tentativo di salvarle la vita e di scoprirsi miracolosamente, dopo secoli, un creatore a sua volta.
Così non fu e Beatrice stava esalando gli ultimi respiri proprio quando mi affacciai all'uscio, incrociando lo sguardo rassegnato, schiacciato dalla colpa e dall'impotenza di Agnes.
Beatrice amava il suo Dio. A differenza di molte ragazze della sua età a quei tempi, aveva scelto il convento per pura vocazione. Pregare e sentirsi unita al mondo era un privilegio che lei sapeva appartenere a pochi e in questa unione, lei era immensamente felice. Ciò che venne dopo, i dubbi, le tentazioni, il peccato, erano parte della sua unione con Dio, perché ora, in punto di morte, lo sapeva, Dio contempla il tutto, l'ogni cosa che forma il tutto, il bene e anche il male, lo spirito e anche il corpo e non giudica, ma ama soltanto.

Nel cogliere questi suoi ultimi pensieri, la fiamma sopra la mia testa si fece più intensa. Avrei imparato molto a mia volta da quest'anima se fosse stato ancora possibile arrestare il suo trapasso. Non ci pensai due volte e afferrai un coltellaccio che trovai accanto al letto. Conficcai la lama arrugginita nel mio petto, tremando di dolore e trovando la sorgente pulsante del mio sangue magico. Raccolsi tra le mie braccia Beatrice morente, la strinsi al petto e lasciai che le sue labbra trovassero la ferita, dalla quale zampillava il liquido rigeneratore più forte e ricco del mio corpo. La sentivo ritornare tra i vivi ad ogni deglutizione, ma non ero certa comunque che sarebbe sopravvissuta. Mi sentii male per quanto sangue diedi e quando l'insistenza del suo risucchio divenne insopportabile, la staccai da me, crollando a terra. Agnes allora, come adesso, rifocillò il mio bisogno di sangue con il proprio e intanto mi investiva con pensieri e parole di gratitudine per aver risanato la sua Beatrice. Dopo qualche ora, lei si riprese e noi fummo consce che ormai era definitivamente fuori pericolo.

Quando le spiegammo quanto era successo e che io mi trovavo lì per iniziarla ad una nuova vita, lei molto serenamente mi ringraziò e

rifiutò di diventare un vampiro. Aveva ritrovato la fede e voleva seguire Dio con la passione di cui sapeva essere capace.
<<La precarietà della condizione umana è la cosa più preziosa che abbiamo>> disse, <<non possiamo fare a meno di soffrire perché ci sentiamo soli ed imperfetti e per questo, lo scopo della nostra vita è la ricerca di Dio. Se diventassi un essere potente ed indistruttibile, che ne sarebbe della mia anima? Che cosa andrei ricercando, se sapessi di essere già così perfetta da vedere riflesso allo specchio lo stesso volto luminoso di Dio, quando mi guardo?>>
Non stava accusando me e Agnes di essere creature senz'anima, aveva semplicemente realizzato che il suo destino era diverso dal nostro. Vedevo l'ardore del suo spirito, che era puro e aveva bisogno di rimanere terreno per perfezionarsi. Sarebbe stata una personalità importante nel mondo religioso, una di quelle rare, che vivono e professano la verità divina dell'amore e non dogmi ed indulgenze.
Sapevo di aver perso un'ottima allieva in quel momento, ma poi, guardai Agnes che si inchinò nuovamente davanti a me, e seppi di aver acquisito un'alleata per l'eternità.

CAPITOLO 7

La Grande Creazione

Il distacco forzato da Ruby fu per me un tormento, l'atroce sofferenza di un drogato, privato improvvisamente del benessere chimico, provocato dalla sua sostanza preferita. Per molti anni, scandagliai ogni angolo del globo, alla ricerca di una replica dei suoi occhi di smeraldo, del suo odore di muschio, la sottilissima seta della sua pelle, la nota grave della sua voce, e soprattutto del suo sapore intenso, intriso di terra, quasi stantio, eppure fresco, frizzante e pieno di promesse. Creai centinaia, migliaia di vampiri, ovunque nel mondo, di qualsiasi età, ceto sociale e predisposizione d'animo. Fra tutti questi, vi furono alcuni buoni esemplari, docili e consapevoli, con singolari caratteristiche e poteri, ma mai nessuno come Ruby, nessun osservatore.

L'urgenza di accrescere il numero di vampiri,

per poter scongiurare l'estinzione ed acquisire la forza necessaria per contrastare il naturale e sempre crescente odio degli umani nei nostri confronti, era tale, che non divenne più possibile per gli osservatori selezionare accuratamente gli individui e scegliere gli eletti tra i molti. Ancora oggi, il "dono del sangue" viene ripetutamente concesso, a persone non idonee, fragili, ribelli, assassini, che dopo la trasformazione, perdono il lume della ragione e camminano su questa terra come zombi, totalmente annientati e vagabondi, all'inseguimento della scia del sangue, o pazzi, con improvvise manie di onnipotenza, decisi a soggiogare il mondo intero al loro potere, nient'altro che meri terroristi.

Il contatto telepatico con i miei simili, mi teneva sempre informata sulla situazione globale e sulle nuove disposizioni impartite di volta in volta da Tristan, che controllava il nostro operato e continuava però a celare la sua posizione. Le creazioni che si rivelavano un totale fallimento dovevano essere cancellate, per cui chi impazziva o si disperava o in qualche modo fosse fuori controllo, veniva eliminato con il fuoco, prodotto dalla mente di noi osservatori, proprio come i rifiuti

di una discarica che finiscono nell'inceneritore, liberando finalmente l'aria dal fetore. Chi invece contestava, si ribellava all'autorità e presentava un comportamento difficile e nervoso, ma era dotato di un fisico forte ed una mente scaltra e brillante, doveva essere segregato, sottoterra, sottacqua, o in qualunque altro posto dal quale non potesse fuggire o arrecare danno, finché non fosse stato possibile per noi creatori, in tempi migliori, predisporre un programma di recupero ed educazione al vampiro esemplare. Ancora una volta, trovavo brutali le scelte di Tristan, ma non ascoltai la mia coscienza, perché la ragione mi metteva costantemente di fronte all'ineluttabilità di tali decisioni e alle immense responsabilità dell'essere un creatore. Mi limitai così ad eseguire, cercando di affinare il più possibile il mio istinto per incorrere nel minor numero di errori possibile e morendo un po', ogni volta che lasciavo calare il mio sangue prezioso nella gola avida di un individuo qualunque.
Stavo svolgendo un lavoro egregio, raramente ricorrevo alla combustione e grazie al preziosissimo aiuto di Agnes, sempre al mio fianco, riuscivo anche a limitare molto il numero dei segregati. Tristan non aveva di che

lamentarsi, anzi, scrutava con vivo interesse e pacato compiacimento, l'organizzazione con cui io e la mia collaboratrice ci prodigavamo per la causa, salvo fare una smorfia di disgusto ogni qualvolta che incrociando lo sguardo ammaliante con quello di un potenziale nuovo adepto, la mia mente indugiava sul ricordo di Ruby.

Periodicamente, Agnes ed io sceglievamo un posto strategico, che potesse fungere da base operativa per la nostra missione. Necessitavamo di un luogo tranquillo, protetto dalla luce del sole e da sguardi indiscreti, ma non troppo isolato dalla civiltà, nostra fonte di sostentamento. Spesso quindi, si trattava di terre nordiche, avvolte nell'oscurità per sei mesi all'anno, o foreste, grotte, vecchie case o meglio ancora chiese abbandonate. Qui, Agnes predisponeva tutto il necessario per l'addestramento dei nuovi vampiri, impartendo loro delle vere e proprie lezioni sull'essere vampiro, punti di forza e di debolezza, ciò che è consentito e proibito fare, come cacciare, e soprattutto come riconoscere l'odore del vaccino MK nel sangue umano. Un lavoro enorme da espletarsi in pochissimo tempo, difficile e delicatissimo come il mio compito, che invece consisteva nel saltare da

una parte all'altra della terra, con l'obiettivo di reclutare i migliori discepoli possibile e di trasformarli in vampiri, prosciugandoli del loro sangue e immettendo il mio nel loro sistema cardiocircolatorio.
Il processo di trasformazione di un umano in un vampiro, deve avvenire in modo graduale, per concedere il tempo al corpo di assimilare il nuovo sangue. Creare più vampiri contemporaneamente, comporta per un osservatore uno sforzo inimmaginabile, a cui può sopravvivere solo nutrendosi in egual misura al sangue ceduto.
Trasportavo con me attraverso lo spazio, due o tre persone alla volta, dopo averle rese innocue ed incoscienti in seguito al primo morso. Arrivata al campo, le lasciavo nelle mani di Agnes, che le accudiva in una sorta di dormitorio, mantenendole addormentate o comunque calme, anche usufruendo di decotti o sostanze narcotiche, fino a quando, traboccante di sangue, sarei stata pronta per iniziare le trasfusioni. Riuscivo a creare dai venti ai trenta vampiri nel giro record di due mesi. Ogni giorno, assorbivo il sangue di ogni persona e infondevo il mio, in quantità via via maggiori. In questo modo, i soggetti che inizialmente erano debilitati e febbricitanti

per il salasso e la tossicità del nuovo sangue nel loro organismo, diventavano dipendenti dalle trasfusioni ed acquisivano maggiore forza e lucidità mano a mano che il sangue di vampiro si insinuava, sostituendo quello umano.

Un giorno buio come la notte in Estonia, tornai da Agnes tenendo tra le braccia gli ultimi due prescelti, che andavano a completare quel gruppo di nuovi vampiri nordeuropei: un ragazzo di circa vent'anni con una cicatrice sotto l'occhio sinistro e la sua amante, nonché insegnante, molto più grande di lui.

Non sceglievo mai persone legate le une alle altre, ma perfetti sconosciuti, dal momento che cercavo sempre di evitare un qualsiasi tipo di coalizione e/o insurrezione, ma questo si presentava come un caso speciale: la femmina era gravida da poche settimane, non lo sapeva ancora, ma io avvertivo già distintamente, tra i pensieri lussuriosi e colpevoli della donna, un impulso elettrico provenire dal suo ventre, una forte vibrazione che mi scuoteva in tutto il corpo e mi provocava brividi freddi, il netto battito di un cuore che subito mi riportò a Ruby e ancor prima a Beatrice. Avevo trovato finalmente un tesoro di valore inestimabile,

un vero eletto e un futuro osservatore.
La scoperta mi entusiasmava, perché fino ad allora, in tutto il mondo, durante quella che fu poi battezzata *la Grande Creazione* , nessuno dei nove osservatori all'opera, aveva scovato un altro essere loro simile, custode del potere più sacro. Che il soggetto in questione, di fatto non si potesse ancora fregiare del titolo di essere umano, era per me soltanto un dettaglio. Quella creatura mi apparteneva, avrei fatto di lui o di lei, il miglior osservatore mai esistito, superiore a tutti noi, perché allevato dalla nostra razza, avrebbe imparato a pensare unicamente come un vampiro creatore.
Ma che effetto avrebbe avuto il mio sangue immesso in circolo tramite la madre, in un organismo in via di sviluppo? Sarebbe nato un vampiro? In questo caso le implicazioni sarebbero state immense per tutta la nostra comunità, per la nostra esistenza, proprio come ora accade per il figlio che porto in grembo io stessa. Nessuno disponeva di una risposta certa alle mie domande e c'era molto da considerare e da decidere.
Tornai al campo, con le mie due nuove reclute incoscienti tra le braccia e cercai subito il consiglio di Agnes, che scorsi in attesa, insieme a due vampiri che non avevo mai visto prima,

molto diversi tra loro, eppure profondamente legati, con occhi identici che condividevano ben più del brillante color ceruleo.
Tutti e tre si inchinarono di fronte a me, mentre appoggiavo delicatamente i due umani sui letti loro destinati. I due nuovi vampiri guardarono il mio volto, ammaliati e adoranti come al cospetto di una dea. Vedevo l'ammirazione e la sottomissione nei loro occhi, che chiusero, aprendomi invece completamente le loro menti, affinché potessi conoscerli, vedere i loro talenti, capire le loro intenzioni e rendermi conto del loro grande desiderio di servirmi.
Zakk e Moris erano fratelli gemelli, figli di quelle terre nordiche che diedero loro i natali, più di quattrocento anni fa. Sangue vichingo scorreva nelle loro vene e nel rispetto delle più antiche tradizioni, fin da piccolissimi, fu loro insegnata l'arte della guerra.
Zakk era il prototipo del guerriero, la sua prestanza fisica incuteva immediatamente terrore negli avversari, era il braccio forte in ogni combattimento, il condottiero che in sella al suo cavallo puntava dritto lancia e spada e avanzava imperterrito finché non rimaneva più nulla di verticale sul suo cammino.
Moris invece, era di corporatura molto più

esile, decisamente non adatto all'azione sul campo di battaglia, ma dotato di grande intelligenza ed astuzia. Divenne il consigliere di re e principi, il diplomatico, l'ambasciatore nelle corti di tutta Europa, lo stratega nelle guerre che più stavano a cuore ai padroni del mondo. Nulla mostrarono a proposito della loro vampirizzazione o del loro creatore, del resto poco importava nelle circostanze in cui ci trovavamo, l'urgenza non era il passato, ma il nostro futuro.
<<Mia signora>> disse Moris rivolgendomi un secondo inchino, <<ciò che sta accadendo nel mondo non ha precedenti. Il caos dilaga in ogni angolo della terra e presto si arriverà allo scontro diretto tra umani e vampiri. Sarà una guerra di proporzioni immani, nella quale noi avremo ben poche speranze, visto il nostro evidente svantaggio numerico>>.
Si inumidì le labbra sottili e pensò un attimo prima di continuare: <<mio fratello Zakk e io, ci siamo precipitati qui non appena abbiamo avvertito la presenza di un osservatore nella nostra terra. Siamo consapevoli di contravvenire alle regole, che in nessun modo i vampiri comuni devono interferire con il lavoro sacro degli osservatori, ma per il massimo bene di tutti noi, riteniamo di poter

essere d'aiuto nella formazione di questo esercito e...>>
<<Esercito?>> proruppi, <<quale esercito? Non siamo affatto in guerra, signori! Il reclutamento degli umani non ha fini bellici, ma semplicemente di sopravvivenza della nostra specie!>>
<<Certo signora, indubbiamente,>> riprese Moris, <<ma riflettete un attimo, quale speranza di vita hanno i nuovi nati, se non vi è il tempo nemmeno di spiegare loro a che cosa stanno per andare incontro? Di insegnare loro il valore, l'utilizzo e l'utilità dei loro nuovi poteri?>>
Rimasi piacevolmente stupita, nessuno prima d'ora si era rivolto a me dandomi del voi. Quand'ero umana, non ero degna di un tale pronome, ma mi irritai un po', perché avvertivo lo subdolo infiltrarsi del pensiero di una guerra, di una paura, venuta a sporcare la nobiltà della nostra causa. Tagliai corto, precisando: <<Agnes si occupa di questo! Siamo perfettamente organizzate e stiamo facendo del nostro meglio per consegnare al mondo buoni esemplari di vampiri, con l'unico scopo di rifocillare la nostra popolazione e non di fare la guerra agli umani, che sono, non dimenticatelo, il nostro

sostentamento e la ragione per la quale noi esistiamo>>.

Vedendo che mi stavo affrettando verso i letti delle persone che ormai stavano riprendendo conoscenza e cominciavano a lamentarsi, Agnes mi si avvicinò: <<Naomi, i gemelli sono qui per servirti e per dare a tutti questi nuovi vampiri delle chances di sopravvivenza in più, sai bene che l'istruzione che impartisco io non è sufficiente. So che il tempo stringe, ma ti prego, ascolta ciò che hanno da dirti>>.

La guardai nei suoi occhi saggi e mentalmente le ordinai di sedare ulteriormente gli umani, cosicché non potessero creare problemi o scappare e mi diressi nuovamente verso i gemelli, che erano rimasti in attesa.

<<E va bene, in cosa potreste essermi utili?>>

Entrambi accennarono un sorriso di gratitudine, ma soltanto Moris parlò: <<abbiamo tantissimo rispetto per gli esseri umani signora, non fraintendete le mie parole, non abbiamo alcun desiderio di entrare in guerra con loro. Personalmente, nonostante il mio passato, non trovo alcun onore nella guerra, ma credo che sia soltanto questione di tempo e saranno gli umani presto, a scendere in campo contro di noi. Hanno inventato il vaccino che ci ha quasi sterminati e sono

costantemente al lavoro per riuscire a mettere a punto qualche altra arma da usare contro di noi. E nel frattempo noi ci indeboliamo sempre più>>.
<<Ma non è detto che tutto ciò accada, io ho speranza e fede nel fatto che prima o poi arriveremo ad un equilibrio tra le due specie e potremmo convivere pacificamente. Dobbiamo aumentare di numero e...>>
La mia voce perse forza, perché non ero più certa di ciò che sostenevo e all'improvviso, la pace mi parve un'utopia. La tristezza invase i miei occhi, che trovarono però immediato conforto in quelli profondi di Moris. Mentre poggiava una mano sulla mia spalla, mi parlò con devozione: <<tutti noi vogliamo la pace e questo sarà sempre l'obiettivo che perseguiremo, ma prima, come avete già ricordato voi, dobbiamo assicurarci la sopravvivenza. Voi siete tra gli osservatori, colei che più ammiriamo, io e mio fratello, perché coinvolgendo la vostra fidata Agnes, avete già pensato ad un modo per sopperire alla mancanza di tempo nell'iniziazione. Altri osservatori si limitano alla trasformazione, con il disastroso risultato, che i novelli vampiri cadono a migliaia, avvelenati da un vaccino che non sanno riconoscere, o incapaci di

difendersi dai cacciatori del nostro sangue. Per questo noi riteniamo necessario che oltre ad Agnes, vi serviate anche della nostra esperienza in campo militare, per addestrare i nuovi nati al combattimento, alla strategia e alla manipolazione mentale. Così, avrete comunque l'opportunità di creare vampiri completi, se la loro mente resiste alla trasformazione>>.
Zakk annuì, mostrandomi tutta la sua disponibilità e offrendomi tutta la protezione necessaria a consentirmi di svolgere la mia funzione in assoluta tranquillità. Non avevo mai pensato di aver bisogno di protezione, ma più ci pensavo e più la cosa mi pareva scontata e mi sentii stupida per aver tante volte messo a rischio la mia incolumità e quella di Agnes.
Mi sentii presa da un nuovo entusiasmo: <<sì, potrebbe funzionare! E vedendo gli ottimi risultati, anche gli altri osservatori potrebbero seguire il nostro esempio ed organizzarsi con altri vampiri...ehm... "vampiri maestri", come voi e dare alla nostra specie molte possibilità in più!>>
L'intero progetto mi sembrava assolutamente geniale. Moris, Zakk e Agnes, sopraggiunta in quel momento, sorrisero e condivisero con me l'energia positiva e la rinnovata fede nel

futuro.
In tutto questo, era impossibile dimenticarsi di Tristan, che veniva a conoscenza di ogni cosa nell'esatto istante in cui la conoscevo io. Straordinariamente riaprì la connessione diretta con me e prese a tuonare nella mia testa, dicendomi che non tollerava chi scavalcava la sua autorità, ma poi considerò i vantaggi del piano e anche se non lo ammise apertamente, si compiacque della mia perspicacia e della lealtà che mi circondava e lasciò che la prima "scuola di vampiri" fosse ufficialmente fondata.
La presenza al mio fianco di nuovi protettori e consiglieri, sollevò molto del peso della missione che gravava sulle mie spalle. Sospirai profondamente mentre tutti loro mi osservavano aspettando un mio cenno.
Il mio cuore prese a palpitare più forte quando, intercettando un'immagine nella sua mente, vidi Agnes sotto la finestra della camera di Ruby, da dove io ero rimasta in silente osservazione per anni. Compresi allora il suo intento: una volta concluso l'addestramento di questa classe, Agnes si sarebbe recata in America a seguire Ruby per me, con l'unico scopo di tenermi informata sulla sua vita. Mi sentii esplodere di felicità e

ringraziai infinite volte Agnes per aver avuto questa splendida intuizione.
In seguito, pregai tutti di seguirmi nel dormitorio, dove dovevano iniziare le trasfusioni, ma prima chiesi loro consiglio sulla questione che mi stava più a cuore, la nascita di un nuovo osservatore. Tutti e tre mi guardarono increduli, con la bocca aperta, incapaci di parlare. Li stavo invadendo con immagini, sensazioni, aspettative e potenzialità legate al nascituro, ma molte erano anche le incertezze sul come procedere, e le paure per le conseguenze, una volta nato il bimbo prodigio.
La congrega confabulava, vagliando i pro e i contro di ogni azione, ma non sembrava stessero giungendo ad una soluzione.
Fu Agnes poi a parlare: <<puoi fare un esperimento bambina, puoi tentare di renderlo un vampiro mentre è ancora nel grembo materno, ma trattandosi di qualcosa che nessuno ha mai tentato prima, non puoi importi nessun risultato. Il rischio è molto elevato>>.
<<Oh Agnes, lo sai che non posso perdere questa creatura, sarà un osservatore ed è troppo raro e troppo prezioso per rischiare un qualsiasi incidente>>.

<<Allora dovete lasciarlo vivere da essere umano nel corpo della madre>> intervenne Moris, con la sua voce calma, <<quando sarà nato, lo porterete via con voi e lo alleverete come un vampiro, aspettando il suo pieno sviluppo prima di iniziare a sostituire il suo sangue con il vostro>>.
<<Sì>>, disse Zakk, che parlava per la prima volta, <<è l'unica soluzione se volete garantirvi che sopravviva, ma vi conviene riportare indietro la donna adesso, prima che si risvegli>>.
Feci mente locale e capii che era impossibile tenere la donna in nostra custodia fino al parto. Innanzitutto, avremmo dovuto tenerla prigioniera, legata, rinchiusa, sedata o condizionata mentalmente per impedirne la fuga, ma tutto questo sarebbe stato nocivo per il bambino. In secondo luogo, non sarebbe mai stata al sicuro con un branco di nuovi vampiri famelici alla disperata ricerca di sangue; terzo, noi non potevamo sostare nove mesi in uno stesso luogo e portarcela appresso, sarebbe comunque stato deleterio per il bambino. Decisi allora di riportare la donna nel suo ambiente, in modo tale che avesse una gravidanza normale e serena e desse alla luce un bimbo forte e sano. Al momento

opportuno, avrei fatto come aveva indicato Moris.
Entrando nel dormitorio, mi accorsi che proprio il letto di quella donna era vuoto, e lei vagava confusa e sconvolta per la stanza, chiedendo aiuto e cercando di capire cosa le fosse accaduto. Quando mi vide dirigermi verso di lei, si ricordò di quando l'avevo aggredita, affondando i miei canini nella sua gola e cominciò ad urlare, a correre e scalpitare come una dissennata. La immobilizzai facilmente, ma lei si accasciò in preda ad evidenti dolori. Guardai in basso e vidi del sangue tra le sue gambe.
<<Oh no, noooo>> gridai, ed Agnes subito si precipitò in soccorso, facendo tutto ciò che poteva per fermare l'emorragia. Intanto, tutti gli altri iniziavano a svegliarsi e dovetti correre per un secondo giro di prelievi e di conseguenti perdite di conoscenza. Dopo qualche ora, iniziai a cedere piccole quantità del mio sangue a tutte le ventinove persone distese nei letti, le cui menti controllavo, rendendole docili e tranquille.
Più tardi, Agnes mi fece capire che la gravidanza della donna era ancora in corso, ma che lei era troppo debilitata per via della perdita di sangue e del salasso che le avevo

praticato io. A quel punto, tutti noi convenimmo che la cosa più sensata da fare, fosse cedere il mio sangue alla donna, nella speranza che ciò ristabilisse le sue condizioni.
Vi erano due trasfusioni giornaliere per gli allievi. Le prime due settimane il loro corpo manifestava i sintomi del rigetto, febbre, nausea, debolezza, dolori, che andavano via via diminuendo in funzione all'aumento della quantità del sangue scambiato. Nell'intervallo di tempo tra uno scambio e l'altro, gli allievi seguivano gli insegnamenti teorici e pratici di Agnes, Moris e Zakk, mentre io mi rimettevo alla ricerca di nuove persone e quando tutti gli altri erano impegnati, passavo il mio tempo con la donna incinta, che nel frattempo si era ristabilita.
Nel vedere quanta cura ci prendevamo di lei, capì di non trovarsi in pericolo e non cercò più di scappare. Avevamo persuaso tutti loro che ci trovavamo in un posto isolato e che loro erano stati prescelti per un addestramento speciale. Il condizionamento mentale e la dipendenza dal mio sangue contribuivano a far si che pochi di loro si ribellassero o impazzissero. In entrambi i casi, sapevamo bene che cosa avremmo dovuto fare. La lucidità comunque, la consapevolezza e la

piena facoltà mentale ritornavano verso la fine del ciclo di trasfusioni, quando la trasformazione era già quasi interamente completata.
La donna, che scoprii chiamarsi Esther, con la quale non scambiai più il mio sangue, per paura di nuocere al bambino, mi parlò di sé, della sua vita, del marito e i tre figli e infine di Daryl, lo studente di cui si era perdutamente innamorata, insegnando storia contemporanea all'università. Quando le comunicammo di essere incinta, la vidi gioire nel profondo, intravvedendo nel rapimento congiunto di lei e del suo Daryl, la possibilità di una vita felice insieme, per cui quando invece accennai alla necessità di riportarla alla sua famiglia per salvaguardare la sua incolumità e quella del bambino, lei mi supplicò con tutte le sue forze di farla restare, poiché la sua famiglia non l'avrebbe mai accettata con in grembo un figlio bastardo e mi offrì in cambio tutta la sua fedeltà e tutto ciò che di più prezioso possedeva, compreso il diritto di educare suo figlio come uno di noi. Tuttavia, la sua presenza al campo, costituiva un pericolo, in quanto unica umana indifesa in un'alcova di vampiri, non ancora del tutto in possesso delle proprie facoltà fisiche e mentali, per cui uno

di noi doveva vigilare su di lei giorno e notte e impedire a chiunque altro di avvicinarlesi.
Gli unici momenti di privacy possibili per Esther erano quelli in cui chiedeva il permesso di andare in bagno. L'accompagnai e rimasi ad aspettare fuori dalla porta, che spalancai immediatamente quando fiutai qualcosa di strano, l'odore del sangue, ed inorridii quando vidi Esther fatta a brandelli tra le braccia di uno dei nostri neofiti, la cui mente era piatta e non avevo potuto sentire e che rispondeva in modo meccanico solo al richiamo del sangue.
Gli strappai Esther dalle braccia, mentre Zakk, venendomi incontro insieme a Daryl, gridava, che nel dormitorio ne mancava uno. Esther aveva la gola squarciata e dal ventre anch'esso lacerato, penzolava un piccolo ammasso, poco più grande di un girino, che sembrava chiedere aiuto attraverso quello che non era ancora un cuore, ma che continuava a pulsare. Poi all'improvviso, la frequenza cardiaca cessò ed io lanciai un urlo lancinante, superato solo dalla disperazione di Daryl che, canini pronti all'attacco, cercò di scagliarsi contro l'aggressore di Esther. Fu trattenuto da Zakk, mentre io incenerivo il sovversivo che aveva infranto tutte le mie speranze e contemporaneamente, cremavo il corpo

straziato di Esther, dando a lei e al suo bambino, la pace eterna.
Tutti accorsero fuori a guardare i roghi. Rimanemmo in silenzio per più di un'ora e una volta spenti i fuochi, Daryl mi offrì la gola, impaziente di terminare la sua trasformazione. Io eseguii, presi il sangue umano rimastogli, fino all'ultima goccia, poi lui bevve da me, direttamente dalla vena del collo, cosa che non permettevo quasi mai a nessuno e sentii un po' di vita fluire via da me. Succhiò il mio sangue con rabbia, sentivo l'odio di Daryl e non potevo certo biasimarlo in quel momento.
L'indomani, Daryl partì, andò per la sua strada, ad iniziare la sua nuova vita di vampiro. Disse che aveva imparato tutto ciò che c'era da sapere sui vampiri e aveva anche già scoperto il suo potere speciale portato dal dono del sangue: la cicatrice sotto il suo occhio sinistro era quasi miracolosamente scomparsa e la vista che prima era compromessa, adesso risultava molto più che perfetta, supersonica, una sorta di raggi x. Non aveva più bisogno di apprendere niente, solo di sperimentare per conto suo.
Lo lasciammo andare, anche se tutti noi, intravedemmo un disegno di vendetta, un odio profondo verso la nostra intera razza,

quel genere di risentimento foriero di minacce, che soprattutto nell'odierno conflitto mondiale, ci induce spesso a sospettare anche dei nostri simili, rendendo la nostra specie ancora più vulnerabile agli occhi degli umani.

CAPITOLO 8

Il mio angelo è un vampiro

Sono Agnes Ystrija.

Non so bene come fare questa cosa, non ho mai scritto molto in vita mia... qualche epistola forse, e qualche volta gli ingredienti di una nuova pozione, ma mai nulla di questo, mai nulla di noi. Ma la mia signora mi ha ordinato di prendere il suo posto e di "essere una evangelista", di continuare la storia, mentre lei soffre in preda ad una nuova doglia, perché il mondo deve sapere.

<<Posso farcela senza di te>> mi dice, ma mi si spezza il cuore quando la sento gridare e allora, maledico ciò che sono, il mio non sapere e non potere. Non riesco ad alleviare nessuna delle sue pene, eppure mi chiamano guaritrice.

Il momento del parto è ancora molto lontano, il che significa che le sofferenze andranno ad aumentare. Moris le sta tenendo la mano e le

asciuga la fronte sudata. Eccola lì, la mia signora, con il volto trasfigurato dal dolore, e tuttavia sempre bellissima. E' la bellezza di un'anima immortale, che trabocca d'amore e per tutti noi crea, crea in tutti i modi possibili, dà la vita eterna, dà alla luce, è la nostra dea. Non credo che queste misere parole riescano a descrivere la devozione che noi tre suoi servitori, proviamo nei suoi confronti, ma è doveroso da parte nostra esprimerlo anche con parole scritte, esattamente come è assolutamente necessario raccontare la storia di questa nascita, che alla fine, diviene la storia di noi tutti.
Ha ragione Naomi a dire che non possiamo più fidarci di nessuno, neanche di quei vampiri che oggi lottano al nostro fianco, perché c'è sempre chi potrebbe complottare alle nostre spalle, approfittando del caos generale. Però, per quel che può valere, prima di raccontare una qualsiasi storia, voglio che il mio amore incondizionato per questo osservatore venga definitivamente impresso nelle pagine e reso indelebile nel tempo e nella mente di chi leggerà. Non vi è nulla che non farei per la mia signora, e non sto parlando con il cuore di una madre, che peraltro non sono, anche se lei spesso mi

permette di chiamarla “bambina”, ma con quello del credente, gonfio di fede di fronte al maestro supremo che gli indica il cammino. Grazie a Naomi, io ora so qual è il mio posto nel mondo, e quel posto, è proprio qui accanto a lei, quindi di me, Naomi si può fidare.

Si fidò, quando dopo l’arrivo dei gemelli, mi lasciò andare in America, a sorvegliare la persona per lei più importante, sulla quale aveva investito molti anni e che sarebbe stata per noi un altro maestro.

Ruby Frost non era un’adolescente come tanti altri. Si sforzava oltre ogni modo per sembrare come le sue coetanee, aveva imparato a mentire per essere accettata, per avere una parvenza di normalità, ma la condivisione vera, era un’altra cosa, e lei lo sapeva bene. Per questo quando era a casa, si chiudeva in bagno, si denudava nel corpo e nell’anima e scriveva un diario della sua amarezza, in cui confessava tutta la sua ipocrisia.

La solitudine la spaventava più di ogni altra cosa e si sentiva sola da tre anni, quando ad una festa di Halloween, qualcosa che non capiva era successo e lei si era risvegliata al freddo ed indolenzita, ai piedi di una lapide sconosciuta. Tremò allora, perché era circondata dalla morte e pensò che quella morte fosse in qualche modo anche entrata dentro di lei, perché si sentì per la prima volta, dacché aveva memoria, totalmente, perdutamente sola.

Quindi aveva preso a condividere la sua intimità con un diario e le sembrava che denudarsi dei vestiti la aiutasse ad essere più sincera, e a trovare più facilmente quell'anima che, durante il giorno, si sforzava di soffocare. Solo allora la verità saltava fuori, che lei non si era mai amata, ma aveva sempre e non sapeva il perché, amato la vita. Aveva avuto molte occasioni per morire, ma se ci pensava bene, se si connetteva bene con la sua anima, non aveva mai desiderato veramente morire. Ma era sicura di non amare se stessa, il proprio corpo era...qualcosa di indefinito e orrendo, qualcosa che voleva far sparire. Per quanto avesse cercato di esasperarlo e mantenerlo scarno, informe, il suo corpo continuava a crescere e ad arrotondarsi e ora lo specchio, davanti al quale si esaminava per ore, le rimandava continuamente l'immagine di una voluttuosità e di una irriverenza sconcertanti e quasi inaccettabili.

Devo essere nata nel corpo sbagliato, caro diario. Se

fossi stata un maschio, la mia magrezza non avrebbe sconvolto nessuno e i miei genitori adottivi non insisterebbero tutti i giorni perché mangi questo o quello e non mi forzerebbero a prendere tutte quelle medicine ed integratori. E se fossi un maschio, non dovrei preoccuparmi di come vestirmi o di truccarmi, non dovrei fingere continuamente di voler attirare l'attenzione. Perché una ragazza per essere popolare deve essere fisicamente apprezzata? Non potrebbe semplicemente essere intelligente e simpatica anziché bella? Ma poi che differenza farebbe? I maschi in ogni caso vogliono solo...solo entrare, insinuarsi in profondità. Ah, quanto grande e forte e sicura di me sarei, se fossi un maschio! Sarei il cacciatore e non la preda e non me ne fregherebbe niente di niente, tanto sarei legittimato dalla natura che ha diviso così le parti, no? Se fossi una brava ragazza, accetterei semplicemente il mio ruolo e farei quello che tutti si aspettano da me.

Sai caro diario, credo che il mio angelo mi abbia abbandonato proprio per questo, perché io sono ribelle e disobbediente e non più innocente. Ora sono sola con la mia colpa, con i miei pensieri impuri, che vorrei sradicare dalla mia mente e dal corpo, ma invece sono sempre lì, in basso, proprio dove i maschi mi guardano sempre. Se assecondassi quegli sguardi, forse mi sentirei meno sola... non lo so, ma so che lei, che prima vegliava su di me, mi ha lasciata tra le tombe, e ora io appartengo alle tenebre.

Ruby era abituata a pensare che la sua impurità la autorizzava a comportarsi indegnamente, così, cominciò a frequentare i maschi e a fare con loro ciò che aveva imparato da piccola. I ragazzi erano inizialmente intimoriti dal suo corpo esile e spigoloso, ma la disponibilità con cui lo offriva, la rendeva comunque molto interessante e ricercata tra la popolazione maschile. Ognuno di loro aveva ovviamente il volto di suo padre, ma lei era ben consapevole che più forte del disgusto era il bisogno della presenza di qualcuno, della vicinanza fisica di un corpo caldo da accarezzare. Con il tempo e la pratica sempre più incalzante, il dolore che aveva sempre provato nell'atto sessuale, lasciò il posto alla consuetudine e alla dolce illusione di non essere più tanto sola.

Non presenziavo alla sua vita tutti i giorni, come invece era solita fare la mia signora, ma sempre più frequentemente, assistevo ai freddi amplessi, rapidi e sterili di qualunque sostanza, tra uomini di ogni genere, raccattati in ogni dove, e una ragazza perduta, che per rimanere ancorata ad una parvenza di vita, aveva paradossalmente, fatto la scelta di buttarsi via.

Caro diario, è un po' che non scrivo, lo so, ma ultimamente sono un po' presa, sai...:) In pochissimo tempo, la mia vita è completamente cambiata, ora sono la più popolare della scuola. Nei corridoi tutti parlano delle mie audaci "prestazioni", i maschi fanno a gara per chiedermi un appuntamento, le femmine invece, mi guardano storto, cioè, più storto di prima. Ma che m'importa? Credo di aver trovato la mia vocazione nella vita. Non è difficile sai? Assecondo ogni loro desiderio, così si eccitano molto e tutto finisce più in fretta. Li lascio fare e nel frattempo io penso alle mie cose, tipo se ho un esame il giorno dopo, mi ripasso la materia, oppure programmo le attività per la settimana successiva, così non perdo tempo e traggo un sacco di benefici con il minimo sforzo. Sì ok, è un po' doloroso all'inizio ma...ho passato di peggio, perciò è assolutamente sopportabile, e poi... ho i miei rimedi, le mie preziose medicine!
Ultimamente ho ridotto l'uso delle tante pillole colorate, che avevano per lo più un effetto anestetizzante o per meglio dire, unidimensionale. Sì ok, sentivo pulsare la musica in ogni parte del

corpo e il ritmo mi scuoteva tutta ed era bello ballare ininterrottamente per ore e ore e condividere questa energia con tante persone in pista. Però non riuscivo a fare altro! Sentivo questa forza e vedevo il mondo prendere velocità intorno a me, per cui tutto si riduceva all'accelerazione, al correre dietro alle luci sfuocate che sfrecciavano davanti ai miei occhi e al ritmo sempre più incalzante della musica. Capisci? Non potevo fermarmi, non sentivo il bisogno di bere, di andare in bagno e nemmeno di fare sesso e questo per la mia popolarità non andava affatto bene. I ragazzi dicevano che ero strana, che di solito le pasticche facevano molto bene al sesso, ma io ero totalmente insensibile, cioè non sentivo le loro mani che mi toccavano, ero anestetizzata appunto e se fosse stato solo questo, non sarebbe andata male in effetti, ma non riuscivo a stare ferma e ogni abbraccio era solo una morsa che mi imprigionava e mi impediva di ballare e lottavo, mi ribellavo, e allora loro dovevano giustamente tenermi ferma e obbligarmi, con il risultato che il giorno dopo mi svegliavo dolorante e piena di lividi ovunque, oltre che del tutto spaesata.

No caro diario, non mi piaceva sentirmi così tanto fuori controllo e così una sera, ad una festa dei ragazzi del college dove ero riuscita ad entrare grazie al fratello ventunenne di una mia amica cui

avevo fatto un bel lavoretto, ho fatto il grande salto di qualità ed ora posso andare in paradiso ogni volta che voglio! Però non sto parlando di un paradiso tipo allucinazione, no no! E' il paradiso in terra, dove sono completamente vigile, in possesso delle mie piene facoltà mentali e cosa sensazionale, provo tutto! Quella sera, per la prima volta, il sesso è stato abbastanza piacevole anche se, praticamente infinito! Ma fammi cominciare dall'inizio!
Appena entrati alla festa, il fratello della mia amica, che non ricordo come si chiama, mi ha presentata un po' a tutti e sono stata subito ben accolta, nonostante fossi più giovane di loro. Ricevevo sorrisi, complimenti, coccole, praticamente da tutti quelli che non avevano una ragazza o non erano già rintanati in qualche stanza ad "amoreggiare"... per essere educata! :) Insomma, sull'elegante divano bianco del soggiorno era seduto un ragazzo...sì, diciamo carino, Lucas, mi sembra di ricordare. Stava trafficando sul tavolino in cristallo davanti a lui, con una carta di credito e un'appetitosa polvere bianca. La frantumava bene per evitare grumi e la divideva in tante strisce perfette, tutte della stessa lunghezza. Sapevo che cos'era. Proprio quella settimana a scuola, avevamo avuto la visita di due esperti di sostanze stupefacenti, credo che lavorassero in una comunità o in un ospedale, comunque erano tutti i giorni a

contatto con droghe di tutti i tipi e con i tossici e avevano aderito alla campagna antidroga promossa in tutte le scuole dello stato. Il loro scopo ovviamente, era quello di informare noi giovani sui vari tipi di droga, sui loro effetti e su come tutte creino dipendenza. Per cui quella sera, sapevo cos'era la cocaina, ma non potevo dire di conoscerla finché non l'avessi provata.

Quando Lucas si accorse della mia presenza e soprattutto di come sgranavo gli occhi fissando quelle strisce immacolate come la brina del mattino sui fili d'erba che accompagnano il mio cammino a scuola, mi sorrise e arrotolata una banconota da venti, me la porse e disse: <<prego cherie! Non bisogna mai resistere alle tentazioni, lo sai vero? Altrimenti, rischi che si trasformino in ossessioni e che siano loro a controllare te, invece del contrario>>.

Il discorso aveva un gran senso. Annuii e gli sorrisi a mia volta. <<Dopo di te! Io non l'ho mai fatto e ho bisogno di una dimostrazione pratica>>.

<<D'accordo!>> Appoggiò la banconota arrotolata sulla narice sinistra e si chinò sul tavolo. Chiuse con un dito l'altra narice e inspirò con forza, avanzando velocemente sul cristallo del tavolo, mano a mano che la polvere scompariva. Finita la striscia, si prese un paio di secondi per respirare a fondo, poi ripeté la stessa identica procedura con

l'altra parte del naso. Rimasi affascinata da come lo faceva, non che ne avessi visti molti altri, ma qui vi era una certa precisione nelle movenze. Ogni gesto sembrava calibrato e perfetto, era come un rituale, alla fine del quale lui era radioso, felice e sembrava anche più affascinante.

Non persi tempo e presi la banconota che mi stava nuovamente offrendo ed imitai il suo metodo. La prima striscia finì quasi subito e mentre mi preparavo ad aspirare la seconda lui mi fermò, dicendo che per la prima volta poteva bastare così. Stavo per cominciare a protestare, quando avvertii la prima scarica che mi lasciò senza parole. Una botta incredibile al cervello, come se all'improvviso tutto il sangue fosse andato a confluire lì, dove sentivo delle frenetiche pulsazioni, delle scariche elettriche. Sì, sentivo ogni singola cellula cerebrale accendersi di elettricità, ed ero magnificamente lucida, presente, pensante, propositiva e più viva di quanto fossi mai stata in vita mia.

Lucas mi aveva fatto sedere sul divano, aveva un'aria trasognata e molto compiaciuta.

<<Wow!>> dissi e lui: <<già!>>

Ci mettemmo a ridere tutti e due e poi accadde qualcosa di veramente strano. Sentivo un formicolio dappertutto, lo stesso senso di elettricità stava scendendo dal cervello al resto del mio sistema nervoso credo, e mi accorsi di avere piena coscienza *di ogni singola parte del mio corpo. E' una cosa strana sai caro diario, voglio dire, tutti noi viviamo ogni giorno, andiamo in giro di qua e di là, ma non prestiamo attenzione a tutta quella massa che dobbiamo spostare e che ci viene dietro ogni volta. Lo facciamo in automatico, gambe, braccia, stomaco eccetera, tutto si sposta insieme, ma non ce ne accorgiamo. Invece, è una grande scoperta quella di sentire il piede attaccato alla caviglia, sentirlo veramente intendo! Senti il sangue che ci scorre dentro, le giunture, i muscoli e le ossa che sono incredibilmente così elastiche! E' una cosa sensazionale! E bellissima, perché sento la vita dentro di me! Non mi era mai successo niente di simile prima di allora e cosa ancora più sensazionale per me, sentivo un richiamo, uno spasmo non so, quando Lucas prese a guardarmi con una certa intensità e a far scorrere la sua mano lungo la mia coscia sotto la cortissima gonna in jeans. Nel sedermi non mi ero assolutamente preoccupata che la mia gamba destra fosse finita piegata sotto la sinistra e che quella mini potesse salire più del dovuto lasciando intravvedere le mie mutandine. Sentivo la sua mano avanzare sempre più su e il mio cuore intanto accelerava i battiti, facendomi provare una sensazione di calore ovunque. Mi accorsi che il mio respiro stava diventando affannoso, ma non me ne importava.*

Lui mi guardava dritto in faccia, il sorriso gli era sparito e allora vidi il desiderio. Quell'espressione familiare di possesso della serie "tu mi appartieni" prese a fuoriuscire da tutte le parti, non solo dal suo viso che si faceva sempre più vicino al mio, ma anche dai suoi pantaloni che sembravano dover esplodere da un momento all'altro. Tornai a guardarlo in faccia e come per ogni altra volta, non stavo facendo sesso con uno sconosciuto, ma con mio padre, ma clamorosamente, quella volta, non ci pensai più di tanto, perché la sua mano bollente era arrivata nel punto di incontro delle mie cosce, un punto che non ero mai stata in grado di sentire prima e che ora pulsava, respirava ed aveva fame. Ero molto bagnata e lui tornò a sorridere quando si imbrattò le dita, che poi affondò dentro di me. Non sentii nessun dolore caro diario, ma solo un grande, sporco e vergognoso piacere e fu in quel momento che decisi che non avrei più vissuto un giorno senza la miracolosa cocaina, che tutto trasforma: il brutto in bello, il dolore in diletto, l'apatia in vita.

Feci sesso ripetutamente per tutta la notte, non solo con Lucas, che comunque continuava per ore e d ore senza mai venire, ma anche con altri ragazzi che entravano ed uscivano dalla stanza. Non so quanti fossero e non mi importa! Non mi importa di essermi risvegliata completamente nuda il mattino dopo, sporca di tanto sperma e maleodorante. Non mi importa se ogni volta dopo la coca e il sesso, mi sento vuota e invasa dal gelo; un po' come essere morta forse, no, non mi importa. Mi importa soltanto che grazie alla cocaina, riesco a provare qualcosa quando faccio sesso, ed ora, anche per me il sesso può essere più o meno normale, anche se tuttora non credo all'esistenza di quello che tutti chiamano "orgasmo". E' soltanto un'illusione, un'utopia come la pace nel mondo! La coca invece è reale. Con la coca, io sono contenta, i maschi con cui vado sono contenti, siamo tutti felici, per cui la cocaina è il bene primario dell'umanità secondo me! Chissà, forse se tutti si facessero di cocaina e poi si dessero da fare gli uni con gli altri, la pace abiterebbe veramente questo mondo!

Nello squallore della sua vita, i momenti del diario, che con gli anni divennero sempre più sporadici, erano gli unici autentici, in qualche modo filosofici e profondi, in cui Ruby si concedeva a se stessa, alle sue riflessioni, alla sua verità. Però, non arrivò mai alla verità oggettiva. Si rifiutò sempre di vedere l'effettiva desolazione della sua vita, per illudersi invece che tutto ciò che faceva, rispondeva ad una logica, che ad ogni effetto c'era una causa. Era convinta di avere sempre in ogni momento, l'assoluto controllo della sua vita, ma con il passare del tempo, il suo stile di vita andava peggiorando. A vent'anni, Ruby Frost era già sciupata. Nulla più da scoprire e di cui stupirsi, nessun sogno da realizzare, nessuna aspettativa per il futuro, occhi quasi spenti, che si animavano solo quando si posavano sull'ultimo, nuovo tipo di droga in circolazione.

Gli anni del college, furono deleteri. Lontano da casa, incurante del dolore e della preoccupazione dei signori Goodwin, che con ogni mezzo, compresi i ricoveri forzati, avevano cercato di salvare quella figlia adottiva dalla perdizione, Ruby introdusse nel suo organismo ogni genere di sostanza, andò in overdose una decina di volte, si diede alla prostituzione e a chiunque disperatamente le chiedesse il perché di tutto questo, lei rispondeva candidamente: <<amo la vita e voglio conoscerla, fare ogni genere di esperienza, ma odio il mio corpo, per cui non lo curo e non mi preoccupo di fargli del male>>.

Incredibilmente, si ostinava a non voler cogliere la contraddizione in quel che diceva.

Passavo dei periodi di quindici, venti giorni consecutivi ad osservare Ruby, poi facevo ritorno al campo di addestramento, dove

Naomi impaziente mi aspettava per avere notizie. Cominciava a sondare la mia mente ancora prima del mio effettivo arrivo al campo, quando geograficamente ero ad una distanza sufficiente a stabilire un contatto telepatico. Quando giungevo a destinazione, la mia signora aveva già visto orrori di ogni genere e il suo bel volto contorceva i suoi tratti in una maschera di tristezza. Non mi chiedeva mai niente, nonostante fossi solita schermare la mia opinione su Ruby e la sua situazione, per evitare che Naomi ne rimanesse ancor più ferita. Sicuramente, captava la mia riluttanza a continuare quella osservazione. Ogni volta, speravo che sopraffatta da quanto avesse visto sulla vita dissoluta di quella ragazza, Naomi avrebbe rinunciato a lei una volta per tutte e si sarebbe concentrata su altri discepoli molto più meritevoli. Ma passato circa un mese ad addestrare le nuove reclute, lei tornava sempre da me chiedendomi di ripartire e non mi diede mai veramente l'opzione di poter rifiutare l'incarico. Certo mi ero offerta io molti anni prima, ma ormai la cosa aveva perso senso e non capivo veramente più perché Naomi si ostinasse tanto a voler continuare l'osservazione di una persona che non sarebbe mai divenuta una di noi. Più tempo impiegavo ad accettare di ripartire alla volta di New York, più il volto di Naomi si irrigidiva, facendomi sempre più chiaramente sentire il peso della sua autorità.

Non ho veramente mai compreso quali qualità e potenzialità un osservatore perfetto come Naomi, diretta discendente del dio Tristan Exaa, vedesse in una reietta come Ruby. Non sarebbe mai stata in grado di diventare un vampiro, figuriamoci poi un osservatore a sua volta. Mi risultava impossibile pensare che davvero Ruby fosse designata ad essere un essere supremo. Pensavo che frequentandola, osservando la sua vita, avrei intravisto una luce, un potere, qualcosa che la rendesse speciale, diversa da qualsiasi altro essere umano e avrei capito le motivazioni e le speranze della mia signora che incondizionatamente avrei continuato ad aiutare per tutto il tempo necessario, anche rischiando di suscitare l'ira funesta del capostipite. Ma ai vampiri comuni come me, non è dato di comprendere le scelte di un osservatore, né tantomeno di giudicare il loro operato. Noi esistiamo per servirli e per amarli. Il mio amore per Naomi è sempre stato più grande delle mie congetture, per cui ogni volta ripartivo sommessa, con la speranza

di riportare notizie migliori e pensando comunque che prima o poi, il sempre vigile Tristan, ci avrebbe scoperte e all'istante, posto fine al nostro giochetto e con ogni probabilità anche alla mia vita.
Il sangue di Ruby, era ora avvelenato dall'eroina.
La cocaina rimaneva comunque la sua droga preferita, non se ne faceva mai mancare, come non mancavano ogni notte, uomini diversi nel suo letto, ma il suo organismo ormai reclamava di più, così era passata agli aghi. Non si faceva ancora poi tanto spesso, perché non le piaceva come la faceva sentire l'eroina.

Un bellissimo "viaggio" all'inizio, diceva, *di quelli da favola o da incubo, dipende, comunque tutte cose assurde, irreali e tu capisci benissimo che quella non è la realtà ma solo l'effetto della droga, però ti senti bene, leggera, non senti più alcun tipo di dolore, ti senti in pace, però dopo sprofondi nel limbo, nell'oscurità, nella paralisi e questo è davvero tremendo. L'eroina ti fa perdere coscienza, ti fa addormentare, poof, non ci sei più, scomparsa e questo è molto, molto, molto negativo.*
Però caro diario, ci sono dei momenti in cui ne ho davvero bisogno, momenti in cui, desidero soltanto scomparire, visto che non ho il potere di far

scomparire tutto attorno a me! In quei momenti, benedico l'eroina e tutti i narcotici suoi parenti!!

La settimana scorsa, quella che dice di essere mia madre, la mia vera madre, si è presentata qui al campus. Quando aprii la porta della mia stanza, fui assalita da un conato di vomito. Corsi in bagno e lei ebbe la sfrontatezza di entrare, richiudere la porta dietro di sé, venire verso il bagno e dirmi: <<ciao tesoro, come sei cresciuta! Ti ricordi di me? Sono la tua mamma!>>

Era svampita come la ricordavo, con gli stessi capelli biondi tinti e fuori moda e le labbra grosse e rosse, gli occhi ancora pesantemente truccati di blu, e disgraziatamente verdi proprio come i miei. Un orrore! Pensai di essere in uno di quegli incubi indotti dalla droga, ma non mi facevo in vena da due giorni, per cui, capii che era proprio lei in carne ed ossa. Mi feci forza e le andai incontro. Lei si sedette alla mia scrivania, io sul letto di fronte. Non dissi molto, non potevo...che cosa c'era da dire, lei per me era un'estranea, lo era sempre stata, non si era mai curata di me, mai!

<<Che cosa vuoi?>> fu l'unica cosa che uscì dalle mie labbra.

<<Beh sai, pensavo che adesso tu sei cresciuta e io sono quasi pulita e che potremmo vederci qualche volta!>>

Non riuscivo a credere alle mie orecchie caro diario,

mi stava chiaramente prendendo in giro! E poi mi parlava con quel mezzo sorrisetto da oca, il suo tipico modo di fare, e che cosa significava "quasi pulita"?

Mi schiarii la gola: <<beh hai ragione sai, io sono cresciuta, sono maggiorenne ed indipendente, so badare a me stessa e non ho alcun bisogno di vederti o di sentirti>>.

La vidi alzare leggermente il labbro superiore, un chiaro segno di disprezzo o rabbia, che peraltro mi aspettavo, ma questo non mi provocò nessun piacere e a dire il vero, anche nessun dispiacere. Non provavo assolutamente niente per questa donna.

Ricompose la sua espressione, forzando un altro dei suoi sorrisi da oca giuliva e svelò il vero motivo per cui era venuta: <<senti cara, abbiamo tutti passato dei brutti momenti lo so, ma ora dobbiamo guardare avanti! Tu hai un futuro meraviglioso, sei al college, tra qualche anno, anche grazie alla tua ricca famiglia adottiva, tutte le porte si apriranno per te. Io invece ho passato gli ultimi anni dentro e fuori dal carcere e dalle cliniche di disintossicazione e non ho più nulla. Sono qui soltanto per chiederti un piccolo aiuto>>.

<<Ma di cosa stai parlando? Come posso aiutarti anche ammesso che voglia farlo?>>

Ovviamente non volevo, ma visto che era venuta fino a lì, dovevo almeno lasciarle sparare tutte le

sue stronzate, prima di riderle in faccia!
<<Beh tesoro, si dà il caso, che tu abbia un bel fondo fiduciario per il college e a me servono solo dieci mila dollari, non ti accorgerai nemmeno che mancano, a te in fondo non servono tutti quei soldi e poi che ti piaccia o no, me lo devi!>>
Sottolineò queste tre ultime parole con tale enfasi che...ora non ero più indifferente. Sentivo una rabbia enorme montare dentro di me, una rabbia repressa da tanto tempo. Ma decisi che non valeva la pena risvegliare i demoni del passato. Deglutii il mio disgusto, mi alzai dal letto e le feci segno di andarsene.
<<Che cosa? Mi stai cacciando? Nooo tesoro, non funziona così, tu mi hai rovinato la vita!>>
Anche lei si alzò e mi venne vicino agitando le braccia nella mia direzione. Il suo alito puzzava di alcool, tanto per cambiare, e per un momento pensai che volesse picchiarmi, ma non mi feci intimorire, non indietreggiai. Rimasi immobile.
<<Sì, sì proprio così>> continuò, <<mi hai rovinato la vita quando sei venuta al mondo, ho fatto di tutto perché tu non nascessi, ho bevuto, mi sono drogata, ho fatto sesso selvaggio, mi sono presa un sacco di botte, ma niente! Tu insistevi a stare bene attaccata all'utero! Ero giovane e bella e anche io avrei avuto una vita davanti se non fosse stato per te!>>
Aveva iniziato a singhiozzare, ma non riusciva ad

impietosirmi. Continuavo a rimanere immobile e a sostenere il suo sguardo accusatore, tanto sapevo che il peggio doveva ancora arrivare.
<<Sei stata sempre una croce nella mia vita e in quella di tuo padre. Sai, lui prese a picchiarmi quando scoprimmo che ero incinta>>.
La fase patetica era finita, aveva smesso di piangere e adesso la sua voce era dura e piena di odio.
<<Non volevamo nessun figlio. Tutto ciò che volevamo era spassarcela, noi due, bere e scopare, scopare e bere, ma tu no, sei voluta nascere lo stesso, ad ogni costo! Io ingrassai e tuo padre non mi guardò più come prima e divenne sempre più violento, ma questo lo sai anche tu non è vero?>>
Rise divertita e prese a camminare avanti e indietro per la stanza.
<<Perché non mi avete abbandonato subito dopo la nascita? Non sarebbe stato meglio per tutti?>> Mi stupii nel sentire la mia voce formulare quella domanda che ero sicura di aver solo pensato.
<<Vuoi dire che sarebbe stato meglio per te! No carina, avere una figlia da sfamare permetteva ai disoccupati come noi di avere il sussidio di stato, e questo significava avere garantita una quantità seppur minima di bottiglie ogni settimana. Questa è stata l'unica cosa buona dell'averti con noi. Ma non ti bastava vero?>>
Si avvicinò nuovamente a me, mi afferrò per le

braccia e cominciò a scuotermi: <<non ti bastava avermi già preso la vita, ti dovevi prendere anche il mio uomo puttana?>>
Cercai di reagire, di scostarla da me di spingerla via, ma le sue mani stringevano così forte le mie braccia esili e prive di muscoli che temei di sentire le ossa spezzarsi da un momento all'altro.
<<Puttana! Quando lui cominciò a scoparti, io ti ho odiata al punto di cominciare a pensare a come ammazzarti. Poi sentivo quanto forte te le suonasse nell'altra stanza e ne godevo, perché te lo meritavi e speravo che fosse lui stesso a farti fuori una volta per tutte. Ma tu ti risvegliavi sempre, come se nulla potesse ucciderti e con tutte le cose strane che accadevano in quella casa, alla fine capii che eri una creature del demonio!>>
Fu allora che mi scaraventò a terra e prese a colpirmi forte con calci e pugni e intanto mi urlava di come il mio amico demonio, avesse preso mio padre dal letto quella notte e l'avesse ridotto letteralmente a brandelli. Mi ero rannicchiata in un angolo e con le braccia proteggevo il viso dai suoi colpi e poi la sentii urlare come una pazza quella parola: << era un VAMPIRO! Un vampiro mi ha portato via il mio uomo. Lurida cagna, te la fai con i vampiri ed ora devi pagare!>>
All'improvviso la porta della mia stanza si spalancò e un sacco di persone, si riversarono dentro e

finalmente mi tolsero quella furia di dosso. Non sentivo molto dolore, non fisicamente almeno, soltanto la testa martellava con un'unica parola: vampiro, vampiro, vampiro. E mi ricordai di tutti gli eventi e i sogni strani, del mio angelo onnipresente e bellissimo, che mi era sempre sembrato una femmina, che aveva leccato il sangue delle mie ferite e ne aveva riversato sopra del suo e che quel mattino in ospedale, tutte le mie ferite si erano miracolosamente cicatrizzate. Non era stato solo un sogno, non era stato affatto un sogno e adesso mi ricordavo...avevo visto i suoi denti, lunghi e sottili, lacerare la sua pelle per farne uscire il sangue guaritore.

Il mio angelo era un vampiro!

Corsi via veloce, con il cuore a pezzi e la consapevolezza che dovevo essere veramente una creatura demoniaca se un vampiro aveva scelto me. Ma perché mi aveva scelta, che cosa voleva da me? Decisi di cadere nuovamente nell'oblio, come quando ero in coma. Tutto il marciume attorno a me sarebbe scomparso e forse avrei avuto un po' di pace. Forse il vampiro mi sarebbe apparso di nuovo in quella dimensione e avrei potuto sapere tutta la verità.

All'angolo tra la ventitreesima e la quarantaduesima, comprai una doppia dose di

eroina con i soldi del mio fondo fiduciario e me la sparai in un cesso pubblico.
Mi risvegliai alcuni giorni dopo in ospedale. Overdose. Scampata. Il vampiro non si era presentato all'appuntamento. Ero ancora irrimediabilmente sola e disperata.

Grazie a Dio, non assistetti a questa scena. Non sarei potuta intervenire in ogni caso e non avrei potuto impedire che le cose andassero come sono andate. Arrivai da Ruby il giorno in cui fu dimessa dall'ospedale.
Passò i giorni della convalescenza a casa con i Goodwin, i quali ormai, vista anche la loro non più giovane età, erano esausti di questi continui colpi di cuore inferti loro dalla ragazza. Ma la loro porta era sempre aperta per lei. Le volevano sinceramente bene, era la loro bambina e si rammaricavano di non essere riusciti a proteggerla e a riscattarla in tutti quegl'anni. Sentivano di aver fallito come genitori e cercavano ora di starle vicino come meglio potevano, provando però a non interferire più di tanto con la sua vita. Sapevano che questo era esattamente ciò che Ruby desiderava e fecero del loro meglio per rispettare la sua volontà. Lei gliene fu sempre grata da lì in avanti.

Il senso di solitudine si era risvegliato prepotentemente in Ruby. Se ne sentiva divorare lentamente e lei cercava di contrastarlo con le droghe. La sua dipendenza dall'eroina aumentò. Ogni iniezione era un rinnovo dell'invito per il vampiro e prima che un'altra overdose se la potesse portare via definitivamente, feci ritorno di corsa al campo, perché la consapevolezza di Ruby sulla vera natura del presunto angelo e il suo persistente desiderio da avere un confronto diretto con esso, sarebbero potute essere notizie che la mia signora aspettava da tempo.

<<Non posso andare da lei Agnes>>.

Gli occhi della mia signora erano grondanti di sangue nero. Sangue nero significa mancato ricircolo ed ossigenazione, significa "allarme nutrirsi". Sangue nero può significare la morte per un vampiro.

Naomi aveva appena ceduto il suo sangue a trenta discepoli e non ne aveva preso indietro a sufficienza. Mi era corsa incontro non appena mi aveva sentita arrivare ed aveva interrotto bruscamente le trasfusioni per scoprire il motivo della mia eccitazione.

<<Non posso andare da lei, il mio lavoro qui è appena cominciato e Tristan non mi permetterebbe mai di sospenderlo>>.

Sentivo il suo cuore infranto e quanto soffriva per quella ragazzina. Temeva di non avere più tempo, che Ruby sarebbe morta prima di poterla ricontattare e manifestarsi una volta per tutte.
<<Suvvia, non disperarti in questo modo bambina!>> La presi sottobraccio e l'accompagnai nel dormitorio dove doveva finire di nutrirsi.
Aspettai che si rifocillasse e tornasse in salute e poi per la prima volta cercai di consigliarla a desistere: <<forse è giunto il momento di fare una scelta bambina. Non puoi chiaramente assentarti da qui. Potresti fare una breve incursione, apparirle in sogno anche solo per un istante e farle comunque capire che ci sei, che non l'hai abbandonata, ma Tristan lo verrebbe immediatamente a sapere e...non so proprio quello che potrebbe accadere>>.
<<Devi continuare a sorvegliarla tu!>>
<<È un gioco troppo pericoloso, lui verrà comunque a saperlo e io non posso fare niente per lei, per tenerla in vita. Devi lasciarla andare ormai!>>
<<Nooo, non osare più dirmi quello che devo fare!>> Si alzò di scatto, tuonando irata per la mia irriverenza. Mi inginocchiai davanti a lei e le chiesi perdono, offrendomi di fare tutto ciò

ritenesse necessario per gestire la situazione.
<<Tristan sa già del tuo lavoro a New York>>.
La guardai sbalordita. <<Come pensi che avremmo mai potuto tenerglielo nascosto? L'ha tollerato unicamente perché io continuavo a fare il mio lavoro e tu ti limitavi ad osservare, ma non ti permetterà di intervenire in nessun modo nella sua vita, me lo ha detto chiaramente. Per cui, limitati ad osservare, come hai sempre fatto e a riportarmi quanto succede. Io ho fede in Ruby, so che non si farà sopraffare dalla droga, ma se il destino la volesse chiamare a sé prima che... beh così sia!>>
Sapevo quanto le era costato pronunciare quelle parole. C'è molta dignità nel lasciare andare chi ami.
Mi rialzai e mi preparai a partire di nuovo.

CAPITOLO 9

Rossa è la passione, rossa è l'azione

Un'altra contrazione è passata. Ora sono più forti e ravvicinate e ad ogni spasmo sento il mio corpo aprirsi sempre di più. Ciò nonostante, la dilatazione è ancora scarsa e Agnes non riesce a quantificare, ma si sente piuttosto sicura sul fatto che manchino ancora diverse ore, forse anche un giorno intero.
Odo un grande via vai all'esterno, un fruscio continuo e non riesco a capire cosa stia effettivamente succedendo, se la battaglia sia già iniziata o se gli eserciti si stiano ancora schierando.
La tensione è ormai solida e palpabile e rende l'aria irrespirabile. Per quanto Moris cerchi di dissiparla con il potere della sua mente, essa permane perché alimentata dalla frenesia e dalla ferocia degli intenti esterni. Ogni essere soprannaturale la può vedere chiaramente, come può captare la manifestazione fisica di

ogni emozione o pensiero generati dalla mente umana e dei sentimenti che ne derivano.
La tensione, figlia della paura, è nera ed oleosa e si insinua nella gola attraverso il naso quando respiriamo e la nostra pelle non potendola assorbire ne rimane imbrattata. Essa è l'unguento che lubrifica il nostro scatto felino quando giunge il momento dell'azione e che ci rende estremamente agili, plastici e letali.
La mia pelle, lucente ed ambrata, emblema della mia bellezza e nobiltà, è ora insudiciata dalla tensione, dal sudore e dal sangue, che continua a fuoriuscire da ogni orifizio. Mantengo le funzioni cerebrali al minimo per risparmiare più energia possibile, quindi proibisco alla mia mente di visualizzare gli accadimenti esterni e sono costretta ad affidarmi totalmente all'intuito di Moris e Zakk, che sempre sull'attenti, filtrano ogni rumore o movimento sospetto.
Per il momento vige una calma apparente e ne approfitto per riprendere fiato e ritornare con la memoria ad una sera di tre anni prima, quando concluso il forsennato e mero lavoro del creatore, battezzando a nuova vita molti dei vampiri che oggi si batteranno per me,

decisi che finalmente era giunto il momento di tornare da Ruby e di portarle in dono, se lo voleva, l'immortalità.

Per altri otto anni, dopo la penosa visita della madre di Ruby, la fedele Agnes mi tenne dettagliatamente informata sulla sua vita, cosicché, mi parve quasi di accompagnarla nel delicato passaggio dalla giovinezza all'età adulta.

Quando la rividi con i miei occhi, nonostante tutti i tentativi di disfarsi di quel corpo, era sbocciata in una bellissima giovane donna. Era più pallida di quanto ricordassi, ma comunque in salute, e i capelli lunghi ed ondulati, che le ricoprivano le spalle esili, ma non più tanto spigolose, sembravano ancora più rossi sulla pelle bianchissima. Mi sembravano tuttavia più scuri di un tono, rispetto al puro pel di carota di quand'era bambina e molto lucidi. Le sue labbra erano più piene, come il resto del suo corpo, che pur mantenendo una figura molto magra, si snodava in curve sinuose, adulte e sode. I cambiamenti fisici, che aveva tanto scongiurato, le avevano giovato ed ora lei sembrava aver finalmente raggiunto un equilibrio. Insieme alla consapevolezza che il suo corpo non sarebbe cambiato più di così, che il processo di crescita era concluso, era

arrivata, anche se non una completa accettazione, almeno una parvenza di serenità nel convivere con quella fisicità.
Tutti gli esseri, siano essi mortali o longevi come la mia razza, sono dotati di un naturale istinto di sopravvivenza. Quello di Ruby, fin dalle prime cellule che si combinarono nel ventre di sua madre, per generare il primordiale impulso elettrico del suo non ancora formato cuore, è invece sempre stato uno straordinario attaccamento alla vita. Molto più di un istinto, un cosciente, anche se inspiegabile secondo la logica umana, "voglio vivere a tutti i costi".
La vita è il dono di Ruby. Questo, oltre ad una serie di altri preziosissimi e nascosti elementi, la rendono diversa e speciale, e fanno di lei la mia scelta, quella scelta che riconfermai quel giorno che ritornai da lei e che ribadirei a pieni polmoni anche oggi, se fosse ancora possibile.
Confidavo in questa dote, anche quando Agnes mi mostrò il vortice della tossicodipendenza di Ruby acquistare sempre maggiore velocità, costringendomi a prendere veramente in considerazione per la prima volta, la possibilità che Ruby potesse essersi arresa, dimostrando di non essere degna,

come molti pensavano, della mai devozione. Contravvenendo ad ogni aspettativa, Ruby invece fu in grado di reagire e proprio nel momento in cui il picco massimo del dolore la schiacciava contro il fondo, lei riuscì a farsi leggera e a risalire in superficie.
Non smise mai definitivamente con la droga, ma con mia somma sorpresa ed immenso sollievo, gradualmente ne limitò l'uso, eliminando completamente l'eroina. Il fatto di non essermi mai potuta presentare al suo cospetto nei suoi momenti di delirio chimico, con ogni probabilità la condusse a rinunciare al proposito di volermi rincontrare e di conseguenza, nonostante il bisogno fisico, si dissolse anche l'utilità che quel tipo di droga distillato e particolarmente pericoloso, poteva avere nella sua vita. Ovviamente il suo organismo ne protestava la mancanza, ma Ruby sapeva come tenere a bada il suo corpo. Non aveva paura delle crisi di astinenza. Aveva sofferto tanto in tutta la sua vita e per quanto lancinanti, dolori addominali, brividi, vomito, diarrea e convulsioni, non l'avrebbero sopraffatta. Cercava di resistere e quando la sofferenza si faceva veramente insopportabile, la leniva con qualche altro tipo di droga che aveva sempre a portata di mano, soprattutto

della cocaina. Metodo discutibile il suo, che però l'aiutò a vincere la sua guerra contro l'eroina e in futuro, pensava, se avesse voluto, avrebbe fatto lo stesso per smettere con le altre droghe.
Il suo rapporto con il cibo invece, non andò assolutamente migliorando. Mangiava sempre pochissimo e il cibo veniva regolarmente ributtato e difficilmente assimilato dal suo corpo. Tuttavia, evidentemente i liquidi consumati in abbondanza e le droghe che ancora usava, sopperivano in qualche modo alla carenza alimentare, perché di fatto, il suo aspetto non appariva per niente deperito. Al contrario, sembrava non aver mai avuto una forma fisica più smagliante. I muscoli si erano ricostituiti e delineati sotto la sua pelle, donandole, nonostante la magrezza, una tonicità e una flessuosità che mi ricordavano quelle di un cerbiatto, agile e scattante nella sua fuga dal predatore. C'era una forza in lei che sapevo essere latente, ma che non avevo mai effettivamente scorto e che mi colpì molto, rendendomi orgogliosa come forse soltanto una madre può essere, nel momento in cui vede la propria creatura pronta per spiccare il volo della vita.
Ma più di ogni altra cosa, furono i suoi occhi a

rivelarmi la verità. All'improvviso, sembrò puntare lo sguardo direttamente nella mia direzione, oltre la vetrata del soggiorno della piccola casa in cui viveva, in un tranquillo quartiere residenziale. La osservavo da una distanza dalla quale i suoi occhi umani non avrebbero potuto cogliere la mia presenza, eppure mi sembrò che pur nell'oscurità, la sua vista scavalcasse gli alberi del viale, le auto parcheggiate in strada e tutte le case circostanti, per fissarsi sul mio volto, che sentii avvampare per l'emozione di quel momento che avevo tanto atteso. I suoi occhi erano vivi. Contrariamente alle passate descrizioni di Agnes e a quanto io stessa ricordavo, vi era una luce dentro, una verde intensità che penetrava l'anima e che palesemente mi annunciava che un cambiamento intimo in lei vi era stato e che ora finalmente era pronta. Non mi aveva vista, ma dentro di sé, sapeva che ero di nuovo lì al suo fianco e non si sentiva più sola. Quando guardò l'oscurità nella quale mi nascondevo, le sue labbra si piegarono in un lieve ma beato sorriso e sentii nuovamente la musica del suo cuore, che vedevo pulsare nella vena del collo, lasciato scoperto da una camicetta bianca a righe rosa, aperta fino al centro del petto, dove si intravvedeva un

reggiseno in pizzo color argento. Sembrava essersi preparata per me.
Gioii ancora dopo tanti lunghi anni e mi avvolse il calore di casa. Ero totalmente felice, nonostante quella nota stonata.
I nostri battiti non erano perfettamente sincroni come lo erano stati in passato, il cuore di Ruby batteva un milionesimo di secondo più veloce del mio, ma non me ne preoccupavo, perché quella notte stessa, il rivelarmi e lo scambio del nostro sangue, avrebbe ricomposto perfettamente ogni tessera di quel meraviglioso mosaico.
Avanzai dunque, in tutta la mai gloria, fiera ed impetuosa, traboccante di desiderio ed incontenibile, come lo scalatore arrivato al culmine, distante soltanto pochi metri dalla vetta, consapevole di aver conquistato in quello sforzo non solo un monte, ma il mondo intero e pacifico nel proseguire il suo cammino, da lì in avanti tutto in discesa.
Pregustavo la scena nella mia mente: l'annunciazione, l'invito, la fusione.
Tutti i miei sensi scattarono sovraeccitati al pensiero del suo sangue ancora una volta nella mia gola e del mio in lei, un magnifico amplesso che gradualmente notte dopo notte, avrebbe portato alla sua rinascita.

Istintivamente accelerai il passo, ma il mio incedere fu freddato dal suono stridulo del suo campanello.
Ruby non aveva mai abbandonato le sue pessimi abitudini sessuali. Continuava a frequentare uomini di ogni tipo, soprattutto quelli che potevano rifornirla di cocaina. Non contava per lei che le piacessero o meno, il più delle volte, non voleva stare sola e per questo, spesso non distingueva nemmeno tra maschio e femmina, concedendosi in più di un'occasione anche a rapporti saffici. Tutto questo sarebbe cambiato molto presto e mentre la guardavo precipitarsi alla porta, pensavo che se avesse voluto, sarebbe potuta essere la mia compagna per sempre.
Fu allora che lo vidi.
Una luce immensa ed abbagliante invase la casa quando entrò.
Un uomo, interamente avvolto in una luce permanente, infuocata delle infinite sfumature del giallo, del rosso, dell'arancio e del blu, che riempiva l'ingresso e si spargeva in ogni stanza. Essa era stabile, non tremula come quella di una fiamma, eppure la temperatura si alzò enormemente e la casa sembrò prendere fuoco. All'improvviso e inspiegabilmente, l'immagine di Ruby, la mia

eletta, si eclissò e scomparve dalla mia mente, insieme all'amore e al desiderio di lei, che fino ad un attimo prima avevano dato un senso alla mia intera esistenza.
Avevo scartato l'idea che quello sconosciuto potesse essere un altro potenziale eletto, un osservatore con capacità straordinarie magari, perché la stabilità del suo campo aurico e le sensazioni del mio corpo fisico, unitamente a quelle dei corpi sottili, non erano in nessun modo riconducibili al complesso processo chimico e spirituale che investe un osservatore, nel riconoscimento di un predestinato.
Provai a sondarlo, ma i suoi pensieri erano rosso fuoco, come l'energia che emanava, che scioccava la mia mente, costringendomi a desistere. Dubitai allora che quel ragazzo fosse umano. Ero sconcertata e pensai che appartenesse a qualche altra specie sconosciuta, perché non provavo nulla di ciò che per un vampiro era normale provare di fronte ad un essere umano. Sentivo l'odore del suo sangue, ma non ne avvertivo il martellante desiderio. Ero invasa da sensazioni ed emozioni completamente nuove e che non capivo all'inizio. Ero totalmente rapita dalla sua presenza, dai suoi lineamenti marcati e

dall'angolo della sua mascella quando inclinò la testa di lato per baciare Ruby su una guancia. Ebbi una scarica elettrica lungo la colonna vertebrale, perché sentii chiaramente le sue labbra grandi e sensuali, incresparsi e scoccare quel bacio anche sulla mia guancia.
Cominciai a riprendermi dallo shock. La mia mente rinvenne e iniziò ad elaborare.
Ruby rientrò nel mio campo visivo e compresi che probabilmente la connessione ripristinata con lei aveva riacceso l'empatia di cui ogni osservatore è dotato nei confronti del proprio eletto, per cui potevo essere partecipe di tutto ciò che lei provava. Mi tranquillizzai sulla natura del tutto umana di quel ragazzo, e capii che a Ruby piaceva sul serio, ma l'intensità e la concretezza delle sensazioni che avevo appena provato, rimanevano comunque una assoluta ed inspiegabile novità.
<<Ciao, come stai?>> disse lui. La sua voce era limpida, profonda e disarmante.
Lei gli rispose che andava tutto bene e gli allungò quella che sembrava essere una bella somma di denaro.
Non ricordavo assolutamente quel viso solare e perfetto e quegl'occhi di giada, intriganti e magnetici, tra gli spacciatori di Ruby, nemmeno nelle immagini riportatemi da

Agnes, perciò scandagliai i ricordi più recenti della ragazza per capire come costui era entrato nella sua vita.
Lui non aveva niente a che fare con la droga, me lo confermava sempre più insistentemente l'odore pungente del suo sangue, che era verace, pulito e che cominciava ora a stuzzicare la mia sete. Poi ebbi un flash: il suo petto, le sue braccia, il suo corpo atletico, nudo e sudato in una frenetica danza, contro quello perlaceo e sussultante di Ruby. Sospiri, gemiti, odore di sperma misto al lattice, soldi. Sorprendentemente, era lui ad essere in vendita questa volta, non Ruby. Era un mercenario del sesso, che Ruby aveva già incontrato più volte nell'ultimo mese. Un magnifico esemplare d'uomo senza dubbio, il meglio del meglio che avessi mai visto durante tutti i miei trecento anni, ma ancora non capivo perché Ruby avesse deciso di pagare così profumatamente, per qualcosa che poteva ottenere in ogni momento, ovunque lo cercasse.
Il turbinio di sensazioni mi lasciò senza fiato. Tornando al momento presente, la gola mi divenne secca e il mio respiro iniziò a farsi irregolare. Ruby stava trascinando quel ragazzo in camera da letto. Procedeva

all'indietro, mentre le sue mani impazzite cercavano la pelle di lui, che nel frattempo aveva cominciato a togliersi la camicia, poi abbandonata per terra, in corridoio. La visione del suo torso nudo mi colpì come un pugno nella stomaco. Non capivo quello che mi stava succedendo, mi sentii avvampare quando realizzai che sotto il palmo delle mie mani, potevo sentire i muscoli sodi e perfettamente scolpiti del suo petto, delle spalle, magnificamente larghe e possenti, e poi più giù dell'addome piatto e sapientemente modellato.

Nonostante potessi vedere e sentire tutto chiaramente attraverso Ruby, persi il contatto visivo quando varcarono la soglia della camera da letto. Cambiai allora la mia posizione, materializzandomi sul terrazzino che dava proprio su quella stanza.

La portafinestra e le tende erano chiuse, ma nessun ostacolo poteva impedirmi di scrutare all'interno, dove lo vidi sospingere Ruby sul letto, mentre le apriva la camicetta, lasciando scoperto il reggiseno e l'addome. Non mi vergognai di osservarli. Solitamente avrei lasciato loro la privacy necessaria, ma in quel momento stava accadendo qualcosa di nuovo, non soltanto a loro, ma anche e soprattutto a me e dovevo capire. In ogni caso, non sarei riuscita a distogliere lo sguardo da lui, tanto era magnetico, troppo prorompente, troppo bello, di quella bellezza rara ed innegabile, non generata tanto dalla perfezione oggettiva dei tratti, quanto dal combinarsi nel suo corpo di forme ed espressioni particolari, maschie ed uniche, che ne definivano il carisma, pressoché irresistibile. Subito mi sovvenne l'immagine di Sonny, il mio creatore, che mi aveva conquistato con le stesse caratteristiche, con lo stesso travolgente fascino e savoir-faire. Ma si trattava di una creatura soprannaturale, un vampiro vecchio centinaia di anni, il cui scopo era conquistare con ogni mezzo gli umani prescelti e persuaderli a diventare come lui. Impossibile dirgli di no. Ma in quel momento preciso, mi trovavo di fronte ad un semplice essere umano, non un mio simile. Dovevo rimanere, continuare lo studio e provare a comprendere i segreti di quell'esemplare.

Ruby si stava agitando sempre di più, lo attirava a sé, lo abbracciava. Sentivo il suo desiderio aumentare senza controllo, gli baciò le braccia, il petto e il collo e proprio in quel momento, immaginando il calore che proprio lì sul collo si insinuava, ebbi uno spasmo e sentii il mio corpo farsi liquido. Una strana euforia mi prese, e mi ritrovai a ripassare freneticamente la lingua sulle zanne, che involontariamente erano calate ad invadere la mia bocca. Mi accorsi di come le mie labbra simulassero i movimenti di quelle di Ruby. La mia bocca era la sua bocca ed ora era piena del sapore piccante della pelle di quell'uomo misterioso.

Le mani di lui l'avevano da tempo liberata del reggiseno e il suo piccolo seno nudo ora aderiva perfettamente al suo petto. Una scarica di eccitazione mi invase a quella vista. Sentii i miei capezzoli irrigidirsi e ne rimasi scioccata, perché mai nulla di simile era successo nei miei lunghi trecento anni. Ricordavo la mia unica esperienza amorosa da mortale come qualcosa di molto piacevole, ma ormai remoto, sbiadito e perso nella notte dei tempi. Tutto ciò che sperimentai con Sonny invece, rimarrà sempre molto intenso nella mia mente, ma fa parte del rapporto esclusivo esistente tra un creatore e il suo prescelto. Tutto ciò che invece provavo in quell'istante, era qualcosa di nuovo e stupefacente.

Ruby sembrava aver perso la cognizione del tempo e dello spazio. Era totalmente rapita da quel ragazzo, le cui mani, calde e sapienti,

come quelle di un chirurgo che conosce perfettamente l'anatomia umana, la toccavano dappertutto facendola fremere. Si muovevano lungo il corpo di Ruby, accarezzavano, pizzicavano, premevano e più in giù, facendosi strada tra i bottoni slacciati dei jeans, penetravano.
Ruby lanciò un grido di piacere ed io mi sentii mancare. La vidi cercare la sua bocca e lui negargliela, per assaporare invece il suo seno sinistro, che docile e rigonfio come un frutto maturo, scomparve divorato dalla bocca del peccato. Il corpo di Ruby si inarcava per accogliere quella mano che ancora frugava tra le sue gambe e il suo viso, rosso di desiderio, era un crescendo di tensione.
Quello stesso desiderio mi impediva di respirare regolarmente, e come la smania del sangue, era talmente intenso, da procurarmi dolore. Eppure, tutto ciò non aveva nulla a che vedere con le mie esigenze alimentari. L'odore del sangue era dappertutto, lo fiutavo distintamente e ovviamente solleticava i miei sensi, ma molto più forte e disarmante era il fuoco di quella stanza, le fiamme che avvolgevano quei due corpi, insinuandosi nelle viscere, facendoli defibrillare. Continuavo a ripetermi che si trattava del

desiderio di Ruby, non del mio, ma le immagini nella mia testa non lasciavano più alcuno spazio alla razionalità e si facevano sempre più frenetiche, umide e turgide. Mi sembrò ad un certo punto di impugnare uno scettro, un lungo e duro strumento di potere e fu allora che lo sentii gemere. Riaprii gli occhi e vidi Ruby tenere in mano il suo pene e compiacersi di quella rigidità. Prima di infilargli un preservativo, lo baciò sulla punta e lo leccò per rendergli più dolce il contatto con quel lattice sterile e poi i loro corpi, che non potevano più aspettare, si aggrovigliarono. Al vigore della penetrazione si mescolò una scarica di elettricità che mi attraversò tutto il corpo, facendomi sobbalzare sul freddo cemento di quel terrazzo. I gemiti che avrei voluto soffocare, uscivano incontrollati dalla mia gola, ormai arida e inspiegabilmente smaniosa non soltanto di sangue, e si sincronizzavano a quelli di Ruby. Ai nostri versi convulsi, si unirono quelli di lui, e la danza continuava, sempre più veloce, sempre più profonda, sempre più tribale. I battiti accelerati, i corpi sudati, i muscoli tesi. Ciascuno per sé, l'uno per l'altro, godevano di quei ruoli che madre natura aveva voluto per loro e per la prima volta, Ruby amava essere

donna.
Stringeva il corpo di lui più forte che poteva per poterlo sentire ancora più a fondo dentro di sé. Si sentiva completamente invasa da una potenza che sapeva riempire tutti i suoi vuoti e proprio questa idea la portò ad un culmine, ad un punto di non ritorno che trasformò la felicità in assoluto appagamento. Cominciò a fremere quasi in preda ad una convulsione, i piedi puntarono tesi verso il basso, a raccogliere il frenetico crescendo di tensione di tutto il suo corpo. Il mio corpo lo imitò. Il suo respiro si fece sempre più corto ed affannoso finché i gemiti proruppero in un grido viscerale e liberatorio e nel nostro universo non esistette più nulla, se non quel momento assoluto ed infinito di bruciante piacere. Poi la pace.
Quando ritornai in me, mi accorsi di avere la bocca piena del mio stesso sangue, sgorgato in abbondanza dalle ferite infertemi dalle zanne calate. Le ritirai, vergognandomi di me stessa in quel momento, e ancor di più quando rimuovendo la mano dal mio interno cosce, la sentii completamente bagnata del sangue più intimo.
Ruby intanto, ancora incredula dell'intensità delle sensazioni che aveva provato e di cui,

prima di incontrare quel ragazzo, aveva solo sentito parlare, lo stava ringraziando, mentre lui, liberatosi del gonfio preservativo, si stava rivestendo. Era molto compiaciuto dell'orgasmo di lei, non tanto per se stesso e le sue abilità amatorie, quanto per lei, per il sollievo e la serenità che ora vedeva nei suoi occhi. Trovai molto strano che un gigolò si preoccupasse veramente del benessere delle sue partners, eppure questo era l'unico pensiero che potevo leggere nella sua mente.
Gli fui grata anch'io, come gli era grata Ruby, perché per qualche bizzarra reazione alchemica, mi aveva fatto sentire nuovamente umana. Per quanto rimproverassi me stessa per la blasfemia cui mi ero appena prestata, soprattutto dal momento che ero un osservatore e gli osservatori, più dei vampiri comuni, sono distanti dalle emozioni terrene come quelle del sesso, mentre lo vedevo uscire di casa, non potevo fare a meno di pensare a quanto mi fossi sentita viva attraverso quell'esperienza. Avevo sperimentato nuovamente, dopo trecento anni, il sesso umano, ma una domanda continuava a martellarmi nella mente: se il rapporto attraverso Ruby era stato così vero, intenso e sconvolgente, come sarebbe stato

fare l'amore con lui in prima persona? Sentire davvero il suo corpo sotto le mie mani, lo strusciare delle sue gambe contro le mie, il sapore del suo bacio? Il mio corpo di vampira è infinitamente più sensibile di un corpo umano ed ogni sensazione è amplificata all'ennesima potenza. Ora, io conoscevo il sesso tra vampiri, ma tra un umano e un vampiro, era quasi praticamente impossibile, a meno che il vampiro in questione non avesse un fortissimo, sovrannaturale controllo sui suoi istinti di predatore. Non ricordavo leggenda di essere umano sopravvissuto ad un amplesso con un vampiro.
Sulla soglia di casa, Ruby cercò nuovamente il contatto con le sue labbra, ma lui inclinò la testa e la baciò nuovamente su una guancia. Non era innamorato di lei, era stato soltanto un lavoro, ma presto realizzai, che ciò che provavano l'uno per l'altra, non avrebbe fatto alcuna differenza per me. Il mio desiderio non era ancora stato appagato e del tutto irrazionalmente, tra tutti gli uomini della terra, era lui l'unico che volevo.

CAPITOLO 10

La pienezza del suono D

<<Pronto?>>
Anche il più semplice gesto esprimeva l'innata sensualità di quell'uomo. Usciva di fretta da un appartamento sulla trentasettesima e non era ancora completamente vestito. Teneva il telefonino fermo tra l'orecchio e la spalla destra e finendo di infilarsi la giacca, il leggero cotone della camicia azzurra aderiva perfettamente al corpo, mettendo in evidenza pettorali non eccessivamente gonfi, ma perfettamente formati, dai quali trapassava la potenza del suo fisico. Aveva il viso sudato e la sua voce era ancora roca e di mezzo tono più bassa dopo un amplesso particolarmente energico ed impegnativo.
<<Ciao Bryan, sono io>>
<<Ruby!>>
Così, quel volto adonico dai tratti marcati, il naso dritto che accompagna ad una bocca

impertinente e allo stesso tempo generosa, aveva acquisito un nome, Bryan.
Ogni persona, come ogni altro essere animato o inanimato su questa terra, hanno un nome proprio, che armonizza una determinata fisionomia, dandole la giusta vibrazione e in un certo senso, anche una giustificazione. Per le creature soprannaturali come me, che comprendono il linguaggio basico della natura, l'effetto sonoro provocato dai nomi pronunciati dalle persone che incontriamo, risulta essere molto di più di un dettaglio, poiché esso ci suggerisce l'essenza della persona, che poi si manifesta nel corpo con precise caratteristiche fisiche. Bryan produceva nel mio orecchio un suono distorto, che non si addiceva a quel ragazzo e non definiva propriamente il complesso insieme dei suoi particolari tratti somatici.
<<Mi chiedevo se ti andasse di passare da me più tardi, o domani o prima che puoi!>>
<<Ruby mi dispiace ma non lavorerò per i prossimi tre giorni e dopo...beh ho già degli appuntamenti fissati per ehm...almeno due settimane, quindi...>>
<<Due settimane? Oddio non riesci proprio a liberarti? Ti pagherò di più se necessario, ma ti prego ho bisogno di questo, ti prego!>>

Ruby era molto inquieta. Negli ultimi mesi non ero stata molto presente, dal momento che la mia attenzione era stata completamente catalizzata da questo ragazzo e dalla sua capacità di dare piacere al punto da creare dipendenza nelle sue partners, paganti e non. La mia eletta godeva di maggiore salute da quando aveva iniziato il rapporto con...Bryan, cosa che non si poteva affermare anche per le sue finanze, che invece avevano iniziato una rovinosa picchiata.
Ruby richiedeva le sue prestazioni solitamente una volta al mese, quando incassava gli assegni per i servizi fotografici che realizzava free-lance per varie riviste, non tutte del tutto raccomandabili. Stava cercando di costruirsi una carriera e un nome come fotografa e per questo aveva lasciato il lavoro sottopagato ma sicuro presso un piccolo studio fotografico, che realizzava per lo più servizi matrimoniali, il genere di cose che lei detestava, perché si sentiva costretta ad immortalare e in qualche modo ad essere testimone, di momenti di eterna menzogna. Non vedendo possibilità di crescita aveva allora decretato che la via più rischiosa era preferibile, anche se per raggiungere il proprio obiettivo, avrebbe dovuto scendere a compromessi, soprattutto

quando ad aggravare la situazione c'erano un affitto e i suoi vizi costosi. Era orgogliosa di vivere la sua vita liberamente e non le importava quanto questa fosse impervia, finché aveva di che distrarsi.

Nel giro di poco tempo, aveva diminuito le dosi giornaliere di droga e aveva sostituito la dipendenza dalla cocaina con quella dal sesso. Arrotondava le sue entrate prostituendosi a sua volta, come aveva sempre fatto nel corso degli anni, cercando ora oltre ai soldi, anche quel piacere che grazie a Bryan sapeva essere possibile, ma nessuno oltre lui riusciva a portarla a quei livelli e nessuna oltre lei, riusciva a trasmettermi una tale reale percezione di tutto ciò che accadeva tra loro ad ogni incontro. Cominciò quindi a chiamarlo sempre più spesso.

<<Ruby ascoltami, devi darti una calmata chiaro? Il sesso va bene e sono felice di venire da te quando mi chiami, ma questa è la terza volta in una settimana!>>

Bryan non si sentiva a suo agio quando la situazione degenerava in qualcosa di non più salutare. Se fosse stato una persona qualunque, avrebbe semplicemente cancellato il numero di Ruby e l'avrebbe lasciata al suo destino, ma la viltà non risuonava proprio nelle sue corde.

Salì in macchina ed accese il motore mentre parlava ancora al telefono e la voce gli si fece più dolce: <<Non è così che dovrebbe andare Ruby, lo sai anche tu. Perché non ti iscrivi in palestra, o esci con qualche amica, eh?>>

<<Non ho bisogno di amiche! Ho solo bisogno di...di sentirti scorrere dentro di me...>>

Sentivo l'eccitazione di Ruby crescere mentre pronunciava queste parole con voce sempre più sommessa. La salivazione aumentava al pensiero di lui, le protuberanze del corpo si inturgidivano, accogliendo lì il maggior flusso sanguigno e quando Ruby si accasciò sul pavimento stringendo il telefonino per non perdere il contatto con l'oggetto del suo desiderio, anche io dovetti trovare un posto nascosto sotto una grande betulla rossa d'autunno, per condividere questo orgasmo inaspettato, maturato inspiegabilmente nel giro di qualche secondo.

<<Ehmm sì...Ruby? Ci sei? Che succede?>>

Aveva riconosciuto tutte le note del piacere di Ruby, pause e vocalizzazioni comprese, ma non riusciva a capire come la cosa potesse essersi consumata tanto velocemente e soprattutto senza il suo contributo.

<<Sì, oh mio Dio!>> La voce di Ruby era ora molto più morbida: <<lo vedi che cosa succede

quando ti fai desiderare così tanto? Sono venuta soltanto pensandoti! Che cosa farai adesso? Me lo metterai in conto come sesso telefonico?>>
Rise e in quel momento sentii in bocca un sapore metallico. Il sapore del sangue, mi dissi, che aveva improvvisamente aumentato la sua velocità arrivando anche alla cavità orale e che ora stava defluendo. Come era successo qualche istante prima con la stonatura nel nome Bryan, ancora una volta ebbi la strana sensazione che il suono della parola "sangue" non fosse esattamente impresso del gusto particolare che continuavo a sentire in bocca, ma troppe cose strane mi stavano accadendo, cose di cui nessun maestro prima mi aveva allertato e allora vagavo, come una piuma trasportata dal vento, certa che quando la brezza fosse passata, sarei finalmente atterrata sulla stabile concretezza del suolo.
Bryan era sollevato di sentire Ruby molto più rilassata e rise a sua volta.
<<Beh, felice di sentire che adesso stai meglio! Consideralo un omaggio della casa! Per questa volta! Devo proprio andare adesso. Ci sentiamo ok?>>
Dopo il saluto di Ruby, riagganciò il telefono e partì di fretta a bordo della sua Volvo S40.

La donna di mezza età con la quale era appena stato, lo osservava ancora trasognata dalla finestra del suo appartamento. Anche lei lo avrebbe richiamato presto.

Bryan era perfettamente consapevole della sua carica erotica, una dote naturale, che rispettava e non dava mai per scontata. Non vi era mai nessuna forzatura nei suoi atteggiamenti e approcci con l'altro sesso, perché non identificava il suo valore di persona con il numero o la qualità delle sue conquiste sessuali, e d'altra parte le donne erano molto di più di una preda o nel suo caso, di un mezzo di sostentamento. Eppure, non socializzava con le sue clienti, non poteva affermare di conoscerle. La conversazione poteva durare anche ore, perché il sesso in certi casi, cominciava molto prima di arrivare al letto, ma si trattava comunque sempre di argomenti mirati ad innalzare il livello di eccitazione e non certo a familiarizzare. Fissava tre o quattro appuntamenti la settimana, arrivava sul posto, pagamento in anticipo, forniva la sua prestazione e se ne andava soltanto quando sul volto disteso della sua partner appariva un ampio e appagato sorriso.

Avevo visto innumerevoli di questi sorrisi

negli ultimi tempi e stavo rimuginando sull'idea di poter diventare una delle sue clienti. Idea a dir poco assurda ed inconcepibile per un vampiro osservatore. La mia missione era unicamente quella di creare nuovi vampiri e questo ragazzo non aveva le caratteristiche per essere un eletto. Stavo sprecando il mio tempo e le mie energie in pensieri ed atti fin troppo terreni che non mi appartenevano più e che non avevo nessun diritto di replicare. Che cosa ne sarebbe stato poi di lui, se non avessi avuto l'autocontrollo necessario per fermarmi e l'avessi prosciugato del sangue? Già una volta avevo perso ogni riserbo e avevo lasciato che l'odio mi trasformasse in un mostro. Poteva la passione portare allo stesso orribile risultato? Non potevo sopportare l'immagine nella mia testa, del suo bellissimo corpo dilaniato dalle mie zanne. Quale scempio, quale perdita, quale colpa! Dovevo preservarlo e ciò significava che sarei dovuta sparire all'istante dalla sua vita. Sarei dovuta tornare da Ruby e concentrarmi sulla sua trasformazione se avesse voluto seguirmi e sarei dovuta continuare a scandagliare il mondo alla ricerca di nuovi eletti.

Le trasformazioni di gruppo della mia

congrega continuavano, anche se ad un ritmo inferiore. Il campo che avevamo scelto in quel periodo si trovava nell'Isola di Terranova, tra i boschi delle riserve naturali vicino a St. John's. Anche gli altri osservatori, miei fratelli sparsi per il mondo, si dedicavano alla loro missione, con proprie metodologie e regole che io non discutevo anche quando non mi trovavano completamente d'accordo. Ognuno di noi aveva cieca fiducia nelle scelte degli altri e non interferiva, ma la questione del mio desiderio fisico era qualcosa che non avevo mai scorto nel vissuto dei miei fratelli, non in questi termini almeno e dal momento che non potevo affidarmi ai consigli inferiori di Agnes, Moris e Zakk, per quanto cari e saggi, era necessario che mi rimettessi al parere supremo degli osservatori, gli unici in grado di indirizzarmi, a patto che avessero mai capito quello che stavo provando. Su questo punto, contavo molto sulle nostre doti telepatiche ed empatiche, per renderli partecipi della situazione, per quanto me ne vergognassi. Ma bussando alle loro menti, trovai molte porte chiuse e alcune, le due per me più importanti, quella di Sonny e quella di Tristan, avevano fatto perdere qualsiasi loro traccia, lasciando solo dello spazio vacante.

Un paio di osservatori, operativi all'epoca in India e in Cina, mi mostrarono di come anche loro si infatuarono diverse volte di esseri umani. Il più delle volte, si trattava di loro eletti, per cui il contatto intimo era naturale e una volta ultimata la trasformazione avevano continuato a vivere insieme per molti anni. Altre volte, esseri umani medi, non tanto speciali da poter essere futuri vampiri, avevano suscitato in loro un certo interesse, perché erano attraenti, o molto intelligenti. Stare con loro, conquistare la loro fiducia, condividerne i piaceri era estremamente appagante, perché, dicevano, in ogni attimo la loro vita avrebbe potuto spegnersi, per cause naturali, un incidente, un assassino tra i quali anche uno di noi e tutto ciò, accresceva il loro fascino e l'urgenza di possederli. Quando ciò avveniva, la persona si ritrovava da amante a vittima, oppure se sopravviveva, a causa di un eccessivo salasso di sangue, impazziva, rimanendo come lobotomizzata.
Mi mandarono tuttavia un'altra immagine. La figura felice di una giovane donna con lunghi capelli biondi che correva di bianco vestita, su una collina in fiore. Sentivo l'amore per lei, la passione per lei, e condividevo la sua felicità al punto che il cuore batteva sempre più forte e

sembrava dovesse esplodermi da un momento all'altro. Il cuore del vampiro che l'aveva amata, aveva rincorso quello di lei e si era illuso di essere umano. Ma questa non era una storia che spettava ad altri osservatori raccontare e tutto svanì, prima che potessi scorgerne la fine e le risposte che agognavo.
Perché mai Tristan e Sonny, i miei parenti più prossimi, se così si può dire, non si erano presentati al mio appello? Tristan aveva una bassa opinione di me in quanto femmina e in queste circostanze, a malincuore dovevo ammettere che aveva ragione, anche se non potevo essere certa che l'attrazione e le sensazioni che provavo, dipendessero unicamente dalla debolezza del mio sesso. Avevo deluso Tristan in altre occasioni e da moltissimo tempo ormai aveva interrotto ogni contatto telepatico, ma non avrei mai creduto che si sarebbe lasciato scappare un'occasione come questa per far valere la sua autorità. Ero pronta ad accettare qualsiasi provvedimento avesse voluto impormi per ritornare ad essere il perfetto creatore che sapevo di essere, ma evidentemente, lo avevo disgustato a tal punto, da essere indegna anche della sua attenzione.
Tutto questo potevo capirlo da Tristan, ma

Sonny era il mio creatore, ero ciò che lui aveva fatto di me e proprio da lui volevo un consiglio, un insegnamento, come era solito chiamare le nostre conversazioni. Si era perso nel mondo anche lui e non lo sentivo più nei miei pensieri da almeno duecento anni. Più intensamente lo pensavo, alimentando la mia mancanza di lui, più mi rendevo conto di quanto questi sentimenti fossero ancora umani. Poi ricordai che una volta mi disse: <<l’aiuto negato è pur sempre un insegnamento donato. Non lo dimenticare mai!>>
Aveva iniziato a piovere forte e l’acqua fresca che scrosciava sul mio capo mentre camminavo lenta lungo la strada, alleviava il martellare dei miei pensieri. Alzai il viso al cielo affinché la pioggia spazzasse via le affollate e febbrili immagini dalla mia mente e mi donasse integrità e forza per tornare ad essere una presenza suprema.
Quando tornai a guardare dritto di fronte a me, la Volvo di Bryan mi veniva incontro e il suo sguardo di giada incrociava il mio in un istante che mi sembrò interminabile. Mi sentii penetrare l’anima e la mia mente riprese immediatamente fuoco, incenerendo qualsiasi buon proposito appena affiorato.

Fermò la macchina.
Abbassò il finestrino e il fuoco che emanava da lui mi avvolse interamente. Lottai contro il mio desiderio, ordinai alle mie narici di non lasciare entrare il suo odore, comandai a tutto il mio corpo di chiudersi e divenire immune alla sua persona. Sentivo i canini che dolorosamente cercavano di scendere e la mia resistenza ancora più dolorosa.
<<Hey, dove stai andando? Sei tutta bagnata... posso darti un passaggio?>>
Il timbro della sua voce era una tortura. L'orecchio umano non se ne sarebbe accorto perché lui è un bravo simulatore, ma era eccitato. Molto eccitato.
Sapevo cosa dovevo fare, aprire una breccia nello spazio e catapultarmi dall'altra parte della terra, ignorarlo e continuare il mio cammino, o semplicemente dire di no, ma la natura del vampiro è tanto nobile quanto subdola e furono i miei istinti a prevalere, sotto la pioggia fitta che rendeva trasparente la mia camicetta e che più nessun fuoco riusciva a spegnere.
Portavo una longuette color crema molto aderente ai fianchi. Dovetti alzarla un po' sopra alle ginocchia per riuscire ad entrare nell'abitacolo dell'auto e in quel momento, lo

sentii trattenere il respiro. Evitai di guardarlo negli occhi e lottando contro tutti i miei istinti, rimasi in silenzio.
<<Ti...ti senti bene? Senti freddo? Aspetta, accendo il riscaldamento>>.
La sua mano calda e affusolata saettò a trafficare con i pulsanti dell'auto e accidentalmente sfiorò il mio ginocchio scoperto. Ebbi un sussulto e saltai sul sedile ormai fradicio, cercando di sradicare dalla mia mente le sensazioni che il suo lieve gesto aveva scatenato in me. In un attimo divenni ciascuna delle donne con cui l'avevo visto fare sesso e disperatamente cercai di trattenere il mio corpo che invece voleva aprirsi a lui. Mi ritrassi di scatto e irrigidii ogni muscolo, volgendo la testa verso il finestrino e coprendomi la bocca con una mano per evitare che vedesse i miei lunghi ed affilatissimi canini che avevano accelerato la loro discesa.
La mia reazione lo sconcertò. Sembrò riflettere un momento poi la sua voce si caricò di amarezza.
<<Stai tranquilla, non ti farò del male. Immagino tu sia molto spaventata, ma ti porto all'ospedale adesso e vedrai che presto ti sentirai meglio>>.

Staccò gli occhi dalla strada per tornare a posarli su di me e vedere se manifestavo una qualche reazione. Scosse la testa al pensiero che qualcuno, qualche *bastardo figlio di puttana* , questo il suo pensiero, potesse spaventare e sconvolgere così una donna. Pensava che fossi stata aggredita e che mi trovassi in stato di shock. Il disgusto lo pervase e prese il sopravvento sulla sua eccitazione di un attimo prima. Pensava che indubbiamente fossi la donna più bella che avesse mai visto e che qualunque uomo avrebbe fatto carte false per attirare la mia attenzione, ma mancarmi di rispetto, usarmi violenza, questo no, mai.
<<Chiunque ti abbia fatto questo, la pagherà vedrai. Però ora rilassati ok? Sei al sicuro adesso>>.
Percorse con gli occhi tutto il mio corpo alla ricerca di qualche ferita. Nessun pensiero erotico accompagnò questo esame e forte cresceva in lui il senso di protezione. Mi accorsi di essere di fronte ad una sorta di paladino del gentil sesso, perché fortemente radicata in lui era la convinzione che ogni vita certo, ma soprattutto la donna era un'entità sacra e chiunque la violasse, chiunque inconcepibilmente si macchiasse del reato di stupro, doveva necessariamente essere reso

innocuo e sottoposto a castrazione chimica. Questo non avrebbe represso gli istinti feroci di un animo comunque barbaro, ma avrebbe per lo meno evitato che fossero generati figli con lo stesso gene di follia. Essere un buon maschio era una grossa responsabilità e il maschio, per quanto mi lasciavano intravvedere i suoi pensieri nitidi ma molto veloci, era al servizio della sacralità della femmina.

<<Non mi devi raccontare niente adesso, se non ti va, solo il tuo nome almeno, così saprò cosa dire una volta in ospedale>>.

Seguire il filo logico dei suoi ragionamenti aveva in qualche modo trasmesso una certa tranquillità a quella parte remota di me, forse ancora umana che aveva bisogno della sua protezione in quanto uomo. Questa rivelazione mi sconcertò e alimentò ulteriormente i miei dubbi e le mie paure sull'essere alla sua presenza. D'altro canto però, la tensione sessuale si era affievolita ed ero rientrata in pieno controllo del mio corpo e delle mie facoltà mentali. I canini erano rientrati e non dolevano più. Mi schiarii la voce e finalmente parlai, tranquillamente, lentamente, ma con tono fermo, che racchiudeva zero possibilità di replica a ciò

che dicevo: <<ti ringrazio per la tua preoccupazione, ma niente ospedale. Sto bene. Non è accaduto nulla di ciò che immagini>>.
Mi immersi nel verde chiaro dei suoi occhi, dove si annidò un po' di sollievo, anche se non era sicuro di poter credere alle mie parole. Sapeva che nella maggior parte dei casi, le donne tendevano a nascondere un'aggressione, per paura e ancor più spesso per vergogna. Deglutì come a voler reprimere qualcosa dentro di sé e tornò a guardare la strada.
<<Allora perché quella reazione quando... perché sei tanto spaventata e che ci facevi sotto la pioggia da sola con quello sguardo un po' perso?>>
Tornò di nuovo a guardarmi, con maggiore intento stavolta. Mi osservava attentamente ogni volta che la guida lo permetteva.
<<La pioggia mi ha sorpreso mentre camminavo e amo sentirne ogni goccia sulla pelle quando sono pensierosa, mi aiuta a schiarirmi le idee>>.
La mia voce toccava corde profonde dentro di lui. Non stavo cercando di modularla in maniera particolare, ma potevo comunque vedere le onde sonore penetrargli l'orecchio e vibrargli in tutto il corpo. La voce di Sonny

aveva lo stesso effetto su di me. Per un vampiro, la voce è uno dei più potenti strumenti di potere a disposizione. Gli ultrasuoni emessi possono soggiogare gli umani e ridurli all'obbedienza, tuttavia, gli osservatori conoscono il valore del libero arbitrio e a differenza di molti altri vampiri, non ricorrono mai a certi trucchetti.
<<E allora di che cosa avevi paura quando ti ho sfiorata?>>
I suoi occhi mi esaminavano, scrutandomi gli zigomi alti sui quali si estendeva la pelle lucente di bronzo dorato, il naso lungo e stretto più simile alla fisionomia araba che non a quella africana da cui provengo e si soffermarono poi sulla bocca. Vidi allora un lampo attraversargli le iridi di giada frastagliate di giallo e riaccenderle di fuoco.
Quando a fatica, lo sguardo si staccò da me per tornare alla strada, colsi l'occasione per parlare: <<Non era paura...>>
Avrei voluto dire: *era un riflesso incondizionato, ero sovrappensiero e il contatto della tua mano mi ha fatto sussultare* , invece mi tradii, come una scolaretta alla sua prima cotta. Come un'umana, niente più che un'umana.
Accostò bruscamente su uno spiazzo al lato della strada. Era quasi il tramonto e le luci di

Manhattan erano già ben visibili all'orizzonte, l'abitacolo invece sembrava avvampare del sole di mezzogiorno.
<<Io ti conosco>> mi disse potendo finalmente concentrarsi esclusivamente su di me. Si sporse nella mia direzione per guardarmi meglio e avvalorare la sua tesi. Io indietreggiai, ricominciando la feroce lotta contro me stessa che mi aveva dato solo pochi minuti di tregua.
<<No non mi conosci>>.
<<Sì invece!>> Mi zittì e mi stupii di come avesse potuto la sua personalità sovrastare la mia.
<<Ok, non mi ricordo esattamente dove e quando, ma ti ho già vista, su questo non ci sono dubbi. Il tuo viso non si scorda facilmente>>.
Distolsi lo sguardo per fissarlo di fronte a me e scossi la testa nella speranza di risultare più convincente. Come potevo spiegargli che negli ultimi mesi l'avevo seguito ovunque andasse e che in qualche frazione millesimale di secondo avevo incrociato il suo sguardo perché tanto era il desiderio di lui e l'unica consolazione che potevo avere era che almeno sognasse di me, che diventassi una delle sue fantasie? In quei sogni, forse avremo potuto incontrarci e...
<<E' impossibile che ci conosciamo ok? Senti,

ti ringrazio per il passaggio, ma ora devo andare. Scendo qui>>.
Feci per aprire la portiera ma mi fermò afferrandomi una mano. Eravamo vicini e il calore di quel contatto mandava in ebollizione il sangue dentro me e la vista mi si annebbiò. Chiusi gli occhi e le mie labbra tremavano perché non sarei riuscita a lungo a nascondere le zanne che ancora una volta si facevano strada dolorosamente nella mia bocca.
<<Ti prego, lasciami andare>> riuscii a dire con un filo di voce.
Sentivo la sua eccitazione montare e la sua fatica nel reprimerla. Poi ritornò al posto di guida e fece un lungo respiro.
<<E' buio ormai, non ti posso lasciare da sola in mezzo alla strada. Dimmi dove abiti e ti riaccompagno>>.
<<Settantatreesima West Brooklyn>>.
Fu la prima cosa che mi venne in mente.
<<Settantatreesima?>> Un sorriso gli comparve sulle bellissime labbra, come se fosse giunto alla soluzione di un mistero e soprattutto orgogliose del fatto di avere avuto ragione.
<<Conosci Ruby Frost? Abita sulla stessa strada. Sicuramente qualche volta ci siamo incrociati lì>>.
<<Ah Ruby?>> accennai un sorriso <<Sì, in

effetti è una mia vicina di casa, ma credimi non mi ricordo assolutamente di averti mai visto. Tu e Ruby siete...>>

<<Solo amici!>>.

Riavviò la macchina e immediatamente mi tranquillizzai. La casa di Ruby non era molto distante.

<<Ma in che rapporti sei con Ruby? Siete amiche?>>

<<Ehm...sì, sì possiamo dire sì. Ci conosciamo da molto tempo, anche se non ci vediamo proprio tanto spesso come vorremmo>>.

<<Come mai?>>

<<Impegni...di lavoro suppongo>>.

<<Quindi non è che siete intime e vi raccontate la vostra vita e cose del genere?>>

<<Beh sì, siamo abbastanza intime. Solo che in questo ultimo periodo siamo un po' distanti>>.

La conversazione stava andando piuttosto bene e l'atmosfera si era molto rilassata, anche se la linea delle sue cosce semidivaricate nella posizione di guida mi distraeva e accentuava quella sensazione di umido nella parte bassa del mio corpo. Inalavo ogni suo odore. Il sesso era ancora lì sulla sua pelle, perché non si era fatto la doccia dopo l'ultimo incontro.

<<Peccato! Avrebbe molto bisogno di un'amica in questo periodo>>.

<<Sì lo so e andrò da lei il prima possibile, comunque ci sei tu adesso. Non siete anche voi...intimi?>>
Mi guardò con un sorriso malizioso che avrei voluto divorare. E l'urgenza tra le cosce crebbe. Strinsi le gambe per soffocarla.
Non gli sfuggì quel movimento. Si inumidì le labbra quasi per assaporare la pioggia sulle mie gambe serrate, e vidi nella sua mente come avrebbe fatto a persuadermi a dischiuderle. Mi sembrava di impazzire e cominciai a vedere rosso, pur sforzandomi in ogni modo di seguire la conversazione.
<<Non ti ha parlato di me?>>
Lo chiese come se fosse una domanda retorica. Gli risultava impossibile che una donna non si confidasse con le amiche soprattutto quando il sesso andava alla grande. Avere orgasmi multipli era sempre stato argomento clou e soprattutto un'occasione per farsi invidiare. Per lui era pubblicità gratuita, assolutamente necessaria.
<<No, non direi>>.
<<Beh, non è che la mia compagnia possa sostituire la tua. L'intimità tra uomo e donna è molto diversa tra quella esistente tra due donne. A me non direbbe mai le stesse cose che direbbe a te. Eccoci alla 73ma. Dove ti

lascio esattamente?>>
Si girò a guardarmi un attimo prima che potessi distogliere lo sguardo dal suo interno cosce fasciato da un paio di jeans chiari. Il desiderio si scatenò in tutto il suo corpo. Lo vidi rigonfiarsi e l'odore dello sperma mi raggiunse annebbiando totalmente il mio raziocinio.
<<Qui va bene>> dissi quasi ansimando e mi catapultai fuori dall'auto appena si fermò.
<<Aspetta, dimmi il tuo nome almeno!>>
Ritornai pericolosamente sui miei passi per soddisfare questa sua richiesta, quasi fosse la sua voce ad avere effetti sovrannaturali su di me.
<<Naomi. E il tuo?>>
Mi fece cenno con la testa a dirmi che non l'avrebbe dimenticato. Con il solito disarmante sorriso malizioso disse: <<D...>> si bloccò e si mordicchiò le labbra, <<chiedilo a Ruby!>>
E mi lasciò lì, sotto il cielo plumbeo del crepuscolo, più intimamente bagnata di quanto non fossi stata prima dalla pioggia che continuava a scendere ora più delicata.
Sarei dovuta andare presto da Ruby, ma lei mi avrebbe parlato di un certo Bryan, che non corrispondeva alla pienezza di un suono D.
Saziai la mia sete dalla gola fresca di tre

fanciulle, tutte amiche, evitando accuratamente i maschi per paura che l'eccitazione sessuale tornasse e mi impedisse di arrestare la bevuta in tempo.

Pensai tutta la notte ad un nome che iniziasse per D e che potesse descrivere perfettamente l'essenza dell'uomo che mi aveva ormai già irrimediabilmente rubato il cuore.

CAPITOLO 11

La Mappa della Vita

<<Ci siamo ormai. Gli umani sono ovunque. Si nascondono a migliaia tra le montagne e i boschi circostanti e attaccheranno a momenti approfittando della luce del sole. Ho sigillato l'ingresso proiettando uno scudo invisibile, che gli osservatori potenzieranno di volta in volta con i loro poteri specifici. Spero che ciò basti a tenerli lontano da qui il tempo sufficiente>>.

Dopo averci aggiornato sulla situazione, Zakk mi riserva uno sguardo di compassione, vedendo il sangue che sempre più copioso continua a rigare le mie cosce; quella compassione che non proverà per chiunque riesca a varcare l'antro della montagna in cui ci rifugiamo.

Dalla sua mente e da quella dei fratelli schierati in mia difesa, scorgo un'agghiacciante scenario esterno, animato da

innumerevoli sagome rosse, corpi a sangue caldo, appollaiati sugli alberi, nascosti tra i cespugli, dietro le rocce, sui promontori, tutti in attesa di un segnale, tutti frementi d'odio per noi, demoni che hanno invaso i loro territori, strappandoli ad una vita semplice, una vita in cui la notte è dei sogni e non dell'incubo della morte che diviene realtà. Ciascuno di quegli umani ha combattuto una guerra in qualche parte del mondo, alcuni anche più d'una: Bosnia, Iraq, Afghanistan, Israele, Birmania, Somalia, Cecenia e molti altri paesi ancora, leggo, nell'orda dei loro pensieri. E pensare che ognuno di loro ha abbandonato un conflitto, per buttarsi a capofitto, senza un "ma" o un "perché", su un'altra questione di interesse globale, che consiste nell'uccisione di un neonato e nello sterminio della nostra intera specie. Un nuovo olocausto e la storia continua a ripetersi, perché l'uomo non può trovare ragione di vita senza prevaricazione. Con feroce ironia, però, si può affermare che, ora, in quelle zone della terra, tra gli uomini, regni, seppur fragile, una forma di pace, dal momento che tutte le risorse, umane e militari sono impegnate su questo fronte.
Sento il dolore avvicinarsi di nuovo. Agnes mi

asciuga la fronte e cerca di togliermi dalle mani il quaderno in cui sto scrivendo. La ammonisco con lo sguardo e le ordino di lasciarmi continuare.
<<Bambina, sta per arrivare un'altra contrazione, sarà più forte, più lunga e perderai più sangue, ti devi preparare>>.
<<Ah Agnes, lo senti l'odio là fuori? E' così tanto e così forte che temo che ogni nostro sforzo sia vano. Ma sento anche il dolore farsi più vicino e insieme ad esso, l'Amore Agnes, un amore immenso che arriva dal profondo di me capisci? Non so se sia l'amore che provo per questo bambino o se sia il suo stesso amore, non ne conosco la fonte, ma è sempre più presente e mi dà forza. E' un'energia incommensurabile che sento compiersi in me e nessun altro può testimoniarla, perciò è essenziale che io continui a scriverne. L'unica speranza per noi tutti, non consiste nei nostri poteri ed astuzie, ma proprio in questo A...>>
Boato assordante.
Grida.
Trema la grotta e piovono ciottoli. Agnes mi fa scudo con il suo corpo e il dolore sopraggiunge a squarciarmi il ventre e la gola.
Urlo.
Urlo forte.

Tutto si annerisce e diviene buio completo. Sono ancora cosciente perché odo l'eco delle voci di Moris e Zakk, urgere sulla necessità di un contrattacco, ma mi trovo in un'altra dimensione, una sorta di tunnel, caldo, umido, dalle pareti morbide, ma sempre più strette, aderenti al mio corpo, che fatica a farsi strada verso un minuscolo punto luminoso in fondo, lontano lontano. So che è lì che devo arrivare e sono determinata a farcela. O forse questa coscienza non è la mia? Questa volontà, questa energia...

Dolore.

Urlo forte.

Urlo ancora più forte.

Questa sofferenza mi riporta in me. Ritorno alla grotta, non ancora stabilizzatasi dopo l'esplosione. Agnes mi porge un'improvvisata coppa di foglie dove poco prima Moris aveva raccolto il sangue di alcuni pipistrelli al fine di sopperire alla mia continua perdita di liquidi. Sorseggio ringraziando le creature della grotta per il loro dono e deglutendo a fatica cerco di reprimere un altro grido di dolore e di concentrarmi invece su quanto sta accadendo tutto intorno.

La battaglia è iniziata. Odo gli spari, continui, e il rumore sordo dei proiettili che penetrano nella carne dei nostri giovani vampiri. Ora vedo nitidamente le scene di questa orrenda guerra. Ogni singola morte. Le pallottole avvelenate con il sangue di vampiro, letale per ogni vampiro tranne che per noi osservatori, si fanno strada nel corpo, distruggendone i tessuti, dissolvendo pelle, muscoli, tendini, sangue e ossa, disintegrando la vita tra atroci agonie. La fonte di trasmissione non è la mente di quanti stanno lottando fuori, sono tutti troppo impegnati per preoccuparsi di un contatto mentale. Zakk è un buon trasmettitore, ma le immagini che ricevo provengono per la maggior parte da molto più vicino, oserei dire da dentro di me.

Non riesco più a trattenermi. Devo urlare nuovamente per liberare almeno un po' della sofferenza che provo.

<<Respira Naomi, fai dei grossi respiri. Ti aiuterà a controllare il dolore>>. Agnes, mi assiste e mi conforta. Stringe le mie mani tra le sue e le bacia. Che cosa ne sarebbe di me se non ci fosse lei a pilotare questa nascita?

Moris e Zakk studiano le condizioni del nostro rifugio. Le pareti non tremano più, ma è evidente che dobbiamo aspettarci nuove e più potenti esplosioni. Gli occhi di Moris si muovono veloci. Sta pensando ad una

contromossa.
<<Zakk, com'è la situazione all'esterno? Che cosa riesci a vedere?>>
<<Nonostante l'ombra degli alberi, il nostro esercito è indebolito dalla luce del sole e i giovani vampiri, lenti di riflessi, non riescono a schivare i proiettili. Tuttavia non è di loro che mi preoccuperei. Gli osservatori tengono la situazione sotto controllo. Anche gli umani stanno subendo molte perdite, inoltre Tristan sta oscurando il sole, chiamando a sé una tempesta di neve>>.
Trovo sollievo in queste ultime parole e subito l'immagine di Tristan mi arriva come un flash abbagliante nella sua luce d'argento. Non ne vedo la fisionomia, ma ne avverto l'essenza, grandiosa, potente.
<<Estendi la rete di protezione più che puoi>> continua Moris, <<io devo localizzare le altre cariche esplosive disposte intorno alla montagna. Se gli umani riescono in qualche modo ad aprire un varco da qualche altra parte e ad entrare, per noi è la fine>>.
<<Bisogna fare in fretta. Le bombe potrebbero esplodere da un momento all'altro e sai anche tu che se anche estendo lo scudo, esso non può coprire tutta la montagna e in ogni caso gli esplosivi nascosti all'interno del raggio

protettivo rimarrebbero attivi e pericolosi>>.
<<Lo so, lo so. Li ho imperdonabilmente sottovalutati. Non credevo che avrebbero avuto il tempo e il modo di posizionare le bombe con tutti i vampiri là fuori. Senza contare che far esplodere una carica in questo punto decreterebbe anche la morte di migliaia di civili a valle, dove comunque la montagna francrebbe>>.
<<Stiamo parlando di umani!>> Zakk lo dice disgustato, rivelando una tra le più basse opinioni sull'umanità che abbia mai scorto nella mente di un vampiro.
<<Ora devo concentrarmi. Quando avrò la mappa precisa del posto e i punti critici, li comunicherò all'esterno e provvederanno a neutralizzarli>>.
Moris chiude gli occhi e si sintonizza sulle frequenze del suo radar interno. La sua abilità, oltre al sedare gli animi in situazioni di particolare tensione e all'intuire le mosse degli avversari, è quella di saper visualizzare la geografia del pianeta e come un'immagine satellitare, fotografare la posizione precisa di qualsiasi cosa o persona.
Dolore.
Continuo a trarre profondi respiri.
Dolore più intenso.

Respiri più corti e affannosi.
Dolore acuto, insopportabile.
Urlo.
Il sangue cola più abbondante dalle gambe e nella testa saettano lampi, immagini confuse e intermittenti.
Urlo.
Una grande lama d'argento fende l'aria. Una sciabola o una spada enorme, in ogni caso, molto antica.
Urlo.
Corpi aggrovigliati nella lotta. Teste e parti anatomiche attraversano il cielo. Il sangue è ovunque. Di umano o vampiro non si può dire. Sempre caldo. Sempre rosso. Sempre sprecato.
Continuo ad urlare finché non mi rimane più fiato.
Agnes scuote la testa a dirmi che il piccolo è ancora lontano. E la doglia non è ancora finita.
Ancora il tunnel, buio e gommoso e il puntino di luce in fondo.
E' ciò che stai vedendo e provando tu, vero piccolo mio?
Sonny.
Buio.
Sonny e il suo sorriso inconfondibile, pieno, tra fossette e virgolette ai lati della bocca.

Buio.

Dolore.

Occhi gelidi sgorganti argento. Tristan. Che non perdona.

Buio.

Buio.

Il Golgota. Le tre croci.

Che significa? Da dove arrivano queste immagini?

Una scia di capelli rossi nel vento.

Buio.

Dolore.

Catene.

L'odore del sangue...del suo sangue.

Dennis. Incatenato ad una lurida parete. Incosciente. Il viso e il corpo insanguinati.

Urlo.

Urlo più forte che posso e al dolore fisico si aggiunge la disperazione per lui che so essere in pericolo ma non riesco ad aiutare. Sono immagini reali quelle che ricevo, una chiara conoscenza di quanto sta accadendo, vicino o lontano nel mondo.

Piango. Mi dispero. Cerco di alzarmi dal giaciglio.

<<Naomi, mio Dio, calmati. Andrà tutto bene, non agitarti così>>. Agnes mi prende tra le braccia e cerca di farmi sdraiare nuovamente.

<<Agnes, lui sta male, gli stanno facendo del male, ha bisogno di aiuto!>>
<<Shhhh. Calmati. Non devi distrarti. Devi conservare tutte le tue forze per dare alla luce tuo figlio. Non saresti comunque in grado di dare aiuto a nessuno in questo momento. Su rimettiti giù. Tra poco il dolore passerà e avrai un altro po' di tempo per recuperare le forze prima della prossima doglia>>.
<<Agnes?>> sento il respiro farsi più regolare e i muscoli rilassarsi. <<Credi che sia possibile che il mio bambino stia comunicando con me? Che mi mandi dei messaggi visivi?>>
<<E perché no? Non sappiamo quali doti possa avere questo bambino. Per te la telepatia è una cosa naturale, quindi non ci sarebbe da stupirsi se riuscisse già a comunicare con la mente>>.
<<Ma non è mai successo durante tutta la gravidanza. In tre anni, è la prima volta che lo sento così vivo e presente. Non sarebbe stato più logico che io avvertissi le sue onde cerebrali già da quando tale attività cerebrale ha cominciato ad esistere?>>
<<Non ho idea di come funzioni, bambina. Non si è mai vista una gravidanza come la tua, ma una cosa è certa, questo bambino farà grandi cose!>>
All'esterno seguitano gli spari, urla e tonfi e il

soffiare del vento glaciale levato da Tristan.
Moris ha individuato dieci nuclei esplosivi attorno alla montagna. Gli osservatori con poteri telecinetici ne hanno già disinnescato la maggior parte, ma dalla mente di Moris, rilevo il pericolo di altri due ordigni, collocati in fessure di roccia all'interno dell'area protettiva costruita da Zakk.
I gemelli assumono la stessa identica espressione, crucciata e fissa su un punto indistinto nel vuoto.
<<Non è sufficiente ritirare lo scudo e lasciare che gli altri osservatori disinneschino le bombe?>> suggerisco quando finalmente mi sento libera dal dolore.
Silenzio.
Sembrano vagliare mentalmente le varie possibilità poi nello stesso istante esclamano: <<no, non è possibile>>.
Zakk si ritrae e torna a controllare l'ingresso, lasciando a Moris il compito di spiegare le complicazioni: <<mia Signora, quando è in espansione, la difesa di Zakk, sebbene non arrivi a coprire grandi superfici, è molto potente, quasi imbattibile, ad eccezione di ordigni nucleari, che gli umani non stanno usando...per ora. Essa ci isola dall'esterno, nulla entra, nulla esce. Ridurre lo scudo significa

anche diminuirne la potenza e quindi l'efficacia, poiché per Zakk ciò comporterebbe un abbassamento delle proprie difese immunitarie, del proprio livello di energia, togliendola però anche all'ambiente sul quale lo scudo è ora attivo. La variazione delle condizioni ambientali, nella temperatura, nella mescolanza degli elementi chimici, provocherebbe un'istantanea esplosione delle bombe, che non dimentichiamoci, sono poste in punti strategici per far crollare le pareti di roccia e aprire un altro ingresso. A quel punto, se anche sopravvivessimo alle esplosioni, cosa di cui dubito fortemente dal momento che anche gli ordigni sono alterati con il sangue di vampiro, saremmo con ogni probabilità sepolti dal crollo dei massi e comunque senza più alcuna difesa contro gli umani, se non i nostri poteri>>.
Deglutisco amaramente.
Cerco Tristan con la mente, ma il contatto mi è quasi impossibile. L'ultima contrazione ha assorbito molta della mia forza fisica e le mie facoltà mentali sono ora significativamente ridotte per ottimizzare le energie ed essere in grado di affrontare il parto. Non posso chiedere aiuto all'esterno.
<<Devo farlo io>>, dico.

<<Cosa? No è impossibile!>> si affretta a dire Agnes, <<metteresti a rischio la tua vita e quella del bambino! Non ce la faresti a metterlo al mondo>>.
<<Ma siamo già in pericolo e se non facciamo niente potremmo morire tutti da un momento all'altro!>>
All'improvviso, dal mio ventre si leva un bagliore azzurro e il groviglio delle vene, dilatate in quella zona gonfia del corpo, diventa iridescente.
Nessuno sa darne spiegazione. I miei compagni interrogano la mia espressione sbalordita per assicurarsi che la luminescenza non mi provochi altro dolore. Al contrario, ciò che provo è calore, quel genere di calore emotivo più che fisico. Un conforto, che loro tre non colgono immediatamente.
<<No mia Signora>> afferma Moris, adorante, <<la vostra vita è troppo preziosa. Dobbiamo trovare un'altra soluzione>>.
Sorrido sommessamente: <<oh, andrà tutto bene! Lo so>>.
Un flash.
Due sfere di luce, come due comete, danzano nell'aria.
Sono la sola a vederle. Una è molto predominante rispetto all'altra, ma entrambe

sono necessarie a mantenere un qualche ancestrale equilibrio. D'un tratto, alcune vene sul mio ventre si fanno più scure ed evidenti. Alzo lo sguardo di fronte, nella direzione in cui sembrano puntare.

<<Quanto tempo abbiamo Moris?>>

<<La prima bomba esploderà tra sette minuti, la seconda tra nove>>.

<<Ce la possiamo fare>> dico ansimando, comprendendo ora chiaramente il messaggio che la mia creatura ci sta inviando. <<Zakk, credi di riuscire a costituire un secondo scudo attorno a noi, ovviamente più piccolo del primo?>>

<<Sì mia Signora, è proprio ciò a cui stavo pensando, anche se sarà meno potente del primo>>.

<<Che cosa hai in mente Naomi?>> chiede Agnes.

<<Vedete le vene sul mio ventre? E' una mappa a tutti gli effetti, indica un percorso attraverso la grotta, formatosi con la precedente esplosione, e conduce alle due cariche esplosive. Siamo superveloci, possiamo farcela! Moris, tu conosci gli ordigni, se Zakk getta anche su di te una protezione, puoi seguire le indicazioni, arrivare alle bombe e disinnescarle>>.

Moris e Zakk riflettono e accesi da questa nuova possibilità, acconsentono.
<<Sì può funzionare>> dicono insieme.
<<Bene, allora bisogna agire subito!>>
Accade tutto istantaneamente. Gli scudi aggiuntivi vengono scagliati e le comete che prima erano solo un'immagine nella mia testa, divengono un folgore a tutti visibile. La predominante illumina il cammino di Moris nell'oscurità della grotta, mentre la più piccola mi rimane accanto, accarezzando la pena del mio cuore, nell'intravedere l'agonia di Dennis, il mio amore mortale, tenuto in catene in qualche remota prigione del mondo.

CAPITOLO 12

Attraverso gli occhi di Ruby

Ogni suono è ovattato, nella doppia capsula creata da Zakk a nostra protezione. La battaglia esterna sembra lontana mille miglia, come i bagliori e i boati di un temporale in fuga verso altri cieli. Siamo avvolti da una quiete apparente che quasi rallenta ogni nostro movimento o pensiero.

Agnes e Zakk osservano rapiti la piccola e tremula sfera di luce che continua ad illuminarmi il viso. E' dolce il suo tocco, pieno di vita e amore, una linfa, da cui in questo momento dipendo totalmente, un nutrimento più essenziale e potente del sangue. Infatti, la mia sete si va via via spegnendo, come il dolore che ad ogni contrazione dilata il mio corpo per permettere al mio bambino di venire a questo mondo.

La sua presenza è già ovunque e il suo potere, evidentemente, già in grado di moltiplicarsi.

Il nucleo delle sfere di luce ribolle denso di immagini. Una comunicazione segreta questa, tra me sola e il mio bimbo, il quale sembra avere una visione di quanto stia attualmente accadendo nel mondo, molto più ampia della mia. Il collegamento psichico che riesce a stabilire con i tutti i suoi consanguinei, oltrepassa la barriera di Zakk e presumibilmente ogni altro ostacolo nello spazio e nel tempo. Ecco perché ricevo immagini dall'esterno: di Tristan e di come egli si trasformi nella lotta, divenendo mostruoso e crudelmente letale. La sua fisionomia è trasfigurata dalla prominenza delle zanne, enormi come le fauci di una belva, ricurve e gocciolanti di sangue fresco. Il biancore della sua pelle è imbrattato di rosso e di ogni altro liquido corporeo tragicamente strappato al suo alveo naturale. Sulla testa calva non più lucida, sulle mani e sotto gli artigli lunghi migliaia di anni, brandelli di carne umana ancora palpitante.

L'immagine si allarga per un attimo agli altri fratelli, non più nobili osservatori, ma guerrieri spiritati, demoni dell'apocalisse il cui unico scopo è portare morte e distruzione. L'inferno oggi ha spalancato i suoi cancelli e ha riversato in questi boschi i peggiori incubi che qualunque mente, di umano o vampiro, possa concepire.

E gli umani? Chiedo.

Di colpo l'immagine si scaglia dal lato opposto del campo di battaglia, attraversato da raffiche inarrestabili di proiettili avvelenati, che mietono vittime tra i vampiri più giovani. Lentamente il loro corpo si consuma, tra indicibili agonie, ma non tutti loro sono destinati a una tale fine.

Una task-force speciale ha il compito di catturare vivi quanti più vampiri possibile, per poterli ridurre in schiavitù e utilizzarne il sangue per le armi, i vaccini e gli esperimenti. Avanza pericolosamente questo gruppo seminando ovunque mine anti-vampiro e intanto ridono i comandanti e i generali, al sicuro in rifugi ben protetti da ogni attacco diretto e del tutto incuranti del fatto che sotto lo stesso fuoco stiano cadendo non soltanto vampiri, ma anche soldati umani mandati in avanscoperta. Godono del terrore e della disperazione.

Di nuovo il panorama si riempie degli occhi infiniti di Tristan. Continuano a puntare spietati le loro vittime, servendosi di ogni mezzo per disarmare il nemico, materializzandone le paure più recondite,

conducendoli alla pazzia e facendo poi di loro gli agnelli sacrificali. Ma quegli occhi, i suoi occhi, conservano, pur nello scempio, la loro regalità e consapevoli del dramma che si sta consumando, della vita che stanno per sempre oscurando, piangono. Scorrono sul suo volto senza età, copiose e scure lacrime di sangue e argento, il suo elemento naturale, mentre affonda le zanne e imperterrito incede, verso il promontorio opposto, dove invece indistintamente, si ride della morte.
Un brivido mi percuote.
<<Naomi, cosa succede? Cosa ti sta dicendo?>>
Agnes mi distoglie dalle visioni. Lei e Zakk mi stanno accanto e osservano senza capire la mia espressione affranta dopo le ultime rivelazioni. Zakk allunga una mano e prova ad afferrare la piccola sfera di luce, che però si rivela essere inconsistente. Ritrae la mano di colpo.
<<E' energia pura! Non la si può afferrare, ma può permeare la materia. Ho avvertito delle piccole scariche elettriche e la punta delle dita mi è rimasta indolenzita. Ma che cos'è? Da dove viene?>> dice Zakk.
<<Dal bambino>> Agnes risponde al mio posto. <<E' in grado di comunicare con lei!>>
<<E cosa sta dicendo?>> chiede Zakk

incredulo.
<<Mi sta mostrando la situazione all'esterno>>.
<<Grazie a Dio! Abbiamo bisogno di un filtro, il doppio scudo ci isola e non abbiamo modo di sapere come stanno andando le cose fuori!>> Rimane in silenzio, poi, vedendomi ancora assorta, chiede impaziente: <<allora?>>
<<Scusate, non è facile sconnettersi dalle visioni, non sono io a controllarle e a volte usa un codice che non riesco a decifrare. Non tutto ciò che mi mostra mi è chiaro e non saprei dire se corrisponde esattamente alla realtà, tuttavia...>> vengo interrotta da un "click", che odo forte e chiaro, e da un profondo senso di sollievo.
<<Tuttavia?>> chiede di nuovo Zakk sempre più sulle spine.
<<Tuttavia, credo di poter affermare che le visioni siano veritiere. Stiamo subendo moltissime perdite tra i vampiri comuni e l'intelligence umana sta avanzando con delle squadre speciali, con particolari attrezzature e artiglieria, ma i nostri supervampiri sono praticamente indistruttibili e abbattono gli umani come fossero fuscelli, perciò, credo che per il momento possiamo dire di essere pari>>.
<<Non ti hanno rivelato nient'altro, bambina? Le sfere intendo...>>

<<Sì, che Dennis è tenuto prigioniero da qualche parte e lo stanno torturando>>. La voce mi si spezza nel pronunciare queste ultime parole.
<<Via bambina, non piangere! Non hai avuto sue notizie per quasi tre anni, ora invece sai che è ancora vivo! E' positivo!>> Agnes prende a massaggiarmi la schiena, ma la mia preoccupazione non svanisce. Chiedo al nostro bimbo di darmi qualche altra informazione in modo tale da poter pensare a qualcosa per soccorrere Dennis, ma tutto tace, nessuna visione mi viene più in aiuto.
<<Ma è in pericolo e sta soffrendo moltissimo>> lamento. <<Come stai soffrendo tu! Non c'è nulla che tu possa fare per lui in queste circostanze. Devi conservare tutte le energie che puoi! Ne avrai bisogno, visto che sono due...>>
Guardo Agnes stupita.
<<Credi che siano gemelli?>> Chiedo
<<Non so a cosa credere Naomi! Come interpreti queste due sfere di luce? Devi essere tu a capire, quante voci senti?>>
<<Nessuna! Nessuna voce! Nessun sesso! Niente che mi riveli l'identità della mia creatura, solo la sua essenza, che avverto immensamente potente, ma unitaria, credo,

non scissa in due. Le sfere potrebbero essere una proiezione mentale, la sua energia moltiplicatasi per fornirci l'aiuto di cui abbiamo bisogno>>.

<<Non possiamo escludere nessuna ipotesi. Tutto è possibile, però spero tu abbia ragione Naomi, perché partorire due figli, significherebbe sostare qui alla mercé dei nostri aguzzini molto più a lungo!>>

Zakk ascolta ma non interviene. Preferisce non pensare a questa eventualità, ma il suo volto si incupisce maggiormente.

D'un tratto scompare la sfera di energia che mi stava accanto e il fuoco rimane l'unica fonte di luce nella grotta. Vedo in lontananza Moris emergere dall'oscurità. Il suo volto disteso corrisponde al sollievo che avevo avvertito poco prima e comprendo che il "click" scattato nel momento del disinnesco dell'ordigno nascosto che minacciava la nostra incolumità, è giunto al mio orecchio in tempo reale, grazie al potere psichico del bambino. Egli o ella, vede la realtà mentre accade, ma ci sono ancora molti aspetti da chiarire: ad esempio perché il Golgota? Cosa significa?

Un nuovo flash mi distoglie dalle mie riflessioni e rivedo il tanto amato sorriso di Sonny, il mio creatore, e un pugnale intarsiato

di pietre preziose, che si abbatte su qualcuno o qualcosa.
Poi, di nuovo lingue di capelli rossi nel vento. Un rosso mutato e sovrannaturale che mi rimanda alla trepidazione dell'attesa e al dolore ancora così vivo per la perdita di colei, che avrebbe dovuto appartenermi e che invece sono solo riuscita a sfiorare: Ruby.

Dopo il mio incontro con Dennis mi resi conto che per quanto irresistibili, le sensazioni che provavo erano troppo pericolose per me, per lui, e anche per Ruby, che avevo lasciato sola troppo a lungo ormai. Nel lasso di tempo in cui tutta la mia attenzione era stata catalizzata da lui, lei avrebbe potuto incorrere in chissà quali pericoli che la sua mortalità non avrebbe potuto evadere: andare in overdose, incontrare un assassino o semplicemente avere un incidente e a causa della mia imperdonabile distrazione, avrei potuto perderla per sempre, vanificando anni sacri del mio giudizio e della mia devozione.
Mi servirono un paio di giorni per sbollire l'eccitazione. Mi nutrii in abbondanza, mi nutrii fino a togliere la vita. Soltanto in questo modo riuscii a placare il mio desiderio anche se ormai era chiaro, non era la smania di

sangue che mi tormentava.
L'anziana signora consumata da un male incurabile, si illuminò a festa quando mi vide arrivare, radiante e con occhi liquidi. Pensò che finalmente la morte veniva a sollevarla dalle pene terrene e che mai, l'aveva immaginata così bella.
Mancava poco a Natale e New York, come ogni anno in questo periodo, era un tripudio di luci e colori, che riflettendo sulla neve immacolata, rimandavano una magia commovente anche agli occhi del vampiro. La notte si confondeva con il giorno e, seppur costretti ad usare occhiali scuri anche dopo il crepuscolo, molti di noi godevano della gloria e della pace di questo periodo, una tregua alle nostre diversità, che si mescolavano in una città, sfavillante e benevola, che come una grande madre, ci accoglieva tutti a braccia aperte.
Seguii Ruby in centro. Anche la sua pelle era luminosa, la vidi molto più in salute di qualche mese prima, quando l'avevo lasciata e me ne rallegrai. Era decisamente una donna attraente: molto magra, ma flessuosa, con muscoli molto ben delineati che riempivano cosce e braccia, laddove un tempo si scorgevano solo le ossa e le articolazioni.

Con immenso piacere, notai che non vi era più alcun odore o traccia visibile di sostanza stupefacente nel suo corpo. L'odore del sesso, invece, era ovunque e tra i tanti aromi diversi, distinguevo nettamente quello di Dennis, (il cui nome allora, per me era ancora una indistinta D...), di gran lunga il più persistente, dentro e fuori di lei. Persino i pensieri di Ruby avevano il suo odore.

La vidi acquistare dei regali di Natale per i suoi genitori adottivi e la sfiorò l'idea di prendere qualcosa anche per lui, ma la scartò subito, non avevano una relazione e lui, in ogni caso, non ne sarebbe stato contento. Ma non avrebbe comunque rinunciato a compiacerlo!

Sorrise davanti alla vetrina di un negozio di lingerie. Fare un regalo a se stessa per dare soddisfazione a lui, le parve una grande strategia. Ultimamente era cambiato qualcosa, in lui o in lei forse, non avrebbe saputo dirlo, ma era certa che adesso facesse l'amore con lei con maggior trasporto, come se desiderasse non soltanto un coito, ma proprio lei. Le si imporporarono le guance ed io, insieme all'eccitazione sessuale autoctona del mio corpo, alla quale si andava ad aggiungere quella assorbita dal corpo di Ruby, sentii salire lentamente anche l'amaro e umano sapore della gelosia.

Ruby entrò nel negozio.

Più tardi, al portoncino d'ingresso di casa sua, Ruby teneva in equilibrio precario tutti i pacchetti con una mano, mentre con l'altra frugava nella borsa alla ricerca delle chiavi. Indossava un paio di jeans scoloriti e aderenti, piuttosto rozzi, ma che lei riempiva di nuova e frizzante femminilità; un giaccone in lana cotta color cuoio e un berretto, fatto d'amore dall'abile mano della signora Goodwin, che pesantemente ricadeva all'indietro, coprendo gran parte dei capelli fulvi.

<<Posso aiutarti?>>

Sussultò quando la mia voce le arrivò alle spalle come se fossi stata ad un soffio da lei. Frugò con lo sguardo i fiocchi di neve ma non riuscì subito a vedermi nonostante la strada fosse più illuminata del solito. Il tacco delle mie scarpe sull'asfalto rivelò la mia presenza quando, a passi lenti e regolari, decisi di rendermi visibile.

Sgranò gli occhi riconoscendo subito i tratti della mia sovrumanità, nonostante questa volta, non esibissi ali dorate di fronte a lei e nemmeno le diaboliche zanne lucenti, con le quali aveva cercato di immaginarmi più volte

dopo la rivelazione di sua madre sulla mia natura.
Un brivido di paura la percosse finché la sua mente non ebbe finito di vagliare tutte le varie possibilità su chi potessi essere. Angelo o diavolo? Divina protettrice o diabolica vampira? Si ricordò ad un certo punto, che oltre alle ipotesi corrispondenti all'assurdo e all'inverosimile, ve ne era anche una terza, mediana, equilibrata e senza dubbio razionale e definitivamente credibile: la vicina di casa di cui Bryan le aveva parlato, la cui fisionomia familiare lei aveva probabilmente distorto in quella di una creatura ultraterrena, a causa di tutte le sostanze di cui si era fatta continuamente. Fu allora che si tranquillizzò e mi sorrise.
<<Ah ciao. Sì grazie, potresti prendere questi pacchetti?>> Mi porse la pila di pacchi traballante che teneva in mano. <<Tu abiti qui vicino vero?>>
Ruby non avrebbe mai smesso di stupirmi. Ogni creatura della terra è dotata di un forte istinto di sopravvivenza, così da manifestare una reazione di fronte ad un pericolo. La mente di Ruby invece si stava difendendo da se stessa, negando, per quanto singolare, una verità oggettiva. I suoi occhi erano invasi del

mio bagliore, la mia pelle emanava una luce innaturale e le mie iridi si liquefacevano mano a mano che mi avvicinavo e quando mi rivolse la parola, erano un mare di ametista che si riversò nella sua anima. Eppure la sua mente negava l'evidenza, per rifugiarsi in una realtà altamente più improbabile ma accettabile, nella quale non sarebbe stata costretta a scendere a patti con tutto il suo passato. Tuttavia, il tempo dell'attesa per me era giunto al termine e si apriva ora quello della rivelazione. Soltanto dopo essermi accertata che avesse ben compreso la verità, le avrei concesso tutto il tempo necessario a manifestare il suo libero arbitrio nel decidere se diventare come me, oppure, Dio non volesse, no.

<<Ho sempre fatto tutto il possibile per starti vicino Ruby>> dissi prendendo i pacchi che mi porgeva e sfiorandole lievemente la mano, come lieve era stato il mio tocco quando tanti anni prima, durante il coma, l'avevo guarita dalle ferite. La ritrasse velocemente ed evitò il mio sguardo.

Riuscì finalmente ad aprire il portone d'ingresso e si affrettò ad entrare, lasciando aperto, quasi volesse, anche se riluttante, timidamente invitarmi ad entrare. La seguii.

La sua mente combatteva contro i fantasmi del passato risorti a tormentarla. La scena della guarigione era molto viva dentro di lei, ma i particolari del mio viso erano completamente sfuocati, rimossi, tranne che per la tipica radiosità.
<<Immagino tu conosca la strada, siamo amiche dopotutto no?>> Così mi urlò dalla cucina, con la voce tremante di chi non crede alle proprie parole, mentre varcavo la porta d'ingresso.
L'onda sensoriale mi assalì all'istante, lasciandomi senza fiato. Lui ovunque: nei miei occhi, nel naso, sulla lingua, fra le mani e nelle orecchie, con i suoni di un passato molto recente, e le istantanee di pelli vigorose e umide, sfreganti l'una contro l'altra a produrre odori e sapori inebrianti e densamente avvampanti. I canini cominciarono la loro dolorosa e lenta discesa.
Raggiunsi Ruby in cucina, dove aveva già messo a bollire dell'acqua per quello che sperava potesse essere un tè in compagnia e l'inizio di una effettiva amicizia. La sua speranza cominciò a vacillare tornando a posare gli occhi sul mio volto, ma non rinunciò alla farsa.
Fece un profondo sospiro: <<lo so che posso

apparirti strana, ma...il fatto è che non riesco a ricordare molti dettagli della nostra ehm... amicizia, perché vedi, io non sono sempre stata in me, lucida intendo, anzi, diciamo pure che non lo sono stata mai per molti molti anni>>.

Mi guardò di nuovo, sorrise molto nervosamente e continuò: <<adesso però sto meglio, davvero! Non mi faccio più e fisicamente mi sento un portento, sto...sto davvero bene! Pensavo che potremmo imparare a conoscerci veramente questa volta>>.

Si sedette al tavolo e mi fece cenno di accomodarmi.

<<Nulla mi renderebbe più felice Ruby! Sono qui proprio per questo>>, dissi dolcemente accogliendo il suo invito. La luce diretta della lampada sopra il tavolo esponeva ogni dettaglio della mia fisionomia. Niente più maschere o veli ormai, soltanto la trionfale verità.

<<Tu sei molto...particolare. Bellissima e particolare>>, disse, <<capisco perché tu sia rimasta così impressa a Bryan!>> E per l'ennesima volta, mi sorprese. Il suo tono di voce si abbassò in un tono di vaga rassegnazione, come se nella contesa per il

cuore di D...Bryan, guerreggiassimo ad armi impari e lei non avesse speranza.
<<Bryan?>> chiesi incredula.
<<Sì Bryan. E' stato lui a parlarmi di te e a dirmi che tu ti sei definita una mia amica, e che però negli ultimi tempi non ci eravamo frequentate molto, per...ovvi motivi, tutti imputabili a me!>> e sorrise di nuovo, amaramente.
<<O no, non è stata tutta colpa tua. In verità anch'io ho avuto degli impegni inderogabili e varie distrazioni>>.
<<Certo, e quale migliore distrazione di Bryan!>> rise cercando la mia complicità e la conferma che il ghiaccio tra noi era definitivamente rotto.
Decisi di continuare il gioco di ruolo per vedere dove il suo ragionamento l'avrebbe condotta.
<<Come è possibile che io sia rimasta impressa ad un gigolò?>>
<<Mi ha detto che non sei una sua cliente>>.
<<No infatti>>.
<<Appunto! Allora devi essere la sua ragazza!>>
Un leggero sconforto accompagnò questa constatazione e nel frattempo io non riuscivo a capacitarmi del fatto che non si stesse affatto chiedendo della mia stranezza fisica e che le

ombre del passato fossero già state relegate in qualche meandro della sua mente, chiusasi a guscio.

<<Cosa di preciso ti induce a pensarlo? E l'infinità di possibilità nel mezzo?>>

<<No, nessuna possibilità nel mezzo. Vedi, lui non ama parlare di sé, dice che il tempo è prezioso, il tempo è denaro e non lo può sprecare a parole, visto che non viene pagato per questo. Però so che fa quel che fa perché è la via più breve e piacevole per pagarsi gli studi. Quindi, lavoro + studio = 0 tempo per tutto il resto, compresi i rapporti personali, a meno che non si tratti di qualcuna che gli fa davvero battere il cuore>>.

<<E tu hai sentito il suo cuore accelerare i battiti mentre parlava di me?>> dissi provocatoriamente.

<<No, ma ho visto il suo sguardo: era rapito, adorante, oserei dire innamorato! Per cui, se non sei la sua ragazza, lo sarai presto!>>

Le sue parole mi riempirono di soddisfazione e le mie labbra si allargarono leggermente in un sorriso che scoprì le zanne, non ancora completamente scese, ma abbastanza esposte da non poter essere confuse con semplici canini sporgenti.

Un pensiero vidi attraversarle la mente. L'idea

bruciante che durante i loro recentissimi amplessi, dove lui aveva mostrato particolare slancio e trasporto, fosse a me che stesse pensando e non a lei.
Non avrei potuto saperlo per certo se non leggendolo direttamente dalla mente di Bryan, ma soltanto l'idea mi appagava più di una bevuta di sangue. Poi mi ricongiunsi al rammarico di Ruby, per la quale più che una potenziale amica, ero ora una sicura rivale e mi allineai al suo dispiacere, condividendone l'amarezza, il senso di impotenza e la paura di perdere per sempre qualcosa che l'aveva fatta stare veramente bene per la prima volta nella sua vita.
Mi vergognai di essere la causa di una tale sofferenza, ma dopotutto, né io, né Ruby eravamo destinate a questo tipo di relazione. La coppia vera eravamo io e lei, mentre Bryan era soltanto una piacevole ma ormai scomoda, intrusione. Non c'era più spazio per i giochi.
<<Quella nei suoi occhi, potrebbe essere stata paura...>> e mi passai la lingua sui lunghi canini. Ruby rimase a guardarmi per un attimo come se avesse capito, poi scosse la testa e scacciò ogni pensiero oscuro.
<<No, non credo proprio, conosco gli uomini! Amano particolarmente il look esotico o gotico

soprattutto quando questi si sposano con la raffinatezza, come nel tuo caso. Inoltre, lo ripeto, il tuo è veramente uno stile unico, ma a parte questo, quello sguardo era davvero inconfondibile>>.

Con una velocità che rese il mio movimento invisibile ai suoi occhi, afferrai entrambe le sue mani con le mie e le strinsi. Aveva unghie corte dipinte d'argento che per lo spavento cercò di sottrarre dalla mia stretta. Allentai.

<<Ruby, non sono qui per spaventarti e usare la forza, ma unicamente per rivelarmi. Non devi temermi!>> La mia stretta si ammorbidì quasi ad una carezza. <<Tu per me sei molto speciale, lo sei sempre stata e lo sai>>.

Chiusi gli occhi. Non permisi alla sua mente di sfuggirmi e la bloccai sulla mia frequenza, riversandovi una veduta oggettiva e nitida di ogni episodio della sua vita che avesse necessitato di un mio intervento: i giochi di prestigio con mobili e porte per impedire alla furia di suo padre di raggiungerla; i sogni in cui per non inquietarla prendevo le sembianze di un angelo; la guarigione per mezzo del mio sangue, lasciato libero di scorrere nelle sue ferite dall'incisione operata dai miei denti, affilati come bisturi.

Assorbì ogni informazione e i suoi occhi si

riempirono di lacrime.
<<Tu non sei una mia vicina di casa...>> disse con la voce rotta dal pianto.
<<No>>.
<<E non sei nemmeno un angelo>> cominciò a singhiozzare.
<<No>>. Strinsi le sue mani che ora avevano iniziato a tremare e cercai di rassicurarla.
<<No Ruby, calmati, non fare così. Non sono un angelo, ma non è forse vero che ti ho sempre protetta? Te l'ho detto, non c'è nulla che tu debba temere da me. Non ti accadrà nulla che tu non voglia>>.
Rimase a pensare per un attimo. In cuor suo sapeva di non essere in pericolo di vita, ma di essere comunque alla presenza di una creatura letale.
<<Sei stata tu ad ucciderlo vero? Mia madre non è mai stata pazza!>> Ricominciò a tremare e quando cercò di sottrarre le mani da sotto le mie, le lasciai.
<<Ruby, io ho sbagliato molte volte, in molti modi e non vi è davvero giustificazione o rimedio per quello che ho fatto. In cuor mio sconto questa pena tutti i giorni, credimi. Ma ora capisco che era necessario sia per me che per te. Da quel momento, io ho capito molte cose su me stessa e cosa significasse essere...un

osservatore e per te è iniziata un'altra vita>>.
<<Un osservatore? Un'altra vita? Ma di cosa stai parlando?>> Scattò in piedi e il suo tono di voce cominciò ad alterarsi. <<Credi che la morte di mio padre abbia significato qualcosa per me? Credi che la mia vita sia cambiata soltanto perché lo hai fatto fuori? Beh sorpresa mia cara, non è andata così. Lui ha continuato sempre a vivere qui dentro!>> Si batteva con forza le tempie e gridò: << ED IO MI STORDIVO PER NON SENTIRLO PIU'! Ma perché diavolo non hai fatto qualche magia per cancellarlo dalla mia testa, invece di fare poltiglia di lui e farlo passare per una vittima eh?>>
Scappò nella sua camera da letto, ma non la lasciai sola. Mi trasportai accanto a lei sul letto e cominciai ad accarezzarle i capelli.
<<E' iniziata la vita che "tu" hai voluto per te, non quella che altri ti avevano imposto con i loro comportamenti. Io non sarei dovuta intervenire mai in nessun modo, perché il mio compito è unicamente quello di osservare il modo in cui le persone speciali come te reagiscono agli eventi della vita, come decidono di superarne gli ostacoli, in modo da poter confermare o meno che tale persona sia idonea a divenire un mio discepolo>>.

<<E allora che cosa ci fai qui? Ho fallito in tutto. Mi sono drogata, prostituita, ridotta in fin di vita non so quante volte, non capisco, che cosa vuoi da me?>>

<<Ho avuto sempre fiducia in te più che in qualsiasi altro mio eletto prima, il mio istinto me lo ha suggerito e il tempo mi ha dato ragione. Ruby, tu non hai fallito, hai affrontato il tuo lato oscuro, come io ho fatto con tuo padre, e ora sei rinata, più forte, più matura e pronta per seguirmi>>.

<<Vuoi fare di me un vampiro?>> Non vi era orrore o disgusto in questa domanda, ma un'indifferenza che mi lasciò sconcertata.

<<Non devi darmi una risposta questa notte. Non si tratta di una decisione come tante altre, è necessario che prima tu capisca cosa significhi essere un vampiro e soprattutto un vampiro osservatore>>.

<<I vampiri sono degli assassini!>> disse, con altrettanta freddezza. <<Hai scelto me perché con le scelte che ho fatto finora, sono ormai irrimediabilmente compromessa e l'unica strada per me è la dannazione eterna?>>

<<Oh Ruby, non fare finta di non capire. La vita reale non è quella che si vede nei film, non esiste un bene supremo separatamente da un male supremo. Bene e male convivono in ogni

creatura. I vampiri sono assassini come lo sono molti esseri umani, l'unica differenza significativa tra le nostre razze, oltre alle caratteristiche fisiche ovviamente, consiste nel grado più elevato di coscienza di noi vampiri>>.

Indietreggiò per guardarmi in viso, sul quale erano tornate pupille e iridi violacee e le zanne erano scomparse. Voleva vederla questa coscienza di cui tanto parlavo? Come era possibile compiere in coscienza massacri tanto efferati?

<<Mi stai dicendo che uccidere va bene se lo si fa con coscienza?>>

<<Uccidere non va mai bene. Il progresso ci consente di non farlo più, o di farlo molto raramente. Potrai essere un vampiro e non uccidere affatto! E' questo in effetti ciò a cui auspichiamo, l'evoluzione della nostra specie. Ma è importante che tu capisca che esiste una logica precisa nell'essere vittima o carnefice. E quando da vampiro, ti troverai in determinate situazioni, siano esse a tuo vantaggio o svantaggio, saprai esattamente perché ti troverai lì, o avrai tutti gli strumenti per capirlo, per decifrare il linguaggio dell'universo che non commette mai errori e comprendere la giustezza del tuo ruolo in quel

momento>>.
Si avvicinò nuovamente a me e ci sdraiammo una accanto all'altra sul letto.
<<E tu credi che io possa comprendere tutte queste cose? Perché hai scelto me Naomi?>>
La guardai stupita che conoscesse il mio nome. Poi mi ricordai che lo avevo detto a Bryan e gli fui grata per avermi in qualche modo spianato la strada. Risposi, ma ancora una volta notai che dietro le sue domande non vi era un vero e proprio interesse, ma solo cordialità forse.
<<Se tu accetterai di diventare come me, cominceremo un percorso insieme dove ti spiegherò tutto ciò che hai bisogno di sapere e le tue caratteristiche straordinarie, quelle che mi hanno condotto a te e di cui tu non sei ancora consapevole e come esse potranno evolvere ed evolveranno>>.
<<Ad esempio? Dimmene una, perché io non riesco proprio a capire cosa mi renda tanto speciale ai tuoi occhi!>>
<<L'attaccamento alla vita Ruby. L'amore che hai per la vita!>>
Aprì la bocca per interrompermi ma la zittii: <<so benissimo cosa stai per dire, e cosa direbbe la maggior parte delle persone e dei vampiri persino, guardando il modo dissoluto

in cui hai deciso di vivere la tua vita, ma il punto è che dentro di te, e non dire di no, tu hai scelto razionalmente di fare determinate cose. Nella tua logica, che è sicuramente discutibile e che molte volte mi ha spaventata e fatta arrabbiare, tutto corrisponde alla salvaguardia della tua persona, al trovare un modo per sopravvivere nonostante il fardello che sei costretta a portare. Non è questo amore per la vita? Amore per se stessi?>>
<<No, proprio no, io non ho mai amato me stessa!>>
<<Infatti ho detto che hai fatto una scelta razionale relativamente a ciò che ti conveniva in quel momento, a quella tenera età, non una scelta cosciente. E' su questo che dovremo lavorare insieme! Inoltre, se fosse vero che non ti ami, perché non hai commesso suicidio? Perché l'overdose iniettata non è stata mai abbastanza per impedire ai medici, ogni volta, di rianimarti? Ruby, non hai mai voluto morire tu! Il tuo attaccamento alla vita è sempre stato più forte di qualsiasi altra cosa. E un altro importante aspetto che ti distingue nettamente da ogni altro essere umano, è la tua incapacità a provare odio>>.
Sollevò la testa e mi guardò incredula.
<<Non sai odiare. Non hai mai provato odio

nemmeno per tuo padre anche dopo tutto quello che ti aveva fatto, preferendo invece incolpare te stessa e i cambiamenti del tuo corpo. Sei disposta a sacrificare tutta te stessa per il prossimo, perché sai di essere più forte e di poter sopportare qualunque cosa. Quello che hai fatto, è stato soltanto trovare il modo, per te migliore, per sopportare. Questo, agli occhi di qualunque osservatore della terra, fa di te la candidata ideale, soprattutto adesso che sei uscita da quel tunnel>>.
Vidi ancora Bryan nei suoi pensieri e soltanto allora si dissolse quell'aura di indifferenza alle mie parole che stava cercando di mascherare. Mi feci avvolgere dal suo appagamento, dal piacere e dalla felicità dello stare tra le braccia di Bryan, e poi subito il desiderio bruciante e il disperato bisogno di lui.
<<Sono riuscita ad abbandonare la droga solo perché ho trovato qualcosa di meglio da fare. Se divento come te...i vampiri fanno sesso?>>
<<In realtà per te rinascere come vampiro non comporterà molti cambiamenti. Hai sostituito sempre una dipendenza con un'altra, per cui non sentirai molto la mancanza del sesso, perché tutto ciò che vorrai, soprattutto nei primi anni, sarà il sangue e la conoscenza. In ogni caso, anche i vampiri fanno sesso, ma

non con gli umani, è troppo pericoloso>>.
La mia risposta fu evasiva e inesatta. Innanzitutto, lo scopo della trasformazione non era quello di renderla schiava di qualcuno o qualcosa, ma al contrario di renderla libera, e il sesso tra i vampiri era qualcosa di naturale esattamente come tra gli umani, soprattutto tra un creatore e il suo discepolo. Ma non era questo il momento di approfondire certe tematiche.
L'alba era vicina e dovevo nutrirmi prima di ritornare al campo, dove con Agnes, Moris e Zakk, stavo ancora creando ed addestrando nuovi vampiri. Mi eccitai al pensiero di prendere il sangue da lei, un sangue che avevo sempre desiderato, ma Ruby non mi aveva dato nessuna risposta quella notte, per cui avrei dovuto aspettare ancora.
<<E' ora di andare per me. Prenditi tutto il tempo necessario e pensa a tutto quello che ti ho rivelato. Ti basterà pensarmi per avermi qui, se vorrai farmi altre domande o comunicarmi la tua decisione. Ma ricorda che la scelta è irreversibile, per cui pondera bene ogni possibilità>>.
Il suo cuore batteva ancora una frazione di secondo più veloce del mio, ma sapevo che se avesse deciso di seguirmi, i nostri ritmi

sarebbero tornati ad essere perfettamente sincroni.
Si mise a sedere sul letto e raccolse da terra il pacchetto del negozio di lingerie che aveva comprato in centro. Lo aprì e ne estrasse una sottoveste di pizzo nero e nastrini d'argento. Sembrava amare molto questo colore e ultimamente non mancava mai nel suo guardaroba.
<<Dovresti dirlo a Bryan sai?>> disse.
<<Che cosa?>>
<<Che non avrà mai un futuro con te! Che siete troppo diversi eccetera. Lo dico perché credo davvero che tu gli piaccia più di quanto forse lui stesso non voglia ammettere e non vorrei vederlo soffrire>>.
<<Non ti preoccupare per questo, hai cose molto più importanti a cui pensare adesso>>.
E davanti ai suoi occhi di smeraldo svanii.
Immaginavo di sentirmi sollevata dopo la rivelazione, ma non fu così, perché dentro di lei sentivo troppa indifferenza. Mi sarei aspettata uno shock forse, poi rabbia e in seguito accettazione, ma non questo profondo niente. Cominciai a temere che il suo giudizio potesse essere offuscato da elementi esterni, che lei erroneamente si ostinava a ritenere importanti per la sua vita.

Dopo tutti gli anni passati ad aspettarla, un suo rifiuto in nome di un innamoramento evidentemente fasullo era assolutamente inaccettabile.
Quel Bryan si sarebbe perso nel liquido dei miei occhi la notte successiva, quando lo avrei persuaso a troncare definitivamente con Ruby.

CAPITOLO 13

Bramosie

Chiama ogn'or il dovere
urgente, pressante obbedire
il tempo non ci appartiene
la vita procede in catene
lenta
lenta
spenta
Freme ogn'or il piacere
dolente, incessante ignorare
la vita non ci appartiene
il tempo procede in catene
spento
lento
lento

Mentre il mio passo leggero ricopriva mestamente la distanza che mi separava dal cosiddetto Bryan, la distrazione, il desiderio, l'ostacolo tra me e Ruby, cantilenavo tra me e me questa vecchia litania, recante ombre dal passato.

La intonava mia madre recandosi al lavoro nei campi di cotone. Nella rigorosa ed infinita fila indiana di corpi stanchi, sporchi e tumefatti, la sua voce cristallina si innalzava, disperdendosi lungo il cammino, nell'immensità del paesaggio animato dai fluttuanti batuffoli bianchi e ad accompagnarla, solamente il suono battente, costante e spietato delle catene ai loro piedi.

Sono nata e cresciuta in schiavitù in quello che ora è lo stato caraibico del Belize, dove i miei genitori furono deportati, dopo la cattura nel deserto africano da parte dell'esercito inglese.

Era il 1695 e l'Africa era devastata oltre che dagli invasori, anche da feroci guerre tribali interne. Il deserto era uno sterminato campo di battaglia, ma era anche l'unica via di fuga per i profughi di ogni etnia. E' lì che mio padre egiziano e mia madre etiope si incontrarono per la prima volta e si amarono disperatamente.

Giunsero nel nuovo mondo con le catene alle mani e ai piedi e qui vissero come schiavi tra gli schiavi, nell'immensa tenuta dei Sinclair, una ricca famiglia britannica, trapiantatasi in America per ampliare ulteriormente i loro interessi e il loro potere.

Bianchi e negri, tanto diversi allora, erano però accomunati dall'opinione che l'unione mista, come quella dei miei genitori, contravvenisse ad ogni regola di Dio e dell'uomo, e la mia nascita, in quella che antiche leggende definivano la notte delle streghe, a cavallo tra i mesi di ottobre e novembre, fu ritenuta senza dubbio alcuno, opera del demonio.

Più crescevo e più la mia pelle color del bronzo risplendeva, secondo i più, di una luce innaturale. Il mio naso troppo stretto era segno di altezzosità, e la mia bocca troppo scarna per essere una autentica figlia d'Africa, era già maliziosa, nonostante la tenera età. La mia intera famiglia era uno scherzo della natura, e così, per paura, ignoranza e pregiudizio, fummo condannati dai nostri pari, a vivere in una minuscola lurida capanna nella palude. La nostra fu una vita di solitudine e di stenti.

Il lavoro nei campi era interminabile per i miei genitori, e compiuti i cinque anni d'età, lo divenne anche per me. Fino ad allora, ero solita trascorrere ogni attimo della giornata, dall'alba al tramonto da sola, incurante dei pericoli della palude, le cui creature comunque amavo e in qualche modo capivo. Ricordo che ciò che mi piaceva più di ogni altra cosa, era il silenzio. Nel mio mondo non c'era spazio per le parole, o per il cozzare dei pensieri. Tutto era semplice dentro di me e tranquillo. Mi addormentavo cullata dai suoni e dagli odori della natura, coccolata dal tocco gentile delle canne da zucchero. Era pace allora. Ma ben presto, fui reclutata ai lavori forzati nei campi insieme a tutti gli altri negri, e la mia infanzia svanì.

Essendo una bambina, fui risparmiata dalle catene e destinata insieme a tanti altri piccoli alla raccolta della frutta matura nei vari frutteti, dove sinistri guardiani armati di frusta, sorvegliavano costantemente il nostro lavoro.

A volte quelle fruste furono usate. Non era permesso mangiare un frutto per zittire il piccolo stomaco a digiuno da troppi giorni, o crollare dalla stanchezza dopo troppe ore di lavoro, espletare i bisogni fisiologici prima di sei ore di lavoro consecutivo, o piangere, o parlare. Molti di noi si ammalavano e morivano. Ciò accadeva spesso anche tra gli adulti, ma quando era un bimbo ad andarsene, notavo, senza comprenderne il motivo, che

tutti sembravano più sollevati.
Una notte mia madre mi sentì singhiozzare. Alzatasi dalla sua amaca mi si avvicinò e chiese quale era il motivo del mio pianto. Le dissi che quel giorno i guardiani avevano scoperto Missan, un bambino poco più grande di me, di circa otto anni, che a volte dalla sua postazione incrociava il mio sguardo e mi sorrideva (l'unico che fino ad allora avesse dimostrato un minimo di considerazione), mentre nascondeva sotto terra, alcune pesche. Era stato immediatamente afferrato per i capelli crespi e trascinato nel polveroso spiazzo centrale, ben visibile da ogni angolazione. Una furia si abbatté su di lui, fu percosso ferocemente e ripetutamente con pugni e calci in ogni punto del corpo, raggomitolatosi per cercare di difendersi dalla forza dei colpi. Non lo sentii gridare, ma vidi il sangue spillare in ogni direzione. Vidi i suoi denti cadere a terra uno ad uno, le piccole dita della mano sinistra bluastre e ritorte e il volto, non più riconoscibile si era trasformato in una maschera di sangue oleoso. Poi udii un *crack*

e l'uomo finalmente smise di colpirlo. Lo lasciò lì e ci ordinò di sbarazzarci di lui e ripulire lo schifo. Missan aveva gli occhi neri sbarrati e sembrava fissarmi, ma per quanto lo

chiamassimo tutti quanti, lui non rispondeva. Alla fine del mio tragico racconto, mia madre mi accarezzò dolcemente la testa e mi disse che era il corso naturale delle cose: <<non ti devi spaventare tesoro mio, non è importante come accade perché è inevitabile e quando succede a uno di noi, è una benedizione. Sii felice per il tuo amico, perché lui ora gioca libero nei prati. Non dimenticare mai: la morte è nostra amica, la morte è la nostra libertà!>>
E intonò di nuovo quella canzone, finché mi addormentai, pensando a Missian che correva felice inseguendo farfalle di mille colori in un prato fiorito. Non ebbi mai più paura della morte, ma ancora temo la violenza.

I ricordi si annidano nella nostra mente e lì rimangono dormienti, fino a quando non si presenta nella vita una situazione simile. Allora risorgono e sembrano acquisire una vita propria e comandare addirittura le nostre azioni. Realizzai di colpo che quando eliminai il padre di Ruby, mi ero trasformata senza rendermene conto, nello stesso mostro che aveva ucciso Missian. La stessa furia, lo stesso odio, lo stesso famelico bisogno di ridurre quella formica in brandelli, di cancellarne ogni traccia dal mondo. Quanto potere possiamo esercitare su un altro essere vivente? Quanto male possiamo arrivare a fare? Quanto in basso negli inferi possiamo sprofondare prima di poter dire di conoscere noi stessi?

Così pensando, il mio incedere mi portava sempre più vicino ad un'altra potenziale mia vittima, una persona che aveva interferito con la mia missione, una persona che seppur inconsapevolmente, minacciava di strapparmi Ruby, mia! Mia da sempre, come una madre a cui è destinato quel figlio e quello soltanto; o l'anima gemella che si incontra, se si è fortunati, una sola volta nella vita e che ci completa ricongiungendoci alla perfezione divina. Eppure, nonostante la gravità della situazione, alla quale avrei dovuto di lì a poco porre fine, il mio avanzare, ora più celere, non era spinto dall'odio, ma dalla frenesia di rivederlo, e più pensavo alla sua figura, più i miei piedi acceleravano; più il vento sferzava forte i miei capelli, più la nenia di mia madre si faceva assordante nella mia testa: il dovere, il piacere.

Non desideravo affatto distruggere il corpo meraviglioso di Bryan, ma averlo in mio potere e goderne ogni centimetro, e più immaginavo il suo sapore nella mia bocca, più i canini vi dolevano dentro, nella loro discesa

lenta, lenta; più correvo, più il monito del dovere mi si parava davanti, frustrando il fremito del piacere, e mi ritrovai in catene, come mai lo ero stata prima.
La libertà è un'utopia persino per gli esseri superiori come me. La responsabilità che portiamo sulle spalle è troppo grande per lasciarsi andare agli eccessi delle emozioni umane. Il nostro obiettivo è trasformare gli eletti e insegnare loro il rispetto per la vita e per la morte nel corso naturale degli eventi, non quello di perderci nella terrenità, come inspiegabilmente e di certo ingiustificatamente stavo invece facendo io da qualche mese ormai. Mi chiedevo se tali crisi, in passato, fossero accorse anche ad altri miei fratelli osservatori durante la loro lunga vita. Se anche questo fosse stato un passaggio obbligato per il raggiungimento di un ulteriore gradino di coscienza, come appunto lo era stata l'uccisione del padre di Ruby, la mia angoscia avrebbe trovato ovviamente sollievo, ma nessuno di loro rispondeva mai alle mie richieste di aiuto ed io mi sentivo sola, alla deriva, in preda a sensazioni e sentimenti del tutto nuovi, che anche nella mia vita mortale avevo poco conosciuto.
I ricordi risorgono per mostrarci dove

abbiamo sbagliato e per aiutarci dunque ad essere migliori. I vampiri sono superiori agli esseri umani perché hanno una maggiore capacità di leggere le lezioni dei ricordi e delle emozioni ad essi correlati. Per questo sono più longevi, e vivendo più a lungo hanno più ricordi da cui imparare, il che aumenta ulteriormente la loro prospettiva di vita. Di conseguenza, non mi sarei comportata con Bryan come avevo fatto con il padre di Ruby, ma come potevo esserne certa? D'altro canto, quando si trattava di lui, tutto il mio essere perdeva logica, razionalità e fermezza e questo, di fatto avrebbe potuto mettermi in pericolo di vita. In fondo cosa sapevo io di questo Bryan? Sarebbe anche potuto essere un cacciatore di vampiri.
Mentre scorgevo in lontananza il St. James Hospital, al quale ero giunta senza esitazione seguendo l'odore di Bryan, feci un'ultima riflessione, cercando di ricacciare indietro le zanne e di recuperare un aspetto più umano e presentabile: la vita del ragazzo, come quella di ogni altro essere umano era preziosa e andava, per quanto possibile preservata. Era esattamente ciò che avevo fatto fino a quel momento resistendo al mio desiderio di lui, ma come avrei potuto impedirgli di vedere

ancora Ruby? Di certo non con la violenza. Di certo non con la verità. Avrei dovuto inventarmi una qualche storiella o ricorrere alla manipolazione mentale, ma soltanto se necessario. Un gioco da ragazzi per un vampiro, se il suo odore non fosse stato così forte e penetrante.

Il St. James Hospital sorgeva su una vasta altura appena fuori città, dove l'accalcarsi del traffico e degli edifici si dirada per lasciare maggiore respiro al verde e ai più tranquilli quartieri residenziali.
L'imponente struttura, inaugurata solo un decennio prima, era in realtà un complesso di sei sfavillanti edifici. Trenta piani di cristallo e acciaio ciascuno, disposti in forma di esagono e congiunti sul tetto da un ampio eliporto.

Si trattava dell'ospedale universitario più all'avanguardia di New York. Avevo seguito con interesse la costruzione di questo singolare ensemble architettonico, che con l'adiacente campus universitario costituiva di fatto una città nella città, completa e praticamente autonoma. L'altura su cui sorgeva era un luogo mistico, in cui nell'antichità e per molti secoli, le tribù native avevano pregato, praticato rituali magici e adorato i loro dei. Nel punto focale del colle convergeva una particolare energia che attirava spesso anche molti di noi vampiri. Si trattava a volte di un ritrovo dei nostri simili, altre di un rifugio dove era possibile rigenerarsi dopo periodi di particolare prostrazione. La figura dell'esagono poi, scelto dagli architetti come motivo della struttura, incanalava molto bene questo insieme di forze e le potenziava riversandole sui tanti bio-conduttori all'interno dell'ospedale: gli esseri umani. E' un dato di fatto che al St. James si guarisca più frequentemente che in altre strutture sanitarie dell'intero stato di New York, ed è ancora un dato di fatto che negli ultimi cinque anni, da qui siano usciti medici eccellenti, già sorti, seppur giovani, a fama nazionale.

Ogni branchia della medicina al St. James, veniva studiata e praticata ai massimi livelli. Il blocco uno, volto a sud-est, era per la maggior parte costituito dal pronto soccorso e dai vari centri di accoglienza per i senzatetto, gli orfani, in generale tutti coloro sotto la soglia di reddito minima, cui era garantita assistenza medica di base gratuita. Ai piani superiori si trovavano i centri di recupero per le dipendenze da droga, alcool o altro, che Ruby aveva visitato più volte negli ultimi anni e

procedendo in senso orario, ai blocchi successivi, erano localizzate le varie specializzazioni anatomiche.
Ginecologia occupava il quarto palazzo in direzione nord-ovest.
Il debole sole di dicembre stava per tramontare e vista l'assenza di altri grattacieli nelle immediate vicinanze ad arrestarne il cammino, i suoi raggi si rifrangevano direttamente nelle vetrate del reparto inondandolo di luce e colori. Vi entrai con grazia e mi invase un senso di benessere per la vita che lì si ricreava ogni giorno. L'odore della nascita permeava ogni superficie e al mio naso affilato di creatore, esso era predominante rispetto a quelli comunque onnipresenti della paura, del dolore e della rassegnazione.
Attraversai l'atrio, luminoso e addobbato per le feste natalizie e mi diressi senza esitazione alcuna verso gli ambulatori di ostetricia e ginecologia, dove l'aroma principe che ormai avevo imparato a conoscere, mi stava guidando aumentando via via di intensità. Un passo dopo l'altro, sentivo tutti i miei sensi acuirsi e il desiderio, tra le gambe sfreganti l'una contro l'altra nell'incedere, farsi sempre più grande. Dovetti fermarmi per un attimo a riprendere fiato e compostezza. Se non fossi

riuscita a domare quella brama, la stessa di un felino predatore nell'avvicinarsi alla sua preda, Bryan non sarebbe sopravvissuto ed io avrei trascorso il resto dei miei giorni immortali nella morsa della colpa per aver tolto al mondo un essere umano così dotato e della vergogna per la mia caduta in basso e il conseguente fallimento come vampiro osservatore, fino a perdermi per sempre nell'oblio.

Quando il mio battito ritrovò il suo ritmo naturale e i canini scomparvero di nuovo nella cavità gengivale, ritornai a seguire quell'odore maschio che non smetteva di tormentarmi. Attraversai due lunghi corridoi e una rampa di scale e infine giunsi ad una porta in mezzo a tante altre, oltre la quale si annidava la sua presenza. Poi lessi il nome sulla targhetta a fianco:

Dott. DENNIS BRAMANTE
Ginecologo

E risi per una svariata serie di ragioni. Innanzitutto, avevo scoperto il suo vero nome. Lo pronunciai a bassa voce e il suo suono, pieno e sinuoso, mi descrisse esattamente la sua fisionomia e la sua essenza. Ebbi una prima visione della sua anima e mi innamorai

di lui ancor di più.
In secondo luogo, trovavo grottesco o quantomeno insolito che un medico, un ginecologo, potesse essere anche un gigolò, anche se, in effetti, dopo aver conosciuto il suo vero nome e ciò che esso rivelava, cominciavo ad intuire tutte le implicazioni e a comprendere come in realtà la cosa fosse perfettamente logica. La sua anima ardeva d'amore per la donna. Un amore puro, un desiderio incondizionato di mettersi al suo servizio in tutti i modo possibili.
Non vi erano più pazienti nella sala d'attesa. Stava evidentemente effettuando l'ultima visita. Il pensiero delle sue dita, clinicamente dentro la vagina di una paziente, mi assalì, come mi aggredirono tutte le immagini lascive generate dalla mente delle tante donne che avevano passato ore in quella sala d'attesa a fantasticare sul genere di visita che quel giovane ed aitante medico avrebbe praticato loro. Quante avevano prenotato una visita solo per farsi guardare e toccare da lui, nella speranza poi di sedurlo! E quante, (molte di più), erano tornate per una seconda o terza visita, sempre più conquistate dalla sua delicatezza, preparazione e professionalità! L'osservatore in me, si compiacque anche di

questa rivelazione: oltre la porta, vi era un grande essere umano. Ma la donna in me, già molto più che infatuata, non riuscendo a scindere la figura professionale da quella sensuale, si chiedeva se lui invece fosse davvero in grado di farlo e di cancellare ogni pensiero sessuale nel momento in cui si prestava a fare una visita ginecologica.
All'improvviso, la porta si aprì. La paziente, una donna di mezza età, uscì salutando e ringraziando e sorridendo si allontanò lungo il corridoio.
Una giovane infermiera con capelli scuri e lisci, longilinea e decisamente attraente, uscì per controllare che non fosse rimasto nessuno. Fu sorpresa trovandomi invece lì in attesa.
<<Buonasera! Mi perdoni, non ho più nessuno in lista per oggi, è qui per una visita?>>
E vidi il sesso accaduto tra lei e Dennis. Più di una volta, ma mai in quell'ambulatorio, per il quale entrambi provavano il massimo rispetto, anche se ne avevano avuto molta voglia. Non si trattava della prestazione di un gigolò, lei non era a conoscenza della sua altra professione. Semplicemente *un'amica di letto* , l'avrebbe chiamata lui. Questa consapevolezza mi irritò e istintivamente cominciai a nutrire sentimenti amari nei confronti di quella

ragazza, che al contrario di lui, si era fatta coinvolgere.
<<No, nessuna visita. Soltanto un colloquio, diciamo...privato>>, calcai intenzionalmente sull'ultima parola.
Con aria indispettita, riportò la testa dentro alla stanza e lo chiamò. Dennis si avvicinò alla porta e quando mi vide, il fuoco perenne della sua aura avvampò. Si bloccò alle spalle dell'infermiera. Rimase sorpreso, ammaliato, compiaciuto. Ci fissammo per un lungo momento, senza dire niente, ma sentendo tutto; pregustando tutto ciò che ormai sembrava inarrestabile ed inevitabile tra noi. La sua bocca superba si inarcò in un sorriso malizioso, quella malizia contro cui avrei dovuto comunque impormi di lottare, e tutto il suo corpo mi chiamava, mi invitava ad entrare. In tutta risposta, la chimica naturalmente rallentata del mio corpo cominciò ad impazzire.
<<Naomi!>> Pronunciò il mio nome caricandolo di eros.
Scansando la gelosia crescente dell'infermiera, ammutolita tra di noi, spalancò la porta dell'ambulatorio e facendo un passo indietro per liberare l'uscio, con il solito sorrisetto in viso, mi fece cenno di entrare.

<<Grazie Mandy, abbiamo finito per oggi, puoi andare>>, disse quando entrai, senza troppo nasconderne la soddisfazione.
L'infermiera indignata gli sussurrò all'orecchio, senza preoccuparsi molto però, di controllare il tono di voce, che comunque avrei sentito: <<ma cosa ti sei messo in testa, non vorrai mica farlo qui? Questo posto deve rimanere sterile, immacolato lo sai, e poi da quando in qua ti porti qui le tue s...>>
<<Shhhh>> la zittì lui, <<ci vediamo domani eh?>>
La spinse fuori e richiuse la porta.
Nel frattempo mi ero seduta e stavo raccogliendo tutta la mia concentrazione per tenere a bada i cambiamenti del mio corpo. La stanza era sobria, come qualunque ambulatorio medico. Un tavolo con un paio di sedie di fronte, dietro al quale un paravento nascondeva il lettino per le visite, fornendo a quell'area particolare, la giusta privacy.
Lui tornò a fronteggiarmi dall'altro lato della scrivania. Mi guardava con quegli occhi chiari ed intensi, mi studiava e il fuoco che emanava da lui intanto si espandeva in tutta la stanza ed inesorabilmente anche dentro di me. Avevo accesso ad ogni suo pensiero, a tutto ciò che la sua fantasia gli suggeriva di volermi fare e mi

facevo sempre più liquida. Dovevo fare in modo di chiudere la mia mente per evitare il passaggio di così tante informazioni e chetarne l'eccitazione, altrimenti, quell'incontro si sarebbe concluso tragicamente. Pensai a Ruby, l'unica ragione per la quale mi trovavo lì e pensai a Tristan. Rabbrividii e recuperai un po' di autocontrollo.

<<Allora, che cosa posso fare per te?>> Si inumidì le labbra.

<<Con uno come te c'è l'imbarazzo della scelta vero? Dennis? Bryan?>>

<<Vedo che hai parlato con Ruby! Beh, a dire il vero quello in cui ti trovi adesso è il regno del Dottor Bramante. Nessuno qui mi chiama Dennis, tantomeno Bryan, ma per te farò un'eccezione. Sarò chiunque tu voglia che sia e userò le mie mani, dai molteplici talenti, in qualsiasi modo tu desideri>>.

Scacciai subito quell'immagine e quel tono provocatorio dalla mia testa.

<<Non essere ridicolo, non sono qui per nessuna delle tue prestazioni!>>

<<Ne sei sicura?>> chiese divertito.

<<Come puoi anche lontanamente immaginare che mi faccia visitare da un gigolò, o viceversa che possa avere un qualche

genere di rapporto intimo con un medico nel suo luogo di lavoro? Non pensi che le tue due professioni cozzino un po' tra di loro?>>
Anche se suonava ridicolo, dovevo trovare un modo per distrarlo dai suoi pensieri, talmente vividi e potenti che temevo presto si sarebbero tradotti in azione.
<<Beh, letteralmente no, di fatto il gigolò fa "visita" alla cliente. Comunque preferisco professionista del sesso! Sai, in realtà le due cose sono molto simili tra loro. Mi piace considerare la mia seconda attività come una prosecuzione della prima, che si svolge tra queste mura. Si tratta di ricerca capisci? Tuttavia tengo a precisare che le mie due identità non si sovrappongono mai. Bryan inizia dove il dottor Bramante finisce, raramente accade il contrario, quindi vorrei sapere, come mi hai trovato?>> Diventò ad un tratto serio. Per il suo progetto di ricerca approfondita sull'universo femminile, nel quale credeva con tutto se stesso, la privacy era una fattore fondamentale. Non poteva rischiare che la sua seconda identità trapelasse tra le mura dell'ospedale e cominciò a sentirsi un po' a disagio.
Chiuse gli occhi e fece un profondo respiro, credendo di aver all'improvviso capito la

verità.

<<Sei della polizia...della Buoncostume!>>

Mi stava di fatto fornendo la storia perfetta per giustificare la mia presenza lì e per indurlo a lasciare in pace per sempre Ruby. Avrei potuto dire che in effetti ero della polizia e che Ruby, per diversi motivi era un soggetto sensibile per noi, un testimone, una persona chiave per un determinato caso e che lo intimavo dunque di non rivederla più. In cambio avrebbe potuto continuare con il suo doppio lavoro. Avrei potuto cogliere la palla al balzo, ma non lo feci. Il perché non risponde a niente di razionale, comunque giocai con lui, fino a che mi fu possibile.

<<Potrei essere della polizia, oppure dell'ufficio delle tasse, che sicuramente non versi per quanto riguarda la tua seconda attività, oppure ancora potrei essere mandata da qualcuno, qualcuno molto in alto, offeso dal fatto che tu abbia ripetutamente usato la sua donna come "cavia" per la tua ricerca!>>

Scoppiò a ridere: <<e tu saresti qui per farmela pagare? Nei vari sensi?>>

Continuò nella sua risata divertita e bellissima. Il viso si accendeva quando rideva. Le labbra si allargavano in profondità nelle guance, scoprendo una mezzaluna di denti

bianchissimi e addolcendo la linea marcata del mento. Poi la risata si spense e tornò l'eccitazione.
<<Avanti allora, fammi vedere quello che sai fare!>>
<<Sono qui per parlarti di una cosa molto seria. Si tratta di Ruby>>.
<<Che succede? Sta bene?>>
<<Non se tu continuerai a frequentarla!>>
Mi guardava perplesso: <<è malata? Che succede?>>
<<Oh andiamo, sei un medico! Lo sai contro cosa sta combattendo Ruby, da tutta una vita! Ha solo sostituito la cocaina con te, ma la dipendenza è esattamente la stessa! Non puoi prestarti ad una cosa simile, non puoi essere tu la sua droga. Dovresti preservarla, non sfruttarla! La tua ricerca è puro egoismo se ti ostini a rispondere alle sue chiamate!>>
L'avevo colpito nel segno. Il caso di Ruby era un problema etico che si era posto più volte e per questo aveva limitato molto gli incontri con lei negli ultimi mesi. Tuttavia non se la sentiva di troncare di colpo per via della fragilità di Ruby. L'astinenza avrebbe potuto portarla ad altro e lui, oltre al fatto di tenere comunque a lei, non voleva averla sulla coscienza.

<<Hai detto bene. Sono un medico, sono consapevole della dipendenza di Ruby dal sesso e so anche che se tronco di punto in bianco, potrei fare più danni che altro>>.
<<Di questo non ti devi preoccupare, ci sarò io con lei. Le starò vicina, le darò tutto ciò di cui ha bisogno>>.
<<Cioè sesso? Vai anche tu letto con lei? Oh, interessante, sei bisex!>>
<<Cosa?>> trovavo la domanda assolutamente fuori luogo.
<<E' evidente che tra te e lei c'è un rapporto speciale o perlomeno tu vorresti che ci fosse. Ne parli come se lei fosse la persona più importante al mondo per te, come se ne fossi innamorata, ma ti piacciono anche gli uomini. Ti piacciono decisamente gli uomini!>>
<<Questa è la conversazione dell'assurdo! Ma come ti vengono in mente certe cose? Sì, Ruby è davvero molto importante per me, nient'altro conta!>>
<<Il punto è uno solo: Ruby è d'accordo sul non chiamarmi e non vedermi più? Come uomo, io so di cosa ha bisogno Ruby. Con tutto il rispetto per l'amore saffico, non vi è paragone con ciò che può dare un uomo ad una donna. Cosa farai quando avrà disperatamente bisogno di un maschio? Anzi

di me? E cosa farai tu, poi, quando sentirai la stessa voglia?>>
Non riuscivo a credere alle mie orecchie. Nessun essere umano mi aveva mai parlato così impertinentemente e quando seguii il suo sguardo fisso sulla mia camicetta dalla quale sporgevano indisturbati due capezzoli turgidi, capii che cosa gli desse tanta sicurezza.
Continuò: <<vedi, quelle "certe cose" di cui mi chiedi, non è che me le inventi io. Il tuo corpo parla chiaro! Ti piacciono gli uomini. E desideri me adesso!>>
Si alzò e si protese in avanti sulla scrivania verso di me. Il fiume in piena dei suoi pensieri mi travolse, così come fece l'odore del suo corpo sovreccitato. La protuberanza dei suoi pantaloni era nascosta dal camice, ma mi raggiunse energeticamente oltre la scrivania, fino a toccare il mio campo elettromagnetico e allora, non vi furono più freni ad arrestare l'irreparabile. Il mio cuore accelerò i battiti fino a far ribollire il sangue e liquefare l'ametista degli occhi, che chiusi immediatamente. Accorgendosi che stavo perdendo il controllo e compiaciuto di questo, lui si portò sul davanti del tavolo in modo che tra noi non ci fosse più nessun ostacolo.
<<Promettimi che non rivedrai mai più

Ruby>> riuscii a dire come una supplica prima di sentirlo afferrare i braccioli della sedia sulla quale ero ormai tutto un bollore, bloccandomi ogni via di fuga e costringendomi a stargli di fronte e ad inalare la sua essenza vitale.

<<Per questo dovrai cominciare a darmi qualche spiegazione, o qualcosa in cambio>>, disse in un sussurro. Con uno scatto fulmineo, attirò la sedia verso di sé e a tradimento mi baciò. Avide le sue labbra si facevano strada tra le mie, ma non vi fu il tempo di assaporare la sua bocca, perché le mie zanne fameliche terminarono di colpo la loro discesa ferendolo. Gemette leggermente per il sottile dolore e si staccò da me di qualche centimetro, abbastanza per accorgersi dei miei occhi viola e liquidi che lo fissavano pazzi di desiderio e dei miei denti orribili dai quali avevo appena leccato via qualche goccia del suo sangue. Rimase incredulo quando realizzò che cosa ero, incapace di parlare, ma non si allontanò. Lacrime di ametista mi si riversarono sul viso e lanciai un grido perché non riuscivo più a trattenermi dall'azzannargli la gola e farlo mio in tutti i modi possibili.

Infine feci l'unica cosa che rimaneva da fare, per salvare entrambi: mi smaterializzai sotto il suo naso, per tuffarmi nelle profondità dell'oceano e spegnere il fuoco e la mostruosità dentro di me, e lui, che ancora vedevo con gli occhi della mente, si ritrovò scioccato a fissare il vuoto, ma comunque pensando, con mia somma sorpresa, di aver finalmente trovato la sua dea.

CAPITOLO 14

Eruzione

Il vampiro è lussuria.

La brama sessuale non è un vizio, uno svago, o una depravazione, cui egli può sottrarsi con la buona volontà, il sacrificio o una cura psichiatrica. No. Un vampiro non può ammutolire il suo desiderio, perché esso scorre libero nelle sue vene insieme al sangue. E quando la sete di sangue chiama, la fame di sesso le fa eco, sempre. Si tratta di un impulso naturale, molto più forte di quello provato dagli esseri umani, perché con la trasformazione, i vampiri acquisiscono la conoscenza del linguaggio basico della natura e diventano un tutt'uno con il mondo fisico.

L'unione sessuale è il rito sacro attraverso cui ogni cosa nasce, è l'origine, pertanto, ignorare un tale impulso e continuare a camminare su questa terra sarebbe impossibile per un vampiro. In ogni caso, equivarrebbe a

ribellarsi alla propria stessa natura, a disattendere alla propria missione e cosa peggiore a disonorare la vita.
La sensualità è una caratteristica innata, dunque, in un vampiro. Non esiste un esemplare della mia specie che non sia a suo modo sensuale e ciò ha reso sempre la ricerca del sangue più una facile conquista che una caccia spietata, anche se non tutti i vampiri, nei secoli, hanno fatto buon uso dei loro doni.
I vampiri più elevati, gli osservatori, sanno scegliere accuratamente i loro partner sessuali. Essi osservano le leggi della natura e non interferirebbero mai con il suo corso, per questo molto difficilmente la loro scelta cade su un essere umano, seppur la loro brama li porti esattamente in quella direzione. Gli esseri umani hanno tessuti troppo fragili per poter uscire indenni da un accoppiamento con un vampiro, il quale nell'estasi li prosciugherebbe del sangue o romperebbe loro le ossa e li stritolerebbe senza nemmeno accorgersene. Esseri umani e vampiri non possono stare insieme, a meno che non si tratti di un prescelto, di un essere umano con caratteristiche tanto particolari da poter essere individuato dal vampiro come un candidato alla sua specie.

Il sesso tra vampiri osservatori e i loro eletti è assolutamente naturale, l'unione più perfetta a cui si possa pensare, tanto più se l'eletto possiede a sua volta le doti sommerse dell'osservatore.
Dennis non sarebbe mai stato un vampiro, tantomeno un osservatore, non rientrava nemmeno nella schiera dei miei eletti. Oh, quanto avrei desiderato che fosse così, allora!
Dopo lo shock emozionale di essere stata così a stretto contatto con lui e di aver assaggiato il suo sangue, tornai ancora tremante di desiderio al campo di St. John's, dove ventisette nuove reclute mi attendevano per la trasfusione giornaliera. Mentre mi avvicinavo, ascoltavo l'ardore che ancora mi tormentava e mi chiedevo cosa avrebbe fatto Dennis adesso. Aveva scoperto che sono una vampira. In quanto medico, mi avrebbe dato la caccia per studiarmi? Per avere il mio sangue e produrre vaccini? C'era più di qualche possibilità che la sua attrazione per me si fosse trasformata in un puro interesse scientifico, anche se ben ricordavo lo sguardo incredulo e pieno d'ammirazione dei suoi occhi, un istante prima che scomparissi, ma in ogni caso, io non l'avrei mai scoperto, perché non lo avrei rivisto mai più. Ruby e gli altri miei eletti

sarebbero stati tutto il mio mondo da quel momento in poi e avrei cancellato dalla mia mente i suoi occhi ardenti, la sua bocca piena e l'odore maschio. Nell'istante in cui formulai quel pensiero, i miei sensi reclamarono, pungendomi in ogni dove, e per appagare la mia natura, come da sempre avevano fatto i miei simili, quando per preservare la vita erano costretti a volgere la loro attenzione altrove, mi sforzai di sostituire l'oggetto del mio desiderio con qualcos'altro che potesse essere sufficientemente appagante.

Agnes mi vide arrivare, come anche Moris e Zakk. Compresero che qualcosa di grave era successo, ma la mia mente era oberata di rosso, di desiderio nella sua forma più primordiale e non osarono interrompere il mio incedere. Chiudendomi alla spalle la porta del dormitorio, sigillai anche l'accesso alla mia mente, escludendoli da tutto ciò che avevo intenzione di condividere con i miei pupilli.

Mi portai al centro della stanza.

Ognuno di loro era succube del mio sangue e di me, pendevano dalle mie labbra, io ero il loro tutto e lo sarei rimasta per molto tempo ancora. Avevo il completo controllo su tutti loro.

Da quando la nostra specie era entrata in

pericolo di estinzione ed era sorta l'urgenza di creare contemporaneamente più vampiri possibile, il rapporto intimo ed esclusivo tra un creatore e il suo pupillo aveva subito ovvi cambiamenti e restrizioni. Era quasi impossibile per il creatore concedersi a qualcosa di più dello scambio di sangue, dal momento che il dover ripetere questa operazione innumerevoli volte nello stesso giorno, lo stremava, non lasciando tempo e forze per null'altro. Ogni notte gli allievi reclamavano ciò che è per loro naturale chiedere, l'unione più intima con me, ma non avevo mai esaudito nessuna delle loro richieste, fino a quella notte.

Mi denudai completamente.

Sentivo i loro occhi affamati su di me. Videro la mia pelle dorata e luminescente aprirsi in piccole ferite lungo tutto il corpo e da esse sgorgare il mio sangue sacro. Li invitai a banchettare tutti contemporaneamente e quando mi distesi sul pavimento, corsero in massa ad invadere il mio corpo, con le bocche aperte e fameliche. Ognuna di esse si posò su una ferita e cominciò a succhiare con forza. Altre cercavano di mordermi e di lacerare inutilmente la mia carne. Le braccia, le spalle, i seni e l'addome; le caviglie, i polpacci, le cosce,

ovunque vi era una testa e una bocca che mi frugava, succhiava e leccava. Sentivo il dolore di tutto questo e la vita che velocemente scorreva via da me. Sapevo il pericolo che correvo: avrei potuto non avere il tempo di riprendere da loro il sangue necessario per rigenerarmi, ma la mia brama sessuale, tanto a lungo frustrata, era più forte di qualsiasi altra esigenza o timore e mi intestardii a proseguire con il proposito di trovare appagamento.
Le lingue indistinte di uomini e donne, innumerevoli, sfrecciavano su tutto il mio corpo, completamente abbandonato, divaricato ed esposto ai loro desideri. Ben presto, oltre alle lingue sentii anche i loro sessi turgidi e umidi strofinarsi contro di me. Provai una scarica intensa quando un paio di teste tinte scesero a leccare il centro del mio piacere. Da lì fuoriusciva il sangue della mia eccitazione, che loro spazzolavano via energeticamente, toccando quei punti che solo le donne conoscono. Godendo di quel momento al limite del dissanguamento, aprii la bocca, accogliendovi un grosso pene. L'uomo emise un suono gutturale che aumentò la sua frequenza mano a mano che succhiavo. Senza che se ne rendesse conto gli incisi l'arteria femorale con un'unghia e bevvi

a grandi fiotti tutto il sangue che potei senza uccidерlo. Quando cadde a terra, avevo già cicatrizzato la vena ed ero già passata ad un altro uomo per ripetere la procedura.
Immaginai che ognuna di quelle bocche e di quei membri fosse di Dennis, così come il sangue che stavo bevendo. Immaginai che lui fosse ovunque su di me e dentro di me e in quel momento mi sentii penetrare. Ebbi un sussulto e mi resi conto che il ragazzo che mi stava prendendo, con la bocca e il torace sporco del mio sangue, non avrebbe potuto mai reggere alcun paragone con lui e l'idea di averlo dentro di me mi disgustò. Con la forza del pensiero lo scaraventai contro il muro dall'altro lato della stanza e il suo posto fu subito preso da delle femmine, che tornarono a leccare e a introdurre nella mia vagina le dita, dandomi immenso piacere ed ebbi una prima scarica orgasmica.
I peni continuavano ad invadere la mia bocca, le mani, li sentivo strusciare sui seni e sull'incavo tra la coscia e il bacino. Qualcuno venne e sparse il suo seme sulla mia pelle. Esso si mescolò al sangue che ancora fuoriusciva dalle ferite aperte e le lingue avide, tutt'altro che sazie, ripulirono il tutto.
Bevvi ancora sangue da quanti me l'avevano

già preso e lo scambio si compì come qualsiasi altra notte da quando l'addestramento era iniziato.
A turno tutti mi penetrarono con le sole dita, comprendendo che era l'unico modo in cui intendevo concedermi. Le donne erano più brutali degli uomini, sapevano quanto in là si potevano spingere e lo facevano senza timore. I maschi invece addolcivano la penetrazione baciando e leccando prima la parte. Lasciai che quelli ai quali stavo praticando del sesso orale riversassero il loro seme nella mia bocca. Da quanto tempo non sentivo un sapore diverso dal sangue? La mia bocca ne era colma, avrei potuto ingoiare, il mio corpo avrebbe assimilato essendo un liquido organico. Si trattava dello sperma di almeno cinque uomini, cinque uomini che non avevano nulla di lontanamente simile a Dennis. Ancora una volta immaginai ci fosse lui in ginocchio sopra il mio viso e l'eccitazione salì alle stelle. Ebbi un nuovo orgasmo e nello spasmo rigettai lo sperma, decidendo comunque che poiché non avrei mai conosciuto il sapore Dennis, non avrei concesso quell'onore a nessun'altro.
Ritornata in me, mi rialzai, scansando senza alcuno sforzo le teste ancora su di me che

rimasero a guardarmi adoranti ed incredule di aver ricevuto tanto quella notte. Non indugiai con lo sguardo su nessuno di loro. Il mio bisogno fisico era momentaneamente stato appagato, ma il vuoto della mia anima che bramava un compagno, si faceva sempre più pressante.

Camminai lentamente verso l'uscita del dormitorio e ad ogni passo, le ferite sul mio corpo diventavano meno visibili, fino a scomparire. Il vestito color ocra che avevo precedentemente abbandonato sul pavimento, al mio silenzioso comando, si sollevò da terra e accarezzando lievemente la mia pelle salì lungo il corpo, dalle caviglie, alle cosce, ai fianchi. Si infilò sotto le braccia e si annodò in vita, fino a rivestirmi completamente.

Uscii come se nulla fosse successo.

Non potei comunque evitare lo sguardo inquisitore di Agnes.

<<Tu sei la mia signora ed io la tua umile servitrice. Lungi da me il voler giudicare il tuo metodo di creazione! Ciò che avviene in certe stanze>>, fece cenno al dormitorio, <<è unicamente affare tuo e dei tuoi adepti. Ma bambina mia>>, il suo sguardo si addolcì e mi si avvicinò sfiorandomi appena con una mano, cosa che raramente era permessa ad un

servitore, <<tu mi stai a cuore come se fossi la mia stessa carne, lo sai, ed io starò sempre dalla tua parte, qualsiasi cosa accada>>.
<<Oh Agnes, e se fossi un fallimento come creatore? Se tu avessi sprecato duecento anni della tua vita con un impostore? Un indegno? Continueresti a giurarmi fedeltà?>>
<<Senza alcun dubbio!>> rispose fermamente, <<come non v'è dubbio alcuno in te bambina! Si può scegliere se diventare un vampiro o no, ma non si può decidere se essere un creatore o un vampiro comune. O lo si è, o non lo si è! E' normale che tu sia tormentata da così tanti dubbi, i santi non sono forse le creature più vicine a Dio e proprio per questo più tentate da Satana?>> La guardai incredula che avesse potuto fare un paragone simile. Poi seguitò: <<suvvia, non mi fraintendere, certo che non sei una santa! Quello che volevo dire è che non vi è un solo vampiro e credo neanche un osservatore che non abbia mai dubbi, crisi, intimi conflitti. Fa parte della vita e della crescita di noi tutti e tu sei giunta ormai all'età della svolta. E' un segno di grande maturità quello di non seguire il proprio istinto, se questo può portare ad una catastrofe, e di aggirarlo invece, come tu hai fatto stanotte>>.
<<Sì, ma non è stato sufficiente capisci? Che

cosa dovrò fare la prossima volta per trovare appagamento? Perché i sensi non smettono di torturarmi? Non capisco cosa mi stia succedendo, sono così confusa. E il cielo non si apre a darmi consiglio. I miei fratelli osservatori non rispondono alle mie invocazioni di aiuto, nessuno di loro. Sono sola in tutto questo>>.

Avevo lasciato libero il mio flusso di pensieri e il desiderio che provavo e che Agnes aveva immediatamente captato, assunse un volto umano. Quello di Dennis.

<<Oh bambina, è vero, sei sola in tutto questo. Nessuno può vivere questa esperienza per te e credimi, nessun consiglio ti possa arrivare, potrebbe veramente guidare i tuoi passi. Noi vampiri, creature sovrannaturali, diveniamo completamente ciechi e sordi, come qualsiasi essere umano, quando si tratta di amore>>.

Sapevo che aveva capito tutto, le avevo permesso di vedere ogni cosa, ma vi era una inflessione particolare nella sua voce, una voce persa nel tempo, una voce che aveva esperito.

<<Parli per esperienza personale?>> chiesi.

<<Per esperienza personale e per l'esperienza di tutti i vampiri che nel corso della mia lunga vita ho incontrato. Amare un essere umano è la croce più grande che ci sia data da portare.

Spesso la scelta è amare e lasciar andare o prendere e veder morire. Ognuno di noi compie la sua scelta e ne paga le conseguenze per l'eternità. Certo, ciò accade per i vampiri comuni che di frequente si mescolano agli umani, non oso immaginare quale fardello debba essere per un osservatore. Ma comunque vada, bambina mia, c'è una ragione più elevata anche per questo, e un giorno ti sarà rivelata>>.
Mi baciò con riverenza le mani e scomparve negli ultimi strascichi della notte che già rubineggiava all'orizzonte.

Ruby scoppiava di salute. Le mie visite si erano molto intensificate negli ultimi mesi e con mio sommo piacere, riscontrai che non solo non faceva più uso di nessuna droga, ma anche la sua dipendenza dal sesso sembrava essere sulla via di guarigione. Non vi era più un via vai indistinto di corpi in casa sua, riceveva per lo più visite o telefonate da persone che richiedevano i suoi servizi di fotografa. Era molto felice di potersi dedicare sempre di più a questa professione che amava e aveva scelto. Certo non poteva ancora esprimersi liberamente, le venivano richieste pose specifiche, per matrimoni, battesimi e cerimonie in generale, ma lei sapeva che prima o poi sarebbe riuscita a far vedere al mondo la sua arte. Per il momento, si accontentava della ricerca e degli esperimenti fotografici che i soldi guadagnati extra, oltre a quelli del negozio, le consentivano di effettuare.

In quei tempi, era particolarmente interessata alle superfici lisce e soprattutto lucide, in cui il mondo si rifletteva, assumendo forme buffe e distorte. La visione distorta della realtà era il suo oggetto di studio. Fotografava i cofani delle auto, le maniglie di ottone delle porte, lo bocce da bowling. I metalli erano soggetti rivelatori, che conducevano in altre dimensioni. Raramente riflettevano immagini nitide, più che altro ombre, delle sagome indistinte e misteriose, prova che qualcosa effettivamente si stava riflettendo sulla superficie ora d'oro, ora di rame, ma prova anche che la realtà potrebbe non essere affatto ciò che sembra.

L'argenteria dei signori Goodwin era un soggetto irresistibile per lei. Passava ore a fotografare cucchiai, coltelli, tazzine da tè. Li metteva in sequenza e li esponeva a diverse illuminazioni, poi correva nella camera oscura che aveva allestito a casa sua e attendeva con impazienza il risultato del suo lavoro. Credo che la distorsione in quelle fotografie, le ricordasse l'annebbiamento della sua mente quando era sotto l'effetto della droga, ed ora che era lucida, appunto, come le superfici che la interessavano tanto, padroneggiava una tecnica che poteva aiutarla a capire tutta la sua vita passata. O almeno così lei pensava all'epoca.

Non passava giorno che non pensasse a Dennis. Sapevo che soffriva nel non vederlo più e sapevo che come me, anche lei era tormentata dal desiderio di chiamarlo. Ma non lo faceva, come non usciva più a comprare della cocaina e preferiva invece fotografare. Una dipendenza veniva costantemente sostituita da un'altra nella sua vita, ma almeno questa volta, si trattava davvero di qualcosa di sano cui dedicarsi.

Eravamo diventate buone amiche. La seguivo spesso in centro per dei servizi o delle commissioni, a volte mi invitava per il tè, che io gentilmente rifiutavo, facendola ridere. Parlavamo del più e del meno, lei mi raccontava le sue cose, della fotografia, di chi aveva conosciuto, ma non mi chiedeva mai dell'essere vampiro, non mi faceva mai quelle domande basilari, che mi avrebbero fatto

capire che almeno ci stava pensando, che forse la mia attesa avrebbe avuto fine di lì a poco. Il non domandare denotava ancora un rifiuto, eppure non vi erano più distrazioni nella sua vita ora. Che cosa ancora avrebbe potuto distoglierla da me?
Ovviamente la osservavo anche da lontano, quando lei si illudeva di essere sola.
La sua pelle era bianca e luminosa, i suoi occhi sempre più verdi, ora che le pupille avevano ritrovato la loro naturale dimensione e avevano lasciato spazio alle iridi di espandersi. Anche i suoi capelli erano di un rosso acceso e lucenti. Una volta li fotografò ed io sorrisi per questa sua nuova mania. Tutto il suo corpo era rinato, florido ed accattivante. Anche lei lo amava di più. Praticava molto autoerotismo e i pensieri si addensavano attorno al ricordo di Dennis. In quei momenti cercavo di sconnettere la mia mente dalla sua, per non cadere nella sua stessa trappola, ma l'immagine di lui era ormai scavata nella mia anima e per quanto mi sforzassi non riuscivo mai a ricacciare indietro le alterazioni fisiche provocatemi dall'eccitazione.
Dopo essersi procurata il piacere di cui aveva bisogno, Ruby apriva il frigorifero e mangiava tutto ciò che poteva. Non avrebbe

probabilmente mai risolto i suoi disturbi alimentari, però ora almeno qualcosa assimilava, altrimenti il suo fisico non sarebbe stato così in salute. Correva poi in bagno a vomitare e una volta liberatasi, si chiudeva nella camera oscura, dove aveva preso a sviluppare foto che raffiguravano persone calve. Teste perfettamente lucide che lei considerava preziose come l'oro, o nel suo caso era meglio dire come l'argento, visto che amava tanto questo colore, e che risvegliavano in lei una qualche fantasia erotica, perché appena sviluppata una nuova sequenza di foto, riprendeva a masturbarsi, poi di nuovo a mangiare e di corsa a rigettare. Era come un rituale di purificazione.

Una sera andai da lei e notai subito la presenza di molti libri sui vampiri in diverse stanza della casa. A parte i vari romanzi, l'occhio mi cadde su uno in particolare: *Anatomia di un Vampiro*, di George H. Price.

Mi illuminai, pensando che finalmente stesse raccogliendo informazioni in previsione di una sua possibile trasformazione.

<<Mi fa piacere vedere che ti stai documentando, ma non hai bisogno di quei libri, hai qui una fonte di conoscenza diretta cui attingere>>.

Rimase a pensare per un attimo.
<<So che i vampiri possono essere fotografati, l'ho visto proprio su quel libro. Quindi mi chiedevo, posso scattarti qualche foto?>>
Mi sorrise come se ciò che chiedeva fosse la cosa più semplice e naturale del mondo e ancora una volta rimasi allibita dalla sua capacità di estraniarsi e di evitare ciò che non voleva affrontare.
<<I vampiri possono essere fotografati Ruby, ma non vogliono>>.
<<Perchè?>> chiese ingenuamente.
<<Se fossi una mia allieva, a quest'ora lo sapresti e sapresti anche moltissime altre cose, vere, non romanzate>>.
<<Beh, non si dice così? Quando l'allievo chiama il maestro risponde? Sono qui, ti ho fatto una domanda, questo non fa di me un'allieva?>>
<<No Ruby, tu non mi hai fatto una domanda, mi hai semplicemente chiesto una cosa. Non posso svelare i miei segreti a qualcuno che ha soltanto un interesse platonico per me, a qualcuno che non vuole seguirmi in questa vita. Scegli di rinascere come me, ed io riverserò su di te tutto il mio sapere>>.
<<Forse io so già molte più cose di quel che pensi. Comunque no, è ancora troppo presto

per me, ho tante cose da fare ancora e voglio essere umana mentre le faccio, perché devo ancora capire il mondo da questo punto di vista, non posso piantare tutto e osservare con occhi diversi, ti pare? Pensavo soltanto che fossi un soggetto interessante da fotografare, tutto qui, ma fai finta che non abbia detto niente>>.

<<Ma io non voglio fare finta di niente. Perché hai acquistato tutti questi libri quando potresti iniziare con me un vero dialogo. Potresti acquisire delle nozioni che ti renderebbero più chiaro cosa in realtà significhi essere come me e in base a queste informazioni potrai decidere in piena libertà se seguirmi. Ma devi aprirti con me Ruby, fidarti>>.

Non voleva sentire ciò che avevo da dirle. Aveva già chiuso le orecchie al suono della mia voce e la sua mente era già volata su altri pensieri, su uno in particolare, che conoscevo fin troppo bene e che con lei condividevo.

<<Hai rivisto Bryan di recente?>> chiese, quasi con un groppo alla gola.

<<Cosa? Lui non ha nulla a che fare con noi due, perché lo tiri in ballo?>>

<<Forse ti ha cercata lui, è così? Dimmelo! Visto che parli di fiducia, comincia tu ad essere sincera con me. Ti vedi con lui? Sei una delle

sue clienti o c'è qualcosa di più?>>

<<Tu vaneggi. Non ho niente a che fare con lui, non potrei mai. Non funziona così per i vampiri come me. Noi siamo dediti unicamente ai nostri prescelti. L'unico essere umano di cui mi importa veramente sei tu Ruby>>.

<<Beh, allora saprai che come essere umano, ho certe esigenze e lui è l'unico che possa soddisfarle. Quindi lo chiamerò>>.

Il mio allarme interno aveva iniziato a suonare.

<<No non lo farai>>.

<<Sì invece!>>

Incollai i suoi occhi ai miei e ripetei lentamente: <<non lo farai!>>

E annullai la sua volontà in un battito di ciglia.

L'indomani, sulla Sixth Avenue nei pressi di Times Square, banchettavo indisturbata da una gola all'altra. Le persone mi passavano a fianco, sfioravano accidentalmente il mio braccio e, colti da un leggero capogiro che, il più delle volte, imputavano ad un improvviso calo di pressione sanguigna, proseguivano poi per la loro strada, lontani dal pensare di essere stati di fatto salassati.

Ad un tratto, l'aria si fece densa ed

irrespirabile. Cominciai ad ansimare, i battiti accelerarono quasi al ritmo umano e il mio corpo si fece umido, febbricitante, come fosse sospeso sul cratere ardente di un immenso vulcano pronto all'eruzione.

Quel vulcano stava di nuovo scuotendo il fresco humus su cui Ruby aveva appena iniziato a coltivare la sua nuova vita, pulita, sana, degna. Quel vulcano la stava sbattendo ancora una volta, con sempre maggior vigore, senza darle tregua, senza consentirle di riprendere fiato. Lei ansimava, poi gemeva, poi urlava ossessa, invocando Dio, ancora e ancora, affinché non le fosse risparmiato nulla, affinché continuasse a sentire la vita in quel modo. E la vita incalzava, ancora, di più e il magma saliva vorticosamente in superficie, emanando vapori che incenerirono in pochi istanti la terra da me faticosamente arata e i germogli che seppur timidi cominciavano ad affiorare.

Spingeva il vulcano, sempre più prepotente e incurante del male altrui, concentrato unicamente nell'immediatezza dell'attimo, nell'urgenza di quel ritmo frenetico, che aumentò fino a ... un istante ... prima di deflagrare nell'alto dei cieli.

Il vulcano eruppe, Ruby con lui, io con lei.

Ripresami dagli spasmi, sentii la mia collera montare e mi materializzai immediatamente di fronte alla casa di Ruby.

Dopo qualche minuto Dennis uscì con un sorriso di sfida sulle labbra. Come aveva osato tradirmi in quel modo? Quell'insignificante piccolo uomo, la cui espressione divenne trionfante non appena mi vide.

<<TU...>> sibilai in preda all'ira.

<<Oh, qual buon vento dolcezza?>>

Non mi mossi, ma lo inchiodai in aria, impedendogli ogni movimento.

<<Hey, ok, sai fare un sacco di magie, ma non ti sembra di dare un po' troppo nell'occhio? Siamo nel bel mezzo di un centro abitato, sotto la luce diretta di un lampione. Non dovresti essere un po' più riservata visti i tempi che corrono?>>

Avrei dovuto fargli del male per spaventarlo, una piccola ferita magari, rompergli qualche osso per fargli capire che facevo sul serio. I miei fratelli lo avrebbero fatto senza nessuna esitazione. I miei fratelli a quel punto, avrebbero deciso di sbarazzarsi definitivamente di lui, per un bene superiore: Ruby. Ma io ero diversa dagli altri osservatori. Io ero l'unica femmina tra loro e di più ancora: lì, di fronte a lui, ero una donna.

Gli diedi le spalle e lo lasciai cadere pesantemente a terra. Lo sentii imprecare mentre mi ritiravo in un luogo più appartato. Mi seguì ai giardini pubblici, deserti a quell'ora di notte.
<<Sei venuto meno alla parola data. Nel mio mondo, chi non ha valori, non ha valore. Tu non hai nessun valore per me!>>
<<Lo dici per convincere me o te stessa?>>
Nonmi capacitavo di tanta sfrontatezza. Era inconcepibile ed inaccettabile!
<<Come osi? Come hai potuto infrangere la promessa?>>
<<Tesoro, capisco che essendo una creatura magari ultracentenaria eccetera, la tua memoria possa perdere qualche colpo. Non ti ho fatto alcuna promessa, se ti ricordi, non ho fatto in tempo, perché...puff, sorpresa! Prima c'era ed ora non c'è più! Ma che scherzo del cazzo era? E sono passati tre mesi e tu, più niente, sparita! Che cosa avrei dovuto fare se non l'unica cosa ovvia per riuscire a rintracciarti?>>
<<Certo, e non pensi a Ruby? Al male che le hai fatto? Stava cominciando a stare bene e tu hai rovinato tutto!>>
<<Oh sì, ti posso assicurare che è stata davvero bene, anzi, alla grande stasera!>> Lo disse

ridendo, sperando di pungere il nervo della gelosia. E ci riuscì.

Lo schiaffeggiai con la mente, calibrando la forza per non fargli troppo male. Accusò il colpo e si alterò.

<<Cazzo non puoi fare sempre così! Devi darmi la possibilità di difendermi almeno, visto che non giochiamo ad armi pari!>> Si accarezzò la guancia imporporata dal colpo.

<<Stupido, ingenuo ragazzo! Non l'hai ancora capito che questo non è un gioco e che tu non avrai mai comunque la possibilità di difenderti da me?>>

<<Non ho bisogno di difendermi da te. So che per quanto tu la stia menando con questa scena, non mi farai alcun male>>.

<<Tu non ti rendi conto del rischio che stai correndo. Sei una mina vagante per me non capisci? Stai mandando all'aria tutti i miei piani con Ruby, attenti alla nostra sobrietà mentale e in più conosci il mio segreto. Perché mai dovrei lasciarti vivere?>>

<<Perché io posso darti ciò che vuoi, ciò di cui hai bisogno e tu puoi dare qualcosa a me. E poi se mi volessi morto, mi avresti già fatto fuori>>.

<<Credi veramente di sapere ciò di cui ho bisogno? Tu, un semplice uomo?>>

<<Questo semplice uomo conosce le donne, e tu, vampira o no, non fai eccezione>>.
Queste ultime parole mi arrivarono come una doccia gelata. E' così che lui mi vedeva, non una creatura irraggiungibile, non un mostro, ma una donna. Quanto desiderassi tornare ad essere solo una donna, lo scoprii, come un fulmine a ciel sereno solo in quell'istante.
<<Come posso fidarmi di te? Credi che sia tanto ingenua? Sei un medico, uno scienziato, potresti volermi sottoporre a degli esperimenti, studiarmi, per il bene dell'umanità, per vincere il Nobel>>.
Si mise a ridere.
<<Beh, confesso che ho anche una certa curiosità scientifica, ma ciò che ho in mente è molto più...poetico, artistico forse. Sì sì, ecco, io la chiamerei proprio arte!>>
Rimasi in silenzio. Stavo soppesando le sue parole, ma vedevo ogni suo pensiero e il mio corpo cominciò subito a reagire. Notò subito gli effetti dell'eccitazione. Si avvicinò e ammorbidì la voce.
<<Andiamo, quanto tieni a Ruby?>>
<<Immensamente>> sussurrai.
<<Allora la lascio tutta per te e aggiungo anche la promessa solenne di mantenere l'assoluto silenzio sulla tua vera natura, pena la morte>>.

I miei occhi sovrannaturali si riversarono nei suoi di limpida giada, già sapendo quello che le sue labbra stavano per proferire: <<ma tu da oggi in poi, sarai mia>>.
Quella fu la prima volta che le nostre anime si toccarono.

CAPITOLO 15

La linea sottile tra il piacere e il dolore

Ancora prima che le sue labbra toccassero le mie, il mio essere più sottile aveva già cominciato a corrispondere il suo bacio. Dennis si avvicinava lentamente, sempre di più, invadendo imperterrito il mio campo elettromagnetico e osservando con occhi colmi di delizia e desiderio, l'anatomia della mia eccitazione: la pelle sempre più luminosa, gli occhi liquidi e soprattutto le zanne enormi, pesanti e doloranti, che avrei voluto poter strappare via per permettere alla mia bocca, di perdersi, libera, nella sua.
Non disse una parola, ma potevo sentire tutto il suo essere fremere. Le sue labbra turgide non conoscevano esitazione. Erano socchiuse e potevo chiaramente vedere il sangue frizzantino che vi scorrevaall'interno, finché... lo spazio tra noi si annullò.
Sussultai alla sorpresa della sua lingua sul mio

labbro superiore. La fece scorrere lentamente lungo l'arco ondulato delimitato dai canini affilati e quell'umido contatto mi scosse al punto che cominciai a tremare. Allora appoggiò le mani sulle mie braccia, accarezzandole come se volesse tranquillizzarmi e passò a solleticare, con la lingua calda di tante carnali promesse, il mio labbro inferiore, che arrendevole e maggiormente disinibito, accolse anche il primo dolcissimo schiocco delle sue labbra.
Inebriata dai sensi, inalavo tutta la sua essenza, registrando nel mio archivio mentale ogni dettaglio della sua biochimica. Anche lui mi studiava, prendeva confidenza con il mio corpo, senza fretta, nonostante il montante desiderio, che nella sua mente mi voleva già sua, mi giungesse prepotente, rivelandomi la venerazione di un devoto, nel tenere tra le braccia la propria dea e la sua ormai incontenibile trepidazione, nel trovarsi a un passo dalla felicità più assoluta.
Mi sarei dovuta fermare in quel momento, volevo farlo, dovevo! Ma poi la sua mano sinistra scalò il mio braccio e superò la spalla, sfiorandomi appena il collo, accarezzandomi la guancia, per arrestarsi decisa sul viso, costringendolo ad assumere una angolazione

più consona alla sua esigenza. Con il pollice mi sfiorò le zanne e poi le labbra, invitandole a schiudersi maggiormente per accoglierlo. Ed esse, quasi animate da vita propria, ubbidirono, acconsentendo all'incontro fatale delle nostre lingue.

In quel momento eterno, mi dimenticai chi ero. Nulla aveva più senso, se non l'essere lì ad assaporare quel bacio. Non un bacio qualsiasi, ma il suo. Non un bacio romantico, scambiato al riparo della comunione delle nostre labbra, ma un bacio d'amore, sigillato dall'intreccio delle nostre lingue scintillanti al chiaro di luna. Risorsero antichi istinti, bisogni che avevo soffocato in fondo alla memoria e che ora riaffermavano spietatamente la mia identità di donna più di quella di vampiro. Nello spazio infinitesimale in cui volontà e ragione vennero eclissate dalla potente sensazione del suo corpo eccitato stretto al mio, delle sue mani in esplorazione sulla pelle nuda delle mie braccia e poi in vita, mi apparve chiaro come il sole che la sete di sangue non aveva parte alcuna in tutto ciò, e che alla base dei miei impulsi naturali vi era soltanto la bramosia di essere sua.

Qualcosa di sbalorditivo si verificò allora, il primo di molti incredibili avvenimenti nella

mia storia con Dennis: le zanne lucenti, spaventose che mi rendevano più simile ad un mostro che alla dea che lui continuava a vedere nella sua mente, cominciarono a ritirarsi, cosa che non accadeva mai ad un vampiro sovraeccitato dai sensi, liberando finalmente la mia bocca.
Lo abbracciai forte, mi strinsi a lui lasciando che finalmente anche le nostre labbra si congiungessero, per un bacio completo che già anticipava il ritmo e la potenza di un amplesso imminente.
Sospirò sentendo che avevo abbandonato ogni resistenza e le sue labbra nonostante l'impegno a soddisfare la mia bocca, si aprirono quasi impercettibilmente ad accennare un sorriso.
Non mi smaterializzai per non arrecargli danni fisici, ma corsi tenendolo stretto a me, corsi così veloce che per un attimo perse i sensi e quando riaprì gli occhi, si ritrovò senza camicia, nel mio letto, nell'abitazione di mia proprietà a Kingston, Canada.
Era evidentemente disorientato, poi, si guardò intorno e si tranquillizzò, vedendomi torreggiare sopra di lui, traboccante di desiderio. Mi baciò nuovamente attirandomi a sé, solo per capovolgere la situazione e farmi

scivolare sotto di lui. Tacitamente, mi fece capire che a letto era lui a comandare e che non era disposto a transigere. Non per quella sera almeno.
La sua pelle sapeva di muschio, di freschezza e di giovinezza, pur anche intrisa di quell'esperienza e di quella consapevolezza del corpo e di ogni sua urgenza, che facevano di lui un vero e proprio maestro nella cosiddetta ars amandi. Sotto di lui infatti, mi sentivo una ragazzina alle prime armi. Il mio corpo rispondeva ad ogni suo stimolo e mi sentivo presa da un fuoco, sul collo dove mi stava baciando, sui seni turgidi dove le sue mani, infilatesi sotto la seta color lavanda della camicetta, stavano scorrendo, e tra le gambe divaricate, contro il mio centro grondante, dove il suo membro rigido, ancora imprigionato dai jeans, premeva.
Tutto ciò mi avrebbe resa una reietta tra i miei simili. Stavo infrangendo tutte le regole, eppure nessuna unione era mai parsa al mio cuore più giusta. Per la prima volta in tutti i miei trecento anni, provai un assoluto sentimento di appartenenza, la fortissima sensazione che la mia casa, il mio posto, il mio idillio, non consistesse in un luogo, e nemmeno nell'universo intero, ma in una

persona, in lui, Dennis Bramante, il mio uomo.
Completamente avvolta dall'amore, inarcai il corpo verso di lui, offrendogli tutta me stessa e lo strinsi forte.
E fu allora che lo udii.
Un drammatico "crack" e l'orrenda percezione di una improvvisa frattura sotto le mie dita. E tutto si trasformò in un incubo.
Dennis si staccò da me emettendo rantoli nel tentativo si respirare. Agonizzava non riuscendo a trovare aria, divenne paonazzo, gli occhi fuori dalle orbite. Il mio volto si trasformò in una maschera di sangue per le lacrime che versai. Era successo, lo avevo ferito a morte e con lui anche la mia vita sarebbe finita. Presa dalla disperazione, mi smaterializzai nell'unico tentativo possibile di salvarlo, ritornando immediatamente dopo con Agnes le cui doti di guaritrice avrebbero forse potuto rimediare a quell'abominio.
<<Salvalo Agnes, fai qualsiasi cosa, ma ti prego salvalo!>>
Agnes non pose nessuna domanda, la mia mente era sufficientemente aperta affinché lei potesse carpirne la dinamica dell'accaduto oltre alla mia situazione emotiva nei confronti di quell'umano. Sentii anche il suo cuore

colmarsi di tristezza.
Alzò entrambe le mani sul suo torace ormai immobile, dove erano apparsi lividi bluastri.
Le mani di Agnes magre e rugose si accesero di onnipotenza, come fossero frammenti di sole e filtrarono luce dentro il corpo di Dennis.
Lo sfondamento del suo torace si livellò, le costole spezzate ritornarono tese e salde a ricomporre la cassa toracica e l'emorragia polmonare si riassorbì. Solo allora il cuore ripartì e l'aria inalata violentemente nei polmoni lo riportò tra i vivi con uno spasmo.
Agnes si ritrasse solo dopo essersi accertata che tutto nel suo corpo e nella sua mente fosse regolare. Il suo viso riprese colore e tornò bellissimo come sempre, nonostante l'espressione attonita e confusa.
Fui inverosimilmente felice nel sapere che nulla di lui era andato perduto, ma l'angoscia nel mio petto per quello che avrei dovuto fare, era qualcosa che non avevo mai provato, né per il piccolo Missian della mia infanzia, né per Ruby nei suoi momenti peggiori, e nemmeno per Sonny, il mio creatore ed amante, quando decise di lasciarmi al mio destino.
Sorrisi a Dennis tra le lacrime e quando lui incrociò il mio sguardo realizzò, suo

malgrado, che per il suo bene, stavo per lasciarlo per sempre.
<<No no aspetta...>> disse alzando una mano verso di me, <<sto bene, guarda, sono apposto, non è successo niente! Noooo>> ma la sua voce era già lontana, persa nell'etere, mentre con Agnes svanivo per sempre, credevo, dalla sua vita.

Se solo avessi mantenuto fede ai miei propositi! Tutto sarebbe diverso adesso, tutto sarebbe andato come stabilito: Ruby, l'unico centro dei miei pensieri; nessuna fiamma d'amore, nessun ricordo intimo di un umano, il quale adesso sarebbe al sicuro nella sua quotidianità; nessun bambino in arrivo e nessuna guerra...forse.
Il mio piccolo in grembo si agita a questi pensieri che chiaramente non condivide. Mi rimanda immagini di secoli e millenni passati, di tutti i grandi cambiamenti della storia avvenuti attraverso il sacrificio di tante vite.
Comprendo la sovrastruttura di tutto questo. Ho la capacità di vedere al di sopra degli eventi e di decodificare il grande disegno di evoluzione dell'universo. Ciò non significa che possa prevedere il futuro, poiché esso di fatto non esiste, è inafferrabile, legato ad una serie

infinita di variabili altrettanto instabili, ma so che qualsiasi cosa accada, oggi si compie il disegno. Oggi il mondo assisterà ad un salto storico, un cambiamento radicale nel pianeta e non solo.
Vedo ora più nitidamente le immagini che il mio onnisciente figlio manda alla mia mente agitata. Nuovamente si apre di fronte a me il lugubre panorama del Golgota. Tre croci vi sorgono in cima. Vuote. Scure. Intrise di sangue e di dolore. Anche il pendio del monte ne è imbrattato. Tre rigoli rossi si diramano a partire da ciascuna croce e scorrono veloci, acquisendo sempre maggiore velocità lungo il pendio, fino ad unirsi in un'unica grande pozza ai piedi del monte. Ai miei piedi.
Non odo la voce del mio bambino, ma sento il suo alito di vita che mi accarezza la testa e la guancia. Egli in qualche modo sa. Sa tutto ciò che è. Più delle grandi menti, più dei grandi spiriti, più degli umani e più dei vampiri. La paura e il dolore cancellano ogni differenza sostanziale, rendendoci tutti allo stesso modo, piccoli e indifesi sulla nostra croce.
Il cambiamento alle porte è inevitabile, è venuto preparandosi per millenni e nessuna delle abilità delle nostre diverse specie potranno mai scongiurarlo. Tutto si compie

nel dolore che sento avvicinarsi ancora, dal ventre e tra le gambe.
Darei la mia vita per essere certa che il bambino sopravviva e per rivedere Dennis sano e salvo anche solo un'ultima volta. Ma tutto ciò non ha importanza, mi dice la dolce energia che si innalza dal mio grembo teso: io e Dennis, come chiunque altro all'interno e all'esterno di questa grotta, abbiamo assolto al nostro ruolo preciso e ciò che sarà in seguito, non avrà rilevanza, si perderà nell'infinito.
<<Agnes, sta arrivando una nuova contrazione>>.
<<Sì bambina, il parto si sta aprendo sempre più e stai perdendo sempre più sangue. Non so se sarà la volta decisiva, la testa non si vede ancora. Dovresti bere>>.
Al pronunciare di questa parola, mi rendo conto di quanto siano arse la mia pelle raggrinzita e la mia gola, offesa come sfregata da carta vetrata. Nel ricordare Dennis ho dimenticato la sete e ora, la consapevolezza sempre più pressante, che lui non sia qui ad assistere alla nascita di nostro figlio, la cui dinamica, nonostante la straordinarietà di un parto come questo, mi aveva così tante volte spiegato, mi getta nello sconforto più totale, perché continuo a sentire la sua lontana

sofferenza nell'angoscia della sua prigionia.
Moris si avvicina lentamente. Ha appena confabulato con il suo gemello Zakk, il quale continua a protrarre lo scudo difensivo intorno alla grotta. Anche la sua forza si esaurirà prima o poi. Vedo spesso Moris avvicinarglisi e unirsi alle sue onde celebrali per ricaricarlo. Avremmo tutti bisogno di bere a volontà.
<<Mia Signora, questa contrazione sarà più forte. I pipistrelli non bastano più. Bevete da me!>>
Si attorciglia la manica della camicia nera e mi offre il polso.
<<Se bevo tu ti indebolirai e di conseguenza tutta la nostra difesa. Aspetterò finché non si vede almeno la testa del bambino, così sapremo che di lì a poco sarà finita e potrò prendere da voi il sangue che mi serve per affrontare il parto>>.
<<Oh bambina, potrebbero comunque volerci ore e ore!>> interviene Agnes.
<<Infatti mia Signora! Siete già troppo sofferente. E' necessario che vi nutriate adesso o non arriverete molto in là>>. Di nuovo Moris mi offre il polso. Le sue vene rosse sembrano brillare sotto il biancore della pelle, ma forse è solo la mia sete a sortire quell'effetto visivo.

I canini nella loro discesa aumentano ulteriormente il mio bisogno di sangue e decido di non respingere più la generosità di Moris. Mentre affondo i denti nella durezza marmorea della sua carne, lo guardo negli occhi mostrandogli la mia gratitudine. Ha gli occhi limpidi e risoluti che poche volte hanno conosciuto l'esitazione. Sono calmi, come il mare placido e piatto in assenza di brezza, che però conserva tutta la sua forza. Essa è lì, la si avverte.

Lo scorrere del suo sangue nella mia gola è delizioso. Esso rinvigorisce le mie membra, i muscoli, la pelle. Sembra anche allontanare un po' la doglia in arrivo. Mi sento straordinariamente calma. E' il potere di Moris.

<<Perdonatemi mia Signora, se ho ascoltato prima il flusso dei vostri pensieri, ma vorrei rasserenarvi sul fatto che tutto è andato come doveva andare. Non avete commesso errori, non siete stata debole nel cedere alle tentazioni della carne e ancor più al fuoco dell'anima. Se non fosse stato vero amore, nessun figlio sarebbe stato concepito. Ma ovviamente lo sapete. Come sapete che una guerra come questa sarebbe comunque stata combattuta. La vostra gravidanza è stata solo un mero

pretesto. Il conflitto era nell'aria da molti molti anni, ora però abbiamo una causa quanto mai concreta da difendere. Riposatevi adesso>>.
Annuisco alla verità delle sue parole e continuo a deglutire il suo sangue pieno di sostanza. Quando sottrae il polso dalla mia bocca, faccio resistenza, ma le forze mi abbandonano e non riesco ad imporre la mia volontà. Cado in uno stato di dormiveglia.
Moris prende dalla mia mano il diario e la penna con cui scrivo, ma non sembra sufficiente ad interrompere la cronaca di quanto sta accadendo.
Agnes e Moris fissano sbalorditi me, apparentemente incosciente e la carta, sulla quale continuano ad apparire queste parole, come marchiate a fuoco.
<<L'ho sedata affinché recuperi un po' di energie, ma la sua mente è troppo forte e si rifiuta di interrompere la sua opera>>. Spiega Moris incredulo.
<<Forse non è soltanto la sua mente a voler lasciare questa testimonianza. Il bambino o addirittura i bambini hanno una loro chiara volontà e visione di quanto sta accadendo. Non credo che dobbiamo interferire con questa narrazione e anzi, quando sarà il momento sarai proprio tu a doverla continuare Moris>>.

Agnes mi guarda, controllando nuovamente la situazione sotto la mia veste. <<Hai fatto bene a farla riposare, avremmo dovuto pensarci prima!>>
<<Agnes, questo non è l'unico motivo per cui ho calmato la sua mente. Credi di poter praticare un cesareo per accelerare la nascita? Il nostro tempo sta per scadere Agnes, non possiamo rimanere qui ad aspettare senza fare nulla>>.
Immediatamente mi agito nel sentire la richiesta di Moris. Un taglio cesario è fuori da ogni logica e discussione. Non posso permetterlo, ma non riesco a destarmi da questo stato di semiveglia.
<<Moris, devi essere impazzito! E' troppo tardi ora per pensare ad una incisione. Le doglie sono iniziate, il parto si sta aprendo, il bambino è già incanalato, non posso più intervenire e per l'amor del cielo, lei non me lo premetterebbe mai!>>
<<Ma hai detto tu che la testa non si vede ancora. Non sappiamo quanto tempo ci vorrà, potrebbe anche non essere troppo tardi. Se lo tiriamo fuori subito, avremo il tempo di metterci in salvo>>.
<<Potrei uccidere sia la madre che il bambino e tu lo sai che non ho potere di guarigione su

di lei>>.
<<Dobbiamo provarci Agnes. Zakk sta esaurendo la sua energia. Se lo scudo protettivo che avvolge la grotta svanisse...>>
La grotta torna a tremare sotto gli spari e le bombe lanciate nella nostra direzione.
<<Ho sentito più volte la terra sotto i nostri piedi tremare. Le rocce si stanno spostando, probabilmente a causa delle bombe. Zakk sta facendo penetrare per quanto possibile lo scudo nel sottosuolo, ma è certo che qualcosa accadrà da sotto i nostri piedi>>.
<<Non posso inciderla, non posso violare il suo corpo, non so nemmeno se sia possibile scalfire la sua pelle sacra con gli strumenti che ho a disposizione!>>
<<Oh Agnes, provaci! Se Dennis fosse stato qui, lo avrebbe fatto!>>
<<Ma lui è un medico, io sono soltanto un levatrice e non si viola il corpo di un osservatore senza il suo specifico consenso!>>
<<No noooooo no...>> mi lamento, lottando per tornare lucida. Tutto cambierebbe se mi fosse praticato un taglio cesareo, tutta la storia del mondo si distorcerebbe.
<<No Agnes, non lo fare! Non lo devi fare>>, riesco a dire alla fine.
<<AAAAAHHHHHHHHHH...>>

Il dolore ritorna spietato riportandomi alla completa lucidità. Durante lo strazio delle doglie, ho notato, sono più ricettiva alle immagini che il mio piccolo mi invia. Più lui si avvicina a questo mondo, più condividiamo il dolore, più siamo in connessione.
<<Non vi permetterà di alterare la storia>>, dico ansimando, <<forse non ne comprendete pienamente le ragioni, ma non si può interferire. Lui ha bisogno di passare attraverso il mio corpo. Deve guadagnarsi la vita da solo o tutta la sua percezione di questo mondo cambierà>>.
Grido nuovamente. Una serie di immagini invade il mio campo visivo.
Una enorme trivella.
Il fungo atomico di Hiroshima.
Dennis che con appena un filo di voce dice: <<hey!>> e l'antico pugnale che avevo già visto in precedenza, ora si abbatte su di lui.
<<Nooooooo>> La disperazione mi assale e tutto il sangue preso da Moris un attimo prima si riversa in copiose lacrime sul mio viso, trasuda dalla mia pelle e sento anche la mia vita venir meno. Ma il dolore fisico che provo nel sentire il mio corpo aprirsi e non appartenermi più, è più forte di qualsiasi altra sensazione.

Grido ancora e ancora, senza che Agnes o Moris possano fare nulla per alleviare le mie sofferenze. Resisterà il mio cuore? Credo sia quello che ogni puerpera si chiede all'apice del travaglio.

Poi vedo Dennis cadere a terra, sollevare il viso stremato verso qualcuno e con le mani finalmente libere, dire: <<grazie>>.

E nel dolore, m'appare chiara la risposta: sì, ce la farà il mio cuore, perché ora è forte della speranza di rivedere il suo amore.

CAPITOLO 16

Compimento

Appena accertata la mia miracolosa gravidanza, i cui sintomi si mostrarono dopo circa un anno dall'inizio della mia relazione con Dennis, lui non aveva voluto perdere tempo.

<<Vado in Europa>> mi disse, <<a Oslo lavora il dottor George H. Price, il mio maestro e mentore. Da anni ormai studia l'anatomia dei vampiri. Lui è l'unico che potrebbe avere le risposte per questa gravidanza. Magari conosce qualche altro caso>>.

Mi ricordai di aver già visto quel nome sulla copertina di un libro a casa di Ruby. Il mio sguardo crucciato non gli diede alcun appoggio e cercò di tranquillizzarmi.

<<Andrà tutto bene, vedrai. Sarò di ritorno molto presto con tutto ciò che c'è da sapere per far nascere il nostro bambino in totale sicurezza. Non è questo che vuoi anche tu?>>

Mi accarezzò dolcemente la guancia e io abbandonai il mio viso nella sua mano, ma non riuscii a vedere i vantaggi di quella partenza.

<<Dubito che il dottor Price abbia una conoscenza dei vampiri più vasta di quella che abbiamo noi su noi stessi. Se anche nel corso degli anni avesse fatto delle importanti scoperte, noi già lo sapremmo. Alcuni di noi avrebbero già scandagliato la sua mente e memorizzatane ogni informazione! Perché insisti ad andare? Non puoi semplicemente telefonargli, faxargli gli esiti degli esami che abbiamo fatto finora?>>

<<No, è una cosa troppo delicata e troppo vasta da discutere al telefono. Non sappiamo con esattezza quando è avvenuto il concepimento ma l'ecograf...>>

<<Io lo so!>>

<<Lo sai?>> mi guardò sbalordito.

<<Lo so che con i tuoi conti da esperto ginecologo questo bambino dovrebbe nascere tra sei mesi, visto che l'ecografia mostra un feto di più o meno quattordici settimane, ma stai dimenticando che questa non è una gravidanza normale e io non sono una delle tue tante pazienti. La mia biologia è molto più rallentata. Credo di essere incinta da almeno

nove mesi ormai>>.

<<Nove mesi? Come fai ad esserne sicura?>>

<<Circa nove, dieci mesi fa, all'inizio della nostra storia, dopo aver fatto l'amore ho sentito, come sempre accade, il flusso del tuo seme correre dentro di me. Però a differenza di altre volte, mi sono sentita trafiggere e poi un'esplosione di energia nel ventre. Qualcosa di così forte da lasciarmi senza fiato. Da quel momento in poi quell'energia non mi ha più abbandonata, la sento ovunque dentro di me, sulla pelle e tutto intorno>>.

<<Quindi non sono solo i miei occhi innamorati che ti vedono così inverosimilmente bella! Sei luminosa, profumata, proprio perché...>>

Mi prese tra le braccia e mi baciò con trasporto.

<<Lasciami fare questa cosa. Voglio tentare tutto il possibile per limitare i rischi. Non posso permettere che qualcosa vada storto. Non me lo perdonerei mai se non avessi tentato ogni possibilità>>.

E così acconsentii a lasciarlo partire, per non vederlo più fare ritorno.

All'inizio mi chiamava, informandomi di tutti i suoi spostamenti. Non era riuscito a rintracciare il dottor Price ad Oslo, poiché egli era partito per una importante missione di ricerca in Africa e Dennis aveva allora deciso di seguire le sue tracce finché non fosse riuscito a parlargli personalmente. Ma di lì a poco, lo stato di guerra fu dichiarato e si espanse a macchia d'olio per tutto il globo. Smise di telefonare e di scrivere e persi così tutti i contatti con lui. Tentai innumerevoli volte di connettermi a lui telepaticamente ma lui non era mai stato un soggetto particolarmente dotato in questo senso e la gravidanza assorbiva molte delle mie energie, indebolendo le mie capacità. Non sapere dove cercarlo poi, rese ogni mio sforzo totalmente inutile.

Ora, il dolore acuto, violento, spaventoso che sto provando a questa ennesima contrazione, è l'unica snervante sensazione in grado di rendere tutta questa assurda situazione reale. Per mezzo di questa sofferenza, sono vigile e certa che tutto quello che ho vissuto, che culmina proprio qui e ora, è vero, concreto, esiste.

Nei miei lamenti, nelle mie grida invoco il suo nome, sapendolo ora libero dalla sua prigionia.

Respiro forte.

Dennis mi aveva spiegato come affrontare le

doglie. Dovevo cercare di localizzare il respiro nel ventre dolorante e sulla schiena, respirare forte e velocemente, immaginando di assorbire nell'inspirazione il dolore e di lasciarlo andare con violenza nell'espirazione.
Sembra funzionare, la doglia perde momentaneamente di intensità. Ogni mio respiro è intriso di lui e ogni nuova potente contrazione è piena della presenza del nostro bambino, che sento avvicinarsi sempre di più. Ha una volontà di ferro, una forza e una tenacia incommensurabili. Qualsiasi cosa accada, a me, alla grotta, a noi tutti, lui o lei verrà al mondo.

Sapevo che Dennis non si sarebbe arreso e che il suo unico tramite per raggiungere me era Ruby. Così una sera, avvicinandomi alla casa della mia diletta, non fui sorpresa di sentirla colma della sua presenza.
Sostai un attimo nel buio della strada ad assaporare l'aria intrisa del suo profumo e ad udire le vibrazioni della sua voce provenire dal salotto dove lui e Ruby stavano discutendo.
<<Ritornerò qui ogni sera finché riuscirò a parlare con lei!>>
<<Oh cavolo! Sai pensavo fosse una curiosità la tua, un interesse platonico, ma adesso mi

rendo conto che ti sei...innamorato? Tu?>> E scoppiò a ridere, una risata quasi irrefrenabile. <<Come può parlare d'amore uno come te? E come diavolo pensi che possa funzionare tra voi, appartenete a due specie diverse!>> E la risata si fece ancora più vigorosa, meschina.
Dennis la guardò sconcertato e irritato con se stesso per aver lasciato trapelare i propri sentimenti.
<<Ma guardati Ruby, sembri una pazza! Che hai da ridere? Parlo d'amore sì, e posso farlo perché ne sono pervaso in ogni cellula del mio corpo. Tu invece sei vuota, in ogni senso e lo sei sempre stata!>>
Ruby smise di ridere.
I suoi occhi erano gelidi, non rivelavano nessuna emozione ed io che con lei ero una cosa sola in virtù del nostro legame, sentii esattamente il nulla dentro di lei, il vuoto di cui Dennis aveva parlato. Ruby non stava provando niente, come se vietasse alla sua mente di secernere gli ormoni responsabili delle emozioni. Era questa la sua forza o la sua condanna? Non sempre riuscivo a distinguere.
<<Pensi di conoscere le persone solo perché ci vai a letto?>> chiese con tono di indifferenza.
<<Sì>>.

<<Beh allora, se c'è qualcuno di pazzo in questa stanza, non sono certo io!>>
<<Sai, io non devo certo spiegare o giustificare a te o a nessun altro quello che provo. Vedi, il punto è che io provo! Sento, vivo, ho un milione di ragioni per svegliarmi la mattina, e non mi importa di quanto dura o pericolosa sarà la faccenda, perché vivere è l'unica cosa che mi interessa. Ma tu? Tu ti annulli, tu non ci sei. C'è un vuoto profondo, che tu cerchi di colmare continuamente con le tue dipendenze, perfino con me, ma non ci riuscirai mai Ruby>>.
<<Quello che dici non è totalmente vero. Quando faccio sesso con te ci sono, sono presente, altrimenti come potrei avere uno, due, tre orgasmi?>>
<<Se ci fossi totalmente, te ne basterebbe solo uno! Comunque non è di questo che volevo parlare stasera>>.
<<Perché no, scusa? Potremmo in effetti, trovare un modo molto più interessante di ammazzare il tempo mentre aspettiamo no?>>
La sua voce si fece più bassa e sensuale e il suo corpo, come il mio, aveva già cominciato a reagire quando gli occhi si soffermarono sulle ampie spalle, i pettorali e la vita stretta di Dennis.

<<Niente di tutto questo accadrà stasera. Non sono qui per te Ruby!>>
<<Lei potrà anche apparire bellissima, è vero, te lo concedo>>, disse avvicinandosi sinuosamente a lui, <<ma la verità nuda e cruda, è che sotto sotto, non è altro che un mostro famelico, che strappa la carne dalle ossa e beve il sangue zampillante da un cuore che ancora batte>>.
Per quanto brutale, Ruby diceva sempre la verità.
<<Dio! Ma cosa ci trova di tanto speciale in te? Non vedi nemmeno la sua straordinarietà!>> rispose lui.
<<Che cosa c'è di straordinario nel vivere per sempre? Nel poter decidere della vita e della morte delle persone? Nell'essere potenti? Nell'avere tanti di quei bizzarri poteri, nessuno dei quali potrà mai colmare il vuoto eterno dell'anima, di cui hai parlato prima?>>
Mai prima di allora avevo avuto la netta percezione di quanto le nostre tre vite fossero interconnesse. Per noi tutti, era tempo di muoversi e andare avanti.
Attraversai il legno e il calcestruzzo delle pareti e il vetro di porte e finestre, materializzandomi pian piano nella stanza per dar loro modo di rendersi conto della mia

venuta, vedendo prima la mia ombra tremolante e poi le mie vere sembianze farsi concrete.

Lo sguardo di Dennis era un misto di sorpresa e adorazione. Quello di Ruby, pura indifferenza.

<<Ok vi lascio soli>> disse, <<ma non dimenticatevi che questa è casa mia!>>

Uscì dalla stanza e qualche secondo dopo udii scorrere l'acqua della doccia.

Quando rimanemmo soli, il salotto in cui ci trovavamo avvampò dell'energia sessuale di Dennis. Il suo corpo lanciava lingue di fuoco nella mia direzione ed io mi appellai a tutta la mia forza di volontà per resistergli, alla paura di essere quel mostro che Ruby aveva descritto, al terrore di ferirlo nuovamente.

Lui attraversò la stanza ma non gli permisi di raggiungermi. Lo immobilizzai a pochi passi da me, impedendogli di avanzare.

<<Dai non fare questi scherzetti. E va bene, starò buono! Parliamo soltanto ok?>>

<<Non sono venuta per parlare e non sto affatto scherzando. Sono qui per cancellare dalla tua mente ogni ricordo e sensazione di me, cosicché tu possa andare avanti con la tua vita ed io con Ruby>>.

<<Che cosa? Ma piantala con questa Ruby! Non

l'hai sentita? Non ti vuole, non vuole avere niente a che fare con te! Prendi me al suo posto! Io non chiedo altro che stare con te!>>

<<Se solo tu fossi un eletto, non vi sarebbe alcun conflitto. Vi seguirei entrambi con uguale devozione. Ma tu sei solo un essere umano, non potrai mai essere un vampiro>>.

Incollai il suo sguardo al mio per iniziare la procedura di pulitura della sua mente.

<<No no aspetta. Non puoi farmi questo. Lo hai appena detto, sono un essere umano, perciò non trattarmi come una marionetta. Gli esseri umani hanno il diritto di scegliere della loro vita, non puoi cancellare i miei ricordi di te, non sarei più lo stesso!>>

<<Sì invece, sarai lo stesso di sempre, solo che per te non sarò mai esistita. Ti sentirai alleggerito vedrai>>.

<<Non sarò lo stesso di adesso! Non fremerò più di questo desiderio che provo, di questa profondità, di questa cosa che mi scava l'anima e allo stesso tempo mi rigenera! Non sarò mai più così vivo e se tu ora cancelli i miei ricordi, mi ucciderai! Sai, io non sono mai stato innamorato in vita mia, sì, ho avuto delle storie, alcune più coinvolgenti di altre, ma non ho mai provato nulla di così assoluto, come quello che provo per te. Ora io non so se

questo sia amore, ma è di certo la cosa più vicina all'idea di amore che ho dentro e se tu cancelli tutto, sarà come se non avessi mai amato. Cancella l'amore e cancellerai la vita. Non puoi farmi questo, se in qualche modo tieni a me>>.
Aveva gli occhi lucidi e supplichevoli. Tenevo tanto a lui che ero pronta arinunciare a me stessa, tornando alla clausura della mia missione, pur di preservarlo. Ma aveva ragione lui, in questo modo sarebbe stata una prevaricazione.
<<Se non cancellassi la tua memoria, non mi lasceresti mai in pace vero? E io non potrei concentrarmi su Ruby perché dovrei sempre preoccuparmi della tua incolumità per prima cosa!>>
<<Naomi, sii onesta con te stessa, nemmeno tu vuoi che ti lasci in pace! Quello che proviamo l'uno per l'altra è troppo forte, non potremmo mai stare lontani o essere solo amici. E' impossibile!>>
<<Appunto per questo farò quello che devo>>.
<<Ascolta, possiamo trovare un compromesso>>.
<<Un compromesso?>>
<<Io sono consapevole dei rischi e scelgo di stare con te comunque. Chiaro? E' una mia

scelta! E' una cosa totalmente nuova per entrambi. E' come se fossimo adolescenti e dovessimo imparare tutto da capo. Possiamo imparare, possiamo trovare un nostro equilibrio. Tu puoi imparare a controllare i tuoi istinti, la tua forza e a non farmi male. Sì, ci vorrà della pratica, e soffrirò parecchio, ma c'è la tua amica guaritrice no? Ha fatto un lavoro fantastico l'altra volta!>>
Stentavo a credere che stesse parlando sul serio. Intendeva usare Agnes come una pillola per il mal di testa.
<<Quello che dici è assurdo. L'altra volta sei stato fortunato! Se per disgrazia dovessi spezzarti il collo o spappolarti il cuore o insomma provocarti una morte istantanea, per te sarebbe la fine.Agnes può guarire, ma non può risuscitare i morti>>.
<<Allora staremo doppiamente attenti! Per un po' potrei legarti, immobilizzarti ed essere io l'unico a metterti le mani addosso...>>
Si stava eccitando, e il rigonfiamento tra le gambe fasciate dai jeans divenne evidente. Mi sentii sciogliere, insieme ad ogni difesa che avevo eretto contro di lui. Tornò libero di muoversi e piombò subito verso di me.
<<Non funzionerebbe>> dissi ansimando, <<mi libererei in meno di un secondo e tu

saresti subito alla mia mercé>>. I pesanti canini fendevano l'aria e i miei occhi violacei erano liquidi come il covo più segreto al centro del mio corpo.

Si avvicinò ancora di più, appoggiò il suo viso al mio e accarezzò la mia guancia con il suo naso, inalando tutta la mia eccitazione.

<<Mi ecciti da morire quando usi queste parole antiche!>> non capivo esattamente a quali parole si stesse riferendo, c'era ben poco che fossi in grado di capire in quel momento.

<<Devi allontanarti da me>>, ma il tono della mia voce esitava e le mie mani erano già aggrappate al cotone della maglia aderente, attraverso la quale sentivo i suoi poderosi pettorali.

<<No. Io lo sento quanto mi vuoi>>, la sua voce era un sussurro, <<dobbiamo solo fare le cose con calma, con molta calma>>.

Aveva le mani intorno alla mia vita. Mi accarezzava, mi teneva stretta, mi attirava sempre più a sè, fino a che il mio corpo aderì totalmente al suo, come due metà di una stessa mela che si ricongiungono. Non potevo evitare di tremare, l'eccitazione, il desiderio e la paura di sentire la massa solida del suo corpo contro il mio, erano pressoché incontrollabili. Lo sentivo godere della sensazione del mio seno schiacciato contro il suo petto, e senza ombra di dubbio lui mi stava sentendo godere della prominenza del suo pene contro il mio pube. Stavamo andando a fuoco, tanto che temetti che i pochi millimetri di stoffa dei vestiti che ancora indossavamo, si sarebbero presto dissolti.

Il mio tremore aumentò e come era già successo durante il nostro ultimo incontro, stavo nuovamente per perdere il controllo.

<<Shhh, piano, su riprendi il controllo, ce la puoi fare. Ecco guarda, mi stacco un po' da te>> e mi lasciò maggior spazio per tornare in me. Scrutò ogni dettaglio del mio viso che ormai aveva abbandonato le sembianze umane. Rispettò i miei tempi e mi vide lottare contro il mio cieco desiderio finché il tremore cessò, le iridi tornarono di un brillante color ametista, le zanne scomparvero e io potei finalmente tornare a respirare.

<<Ho una voglia matta di baciarti>>, disse con appena un filo di voce, <<ma voglio che lo faccia tu, alle tue condizioni>>.

Mi guardai intorno e realizzai che quella stanza era stata tante volte teatro di un sesso sfrenato tra lui e Ruby e mi parve assurdo trovarmi lì con lui in tali circostanze. Avvertii la rabbia di Ruby nell'altra parte della casa.

Pensava che le stessi sottraendo qualcosa che le apparteneva, qualcosa che la faceva stare bene e che interferissi troppo nella sua vita senza averne alcun diritto. Sì, Ruby mi detestava. Avrei parlato molto seriamente con lei di lì a poco, ma in quel momento la mia priorità pulsava tra le cosce e necessitava di un luogo più appartato per essere soddisfatta.
<<Non qui>>.
<<Sissignora, ti chiedo soltanto di rimanere all'interno dei confini dello stato stavolta, non sai cosa ho dovuto fare l'altra volta per tornare!>>

3rd Avenue Brooklyn. Trentesimo piano. Attico.
<<Sei davvero sorprendente! Come fai a sapere dove abito?>>
<<Hai avuto diverse fantasie di recente di me e te sul tuo letto, mentre le luci della città ci spiano invidiose>>.
<<Beh a dire la verità non mi importa un bel niente delle luci della città, però a te non sfugge proprio nulla eh? E in questo preciso istante che cosa ci vedi nella mia mente?>>
Oh ha sempre saputo come infiammare il mio desiderio! Posso avere tutti i poteri sovrannaturali di questo mondo, ma lui è

padrone assoluto del mio corpo. Conosce il come, il quando, il dove e non si cura minimamente del perché.
In quel preciso istante, nella sua testa, lui aveva saltato tutti a preliminari e mi stava prendendo con forza sul tappeto bianco e nero del suo salotto. L’eccitazione tornò più prorompente di prima. Le mie guance avvamparono e sentii nuovamente il subbuglio biochimico dentro di me.
Gli diedi le spalle e ancheggiando, calda ed invitante, mi diressi verso la camera da letto. Con gli occhi della mente, lo vidi sorridere beffardo e un passo dopo l’altro seguirmi.
Ero davvero decisa ad andare fino in fondo? Che disastro sarebbe stato! Ma lui era sulla soglia e con un gesto fulmineo si tolse la maglia, rimanendo a torso nudo.
<<Fa un po’ caldo qui dentro non credi?>>
<<Avevi detto alle mie condizioni>>.
<<Certo! Tutto quello che vuoi! Stavo solo giocando un po’>>. Sorrise.
Si sedette sul letto accanto a me.
Posai gli occhi sulle sue labbra ben disegnate. Ai lati si incurvavano leggermente all’insù, come se un lieve sorriso naturale fosse tatuato sul suo viso.
Tutti gli uomini che avevo amato, umani e

non, possedevano quella caratteristica fisica.
<<Non fare movimenti avventati>>, lo ammonii avvicinandomi a quelle labbra irresistibili, <<non immobilizzarmi, non stare sopra di me. Devo essere libera di fermarmi quando sento che sto andando oltre, se sei tu a condurre il gioco, ho paura che per reazione cercherei di contrastare la tua forza e ti farei male>>.
<<Va bene>>, riuscì a dire prima che la mia bocca si posasse sulla sua. Lo baciai dolcemente sulle labbra roventi tre o quattro volte, poi la mia bocca si fece più avida e quando incontrai l'umidità delle sue labbra socchiuse, fremetti. Le nostre lingue si intrecciarono e il bacio si fece così intenso e profondo da portarmi sull'orlo dell'orgasmo. Gemetti e mi avvinghiai alle sue spalle. Lui mi spinse giù nel letto, già dimentico di quanto mi aveva appena promesso, facendomi allentare la presa intorno al suo collo che probabilmente era già troppo forte. Le nostre bocche rimasero incollate, ma accelerate da tanta eccitazione, le mie zanne stavano compiendo il loro percorso nella mia bocca e fui costretta a staccarmi da lui.
<<No, sta accadendo troppo in fretta>>, dissi ansimando allarmata.

<<Ok, rallentiamo un po'>>.
Scivolò via da me e riprese fiato dall'altra parte del letto.
<<Lo vedi che non può funzionare?>> Ero affranta da quella consapevolezza e cominciai, come una qualunque donnetta farebbe, a singhiozzare.
<<Hey ma che dici? Funziona alla grande!>> Polverizzò subito la distanza tra noi in quel letto.
<<Solo che devi avere fiducia in me Naomi. Io so di cosa hai bisogno credimi. Lasciami fare a modo mio e non appena senti che stai andando fuori di testa mi fermi, ok?>>
Non sapevo cosa rispondere. Tutto ciò che volevo era sentire le sue mani su di me.
Cominciò a slacciarmi i bottoni della camicetta. Attraverso la bianca seta sottile, si intravedeva il pizzo della sottoveste. Mi baciò le labbra e poi lentamente scese sul collo. Mi annusò, mi assaporò. Se fosse stato un vampiro, avrebbe affondato i denti lì, per farmi capire che ero in suo potere. Invece lui aprì completamente la camicia, se ne sbarazzò, facendomi alzare a sedere. Torreggiava in ginocchio su di me, infilò la mano destra tra i miei riccioli e mi costrinse ad alzare il viso verso di lui, per potermi baciare con passione,

approfittando della momentanea assenza delle zanne.
Il mio sangue ritornò a ribollire, ma lui non mi diede il tempo di pensarci. Le sue mani erano scese sulle mie spalle e le avevano liberate tanto delle bretelline della sottoveste che di quelle del reggiseno. Mi staccai dalla sua bocca e sospirai e mentre mi faceva sdraiare di nuovo, il mio seno all'improvviso era nudo, lì per lui, completamente esposto.
Vi passò le mani attorno e con le dita sfiorò i capezzoli turgidi. Una scarica elettrica mi trapassò e istintivamente inarcai il corpo verso di lui. Afferrai la testiera del letto in modo tale da non stringerlo nella mia morsa mortale. Lui si sdraiò sopra di me, allungando le braccia in alto ad accarezzare le mie. Trovò di nuovo la mia bocca e nello stesso momento in cui le nostre bocche si unirono, anche i nostri cuori si congiunsero in un bacio appassionato. Il contatto del mio seno libero dalle vesti, schiacciato contro il suo petto nudo fu un momento erotico senza precedenti che indusse entrambi a gemere. Ritornò a baciarmi i capezzoli e cominciò poi a leccarli, a succhiarli, a tormentarli per un tempo che parve infinito.
Non vi era un solo centimetro nel mio corpo

che non bruciasse. La testiera del letto era un buon diversivo, mi aiutava a scaricare la forza della mia eccitazione e a concentrarmi sulle sensazioni che in quel momento stavo provando.
Quando Dennis ebbe finito di modellare entrambi i miei seni a suo piacimento, essi erano rotondi e pieni come due grosse mele. Il sangue vi era affluito in abbondanza e li sentivo più grossi e turgidi di quanto ricordassi. Solo quando ebbero raggiunto le dimensioni che lui desiderava, si spostò con la testa più in basso e senza rendermene conto, mi ritrovai con soltanto le mutandine di pizzo color porpora addosso.
I miei occhi liquidi e le mie zanne ormai avevano imboccato la via del non ritorno e sapevo che non sarebbero più scomparsi. Era il momento di fermarsi o sarebbe andata a finire male.
Lo sentii sospirare in preda all'estasi. Riusciva a stento a contenere tutta la sua foga. Le lingue di fuoco che emanavano da lui, mi penetravano ovunque e quando sentii il suo alito caldo soffiare sul mio pube, ogni intenzione di interrompere quell'ascesi svanì.
Ordinai al pizzo di dissolversi e con sua grande sorpresa, mi ritrovai completamente nuda a

pochi centimetri dal suo viso.
<<Ok>> rise, <<non ti faccio più aspettare!>>
Mi divaricò bene le gambe, fino a raggiungere lo spazio desiderato. Toccò con le dita il centro del mio piacere e io lanciai un urlo. Se si accorse del liquido rossastro che da lì sgorgava non si spaventò, né se ne curò. Appoggiò le labbra sul clitoride e fece ciò che prima aveva fatto con i miei capezzoli. L'estasi che provavo era irrefrenabile. Staccai le mani dal letto e le affondai tra i suoi capelli troppo corti per poter essere afferrati. Allora cercai le sue mani, che si intrecciarono con le mie, si toccavano si sfregavano. Poi ne riportò una in basso, a toccare il clitoride e ad aprire con due dita le grandi labbra. Mi penetrò con la lingua ed ebbi un orgasmo infinito. Urlai, mi dimenai, strappai le lenzuola.
Ma lui non mi diede tregua. Nella fase calante del mio orgasmo, infilò il pene in massima erezione dentro di me. Fu una penetrazione vigorosa, talmente umida da non incontrare nessun attrito e si portò molto in profondità. Anche dalla sua gola uscì un suono incontrollato come dalla mia. Mi sentii felice, totalmente felice. Mi sentii una donna in comunione con il suo uomo e fu questa l'unione più completa che mai conobbi.

Ci assestammo su un ritmo veloce e vigoroso che mi lasciava senza fiato ad ogni affondo. Tornò a baciarmi facendomi assaporare la mia stessa intimità ed io lo accolsi pienamente dentro di me, abbracciando la sua schiena, la sua testa, i suoi glutei che si muovevano spasmodicamente su e giù. Riuscì non so come a trattenersi finché non raggiunsi il mio secondo, lungo e ancora più intenso orgasmo.
<<Oddio come ti sento!>> riuscì a dire prima di venire a sua volta. Fui percossa da brividi di piacere fino a che il flusso del suo sperma non arrestò la sua corsa dentro di me. Una sensazione strana da descrivere, come un formicolio o una sottile corrente elettrica che mi attraversava.
Sentivo il suo cuore martellare contro il mio. Il suo corpo scultoreo era ricoperto di sudore e respirava profondamente per riprendere fiato.
<<Ok>>, disse a fatica senza estrarre il suo membro, <<è il momento di chiamare Agnes!>>
E si accasciò su di me privo di sensi.

CAPITOLO 17

Umano ardore, sovrumano amore

Agnes venne, operò e ancora una volta, senza fare alcuna domanda, se ne andò.
Quando Dennis riaprì gli occhi, mi sorrise contento di trovarmi ancora lì accanto. Il trionfo sul suo viso ora di nuovo bello e disteso, si scontrò con la mia espressione affranta.
<<Tranquilla, sto bene, vedi?>> E cominciò a muovere le mani e a toccarsi il torace per verificare che tutto fosse al proprio posto. <<La tua amica è davvero formidabile!>>
Gli avevo lussato entrambe le spalle, spezzato nuovamente le costole, fratturato otto dita delle mani e rotto il bacino fra la morsa delle mie gambe.
<<Tutto questo è assurdo e da incoscienti Dennis! Non possiamo continuare così!>>
Ebbe un brivido nel sentire il suo vero nome pronunciato dalle mie labbra, anche se il mio

tono era di rimprovero.
<<Certo che no! Dobbiamo migliorare! E lo sai come si fa a migliorare?>> Si protese verso di me, cercando la mia bocca. <<Facendo tanta, tanta pratica!>>
<<Oh piantala! Sto parlando sul serio! Vale la pena rischiare così irresponsabilmente la vita per un orgasmo?>>
<<L'orgasmo vuoi dire! Sì certo che ne vale la pena! E poi, anche se so che non succederà, non riesco veramente a pensare ad una morte migliore! E' quello che voglio! Morire dentro di te...sì, sì, ecco, proprio questo sì!>>
<<Tu sei pazzo! La vita è il bene più prezioso, non si gioca così con la vita!>>
<<La vita va vissuta! Oh Naomi dai, pensa ai paracadutisti, ai pompieri, ai piloti! Lo sanno che corrono dei rischi, che vanno incontro alla morte ogni giorno, ma è quello che amano fare, e se dovesse capitare, sarà la morte che hanno scelto, non un fottuto banale incidente!>>
Lo guardai, consapevole che non gli avrei mai potuto far cambiare idea. La donna innamorata ed accecata dalla paura, stava lottando dentro di me, contro il vampiro osservatore, che vede, non giudica e non interviene sul libero arbitrio degli umani. Non

potevo biasimarlo per la sua vocazione. Non era giusto chiedergli di rinunciare, di andare contro la sua natura, di non essere se stesso, quando era proprio questa sua dedizione verso il sesso e soprattutto verso il sesso opposto a renderlo così straordinario. Era per questo che lo amavo, perché riusciva a farmi sentire una donna come tante e allo stesso tempo la più speciale, la più desiderata e la più amata. Dopo secoli di osservazione, avevo ora imboccato la via dell'esperienza e sapevo che era una via senza ritorno.
Gli sorrisi, dandogli ad intendere che non avrei più insistito su quel punto e accolsi il suo lieve bacio sulle labbra a suggello di quella tacita promessa.
<<Beh...ci serviranno parecchi letti nuovi>>, disse spostando l'attenzione sopra le nostre teste, dove la testiera di legno del suo letto era completamente distorta e forata dove le mie dita nell'attimo di estasi erano penetrate. Ridemmo. E realizzai che non ricordavo di aver mai riso così.
<<Da quanto tempo non lo facevi?>> mi chiese poi.
<<Perché? Oh, devo essere stata un disastro!>>
<<No, che dici? Eri dolcissima e ho adorato ogni secondo e ogni centimetro del tuo corpo

divino. Solo che sono curioso, eri nervosa e non solo per le strane circostanze, c'era molta urgenza dentro di te>>.

Lo guardai un po' storto.

<<Sì è vero>>, continuò, <<sono io il primo ad avere urgenza di te, ti desidero troppo, ma non sto parlando di desiderio, sto parlando di un'urgenza tua, intima, di un bisogno profondo inascoltato che si è risvegliato prepotentemente. Forse non è nemmeno qualcosa di origine sessuale, non lo so, ho solo avvertito che avevi bisogno di affidarti a me e che dovevi farlo subito, come se fosse stata questione di vita o di morte>>.

<<Dunque è proprio vero che conosci le persone quando ci vai a letto! Solo che io non sono una persona>>.

<<Forse per questo funziona così bene! Ma non cambiare discorso!>>

Sorrisi sbalordita, non perdeva una virgola nemmeno del mio pattern mentale.

<<E va bene signor Sotuttoio! Non ricordo esattamente quando è stata l'ultima volta, credo qualche anno, tre o quattro>>.

Trent'anni, sette mesi e diciotto giorni, da quando ero entrata nella vita di Ruby, ma non glielo dissi per non spaventarlo o più verosimilmente, per non eccitarlo ancora di

più di quanto già non fosse per conto suo.
<<Naaaa, è un'urgenza molto più antica quella che ho sentito io!>> Mi lanciò uno sguardo beffardo e continuò: <<come mai così a lungo? Il sesso non è molto praticato tra i vampiri?>>
<<Il sesso tra i vampiri è praticato tanto quanto tra gli umani, è una cosa del tutto naturale, tuttavia noi osservatori, totalmente dediti alla nostra missione, ci risparmiamo in questo senso, finché il nostro eletto non è pronto per noi>>.
<<Cioè scusa, scopate con quelli che osservate? Tu fai davvero sesso con Ruby allora?>>
<<Noi facciamo l'amore con gli eletti perché è una cosa che accade naturalmente insieme allo scambio di sangue, e no, non faccio sesso con Ruby. Il nostro rapporto non è ancora ufficialmente iniziato>>.
<<Beh a sentire Ruby, non credo che inizierà molto presto. Comunque mi stai dicendo che in ogni caso la cosa accadrà? Cioè voi non fate distinzione tra maschi e femmine? Siete tutti bisex?>>
Le sue domande arrivavano a raffica. Lo stavo erudendo in quel momento e ingenuamente non mi preoccupai del fatto che conoscere tante cose sul nostro mondo avrebbe potuto metterlo in pericolo di vita. Si trattava di una

condivisione di cui avevo assoluto bisogno, l'urgenza che prontamente lui aveva avvertito era quella del confidare la mia vita, i miei segreti, per rendermi conto pur nella sacralità della mia missione, di fare ancora parte di questo mondo.

<<Se è così che la vuoi vedere, direi di sì. Noi scegliamo l'anima dell'eletto, non il suo corpo>>.

<<Sì ho capito, ma scusa, gli umani hanno delle preferenze sessuali invece, che succede se l'eletto in questione proprio non ne vuole sapere di spingersi fino a quel punto?>>

<<C'è una fase di preparazione che dura anni e anni prima che si arrivi a quel punto. In ogni caso non è una pratica che succede sempre per forza, però è molto molto probabile, in virtù del legame intimo ed indissolubile che si crea tra il creatore e l'allievo. Lo scambio di sangue comporta la trasfusione di molte informazioni, l'assorbimento dell'essenza dell'altro, per cui la reazione sessuale è una normalissima conseguenza, tutto avviene in modo naturale, senza pensare, ma semplicemente essendo lì per l'altro>>.

<<E il tuo di creatore? Era un maschio o una femmina?>>

<<Un maschio>>.

<<Ti pareva!>> disse sussurrando appena, volgendo lo sguardo dall'altra parte, <<e come è successo?>>

<<Non credo che tu voglia davvero saperlo. Non c'è motivo di continuare questa conversaz...>>

<<Certo che voglio saperlo, non te lo avrei chiesto altrimenti. Voglio sapere tutto di te>>.

<<Ne sei sicuro? Ci vorranno molte notti affinché ti possa raccontare i miei trecento anni e comunque non lo farò per niente, pretendo qualcosa in cambio!>>

<<Oh, adesso sì che parliamo la stessa lingua! Per prima cosa, non potrei chiedere di meglio che moltissime notti insieme a te, seconda cosa, sei una vampira d'affari e la cosa mi stuzzica molto! Allora, qual è il tuo prezzo?>>

<<A parte il fatto che un accordo noi lo abbiamo già e che esso prevede che tu non ti veda più con Ruby, sono anch'io curiosa di sapere della tua vita amorosa>>.

<<Scusa, ma non c'è proprio niente da sapere della mia vita amorosa. Se si esclude il lavoro, è praticamente inesistente!>>

<<Hai detto di aver avuto delle storie "coinvolgenti". Sono quelle che mi interessano. Per esempio quella... Mandy?>>

<<Mandy? L'infermiera che lavora con me? Ma

come diavolo fai a s...Ah non vale, non giochiamo ad armi pari, tu sai già tutto di me senza che io ti racconti niente! In ogni caso non c'è un granché da sapere. Ci sono stato un paio di volte e basta>>.
A braccia conserte gli lanciai uno sguardo di disapprovazione.
<<E va bene, tre o quattro>>.
Sgranai ancora di più gli occhi.
<<Cinque o sei...>>
Mi misi a sedere sul letto fingendomi delusa del fatto che non volesse dirmi la verità.
<<Ah ok otto! Ci sono andato a letto otto volte ok? Ma non c'è davvero niente da dire, Mandy è...una di quelle storie, e sono veramente poche, che mi prendono molto all'inizio. Sai, conosci una bella ragazza, ti affascina stranamente più di altre, hai voglia di lei, lei ha voglia di te e la cosa succede. Tutto va alla grande e pensi di rivederla. La volta dopo è anche più audace, fai del gran sesso e la porti fuori a cena e così decidi di continuare, nell'attesa che qualcosa di magico succeda, che ne so, che il tuo cuore cominci a battere solo per lei. Te la porti a letto ancora una volta o due, finché non rimane più niente di sessualmente inesplorato con lei e scopri che il tuo interesse crolla a picco mentre lei

comincia proprio ad innamorarsi. Allora che fai? Non puoi spezzarle il cuore, non puoi mentirle, non è nel tuo stile e pensi che essere onesti e troncare subito sia la cosa migliore. Ma a lei non interessa se è cominciato e finito tutto spontaneamente, se in fin dei conti l'attrazione sessuale era il solo collante e mai nessun impegno era stato preso, nessuna promessa fatta, nessun "ti amo" o roba simile mai pronunciato dalle tue labbra. Alla fine tu sei un grande stronzo e siccome lei è una tua collega, dovrai anche subire ogni suo sguardo accusatorio per il resto dei tuoi giorni, cosa che tu ignorerai perché, da quel gran bastardo che sei, comunque sei convinto di non dover mai niente a nessuno. Te la sei vissuta, te la sei goduta e ora bisogna andare avanti. Fine della storia>>.

<<Non ti sei davvero mai innamorato in vita tua? Nessuna più di un'altra?>>

<<Io credo onestamente di amarle tutte le donne. Voglio dire, non ho rancori, ma soltanto piacevoli ricordi di ognuna di loro, cliente o non. La maggior parte di loro non capisce e magari mi vedono come un pervertito, un mascalzone, ma tutte loro, mi hanno reso quello che sono oggi. Ho preso da loro tutta la mia conoscenza e mi sento

infinitamente grato al genere femminile per questo. Non so esattamente cosa sia l'innamoramento, ma credo di sapere che cos'è l'amore e io le amo tutte>>.

<<Molti potrebbero dire che amarle tutte significa non amarne nessuna>>. Ma sapevo ciò che stava provando in quel momento. I suoi occhi brillavano ed erano veramente colmi di riconoscenza verso la donna e tutto ciò che essa rappresentava. Le amava, ad una ad una, tutte.

<<Se non ne amassi nessuna, non proverei niente, invece provo tutto e anche quando la storia è finita, anche quando non le frequento più, è amore che provo verso quelle persone, o un grande affetto, o non lo so come chiamarlo, ma mi sento mosso da ognuna delle donne con cui sono stato, non indifferente o infastidito come spesso accade quando una storia finisce>>.

Quanto grande era il suo animo per contenere tutto quell'amore? Qualcosa di introvabile in un essere umano, eppure egli non era nulla più di questo. Impensabile che in lui non ci fossero le doti di un futuro vampiro osservatore, ma d'altro canto, comprendevo come la preziosità della sua condizione, trovasse senso unicamente nella sua mortalità.

Trasformarlo in vampiro, avrebbe comportato un drastico abbassamento di tutte le sue funzioni vitali, azzerando la sua energia sessuale e declassandolo da essere umano straordinario a vampiro comune.
<<Hey cocca, guarda che ho capito il tuo giochetto, è solo che ho voluto farti contenta, ma adesso è il tuo turno! Non pensare di cavartela distraendomi e facendo parlare me, di cose che per altro già sai! Allora, il tuo fantomatico creatore?>>
Sorrisi, appagata del trovarmi in presenza di tanta maestosità e lo accontentai, cominciando a raccontare la storia della mia vampirizzazione.
<<Sonny. Sonny è il suo nome>>.
<<E'? Cioè è ancora in circolazione?>>
<<Dennis, noi siamo immortali o per lo meno molto molto longevi. Certo che è in circolazione! Anche se al momento non ho idea di dove si trovi>>.
<<Come sai che è ancora vivo allora?>>
<<Se non lo fosse, lo sentirei. Come ti ho già detto, il nostro legame è così forte che possiamo non avere più notizie l'uno dell'altra per secoli, addirittura millenni, ma viviamo l'uno nell'altra, perciò, sì, lui è, esiste ancora>>.
Che fortuna! disse ironicamente un pensiero

vagante nella sua testa.
<<Vivevo con la mia famiglia nelle paludi dell'attuale stato del Belize, nell'America Centrale. Eravamo schiavi presso la tenuta dei Sinclair, grandi proprietari terrieri che fecero fortuna esportando beni di ogni sorta dal Nuovo al Vecchio Mondo.
La mia era una famiglia particolare ed era emarginata dal resto della schiavitù. Ci temevano perché pensavano fossimo adoratori degli spiriti maligni e che praticassimo la magia nera>>.
<<Perchè?>>
<<Perché mia madre e mio padre appartenevano a due etnie diverse e le coppie miste erano un esperimento del male. Era noto infatti che gli spiriti dell'oscurità scendessero sulla terra e si accoppiassero o facessero accoppiare esseri umani con gli animali o animali di specie diversa e poiché anche tra gli esseri umani, per volere del male, c'erano diverse razze, ogni unione meticcia era sicuramente di origine maligna. Mio padre era egiziano, mia madre etiope ed io, il loro frutto, l'incarnazione di quello stesso male osceno che li aveva voluti insieme. Tutti ci scansavano. Solo le catene riuscivano a tenere gli altri schiavi vicini a noi durante il lavoro

nei campi. Ma essi non ci rivolgevano comunque mai la parola e mai, assolutamente mai, incrociavano il nostro sguardo.

I miei genitori soffrirono molto per il forzato isolamento, io invece godetti, tutto sommato della mia solitudine. Non sapevo come spiegarlo, ma non mi sentivo mai sola, e non avevo paura di vagare nella palude di notte. In un certo senso eravamo liberi, perché sebbene fosse impossibile scappare dalla proprietà dei Sinclair e portassimo comunque le catene ai piedi, avevamo più spazio per muoverci, rispetto al villaggio di baracche a ridosso dei campi. Era come un'oasi di pace per noi, o per lo meno per me e la mia visione infantile del mondo.

Non seppi di non essere mai stata effettivamente sola fino al mio diciottesimo anno di età, quando rimasta ormai orfana e fatta l'esperienza umana che egli riteneva necessaria, Sonny si manifestò a me, come se fosse il sole più radioso che avesse mai invaso il mio cielo>>.

<<Il sole, addirittura?>> commentò Dennis sarcasticamente. <<Che cosa intendi con esperienza umana?>>

<<Per essere un vampiro, è necessario conoscere la vita, tanto più se si sta per

diventare un osservatore. Non avrei potuto essere quella che sono se Sonny non mi avesse lasciato vivere il poco che ho vissuto da umana. L'esperienza che più gli premeva facessi era quella di conoscere l'amore, il che come tu stesso hai sottolineato qualche ora fa, equivale a vivere nella sua totalità.
Non c'era molto che una schiava reietta come me potesse esperire nel luogo in cui mi trovavo, ma l'amore, si sa, può sbocciare ovunque e nelle circostanze più impervie. Non so se lui in qualche modo abbia forzato un po' le cose, non me lo ha mai svelato, ma in ogni caso, attese affinché tutto si compisse e io sapessi cosa significasse donarsi anima e corpo ad un altro essere umano>>.
Lo sentii sospirare, come se si stesse preparando ad incassare un colpo. Poi chiese: <<chi fu il fortunato? Uno schiavo che all'improvviso si rese conto di quanto bella e desiderabile eri? E poi all'epoca eri così come sei adesso o sei cambiata con il tempo?>>
<<Avevo le stesse sembianze di ora, certo ero molto più magra per via della malnutrizione, i capelli erano arruffati e l'igiene personale non era certo paragonabile a quella di oggi, ma quando potevo, cercavo di curare la mia persona. Riuscivo a procurarmi del sapone alle

volte, rovistando tra i rifiuti dei padroni, come facevano tutti gli schiavi, e spesso trovavo sparsi qua e là nella palude, dei piccoli oggetti: specchi, pettini, a volte persino unguenti profumati per il corpo. Solo molto tempo dopo capii che qualcuno li metteva lì per me, per rendere la mia vita un po' più facile e appagante. La mia pelle è sempre stata luminosa e del colore del bronzo, mentre i miei occhi ovviamente erano neri. La trasformazione ha accentuato la luminosità del mio incarnato e ha conferito alle mie iridi la tonalità violacea dell'ametista, la mia pietra naturale.

Per quel che riguarda l'altra tua domanda invece, no, il mio primo amore non fu uno schiavo, bensì il mio padrone, il figlio dei signori Sinclair: Charles B. Sinclair>>.

Dennis era disteso sul fianco destro, appoggiava la testa sulla mano e ascoltava ogni parola con grande attenzione. Quest'ultima rivelazione lo lasciò a bocca aperta, pensava che certe cose accadessero solo nei film, ma d'altronde si trovava nello stesso letto con un vampiro dell'ordine superiore e neanche questo era molto verosimile. Eppure era realtà e l'odore floreale della mia pelle che gli scorreva ancora addosso gliene dava

piacevolmente prova.
<<Alla faccia! Invece di sottometterti, hai continuato a fomentare le dicerie sul tuo conto avendo una relazione con un bianco, per giunta ricco, per giunta il padrone! Wow, eri molto all'avanguardia! Hai avuto la forza di andare contro tutti, una vera rivoluzionaria!>>
<<Uno dei motivi per cui Sonny mi ha scelta! Nonostante le catene, sono sempre stata libera nella mente e nello spirito. Tuttavia la mia relazione con Charles non durò tanto a lungo e le voci che cominciarono a circolare furono presto messe a tacere>>.
<<Anche lui era innamorato di te o tu eri il frutto esotico e proibito che dopo una serie di frequentazioni prestabilite finalmente era riuscito a cogliere?>>
<<Charles era un idealista e un progressista. Tutto ciò che era la civiltà e la nobiltà in cui era stato cresciuto, con i suoi valori materiali e la convinzione che il denaro e i capitali definissero il valore di un uomo, gli andavano stretti e non davano spazio alla sua mente creativa di esprimersi. Era in eterno conflitto con il padre, non approvava la schiavitù, ma ben presto comprese che non valeva la pena di fare tanti schiamazzi. C'era bisogno di un mondo completamente nuovo e lui sapeva di

essere molto in anticipo sul suo tempo. Non sarebbe forse riuscito a vivere abbastanza per vedere realizzato il suo mondo ideale, in cui tutti gli esseri umani erano alla pari e avevano le stesse opportunità, diritti e doveri, in cui il lavoro era pagato e l'animo umano era tanto sensibile e aperto da consentire agli artisti di vivere della propria arte, ma lui nel suo piccolo, avrebbe comunque sempre potuto provare a crearlo quel mondo, quando alla morte dei genitori, sarebbe stato l'unico erede e padrone.

Di questo mi parlava nelle poche ore che riuscivamo a rubare alla notte, e mi diceva che allora, sarei stata la signora di quel suo mondo e che nessuno, all'interno della tenuta, si sarebbe più meravigliato di vederci insieme mano nella mano e di saperci a giacere nello stesso letto. Non so se fosse sincero, ma in quei momenti sentivo l'amore che mi infondeva e io lo ricambiavo con tutta me stessa. Mi sentii sempre molto amata da lui, per cui ritengo che il suo sentimento fosse autentico, nel momento stesso in cui me ne dava dimostrazione>>.

<<Come è stata la prima volta con lui?>>

<<Al rientro da un viaggio d'affari all'estero, il padrone suo padre, aveva preteso che seguisse

lui il lavoro degli schiavi nei campi di cotone. Cominciò allora a gironzolare in perlustrazione in sella al suo cavallo, tra i filari. Era benvoluto tra gli schiavi, perché non alzava mai la frusta e intercedeva sempre quando gli capitava di assistere a qualche punizione inflitta da altri sorveglianti.
Gli schiavi non alzano mai lo sguardo verso il padrone e si inchinano al suo passaggio.
Un giorno lo vidi arrivare in lontananza e fui subito colpita dalla sua bellezza. Era alto e molto magro, ma aveva spalle ampie, che per prime si facevano notare nel suo avanzare dondolante. I capelli castani scendevano mossi dal vento a sfiorare appena le spalle e mano a mano che si avvicinava, notavo la fronte molto spaziosa, tipica degli uomini di grande pensiero, un'arcata sopraccigliare marcata, sede di due grandi occhi marroni, specchio di un'anima vasta e profonda, e quando già da tempo avrei dovuto abbassare lo sguardo e inchinarmi, vidi un naso lungo e diritto, importante come era importante le persona e leggermente asimmetrico a sinistra, a denotare la leggera sregolatezza del suo carattere.
Lui incredulo ed incuriosito da tanta audacia mi guardò, ma io non fui intimorita, pur sapendo che la punizione sarebbe stata certa, e

quando alla fine, lui sorrise, io fui letteralmente accecata dallo splendore della sua bocca, la cosa più bella che mi fosse capitato di vedere fino ad allora. Il tuo sorriso è molto simile al suo>>.

Mi sorrise in tutta risposta, facendo scivolare bene le labbra fino in fondo alla guancia e scoprendo una fila di denti bianchissimi, più regolari per forma e posizione rispetto a quelli di Charles.

<<Non sarò mica la sua reincarnazione? Facciamo due conti: uno spirito libero, assolutamente anticonformista, bellissimo, con un debole per le donne di colore, vedi? Tutto torna! Sono io e sono tornato per coronare finalmente il nostro sogno d'amore. Siamo destinati a stare insieme!>>

<<E' molto più probabile che invece sia io ad essere attratta dalla stessa tipologia di uomini! Comunque, vedendo la mia riluttanza ad inchinarmi di fronte al padrone, uno dei sorveglianti mi gettò a terra con violenza insultandomi. Lui lo ammonì subito, minacciandolo di una qualche ripercussione se lo avesse rifatto. Scese da cavallo e mi tese la mano per aiutarmi a rialzarmi. L'afferrai, mi alzai e tra lo sgomento generale, tornai a guardarlo negli occhi e vi vidi ammirazione.

Impossibile mi dissi.
- Come ti chiami – chiese lui,
- Naomi - risposi
- Ti senti bene?
- Certo Padrone
- Mi ricorderò di te Naomi – lasciò la mia mano tremante e se ne andò, mentre ogni sguardo di schiavo mi colpiva ferocemente da ogni angolazione, con la stessa brutalità delle sferzate che se non fosse stato per la benevolenza del padrone, la mia carne avrebbe sicuramente subito.
Nei giorni successivi fu sempre lui a cercare il mio sguardo tra i filari. Io diligentemente mi sforzavo di concentrarmi il più possibile unicamente sul lavoro e di rispettare tutto il protocollo di comportamento di fronte al padrone, ma i suoi occhi indugiavano su ogni mio movimento, mi toccavano ovunque finché non potendo più ignorarlo, alzavo lo sguardo e puntualmente trasgredivo alle regole. All'inizio, sorrideva nel vedere spezzata la mia finta indifferenza e nel preciso istante in cui la sua bocca si apriva di compiacimento, tutta la miseria, la fatica e l'ostilità che mi circondavano, scomparivano, riempiendo la mia visuale unicamente di quel disarmante sorriso.

In seguito, i suoi occhi parvero voler smettere di giocare e ogni volta che i nostri sguardi si incrociavano provavo sensazioni sempre più strane ed intense fino a togliermi il fiato. Era come tenere in mano le chiavi che aprivano le catene ai miei piedi e non sapere cosa farne, come usarle e averne in un certo senso paura.
Poi un giorno, appena dopo il tramonto, lo incontrai che vagava solo per la palude. Mi disse di essersi perso, ma come può un uomo perdersi nella sua stessa terra?
- Padrone, posso riaccompagnarvi alla tenuta. Non è poi molo distante.
- Sì certo, ma posso avere un po' d'acqua prima?
E lo feci entrare nella mia baracca.
Io non avevo idea di come dovevo comportarmi, sapevo solo che lui poteva fare di me tutto ciò che più gli aggradava, poiché ero una sua proprietà. Ero spaventata, cionondimeno lo desideravo. Non sapevo in che modo, ma volevo stargli sempre più vicino e il solo pensiero era blasfemia. Il divario tra le nostre classi sociali era così grande, che il bianco che si accoppiava con uno schiavo era ritenuto un depravato, al pari di chi amava sodomizzare gli animali. Eppure lui era lì, di fronte a me. La vicinanza mi

consentì di osservare una curva di piccolissimi nei che gli attraversavano verticalmente lo zigomo sinistro e che mi ricordavano una delle costellazioni che osservavo sempre nel cielo notturno. La stella più grossa nel suo viso sembrava voler dire *hey guardami, io non sono come tutti gli altri* , e puntava dritto in basso, quasi a voler indicare il punto più alto e invitante del suo labbro superiore, che sporgeva leggermente dalla lunga linea delle labbra, come se la sua bocca irresistibile, fosse sempre in procinto di baciare.
Mi accarezzò il viso, dicendo che non aveva mai visto una donna più bella. Nessuno mi aveva mai chiamata donna, o ragazza, ma sempre e soltanto schiava, o strega, o figlia del demonio. Mi parlò sottovoce e disse che non avevo nulla di cui temere da lui, che con lui sarei stata sempre al sicuro e quando le sue labbra toccarono le mie, seppi che aveva ragione.
Mi abbandonai completamente e tutto accadde nel modo più dolce e appagante. Quella notte mi liberò in molti modi, aprendo sia uno dei pesanti anelli che serravano le mie caviglie, che il mio cuore, portandomi ad alti livelli e fornendomi per la prima volta da che ero nata, una concreta possibilità di evasione

da una realtà gretta e mortificante. Provai molto di più di quanto una qualsiasi donna potesse sperare per una prima volta, figuriamoci una schiava.
Lui fu in tutto e per tutto molto premuroso, si prese tutto il tempo necessario per far rilassare il mio corpo, coccolarlo, scoprirlo e predisporlo all'amplesso. Il dolore fu alla fine un piacere e ne divenni presto avida>>.
Nella sua mente, Dennis aveva arricchito la scena di tanti particolari e passaggi erotici che la mia narrazione aveva invece omesso. A lui non sfuggì la delicatezza di ogni pratica preliminare, né la mia attiva seppur timida partecipazione ad ognuna di esse, né tantomeno la discreta presenza di un'ombra oltre la finestra.
<<Scusa, ma mentre tu ehm...esperivi, il caro Sonny si sarà fatto da parte, voglio sperare...>>
<<Lui è un osservatore!>>
<<Cioè vuoi dire che è rimasto in panchina a godersi lo spettacolo? E tu nemmeno lo sapevi?>>
Si mise supino e cominciò a scuotere la testa.
<<Lui sì che è un pervertito, altro che osservatore!>> E rise beffardamente.
<<Non osare parlare così di lui! La sua missione come la mia, è sempre stata quella di

osservare le esperienze umane e di esserne testimoni. E' uno studio, in questo modo comprendiamo l'evoluzione dei nostri eletti>>.
<<Sì, e questi poveri cristi non hanno mai il diritto ad un po' di privacy?>>
<<Certo che ce l'hanno, ma ci sono dei momenti cruciali nelle loro vite, ai quali noi non possiamo mancare. Il sesso è uno di questi, perché esso rivela molto dell'essenza delle persone e tu più di chiunque altro dovresti comprenderlo!>>
<<Comprendo, solo che ero convinto che questa essenza dovesse essere condivisa dai diretti interessati e non da terze persone>>.
Fece una pausa e poi: <<quante volte hai guardato me e Ruby scopare?>>
Lo chiese guardandomi dritto negli occhi, ma l'intenzione che vi lessi andava ben oltre la semplice curiosità.
<<Innumerevoli volte>>.
<<E perché mai innumerevoli? Non ne bastavano un paio? Che cosa c'era da imparare di nuovo ogni volta?>>
<<Tutto, perché la sua vita, in questa fase, ruota intorno al sesso. Ma non pretendo che tu capisca>>.
<<Oh ma per favore! Non cercare di farmi passare per stupido, capisco tutto

perfettamente! Però è giusto che anche tu ammetta la verità e cioè che non si tratta solamente di dovere!>>
Riflettei per un attimo, basita dal fatto che un umano mi si rivolgesse in quel modo. Compresi di aver sempre parlato della grande responsabilità dell'essere un osservatore, ma mai avevo sottolineato con lui l'aspetto ludico del mio ruolo.
<<Hai ragione. Non penso affatto che tu sia stupido, anzi sei intellettualmente superiore alla media degli esseri umani, ma è un dato di fatto che le nostre menti lavorino a livelli diversi. Ciò che per me è ovvio, scontato, per te è ancora un mistero o comunque un fatto da sottolineare, il che non è certo indice di stupidità, ma di minore evoluzione. Osservare gli eletti non comporta solamente dovere e responsabilità, ma anche un immenso piacere, che è intrinseco nella natura stessa del vampiro. I vampiri sono creature della terra, profondamente legati ai bisogni e ai piaceri più bassi, primo fra tutti quello del sangue. Gli osservatori in particolare sono dotati di empatia e riescono ad immedesimarsi completamente nei loro eletti, comprendendone appieno pensieri, emozioni, parole ed opere, cioè il loro stato emotivo e il

loro agire sulla base di questo. Questa connessione è molto forte, ma in genere coinvolge l'osservatore solo ad un livello mentale, come un atto di sua volontà, che in qualsiasi momento egli può decidere di interrompere. Tra me e Ruby non è così. Con lei niente risponde alle regole e il nostro legame sembra essere indipendente dal mio centro di controllo, per cui oltre alle sue emozioni, io provo anche tutto quello che lei prova fisicamente, nel bene e nel male. E questo è successo quando ha cominciato a frequentare te>>.
<<Non credo di seguirti>>.
<< Ogni volta che fa sesso con te, è come se io stessa lo stessi facendo>>.
La rivelazione scatenò la sua eccitazione.
<<Quindi ogni volta che lei con me ha avuto un orgasmo, lo hai provato anche tu? Anche prima che ci incontrassimo?>>
<<Esatto. Il suo piacere enormemente amplificato dal mio corpo sovrannaturale>>.
I miei occhi, le zanne e tutto il resto di me lo reclamavano nuovamente. Lui si chinò con prepotenza a baciare la mia bocca, incurante del fatto che le zanne fossero lì pronte a ferirlo. Quando il sangue zampillò dal suo labbro inferiore, lui gemette ma non si staccò.

Io mi persi in quel sapore muschiato che si riversò caldo nella mia bocca. Continuai a succhiarlo mentre lo sentivo scivolare dentro di me e muoversi in vigorosi affondi, veloci e rudi. Mantenevo le gambe il più possibile spalancate per non stringerlo ancora rovinosamente tra le cosce, ma comunque nuovi lividi apparvero sul suo corpo, dove le mie mani nell'impeto della passione, cercavano di possederlo. La violenza del suo orgasmo mi costrinse a staccarmi dal suo labbro ormai esangue per venire insieme a lui in un'esplosione di estasi.

Avrei tanto voluto spiegargli come era stato bere il suo sangue, ma i suoi occhi chiusi lacrimavano per il dolore che anche questa volta gli avevo inflitto.

Rimase cosciente mentre Agnes curava nuovamente le sue ferite e guardò per tutto il tempo il mio volto mortificato. Quand'ella si congedò, ruppe il silenzio.

<<Stiamo migliorando alla grande, nessun osso rotto e non ho perso i sensi!>> Sorrise. Io no.

<<Hey, stavo pensando: visto che tutti quelli della tua specie vivono praticamente in comunità e condividono sempre tutto, dici che ovunque si trovi, il tuo creatore avrà sentito

come hai goduto adesso?>> Scoppiò a ridere molto più che soddisfatto!
Che razza di impertinente, scapestrato, subdolo approfittatore!
Una risposta esauriente avrebbe richiesto parecchio tempo, ma il sole già illuminava l'orizzonte, così spensi tutto il suo entusiasmo passando lieve una mano sul suo viso, inducendogli un sonno tranquillo, anche se per quella volta, gli incubi sarebbero stati più appropriati. Sorrisi alla sua spregiudicatezza e lo baciai teneramente sulle labbra ritornate ora alla bellissima forma originaria, prima di dissolvermi nel nulla come i sogni svaniscono al mattino.

CAPITOLO 18

Le strade del destino

TutumTutumTutumTutumTutumTutum... Implacabile, la corsa sfrenata del mio cuore mi destò di soprassalto dal sonno di seta del vampiro.

Angoscia, terrore, dolore e disperazione mi assalirono.

Vidi lo schianto, sentii le lamiere accartocciarsi contro la mia pelle incorruttibile. Un forte colpo al petto e il respiro mi sfuggì.

Odore di fumo.

Sapore di sangue: ferruginoso, crema frizzante, delizioso.

Dal groviglio metallico in cui si trovava, Ruby assaporò quel nettare e seppe istantaneamente che non si trattava del suo sangue. Alzò gli occhi e con inverosimile autocontrollo fissò nella mente quell'immagine infernale: una rossa, densa e calda cascata sgorgava dalla gola squarciata della signora Goodwin, sua madre adottiva, il cui sorriso, una volta, era stato bello e si accendeva solo per lei. Ora, una lamiera cromata era conficcata in quella bocca e aveva staccato di netto la mascella, riducendo quei tratti familiari, ad un mezzo volto.

La mano sinistra, con l'osso spezzato fuoriuscito dal polso, era protesa verso Ruby, come in un ultimo disperato tentativo di proteggerla o di accarezzarla.

Ruby si concentrò sul sapore del sangue di sua madre schizzatole in bocca e non avrebbe mai immaginato che potesse essere così vellutato. Chiuse gli occhi per gustarlo meglio, assimilarlo e farlo diventare per sempre parte di sé.

Il signor Goodwin invece, aveva sempre sorriso con gli occhi. Non era mai stato un uomo di molte parole, ma di sguardi eloquenti. Non aveva quasi mai tentato di avvicinarsi fisicamente a Ruby, sapendo ciò che lei da bambina aveva subito, ma quando la guardava, il suo amore benevolo la avvolgeva completamente e lei gli fu sempre immensamente grata in cuor suo, per lo spazio che le aveva sempre concesso. Chissà se quegli occhi grigi avevano compreso che tutto il loro amore era totalmente ricambiato, pur

raramente dimostrato.
Ora,il cranio del signor Goodwin era fracassato. Il sangue e le cervella gli colavano sul viso che odorava ancora di dopobarba. Che strano miscuglio di aromi, pensò Ruby, mentre intorno aumentava l'odore di fumo e di bruciato. Anche l'ultimo pensiero del signor Goodwin era stato per lei: aveva cercato di evitare che sbalzasse fuori dall'auto parandole davanti il suo braccio destro, ormai completamente staccato dalla spalla. La giacca color tortora era inconsistente in quel punto, sostenuta dal nulla. Ma il particolare che più attirava l'attenzione di Ruby era il bulbo oculare destro, fuoriuscito dall'orbita con lo spappolamento del cranio e pendente sulla guancia. Era grosso come una pallina da ping pong, imbevuto di sangue, ma con l'iride grigia ben visibile.
D'impulso, Ruby si protese verso di lui e in un gesto fulmineo, aprì la bocca ed ingoiò l'occhio di suo padre, masticandolo per riuscire ad inghiottire e assaporandone il gusto amaro.
Si stupì poi della facilità con cui riusciva a farsi largo tra le lamiere ripiegate e d'un tratto, si rese conto di non essere ferita. Non avrebbe mai saputo spiegare come fosse accaduto, ma i

bordi frastagliati ed acuminati delle lamiere non scalfivano la sua pelle, nemmeno quando li forzò per riuscire a spostarsi. Anche le fiamme, serpeggiando, arrivarono presto a lambire le sue braccia, ma Ruby ne rimase indisturbata. La sua mente era molto oltre quella scena apocalittica. Conservava nel cuore l'amore per i genitori, che mai prima di quel funesto giorno, aveva sentito così vivo, così totalizzante, e cosa ancora più importante, custodiva adesso dentro le proprie viscere, l'essenza vitale dei Goodwin. Tale consapevolezza allertava tutti i suoi sensi e le procurava una sorta di eccitazione che avrebbe quasi definito erotica.
Molte tribù nel mondo, solevano cibarsi degli organi vitali dei nemici, per assorbirne la forza, il coraggio, la saggezza, ma il piacere che ella aveva tratto da un tale, estremo gesto, sfumava nella soprannaturalità, e mi convinsi che fu proprio in quel momento che Ruby cessò di essere umana.
Rientrando a casa dopo aver sbrigato tutte le faccende burocratiche per l'ospedale, l'obitorio e aver dato disposizioni per il funerale dei genitori, mi trovò ad aspettarla nel suo rifugio, la stanza che aveva adibito a camera oscura.

Aveva imparato ad avvertire la mia presenza, per cui non si spaventò quando scorse la mia sagoma sotto la luce rossa. Con uno sguardo glaciale, nel quale non scorgevo né emozione né devozione, ma solo la solennità di chi ha deciso di elevarsi oltre ogni tipo di umana passione mi disse: <<adesso ti appartengo, ma prima che la tua mano immortale si appoggi su di me, devo sapere. Sei stata tu?>>
Il pensiero che avessi in qualche modo provocato io l'incidente in cui avevano perso la vita i suoi genitori, aleggiava intorno alla sua testa come un avvoltoio. Però aveva detto la verità: lei ora, era in tutto e per tutto mia e sentimenti come il rancore e la vendetta erano ormai distanti da lei e non avrebbero mai più potuto compromettere il nostro rapporto. Umanamente, aveva bisogno di conoscere tutta la verità per poter voltare definitivamente pagina e andare avanti; straordinariamente, la sua disposizione mentale e animica erano quelle proprie di un allievo che già da tempo si cibava del mio sangue e viveva con me una relazione di assoluta simbiosi. Ruby era veramente l'essere umano più eccezionale che un osservatore avesse mai incontrato.
<<No Ruby. Non ho in alcun modo interferito

con quanto accaduto oggi. Né ho mai desiderato che accadesse>>.
<<Ma lo hai già fatto una volta. Sei intervenuta e la mia vita è cambiata. Vuoi dirmi che è un caso che tutti quelli che si frappongono fra me e te spariscano ad un certo punto?>>
Pensava al suo padre biologico, a Dennis e ovviamente ai Goodwin.
<< E dimmi, come posso essere uscita illesa da quell'inferno?>> domandò.
<<E' il tuo destino. Che lo vogliamo o no, che lo comprendiamo o meno, esso compie sempre il suo corso e non...>>
<<Destino?>> mi interruppe bruscamente, <<mi parli di destino? Tu? Tu hai già cambiato il mio destino a tuo piacimento molti anni fa! Avresti potuto impedire quello che è successo oggi, perché hai dovuto sacrificarli, che colpa avevano?>>
Il gelo che l'avvolgeva si faceva sempre più spesso.
<<Nessuna. Non hanno avuto colpe, ma solo gli immensi meriti di averti cresciuta ed amata come meritavi. Loro ti conoscevano Ruby, sapevano che eri speciale, come l'ho sempre saputo io. Hanno vegliato su di te affinché tu arrivassi a questo punto, affinché il tuo destino si compisse. Esso è immutabile per gli umani e

per i vampiri>>.

<<Mi dispiace ma non posso credere che i tuoi poteri non potessero salvarli. Mi hai riportato indietro dalla morte una volta, non ti ricordi? Dimmi la verità, e cioè che li hai lasciati morire e hai invece preservato me per ridurmi in completa solitudine e costringermi a venire con te>>.

<<Tutto ciò che tu dici, non sarebbe degno di un osservatore, non sarebbe degno di me. Non agiamo in questo modo, questo tutt'al più sarebbe il codice di comportamento di un essere umano, dal quale noi ci distinguiamo proprio per la nostra integrità. Ma non abbiamo alcun potere sul fato.

Se mi fossi svegliata in tempo, avrei potuto impedire l'incidente forse, ma i signori Goodwin sarebbero deceduti comunque, forse domani, forse il mese prossimo, non ci è dato di sapere, ma era nel loro destino morire in questa fase della vita, come è nel tuo rimanere sola a decidere per te stessa. Ogni cosa accade per un motivo Ruby>>.

<<Credevo che decidere significasse esercitare il mio libero arbitrio. Mi hai sempre detto che ero libera di compiere la mia scelta, ma se fai piazza pulita di fronte a me, che scelta mi rimane veramente?>>

<<Ruby, la morte dei tuoi genitori non ti costringe in alcun modo a seguirmi, e lo sai. Hai ancora di fronte a te un bivio: continuare sulla via della perdizione fino a che il tuo fisico cederà, o lasciare la vita che conosci per elevarti a qualcosa di più grande e avere finalmente uno scopo. Questo è il libero arbitrio che potrai sempre esercitare in ogni momento della tua vita, ma quando una cosa è scritta nel tuo percorso, puoi prendere vie diverse, puoi allungare la strada e fare mille giri, puoi ritardare, finché un nuovo crocevia ti si presenterà davanti e ancora una volta tu potrai scegliere quale strada percorrere, strada che alla fine sarà proprio quella maestra, che avresti dovuto imboccare fin dall'inizio. E l'avrai scelta tu liberamente. Come vedi, non vi è conflitto tra la libertà di scelta e il destino di una persona. Il tuo destino Ruby, è quello di essere un vampiro osservatore come me!>>
Feci una lunga pausa e osservai gli effetti delle mie parole sulla mia eletta.
Ruby annuiva riconoscendo la verità in quanto aveva udito. La sottile polvere di ghiaccio che turbinava intorno a lei fin dall'inizio della nostra conversazione, si placò per lasciare spazio a qualcosa che mi scosse nel profondo e mi emozionò fino alle lacrime: la fiamma della

creazione si ergeva e splendeva accecante nella sua aura. Da trent'anni l'aspettavo ed ora Ruby era pronta per me.

<<Dovevi comprendere l'amore>> continuai, <<dovevi comprenderlo da sola Ruby, ecco perché hai tergiversato, rifiutando di seguirmi. Il tuo subconscio lo sapeva, la tua mente conscia no. Oggi hai avuto la Rivelazione dell'amore autentico, quello tra le anime indissolubilmente legate: la tua e quella dei tuoi genitori. Hanno fatto il sacrificio supremo per mostrarti la via maestra, per palesare ai tuoi occhi la differenza tra te e loro, tra la loro mortalità e la tua predestinata immortalità. Poniti al di fuori degli eventi, osserva: negli ultimi istanti, hanno cercato di preservare la tua vita; la loro ultima preoccupazione è stata di farti scudo affinché almeno tu ti potessi salvare. Grazie al loro sacrificio sei rimasta incolume, non per merito mio. Questo è un segno Ruby, una chiara indicazione del fatto che tu devi vivere oltre il tempo umano, ma comunque per l'umanità>>.

Assentì e i suoi occhi si fusero nei miei, suggellando finalmente il legame tra noi, che da lì in avanti sarebbe stato indissolubile.

<<Quando berrò il tuo sangue?>> chiese poi.

Sarebbe stata una vorace bevitrice. Avrei

dovuto fare un lunghissimo lavoro di preparazione prima di iniziare le trasfusioni.
<<Tra molto molto tempo>>.
<<Come sarebbe a dire? Che farai di me una vampira attempata?>>
Sorrisi.
<<No non aspetteremo tanto a lungo, ma anche in questa materia, prima si studia la teoria e successivamente la pratica. Ci sono molte cose che devi apprendere prima di poter bere il mio sangue, nozioni fondamentali per la tua sopravvivenza>>.
<<Non è l'immortalità che mi aspetta scusa?>>
<<C'è una cosa che devi avere ben chiara. Parliamo di immortalità perché è un concetto che gli umani sono meglio in grado di capire, ma in realtà si tratta di longevità. Anche i vampiri possono morire, ma più passa il tempo e più questo diventa difficile. Soltanto al termine della tua trasformazione potrai godere veramente di tale beneficio, poiché quando il tuo sangue soccomberà al mio, tutti i tuoi processi vitali rallenteranno>>.
<<E quali poteri avrò dopo? Che cosa farò? Insomma che cosa accadrà di tanto speciale? Ne sarà valsa la pena di lasciare la mia vita? Sarò "longeva" e allora? Significherà che qualsiasi dolore durerà molto più a lungo?>>

<<E' proprio per dare risposta a ciascuna di queste domande che ci intratterremo in lunghe conversazioni prima di passare all'azione. Ma su una cosa vorrei subito rasserenarti: non sarai più addolorata, perché quando sarai veramente pronta per il sangue, avrai raggiunto il giusto distacco emotivo e ti porrai, come ho suggerito prima, al di fuori degli eventi, in osservazione>>.
<<Cioè sarò indifferente a ciò che mi accade intorno?>>
<<Osservare non significa essere indifferente, anzi tutto il contrario. Ha molto a che fare con la consapevolezza del sé e di tutto ciò che ci circonda. Comunque è un atteggiamento che tu assumi spesso nella vita di tutti i giorni in maniera del tutto naturale. Non te ne accorgi perché non hai piena consapevolezza di te stessa, e questa mancanza è spesso dovuta allo stordimento, sebbene tu, consapevolmente, faccia uso di droghe che ti strappano dalla realtà, dal tuo dolore. Questo è libero arbitrio, divagazioni, ma prima o poi arriverai comunque a patti con te stessa>>.
Nel frattempo ci eravamo spostate in cucina e Ruby si stava preparando una tazza di tè che con il tempo aveva imparato a non offrirmi più.

<<Cioè non potrò fare uso di droghe quando sarò una vampira?>>
<<Certo che no, l'unica droga di cui avrai bisogno sarà il sangue, che dovrai però imparare ad assumere con moderazione>>.
<<Perché? Potrei andare in overdose da sangue?>>
<<Beh, abbiamo un corpo fisico ed esso ha dei limiti, tuttavia si tratta più che altro di una questione politica e di sicurezza>>.
<<E il tuo sangue sarà sufficiente a evitarmi le crisi d'astinenza?>>
<<Tutto avverrà in modo assolutamente graduale. Ecco perché la creazione di un nuovo vampiro, soprattutto un osservatore, richiede tanto tempo. Finché il tuo corpo rimarrà umano, potrà assimilare sostanze diverse dal sangue, ma ne sentirai sempre meno il bisogno, mano a mano che la mutazione si avvicina>>.
<<Sarà dolorosa?>>
<<No, sarà molto piacevole>>.
La mia voce scese di un tono e rivelò una nota di eccitazione.
<<E del sesso che mi dici? Potrò farlo?>>
<<Certo che potrai. Sarai molto più sensibile agli istinti>>.
<<Forse piacerò di più a Bryan quando sarò

una vampira. Forse potrebbe tornare da me!>> Lo disse con un'aria di sfida e colse nel segno perché l'affermazione mi infastidì.
<<Non avrai bisogno di lui, perché per i prossimi anni, l'unico oggetto del tuo desiderio sarò io!>>
Vidi chiare le immagini che le mie parole avevano ispirato alla sua mente: uno strusciare di gambe sottili tra fulve lenzuola di seta.
<<E ciò varrà anche per te?>>
All'improvviso nel talamo saffico della sua visione, sopraggiunsero gambe slanciate e muscolose che nel mezzo si insinuarono, bramose, sciogliendo il nostro intreccio. Conoscevo quelle gambe maschie, le mie mani vi avevano già indugiato, le avevano esplorate e al ricordo la mia mente reagì scatenando ancora il desiderio di lui.
La fantasia di averli entrambi nel mio letto mi assalì con una violenza tale da lasciarmi ansimante. Ruby se ne accorse, segnando un primo punto a suo favore per aver definitivamente smascherato la mia debolezza nei confronti di Dennis o Bryan, come lei ancora lo chiamava. Tuttavia non me ne curai, perché in quel frangente, la mia mente lavorava convulsa alla ricerca di una qualche legge o regola deontologica che mi impedisse

di realizzare la visione di Ruby. Tranne forse qualche remora morale, che avrebbe avuto il suo peso se fossi stata una religiosa praticante, non ne trovai nessuna. Il momento del sangue era sacro, quello del sesso invece, era una ricerca di puro piacere che poteva estendersi anche oltre i confini della coppia eletto/creatore, purché lo si facesse in coppia e si preservasse la vita dell'umano in questione. La possibilità poi di coinvolgere un maestro del piacere, faceva vibrare ogni cellula del mio corpo, e le zanne, scese a punzecchiare le mie labbra, mi dissero chiaramente che l'ora era giunta, di soddisfare il mio bisogno di lui.

CAPITOLO 19

Rubini incastonati nel tempo

Lo aspettai all'uscita dell'ospedale alla fine del suo turno di lavoro.
Uscì insieme a Mandy, l'infermiera con la quale aveva avuto una "storia". Sentivo l'odore della sua eccitazione; come potevo biasimarla per il desiderio che provava per lui? Prima che Dennis potesse avere il tempo di accettare di accompagnarla a casa, feci un passo fuori dall'ombra. Quando mi vide, il suo cuore accelerò i suoi battiti e si dimenticò totalmente di salutare la povera Mandy che, trafiggendomi con lo sguardo, a malincuore gli stava augurando la buonanotte.
Dennis fece un inchino e mi sorrise. Anche il mio cuore accelerò allora.
<<Vostra magnificenza, quale onore!>>
<<Magnificenza? Addirittura!>>
<<Non è così che ti chiamano tutti i tuoi servitori? E poi nessuna parola è abbastanza

per descriverti, lo sai no? Almeno questa un po' si avvicina>>.
Notò subito le mie zanne e gli occhi sempre più liquidi. Inalavo la sua carica ormonale, la sentivo montare ad ogni sguardo, ad ogni respiro.
<<Da me o da te?>> disse con una voce che aveva già cominciato ad accarezzarmi.
Fulminea gli balzai accanto per afferrarlo e correre alla mia velocità verso casa sua, ma lui mi fermò.
<<Calma calma calma! Non abbiamo detto che dobbiamo prenderci il nostro tempo? Andiamo con la mia macchina. Non ho voglia di svenire e ritrovarmi già a metà dell'opera. Voglio rimanere vigile e godermi ogni secondo del mio tempo con te, visto che non mi è mai dato di sapere quando ti rivedrò!>>
Adorava giocare prima del sesso. Amava eccitare verbalmente le sue partner e portarle ad un livello di fuoco tale per cui qualsiasi cosa avesse poi chiesto loro, l'avrebbe ottenuta senza mezzi termini, anzi avrebbe fatto in modo che fossero loro a chiedere. Mi fece strada lentamente verso il parcheggio mentre la sua mente già mi rivelava i suoi piani. Quando arrivammo all'auto, aprì la portiera dalla parte del passeggero e con un cenno della

mano mi invitò ad entrare.
<<Ci saresti andato vero?>> chiesi, scoprendomi infastidita.
<<Dove?>> disse fingendo di non capire.
<<Con lei. L'avresti accompagnata a casa e ti saresti di nuovo infilato nel suo letto?>>
Mise in moto e ci avviammo verso casa sua a Brooklyn.
<<Oh quello. Beh sai, un ragazzo deve arrangiarsi come può. Dal momento che tu sparisci senza lasciare traccia, non un appuntamento, non un numero di telefono, niente di niente come se fossimo ancora nel medioevo, che diavolo dovrei fare? Ti è andata bene che non sono tornato da Ruby!>>
<<Stai attento con le parole ragazzino, non farmi perdere la pazienza. Ruby è off limits per te. Hai promesso>>.
Decisi in quell'istante che se mai il sogno erotico di Ruby avesse avuto qualche possibilità di realizzarsi, sarebbe accaduto molto più in là. Questo era il tempo unicamente per noi due. Lo volevo tutto per me.
<<Infatti ho mantenuto la mia parola, la quale non mi sembra abbiamo deciso debba estendersi ad altre ragazze, per cui perché mai sei così gelosa di Mandy?>>

Non aspettava altro che puntualizzare sulla mia gelosia.
<<E' un istinto, nulla più. Non dovresti alimentare le sue false speranze comunque>>.
<<Il mio era un bisogno, nulla più! E' da un mese che ti aspetto. Che fine hai fatto?>>
<<Sono stata con Ruby>>.
<<Cioè vuoi dire che adesso la vostra relazione è iniziata ufficialmente? Eppure non mi sembra che lei ti soddisfi a dovere>>. Mi squadrò da testa a piedi, facendomi notare ancora una volta quanto bene sapesse leggere il mio corpo.
<<Non siamo ancora ad un livello fisico, se è questo che intendi, ma il mio rapporto con lei non ha nulla a che vedere con te al momento, per cui non ne parlerò>>.
<<Certo che no! D'altronde non sei qui per parlare stasera, la conversazione è l'ultimo dei tuoi pensieri in questo momento, giusto?>>
Il primo dei miei pensieri invece era la prominenza del suo pube. Con i miei precedenti amanti non ero mai stata così avida e oscena, ma con lui il mio mondo si era capovolto così come le mie priorità e ciò che imperava adesso era soddisfare la mia brama. Avevo sete, non mi nutrivo da quasi ventiquattro ore e ciò rendeva la mia tensione

verso Dennis molto più pericolosa del solito. La lotta interna tra istinto e ragione ricominciò a tormentarmi. Sentivo il suo sguardo su di me, i suoi occhi istigatori non mi lasciavano tregua e seguivano tutte le fasi del mio conflitto, ogni espressione, ogni movimento dei muscoli facciali, ogni cambiamento del mio viso, e quando una lacrima di ametista si riversò sulla mia guancia, lui sapeva che non stavo piangendo. La mia incontrollabile eccitazione lo contagiò e arrivò al massimo dell'erezione. I miei occhi se ne impossessarono subito e quando lo sfiorai lì con lo sguardo, ebbe un sussulto perché si sentì chiaramente toccare.

Continuavo ad accarezzarlo con mano invisibile, lo feci gemere e sospirare, il suo respiro si fece irregolare. Poi i bottoni dei suoi bei pantaloni marroni, che ora sembravano troppo stretti per contenere tanta virilità, cominciarono a slacciarsi uno ad uno.

<<Ohhhh...ok è meglio che accosti>>, suggerì con voce tremante.

<<No, continua a guidare>> ordinai. Se si fosse fermato, avrei certamente perso il controllo.

Continuava a guardare la patta che si apriva da sola invece della strada.

<<Ehm...Non credo di ri...u...scirci>>.

Il suo pene ora era libero, eretto, possente, bellissimo.
<<Certo che ci riesci. Concentrati!>> dissi senza staccare gli occhi dal suo membro turgido. D'istinto passai la lingua sul labbro superiore, lui si irrigidì ed emise un gemito. All'improvviso sentii il sapore leggermente salato di quel lembo di pelle liscia e tirata all'estremità del glande, nel punto più sensibile del piacere maschile. Chiusi gli occhi e con il pensiero, accolsi interamente il suo pene nella mia bocca, sfiorandone la punta e poi i lati con le mie zanne, anch'esse protrattesi al massimo della loro capacità. Lui gemette più forte, ripetutamente, invocando un qualche dio ed io, vedendolo ormai perso nel viale del piacere, ordinai all'auto di portarci illesi sulla Terza Strada, al suo attico.
Diverse ore dopo, le sue lenzuola grigie erano intrise del sangue del mio sudore. Ricaddi nel letto affondando la faccia contro il cuscino. Lui, esausto, si lasciò andare sopra di me, il suo petto contro la mia schiena e lui ancora dentro di me. Eravamo completamente bagnati e totalmente soddisfatti.
<<Stai bene?>> gli chiesi preoccupata.
<<Sì, sto benissimo. Hai visto? Ce l'abbiamo fatta!>>

Mi baciò sulla guancia prima di sfilarsi e sdraiarsi supino accanto a me.
Ci guardammo negli occhi per un lungo istante e sorridemmo.
<<Agnes si annoierà a morte da oggi in poi!>> e sorrise di nuovo. <<Da quanto tempo la conosci? Scommetto che quando tu e quell'altro facevate sesso, lei puntualmente veniva ad aggiustarti!>>
Risi divertita, primo perché il quell'altro in questione era il mio creatore, che lui chiaramente detestava, secondo per l'ingenuità di quella domanda. Si trattava di un banale pretesto per chiedermi di continuare la storia della mia vita che avevo interrotto al nostro ultimo appuntamento, ma non voleva sembrare tanto interessato e soprattutto tanto geloso.
<<No, non conoscevo ancora Agnes e comunque non c'è mai stato bisogno di interpellare un guaritore. Sonny non mi ha mai ferita>>.
<<E come ha fatto? Oh fammi pensare, forse non era poi molto coinvolto, perciò riusciva benissimo a controllare la sua forza>>.
<<Oh era molto "coinvolto", non può essere altrimenti tra creatore ed eletto. Però il sesso generalmente avviene dopo lo scambio di

sangue e io avevo già subito delle trasfusioni, per cui non ero più tanto vulnerabile>>.
<<Oh! E sono curioso, come l'ha presa il nostro caro Charles quando il tipo si è presentato e ha detto chiaramente *fatti da parte, lei adesso è mia* . O qualcosa del genere no?>>
Scossi la testa esasperata e ripresi il mio racconto.

Io e Charles eravamo molto innamorati. Lui veniva da me di notte, quanto più spesso riusciva. Passavamo insieme le ore più buie, ma il tempo a nostra disposizione era sempre troppo poco. Prima che il sole sorgesse infatti, tutti gli schiavi dovevano prepararsi per la quotidiana processione in fila indiana verso i campi, per cui era imperativo che Charles rientrasse alla tenuta prima dell'appello, in modo da non essere notato da nessuno. Ma gli schiavi, forzati dalle catene all'immobilità, percepivano con invidia il fluttuare di ogni singola foglia, impensabile perciò, che lo scuotersi notturno della canne della palude passasse inosservato. Cominciarono a circolare delle voci tra i campi e occhi pieni d'odio si posarono su di me. Solo una stregoneria avrebbe potuto attirare il padrone nella palude per abbandonarsi ad indicibili nefandezze.

Non vi era sinistro accadimento di cui non mi accusassero: tempeste, la rovina dei raccolti, malattie, morti. Persino la dipartita dei miei genitori, avvenuta per febbre un anno prima, fu un mio maleficio secondo l'opinione comune.

Charles non riteneva ci fosse motivo di preoccuparsi all'inizio, gli schiavi non avrebbero mai osato nulla contro il loro padrone e presto lui sarebbe stato a capo di tutto e ponendo fine a queste sciocche dicerie, mi avrebbe riscattata. Tuttavia le sue parole non riuscivano a tranquillizzarmi. Quando mi trovavo nella mia baracca tra pozze stagnanti e bestie striscianti mi sentivo al sicuro. Difficilmente qualcuno osava spingersi nella palude, in ogni caso, un'aura di protezione avvolgeva il posto e mi convinceva che nulla sarebbe mai potuto succedermi lì. Ma nei campi ero totalmente esposta alle maldicenze e alla furia della superstizione. Quando le minacce, da verbali passarono a fisiche, cominciai a temere che la situazione precipitasse, e di lì a poco temetti anche per la mia vita.

<<Ho paura Charles, mi uccideranno lo so>>, dissi tra i singhiozzi una notte.

Lui mi tenne stretta a lungo e accarezzandomi

la schiena cercava di rassicurarmi.

<<Shh calmati adesso. Non permetterò che ti accada nulla. Ogni cosa sta per cambiare>>.

Mi liberai dal suo abbraccio per guardarlo negli occhi. Aveva pronunciato le ultime parole con particolare solennità.

<<Cosa intendi?>>

<<Mio padre ha avuto una brutta caduta da cavallo stamattina. I medici non sanno se ce la farà>>.

La sua voce era bassa, intrisa di tristezza, ma arrendevole. Ogni cambiamento porta con sé grande sofferenza.

<<Oh Charles, mi dispiace tanto. Dovresti essere al suo capezzale adesso>> e aggiunsi al mio pianto anche il rammarico per il padrone suo padre.

<<Sì dovrei, ma dovevo vederti stanotte perché ho bisogno di sapere che ciò che avverrà è la cosa giusta. Ho bisogno del tuo amore e della tua forza per forgiare la mia determinazione. Voglio cambiare politica in questa tenuta Naomi, voglio il rispetto e la lealtà dei miei sottoposti, non il loro timore. E voglio che portino rispetto anche a te, la donna che ho scelto di avere accanto. Ma per fare tutto questo ho bisogno di tempo>>.

Quante belle idee albergavano nella testa di

Charles. Per la maggior parte del tempo pensavo che vaneggiasse, ma il mio bisogno di credere che la mia condizione, così come quella di tutti gli schiavi potesse cambiare, era così grande che mi ci aggrappai senza riserve e cominciai a sperare insieme a lui.
<<Non pensavo di trovarti così spaventata stanotte>>, continuò, <<ciò complica un po' le cose, ma non sopporto che tu viva nel terrore ogni ora della tua giornata, perciò troverò una soluzione>>.
<<A cosa stai pensando?>>
<<Troverò una scusa per farti togliere dai campi e prestare servizio invece alla tenuta>>.
<<Cosa, ma sei impazzito? I neri non possono mettere piede nella casa del padrone! Se farai una cosa del genere, tutti capiranno e ti emargineranno, non pensi a tua madre? Agli affari? Nessuno vorrà più trattare con te>>.
Fu scosso da un brivido. Aveva pensato spesso a quell'evenienza, oh se ci aveva pensato! Aveva messo molte volte sul piatto della bilancia il suo status e tutto ciò che esso comportava e la sua passione per me, una schiava. Si era chiesto se valesse la pena rischiare tutto quanto, tutto ciò che per generazioni era appartenuto alla sua famiglia, per cui suo padre e il padre di suo padre

avevano duramente lavorato, attraversando un oceano, giungendo nel nuovo mondo, appropriandosi di una terra fertile ed elevando il nome dei Sinclair ai ranghi più alti della società, per un qualcosa che per sua stessa definizione era effimero.

Si era chiesto chi mai pensasse di essere lui stesso, per dare adito al così forte desiderio di cambiamento che sempre avvertiva dentro di sé. Perché non riusciva ad accontentarsi di possedere già tutto? Perché questa irrequietezza e questo costante senso di disagio? Perché sentiva sempre in bocca il sapore amaro dell'ingiustizia?

Non possedevo poteri soprannaturali allora, ma il mio amore riusciva a leggere chiaramente la sua afflizione.

Ogni volta che mi accarezzava le gambe esili e tumefatte dal duro lavoro, sapevo che giunto alle caviglie gonfie e sanguinanti, avrebbe voluto strappare gli anelli che le tormentavano e farli sparire per sempre nelle acque putride della palude. Baciava sempre con estrema delicatezza ogni mia ferita, ungendola con un balsamo lenitivo che puntualmente sottraeva dalla farmacia di casa. Era un rituale che perpetrava puntualmente prima di giacere insieme.

Mi ero innamorata al primo istante della luce nei suoi occhi, di quell'ardore capace di cambiare il mondo, del mondo ideale, animato da ogni infinitesimale sfumatura di colore che i suoi occhi dipingevano, ogni volta che mi guardava. Ero la regina selvaggia del suo Eden, libera nella mia nudità, di saltare da un ramo all'atro e di lasciare che l'eco frizzante della mia felicità si espandesse tra le chiome ombrose e ancora oltre, verso il cielo infinito.
<<Sarà...sarà difficile e doloroso, e molti non capiranno all'inizio, ma io ti amo e non mi piegherò. Se accadesse ciò che tu hai detto, ce ne andremo, viaggeremo, vivremo del nostro lavoro, della mia arte. Dipingerò, scriverò, magari canterò e troverò un mecenate in Italia o in Francia che voglia sostenerci. Insomma prova a pensarci Naomi, il mondo che conosciamo è quello che è, l'economia si regge sulla schiavitù praticamente ovunque, da sempre, ma se io la penso diversamente, ci saranno altri nel mondo che la penseranno diversamente come me. Li troveremo e formeremo un movimento e se neanche questo dovesse funzionare, andremo in Africa, nella tua terra natia. Lì non sarà tanto strano vedere un bianco e una negra insieme>>.
Adorante guardavo le increspature della sua

bocca mentre pronunciavano quelle parole di libertà. I grandi occhi marroni si assottigliavano di tanto in tanto, concentrati nell'ascolto dell'ispirazione che gli suggeriva il piano roseo del nostro futuro. Qualsiasi cosa fosse accaduta, non mi avrebbe lasciata e nuove lacrime, questa volta di immensa gioia, bagnarono ancora il mio viso. Mi protesi in avanti verso di lui, lo abbracciai forte e lo baciai con tutto il corpo, tanto intensamente da interrompere il respiro, come fosse l'ultimo bacio concesso al nostro utopico amore.
Le tristi circostanze familiari, me lo strapparono presto quella notte. Mi lasciò con uno dei suoi abbaglianti sorrisi e mi disse di preparare le mie poche cose perché a giorni mi sarei trasferita alla tenuta.
Rimasi sulla soglia di casa accompagnando con lo sguardo il suo dissolversi tra la nebbia e i canneti.
Un gelo profondo e improvviso mi penetrò le ossa allora, un gelo denso che non si confà al clima tropicale del Belize e che imputai dunque alla mia emotività, alla mia persistente paura di perdere Charles. La nebbia si fece poi più spessa e mi avvolse, entrandomi nel naso e negli occhi. Li strofinai e li battei forte e allora mi sembrò di vedere qualcosa muoversi

fulmineo. Rimasi paralizzata. Charles di certo se n'era andato e gli schiavi...no non poteva essere qualcuno di loro, la sensazione che provavo era impalpabile e concreta allo stesso tempo e mi infondeva un senso di sconosciuto, di ignoto. Ne fui terrorizzata, la mia palude mi aveva sempre parlato in tantissimi modi che io avevo sempre compreso. Conoscevo ogni zolla di quella terra melmosa che ormai consideravo mia; la conoscevo, lei mi proteggeva, mi calmava, mi cullava, per cui che cosa era cambiato? Che cosa stava accadendo in quel momento?
Vidi dei luccichii nella nebbia, nonostante il buio pesto e realizzai che si trattava di polvere. Una polvere di un peso e una consistenza che non avevo mai visto. La sentii in bocca, in gola e mi indusse a tossire. Alzai le braccia nude e le vidi totalmente ricoperte di quella sostanza.
Polvere d'argento.
Un respiro sconosciuto, lento e profondo cominciò a rimbombarmi nella testa. Si faceva sempre più presente, costante, come se fosse il respiro ancestrale del mondo.
Finalmente riuscii a muovermi e rientrai ansimando chiudendo bene la porta nella speranza che quella cosa svanisse. Non riuscii più a dormire, ma tanto l'ora dell'appello era

vicina, per cui tremando, mi rivestii e aspettai.
<<Ma dai, ti ha spaventata? Il creatore che tu adori tanto ha fatto la sua comparsa così, terrorizzandoti? Che bisogno c'era scusa?>>
La voce di Dennis, mi ridestò dal mio viaggio nel tempo. Provai un grande sollievo nel ritrovare la sua freschezza giovanile, la sua seducente irriverenza e preziosa sensibilità.
<<Ogni osservatore si manifesta a modo suo, per suoi motivi che non sempre ci è dato di conoscere. Io credo che Sonny volesse accentuare il mio stato d'animo, il mio presagio di interruzione e perdita, suggerendomi in qualche modo, l'inevitabilità degli eventi. Quella sensazione di irrisolutezza infatti, non mi abbandonò finché incontrai il mio creatore>>.
<<Sei stata tu a lasciare Charles? E lo hai fatto perché il bellimbusto ti ha adescata con le sue magie? La polvere d'argento...e perché poi l'argento e non l'oro? Non...non è giusto, non è onesto...>> Si stava scaldando un po' troppo, così interruppi il suo divagare.
<<Calmati, non trarre conclusioni affrettate! L'argento è prezioso ma modesto, risalta alla luce della luna, non a quella del sole e in quell'occasione era più appropriato di qualsiasi altra cosa. Sonny ha il potere della

trasformazione. Può essere qualsiasi cosa in qualsiasi momento e la polvere d'argento, anche detta polvere di stelle era giusto il pizzico di magia che gli serviva per farmi capire che se anche gli accadimenti inspiegabili come quella sua manifestazione, possono verificarsi, perché mai non dovrebbero accadere quelli già di per sé probabili, come la fine del mio amore con Charles? Ciò non significa che egli abbia avuto parte alcuna in quanto successe alcuni giorni dopo. Come ho già spiegato molte volte, noi osservatori abbiamo delle regole, la prima delle quali è osservare senza intervenire e tra tutti gli osservatori del mondo, Sonny è famoso per essere il più affidabile, colui che a dispetto di qualsiasi circostanza, rispetta le regole sempre e comunque. Ma ora lasciami continuare la storia>>.

La notte seguente mi avvolse ammantata di una coltre particolarmente buia. Il vento imperioso scuoteva le chiome degli alberi e propagava sinistri echi dello strano disagio depositatosi come velo lucente sulla mia pelle solo poche ore prima. Le creature della palude, in sibilante subbuglio, muovevano la terra, facendo traballare le assi sottili e ormai logore

della baracca in cui vivevo.
La paura tornò nuovamente a sussurrare al mio orecchio. Guardavo dalla finestrella la stranezza di quell'ora oscura e mi sentivo come se tutto il mio mondo fosse stato ribaltato e io fossi un'estranea nella terra in cui ero vissuta. Non riconoscevo più il mio habitat, nessun odore e nessun rumore mi erano più familiari e il panico cominciò ad assalirmi. Indietreggiai di qualche passo dalla finestra tremando. La mia mente andò in tilt, perché ricordo che non mi era più possibile formulare pensieri razionali, poi anche la respirazione si fece difficile e credetti di morire lì, in quel momento, sola.
Quando anche la vista si stava offuscando, inaspettatamente la baracca smise di oscillare e alle mie spalle sopraggiunse una luce intensa, calda e dorata che in un istante spazzò via il mio delirio. Mi sentii nuovamente me stessa, calma e rassicurata da quanto mi circondava, pur affacciandomi alla consapevolezza di non essere più sola nella stanza.
Deglutii e raccolte le forze mi voltai di scatto per affrontare come meglio potevo quella nuova invasione. E fu come se il tempo si fermasse.
Un essere radioso più del sole stava in piedi a

fissarmi a non più di tre metri di distanza. Letteralmente splendeva, la sua pelle era d'oro e gli occhi erano scuri, ma qualcosa si muoveva in essi, come se del liquido, che non avrei saputo come altro definire se non oro colato, vi ribollisse dentro. Mi sorrise, ed ebbi un tonfo al cuore. Si formò una doppia coppia di piccole e marcate rughe ad ambo i lati della bocca quando le labbra si tesero, quasi a voler virgolettare quel sorriso, metterlo tra parentesi o in qualche modo evidenziarlo. Tanta bellezza mi sciocca, ma ancora di più mi commosse, perché con essa ritornò nel mio cuore il profondo senso di pace e familiarità, che avevo sempre conosciuto in quel luogo pur lugubre e solitario. Conoscevo quegli occhi e quel sorriso, non li avevo mai visti, ma sapevo che avevano sempre accompagnato ogni mio movimento.
Ugualmente chiesi: <<chi siete?>>
Così sopraggiunse la sua voce, bassa e profonda, a far risuonare ogni cellula del mio corpo, risvegliandomi per sempre da un sonno profondo e infondendo in me la consapevolezza della vita. A quel suono, ancora e per sempre rispondo perché esso è la vibrazione primordiale che porta in armonia il mio essere.

<<Sono il sasso con cui giocavi da bambina, sono ogni fronda sotto la quale hai cercato riparo dal sole, sono la civetta che ogni notte veglia sul tuo sonno. Ma più di ogni altra cosa, sono per te la libertà>>.
I miei occhi erano ipnotizzati dal suo magnetismo. Tutto il mio essere voleva gettarsi tra le sue braccia e fondersi con lui nell'abbagliante beatitudine della sua rivelazione. Provai subito un immenso amore per Sonny. In lui, il mio futuro si stagliava limpido e grande, un futuro che avevo sempre faticato ad immaginare con Charles, del quale tuttavia continuavo ad essere molto innamorata. Il sentimento profondo che mi legava a lui era dolorosamente presente ad ogni mio respiro e mi serrava la gola e il cuore. La creatura che invece gloriosamente si ergeva di fronte a me in quella notte fatata, sapeva sciogliere quella stessa stretta, appianare ogni attrito e costrizione e lasciare libero il mio cuore di battere. Intuii in quell'istante la differenza tra il frutto carnoso della passione, irresistibile ma temporaneo, legato ad un luogo e un istante preciso e il lento, armonioso e perpetuo scorrere delle stagioni. Charles era il tumulto del presente, urgente e concreto, Sonny un placido fluire, un continuum, una

estensione infinita del qui e ora.

La mia mente umana rifiutava l'idea di appartenere in qualsiasi modo a questo essere divino o demoniaco che fosse. Non poteva essere una situazione reale, forse stavo sognando o forse avevo davvero varcato la soglia della morte e un angelo splendente era venuto a farmi da guida nell'aldilà. Poi il battito del mio cuore sopraggiunse a tacitare i vaneggiamenti della mia mente razionale e una grande lucidità scese su di me. Mi accorsi di poter effettivamente sentire il battito provenire amplificato dal mio petto e realizzai che si trattava di un suono corale.

<<Che cosa siete?>> chiesi allora, passando con il pensiero in rassegna tutte le leggende del mio popolo, alla ricerca di una qualche plausibile risposta.

Il suo bagliore cominciò a diminuire e notai meglio i suoi lineamenti. Il suo volto era squadrato e caratterizzato da una mandibola molto importante, velata da un sottile strato di barba bionda. La sua mascella pronunciata mi fece pensare subito all'alligatore che diverse volte avevo osservato da lontano nella palude, mentre divorava intera la sua preda. Anche la fronte era molto spaziosa, qui i capelli erano radi, come se avesse avuto una naturale tendenza alla calvizie precoce. Trovai molto strani i suoi capelli cortissimi, rasati, quando la moda dell'epoca pretendeva che i gentiluomini li portassero lunghi e ove ciò non fosse possibile, che indossassero una parrucca. Ma in fondo mi chiesi, cosa mi induceva a ritenere di essere alla presenza di un gentiluomo? Sembrava molto giovane, la pelle perfettamente levigata, priva di solchi o imperfezioni poteva conferirgli circa venticinque anni, ma quegli occhi, profondi e narratori, avevano da raccontare storie che si perdevano nei labirinti del tempo. Eppure lui con il tempo si era sempre scontrato, in anticipo o in ritardo non era mai importato, purché prorompesse la voglia di essere, il suo spirito libero che sempre doveva esprimersi, pur cozzando con genti, mode e culture. Un anticonformista, che vestiva quasi di stracci, eppur profumava, che sempre la direzione contraria, eppur comprendeva.

Prima di rispondere alla mia domanda, mi omaggiò con un inchino, come fossi stata una nobildonna e lui un mio inferiore. I battiti del mio cuore accelerarono, e il ritmo trovò un'ulteriore amplificazione, come non ci fosse un unico tamburo a scandire la solennità di quel momento, ma due.

Alzò lentamente soltanto la testa e scandì una parola: <<Khiduwane >>.
I suoi occhi liquidi penetrarono nei miei, impedendomi di distoglierli e vidi così il mutamento del suo viso. Due enormi zanne, affusolate e lucenti, pendevano dalle sue labbra. Ricordai mia madre e le leggende del suo popolo sulle creature della notte. Il Khiduwane era tra le più temute, perché bastava loro soltanto uno sguardo per prosciugarti dal sangue.
Deglutii a fatica, incredula eppure sedotta dall'evidenza. Avrei dovuto urlare, cercare di fuggire o di ribellarmi in qualche modo. L'eccitazione di quella creatura era palpabile, avrebbe sferrato il suo attacco da un momento all'altro, eppure il mio cuore continuava a battere regolarmente.
<<Siete un vampiro? E' la morte che volete darmi allora, non la libertà!>> constatai.
<<Suvvia>>, ritornò ritto di fronte a me, <<tu mi conosci già, sai che il mio compito è stato sempre quello di proteggerti. Come potrei desiderare ora la tua morte? Tuttavia, è vero, sono qui per toglierti la misera vita che hai sempre condotto e farti rinascere, potente, fiera e libera>>.
<<Vuoi farmi diventare come te? No, non

posso, io...Charles...>> ma non finii la frase. Sapevo già che tutto ciò che avevo conosciuto fino ad allora, sarebbe cambiato, forse svanito e sapevo che il segreto era in quei battiti limpidi e regolari che non avevo smesso più di sentire da quando era apparso.
<<Ascolta mia prediletta, questo è il suono armonioso dei nostri cuori. Essi sono due rubini incastonati nel tempo, brillano di luce propria, ma sono per sempre legati, batteranno all'unisono perché apparteniamo l'uno all'altra>>.
<<Io amo Charles, non posso abbandonarlo. Lui ha detto che tornerà a prendermi e comincerà una nuova vita per noi>>. La mia voce si incrinò, perché compresi che non avevo mai veramente creduto alla realizzazione di quel bel sogno, però il mio sentimento per Charles era reale, autentico, e io lo avrei difeso sempre, anche di fronte al diavolo in persona.
<<Certo che lo ami. Io lo vedo il tuo amore, è rosso, aggrovigliato, pieno di elettricità. Non lo dimenticherai mai Naomi, né lui dimenticherà te. Ma c'è un ordine superiore da rispettare, un destino, un disegno se preferisci, secondo il quale entrambi farete cose straordinarie, ma separatamente. Cose

che non avreste fatto se non avessi permesso che vi conosceste, e che non accadranno se seguiterete a stare insieme. Tuttavia, prenditi il tuo tempo, provaci, lotta, fai ciò che devi fare, io posso aspettarti in eterno, tu invece no, perciò ti prego, considera tutte le tue opzioni e non lasciare che la fiamma che ti arde dentro si spenga prima che l'abbia resa eterna>>.
Si avvicinò senza che lo vedessi muovere un passo, prese la mia mano e la baciò lievemente. Ancora un istante per scaldarmi al sole dei suoi occhi e poi svanì.
Fui subito assalita da mille dubbi e paure. Un tumulto di sensazioni si scatenò dentro di me, cosa stava accadendo? Di cosa parlava quella strana creatura? Era il bene? Era il male? Un serie infinita di domande si susseguivano nella mia testa, le stesse che per molti anni hanno assillato Ruby prima della mia manifestazione e per molti versi anche ora. Io fui graziata nell'incontrare Sonny, nessun mentore avrebbe potuto essere più esauriente e paziente. Fu il migliore degli insegnanti che un allievo potesse mai sperare di avere. Lui fu sempre perfetto, severo quando era necessario, ma più spesso sorridente e giocherellone. Tutto era una grande scoperta con lui, una lezione di vita. Tra me e Ruby

invece, esiste una sorta di rivalità e una diffidenza che probabilmente non svanirà mai, causata dal mio essere imperfetta, dal mio essere femmina prima che vampiro, assassina di suo padre prima che creatore. Non mi amerà mai, ma va bene, se questo servirà a fare di lei un osservatore migliore di quanto io sia mai stata.

Trascorsi due giorni in preda al pianto, non riuscendo ad accettare il fatto di essere un impedimento per Charles e i suoi grandi progetti, e chiedendomi invece se l'amore non potesse essere sufficiente a creare tra noi, nel nostro piccolo, la grandezza. Quanta presunzione e ingenuità in questi pensieri! Ne ero consapevole, ma ero troppo innamorata per potervi rinunciare. Decisi infatti di rimanere con lui, ignorando il mio legame con Sonny che continuava a martellarmi nel petto e tutto ciò che sarei potuta essere lontana da Charles. Saremmo bastati l'uno all'altra se ci fossimo amati e rispettati, anche se avremmo vissuto in miseria, reietti dalla nostra terra.

La seconda notte dalla venuta di Sonny, Charles bussò alla mia porta. Quando lo vidi mi gettai tra le sue braccia, ma ebbi subito una tremenda sensazione di distacco. Lo guardai, e il suo volto non era più come lo ricordavo.

Aveva profondi solchi sotto gli occhi, sembrava dimagrito, gli zigomi sporgevano e le guance erano scavate. Le sue belle labbra erano ricurve verso il basso e tremavano e cosa peggiore, i suoi occhi erano affranti e distanti, erano passati oltre me.
<<Cosa è successo?>> chiesi con voce tremante, carica d'angoscia.
Lui mi accarezzò il viso con infinita dolcezza e andò a sedersi sullo sgabello di legno della cucina, non sul letto come era abituato a fare.
<<Mio padre è morto poche ore fa>>. La sua invece, era la voce della disperazione.
<<Oh mi dispiace così tanto, amore!>> Feci per avvicinarmi e abbracciarlo, ma con un gesto della mano mi fermò.
<<Ho sempre pensato di essere un uomo migliore, spinto da grandi ideali>>.
<<Oh ma lo sei Charles, lo sei!>>
<<Ti prego, lasciami parlare o temo che non avrò più la forza di farlo>>.
Ammutolii all'istante e ascoltai.
<<Quando avevo solo dieci anni, la mia famiglia fece un accordo con il ricchissimo casato dei Duff, da sempre nostri rivali in merito a ricchezza, prestigio e soprattutto affari. Con lo spirito di tramutare la concorrenza in collaborazione, la figlia dei

Duff, Evelyn, mi fu promessa in sposa. Dopo il fidanzamento, non l'ho più rivista. Le nostre famiglie si scambiavano regolarmente cordiali missive di auguri a Natale e Pasqua e due o tre volte all'anno, anche noi promessi sposi eravamo obbligati a scriverci, informandoci sull'educazione e sulle reciproche condizioni di salute. A me non è mai importato niente di questo fidanzamento, sono cresciuto con la convinzione che fosse un abominio costringere due innocenti fanciulli a fare da merce di scambio per l'avidità dei loro padri, perciò nulla mi ha mai impedito di fare la mia vita, di scegliere come compagna di letto chiunque desiderassi e quando ho incontrato te, di innamorarmi. Immagino che per un maschio sia facile fare ciò che gli pare prima del matrimonio e addirittura dopo, impossibile invece per Evelyn.

Io comunque non l'avrei sposata, avrei rotto il fidanzamento, nessuno mi avrebbe mai obbligato ad andare contro me stesso, nemmeno mio padre morente! Questo era il mio proposito quando me ne sono andato da qui l'ultima volta.

Viste le condizioni di mio padre, i Duff avevano annunciato che avrebbero fatto visita alla tenuta e si sarebbero trattenuti alcuni

giorni. Avrei avuto tutto il tempo per parlare loro, dire a tutti la verità, rompere il fidanzamento e vivere finalmente con te da qualche parte>>.
<<Ma? Cosa è accaduto? Non hai avuto il coraggio di vuotare il sacco?>> chiesi ormai affranta dalle lacrime.
<<Oh lo avrei avuto il coraggio Naomi, lo avrei avuto, ma non ho potuto. Quando i Duff sono arrivati, io e mia madre li abbiamo accolti e Evelyn non è più la bambina che avevo incontrato, ma una giovane donna...dolce e...bellissima e mi ha salutato semplicemente con un sorriso, senza coprirsi la bocca con la mano e con un "ciao", contravvenendo ad ogni regola di etichetta>>.
Mi mancava l'aria.
<<Ti sei innamorato di lei? A prima vista? Non è possibile, non la conosci nemmeno, non ci hai mai parlato, non ci hai mai trascorso del tempo insieme, non...>> Mi sembrava di impazzire, perché tra tutte le cose pensate, temute e accadute negli ultimi mesi, non mi era mai balenato per la mente che io non potessi essere il suo vero amore, che potesse innamorarsi di un'altra.
<<Naomi ti prego, so quanto deve essere difficile per te stare ad ascoltare, ma dammi la

possibilità di spiegarti cosa sta accadendo. E' difficile anche per me perché io ti ho amata davvero e tutto ciò che desideravo era una vita insieme a te, e ora non capisco più quello che voglio, non capisco come una persona possa diventare così importante nella vita di un'altra, solo dopo pochi istanti, tanto importante da indurre quest'altra persona a mandare all'aria tutti i suoi sogni e i suoi progetti. Comc può essere una persona tanto potente da scacciare in un istante dal cuore di un'altra il primitivo amore, quello che fino a ieri era ragione di esistere, di lottare e resistere? Io non so rispondere a queste domande Naomi, so che ho passato con lei gli ultimi due giorni e che è come se la conoscessi da sempre. So che parliamo liberamente di qualsiasi cosa, di ciò che è giusto, di ciò che è sbagliato, del futuro e dei cambiamenti che esso porterà. Lei ha un incredibile fiuto negli affari, è colta, brillante, ha un'idea politica quando le donne non dovrebbero pensare ad altro che a gestire la casa e i figli, condivide i miei stessi ideali di libertà e uguaglianza tra tutti gli uomini. E ama l'arte. Lei stessa canta e suona il pianoforte, adora la poesia, il teatro e i pittori fiamminghi. Quando le ho mostrato alcuni dei mie dipinti, ha saputo leggere dentro di me

come nessuno prima d'ora aveva mai fatto, nemmeno i maestri d'arte cui innumerevoli volte ho sottoposto i miei lavori. Mi dispiace per il dolore che ti sto causando Naomi, davvero, non so cosa darei per evitarti questa pena. Tu mi hai dato tutta te stessa. Eri innocente, pura, ti sei fidata di me e io ti ho fatto un sacco di promesse che non manterrò, non manterrò perché non ho il coraggio di rinunciare alla mia felicità, con una donna che non ha bisogno di me. Capisci? Con lei non sono l'eroe, il salvatore, non rappresento niente di più di quello che sono, cioè solamente un uomo. Anche se non l'ho ancora conosciuta come conosco te, so che lei mi completa in tutto e per tutto, sento che lei è il mio nido, un nido che non devo assolutamente abbandonare o non sarò mai più lo stesso>>.
Disse tutto questo piangendo e io con lui. Era tutto finito, ma non riuscivo ad odiarlo. Charles era una brava persona e per quanto dura fosse accettare che mi stesse lasciando per un'altra, era stato onesto con me, mi aveva detto la verità, quando avrebbe potuto semplicemente non degnarmi più di uno sguardo. Mi aveva amata veramente e gli fui grata per avermi fatto conoscere l'amore.

<<Perdonami se puoi un giorno>> disse alzandosi dallo sgabello. Si asciugò gli occhi e tirò fuori un pesante mazzo di chiavi arrugginite dalla tasca. Si avvicinò e si chinò ai miei piedi.
Le lacrime copiose mi rigavano il viso e rimasi a bocca aperta vedendo ciò che stava per fare. Nella sofferenza di quell'addio, mi sentii avvolta del calore di casa, quelle sensazioni che avevo provato sempre, ora lo sapevo, grazie alla presenza costante nella mia vita, di Sonny. Lui era con me anche in quel momento e fu allora che notai sulle mie braccia un lieve strato di polvere d'oro, la sua intensità d'oro e sentii il suo abbraccio.
Charles infilò una delle chiavi al lato dell'anello che portavo alla caviglia destra. La girò e quello si aprì, per la prima volta dopo dieci anni. La carne in quel punto si era erosa, cicatrizzata ed erosa ancora ed ora era visibile un grosso solco, dove la pelle troppo sottile faceva intravedere l'osso.
<<Te lo devo questo>>, disse baciandomi i piedi e liberando anche la caviglia sinistra. <<Questi sono per te>>, disse poi alzandosi e mettendomi in mano un fascio di banconote.
Cominciai a scuotere la testa come per rifiutare, ma lui mi zittì.

<<Shh, sono tuoi, fanne buon uso e ricordati che ovunque sarai, quando ne avrai bisogno, potrai sempre contare su di me. Ti auguro tutta la felicità di questo mondo e anche del prossimo. Sei libera adesso>>.
Mi baciò la fronte, vi indugiò per qualche secondo, poi uscì per sempre dalla mia vita.
Appena la porta si richiuse dietro di me, Sonny apparve in tutto il suo splendore. Tra le lacrime lo guardai e capii cosa Charles provava per quella ragazza bianca: Sonny era il nido per me, lui era la mia famiglia e il mio futuro. L'abbraccio invisibile di pocanzi si fece reale, quando con un balzo annullò la distanza tra noi due e sentii sulla gola il bacio graffiante delle sue zanne. Mi abbandonai a lui e divenni sua per sempre.

CAPITOLO 20

Amare = Trasformare

<<Ciò che ti circonda, gli elementi naturali e ogni cosa creata, tutto è intelligenza, motore di vita. Tu ne sei un riflesso, una luminosissima scintilla di universo, e presto, come il sole, brillerai di luce propria e scaglierai la tua potente fiamma di creazione>>.

Sonny parlava vicinissimo al mio viso e sembrava ebbro del sangue che mi aveva appena preso. Sulle sue belle labbra affiorava ancora qualche rubiconda goccia. Lo trovai tremendamente, irresistibilmente seducente. Un desiderio sfrenato mi avvolse, una pulsione antica, ignota, mordente. Il suo cuore incalzava all'unisono con il mio e le mie mani si agitarono sul lino bianco della sua camicia, alla ricerca della fonte di quel ritmo senza tempo. La mia bocca cercò la sua, ma lui si scostò e fermò la corsa delle mie mani sul suo petto.

<<Calma, non sono qui per questo>>.

<<Non mi desideri?>> chiesi avvilita cercando di riprendere il controllo di me stessa.

<<Oh>>, sospirò Sonny in un sorriso, <<desiderarti è come respirare, non posso farne a meno, l'amarti invece va oltre l'umana forma, amare infatti significa trasformare. Ogni osservatore dona se stesso nel rito della trasformazione che è molto di più di un'unione biologica, è una evoluzione. Si ama e si evolve insieme>>.

<<La trasformazione inizia adesso? Cosa sentirò?>> chiesi ansiosamente.

<<Avverrà tutto a suo tempo. Per ora ho solo assaggiato il tuo sangue, perciò il tuo corpo non accuserà alcun salasso. Sarò lo scultore che modellerà la tua grazia, ma prima sii consapevole del fatto che la mia arte ha profonde radici in natura e non contempla alcuna magia. Cosa accadrà? Evolverai, esattamente come si è evoluta l'umanità in migliaia di anni, però lo farai secondo coscienza e sarà proprio questo a provocare il salto da uno stato organico all'altro. I vampiri, rispetto agli umani, sono in egual misura sovrasviluppati nella mente, nel corpo e nella coscienza. Siamo la naturale evoluzione

dell'uomo. Il mondo sarà interamente popolato da vampiri un giorno, ma non tutti loro diverranno osservatori come noi>>.

Moltissime erano le domande che a quel punto avrei desiderato porgli, ma una su tutte era impellente:

<<perché hai scelto me?>>

<<Esattamente con questa domanda inizia ogni storia di creazione tra un osservatore e il suo eletto. Vai, riposa un po' e durante il giorno rifletti sui sottili motivi della mia scelta. Ne riparleremo al calar del sole, quando avrai connesso la tua sensibilità a quella di Madre Natura e avrai ascoltato la sua voce suggerirti pregi e difetti, qualità e limiti del tuo essere. Solo quando avrai capito che essere umano sei, potrai comprendere che vampiro diventerai. Il mondo allora si schiuderà totalmente ai tuoi occhi e nulla parrà più lo stesso>>.

Solo allora si leccò le labbra ingoiando, in un impeto d'estasi, le ultime tracce del mio sangue e scomparve, lasciandomi sola a conoscermi.

Molte volte, prima della sua decisione di seguirmi, Ruby mi aveva posto la stessa domanda: << perché hai scelto proprio me? Che cosa trovi di tanto speciale in una

disperata come me?>>
Le mie risposte furono sempre vaghe, perché è compito del discepolo meditare prima di incamminarsi nel lungo sentiero della trasformazione.
Come Sonny aveva fatto con me secoli prima, le concessi un giorno e una notte per indagare i meandri della sua anima, sapendo che l'indomani, l'avrei trovata cambiata, consapevole e pronta per assorbire tutto ciò che di sacro avevo da darle.
Quando mi presentai nuovamente a lei, con il lucente bronzeo incarnato avvolto in una bianca veste di seta, perché era quello il tempo di dispensare purezza e verità, la sua risposta, esattamente come quella che diedi io a Sonny, fu chiara, intensa e assolutamente centrata: <<io sono vita!>>

<<Io sono aria!>>

Un amore immenso, sotto forma di pura luce proveniente dagli occhi dorati di Sonny, mi invase non appena pronunciai queste parole. Mi guardava con orgoglio, come quello di un padre quando il figlio muove il suo primo passo.

Come lui mi aveva detto, avevo osservato attentamente il mio habitat naturale, la palude, la terra morbida sotto i miei piedi, la palpabile umidità, le piante aggrovigliate, gli animali lenti e viscidi, i suoni ovattati, l'atmosfera stagnante, fino al levarsi di una leggera brezza. Mi sovvenne il forte desiderio di essere veloce e di poter andare ovunque in qualunque momento. Volevo essere libera come l'aria e a questo preciso pensiero mi sentii percorrere da un brivido lungo tutto il corpo. Ma Sonny non poteva avermi scelta solo per un banale desiderio, doveva esserci qualche qualità in me. Ripensai allora a tutta la mia vita, alle persone che avevo conosciuto: i miei genitori, Missian, Charles, e mi resi conto, mentre la brezza continuava ancora a soffiare sul mio viso, che per tutti loro, io ero stata una boccata d'aria fresca. Mi avevano amato e forse anche temuto come se fossi il vento del cambiamento, qualcosa di esotico, diverso e nuovo, qualcosa che non rientrava negli schemi prestabiliti, che sfuggiva al controllo di quanti avevano fissato le regole.

<<Proprio così>>, affermò Sonny che seguiva mentalmente il fluire dei miei pensieri, mentre cercavo di formulare nella mia testa, un'argomentazione valida per giustificare la mia affermazione, <<nonostante le catene ai piedi, sei sempre stata uno spirito

libero e indomabile. Non sei mai stata affetta da condizionamenti mentali, nessuna particolare educazione, nessuna falsa credenza hanno mai limitato l'espandersi del tuo pensiero. Avresti avuto tutte le ragioni per perderti: sei una meticcia, senza vere radici, rinnegata, derisa e minacciata tanto dai neri quanto dai bianchi; hai patito ogni sofferenza in schiavitù, le umiliazioni, la fame, le percosse; hai conosciuto la solitudine, la morte, la paura, eppure hai sempre saputo di essere molto di più di questo e hai affrontato ogni giorno con paradossale entusiasmo. Per via di questa consapevolezza hai potuto alzare gli occhi sul padrone, sfidando la morte e mostrandogli quanto eri libera e quanto in realtà non gli appartenessi. Charles si è innamorato della tua libertà, quella che lui stesso stava cercando. Ha liberato i tuoi piedi dalle catene perché tu hai liberato il suo spirito, come hai fatto con i tuoi genitori, che nel tuo sorriso hanno visto sempre la divinità del loro amore proibito, e come hai fatto con il piccolo Missian, che, estasiato dalla tua soavità, ha dato la propria vita per poterti liberamente adorare dall'aldilà>>.

Così vidi limpidamente, per la prima volta, il significato di tutta la mia vita.

<<E dunque, che vampiro sarò?>> chiesi.

<<Come hai detto tu, sarai aria! Svilupperai particolari poteri legati a questo elemento. Noi tutti siamo molto veloci e possiamo controllare il mondo fisico e gli agenti atmosferici, perché la Natura, di cui comprendiamo il linguaggio, ci dice come farlo, ma oltre a questo, ognuno manifesta qualcosa di peculiare. Tutto mi sarà più chiaro quando assumerò quantità sempre maggiori del tuo sangue dentro di me, comunque sarai più veloce ed impetuosa di chiunque altro, sarai inafferrabile e non conoscerai più alcun limite di tempo e spazio>>.

Come hai potuto constatare tu stesso, la mia capacità particolare è quella della dissolvenza e della trasmigrazione. A differenza degli altri miei simili, posso rarefare le molecole del mio corpo e scomporlo fino a divenire aria e dunque spostarmi istantaneamente ovunque desideri. Se durante la vita umana, nonostante tutto, il mio spirito è sempre stato libero, la trasformazione ha donato la totale libertà anche al mio corpo, ora nulla più mi può trattenere.

<<Qualcosa mi trattiene>>, disse Ruby, subito dopo aver pronunciato la verità sul suo

essere.

<<Voglio dire, qualcosa mi trattiene in vita. E ho osservato il mondo, come mi hai suggerito tu, e le cose accadutemi fino ad ora, le persone che ho incontrato, i sentimenti ecc, per capire di cosa si tratta>>.

<<E a quale conclusione sei giunta?>>

Anch'io mi sentii piena di amore e orgoglio per la crescita che Ruby stava manifestando davanti a me in quel momento.

Il suo parlare era denso di significato, autentico, risvegliato e il verde dei suoi occhi era acceso di comunicazione e guarigione.

<<Tutte quelle esperienze estreme cui mi sono sottoposta, credo che fossero tutte prove per testare la mia resistenza e soprattutto la mia volontà di vivere. Perché di questo si tratta, di volontà! Io, e lo capisco veramente solo adesso, non ho mai voluto morire, ma solo smettere di soffrire e di sentirmi sporca. Quando sono morti i miei genitori, non so cosa sia successo, ma mi sono sentita invadere dalla loro vita e dal loro amore, come se la loro energia vitale fosse passata a me e ora io fossi più forte, più lucida, più viva. Posso dire di aver vissuto intensamente e consapevolmente, anche quando ho abusato delle droghe e del sesso>>.

<<Oh lo so bene! E' proprio questa tua consapevolezza che ti distingue da tanti esseri umani e ti rende così speciale. Noi osservatori scegliamo sempre individui in forte ascesa spirituale, anche se sono immersi nei crogioli della loro vita terrena, ma tu hai già per natura una coscienza molto simile a quella dei vampiri, hai sempre cercato di combatterla, ma è sempre stata qui ad infiammare la tua testa, cosicché io potessi riconoscerti e offrirti i mezzi per espanderla oltre ogni confine. Sono di fronte ad una creatura in tutto e per tutto straordinaria, e tu sarai una tra i più grandi ed eccezionali osservatori di sempre. Persino io proverò riverenza in tua presenza>>.

Non parve spaventata né esaltata da questa mia rivelazione. Manteneva la stessa calma glaciale di sempre.

<<Che poteri avrò? E se fossi una vampira potentissima ma dedita a fare il male?>>

<<Non lo posso sapere ancora con esattezza, ma presumo che sarai una guaritrice e forse potrai riportare in vita i morti o dare la vita a cose inanimate. Per quel che riguarda il secondo quesito invece, non esiste propriamente il bene, né il male>>.

Mi guardò confusa e io mi apprestai ad impartire la prima importante lezione, ripetendo le stesse identiche parole che Sonny mi aveva proferito, la notte in cui iniziò il nostro percorso insieme come maestro e discepolo.

<<Ricorda che siamo creature della terra. La legge di Madre Natura non è dettata da concetti etici o filosofici, ma solo dall'instancabile alternarsi della vita e della morte. L'una non è buona e l'altra non è cattiva, entrambe sono esistenza. Esiste soltanto l'essere, la vibrazione primordiale, che può assumere una forma, sostarvi per qualche tempo, per poi lasciarla e passare ad un'altra e un'altra ancora, incessantemente. Nella tua nuova forma di vampiro, sarai connessa con la coscienza del mondo, con tutto ciò che è naturale e non ti sarà più possibile agire per fini egoistici, come accade agli uomini, ma al contrario, opererai sempre per un vantaggio collettivo superiore. Tutto ciò che farai in futuro, sarà per dovere e contemporaneamente per volontà e non sarà mai né giusto, né sbagliato, ma semplicemente il compiersi naturale degli eventi, per quanto ora se ti fosse possibile conoscere quanto accadrà, troveresti alcuni tuoi comportamenti futuri abominevoli, crudeli e assolutamente

alieni rispetto al tuo essere presente>>.

Ogni volta che Sonny parlava, rimanevo incantata dal basso timbro della sua voce. Ogni parola era una rivelazione che non sempre il mio intelletto afferrava, tuttavia, riusciva sempre a trasmettermi messaggi sottili, nozioni e verità che mi sarebbero tornate utili molto tempo dopo, sperimentando la mia vita di vampiro.

In quel frangente, non riuscivo ad immaginare di compiere della azioni riprovevoli. Subito mi tornò alla mente la scena della morte del piccolo Missian, massacrato di botte davanti ai miei giovani occhi. Quanta violenza, quanta brutalità in quei gesti di morte. Ne rimasi scioccata e giurai a me stessa che non avrei mai più assistito a qualcosa del genere, non l'avrei più permesso. Non sarei mai stata un vampiro feroce, mi dissi, nemmeno con i miei nemici, nemmeno quando, per ragioni che non riuscivo ancora a concepire, sarebbe stato necessario togliere la vita.

Ovviamente mi sbagliavo. Ancora ignoravo che ogni creatura che calpesta il suolo terrestre, è fatta in egual misura di luce e tenebra e che mentre ognuna di loro si adopera per realizzare un impulso, per soddisfare un bisogno in tutto e per tutto naturale, il mondo evolve secondo una coscienza collettiva, data dalla somma di tutte queste azioni e delle loro conseguenze, per cui ci sono eventi, anche piccoli e apparentemente insignificanti, che sono invece determinanti su scala planetaria.

In buona sostanza si tratta di quello che i vostri scienziati hanno una volta definito come "effetto farfalla". La brutale uccisione del padre di Ruby è stata per me l'apoteosi del mio lato tenebroso, un evento sconvolgente perché incontrollato e istintuale, tuttavia, ora in tutta coscienza posso affermare che si sia trattato di un accadimento indispensabile per l'evolversi della situazione. Se non avessi agito in quel modo, ora non avrei Ruby e il mondo sarebbe orfano di una creatura straordinaria, destinata forse a compiere gesta formidabili per l'umanità intera.

L'ultima notte che passai con Sonny nella palude, le sfumature della sua voce baritonale accesero in me nuove erotiche sensazioni. Immaginavo che lui le avvertisse, perché un lieve, quasi impercettibile sorriso inarcò leggermente la sua bocca proprio nel momento in cui nella mia mente si addensavano nude e umide fantasie, ma di qualunque cosa si fosse accorto, la ignorò per continuare a dispensarmi i suoi solenni insegnamenti.

<<La trasformazione inizia nello spirito. Ogni cambiamento arriva sempre dal profondo, poiché l'essenza delle cose cerca la sua epifania e nell'esprimersi, produce una catena di reazioni, un mutamento irreversibile, negli strati via via più superficiali, a ragion del quale, l'oggetto, o la persona nel nostro caso, non è di fatto più la stessa>>.

Aveva ragione Sonny, nelle poche ore dalla sua comparsa nella mia vita, ero cambiata in modo radicale, al punto da non riconoscermi più nella ragazza senza un futuro che nella palude trovava rifugio. Ero in qualche modo passata oltre quell'immagine, quel mondo non mi apparteneva più e mi scoprii all'improvviso assetata di conoscenza e di esperienza, di tutto ciò che la vita, oltre gli acquitrini e i campi di lavoro, aveva da offrire.

Una folata di vento gelido all'improvviso mi investì, scuotendo i mie ricci neri insieme al grezzo e logoro tessuto della mia veste. Fu come uno schiaffo in pieno viso che in lampi argentati mi riportò bruscamente alla realtà. Sicuramente un trucchetto di Sonny affinché rimanessi concentrata sulla lezione, pensai.

<<Qualcosa in me è cambiato, che cosa mi hai fatto? Perché d'un tratto mi sento così "slegata" da tutto ciò che fino a ieri costituiva il mio intero mondo e sono invece così legata a te?>>

<<Tutto ciò che ho fatto, è stato aspettare, aspettarti. E' questo il tuo momento, la tua coscienza si è elevata, perché ora sei di fatto "slegata", sei libera, ed essa non riconosce più l'immagine che avevi prima di te stessa. Il tuo spirito ha grandi progetti di realizzazione e ora sta gioendo perché non esiste più alcun ostacolo al compimento del suo destino, e al momento, il tuo destino sono io, ecco perché ti senti così attratta da me. Vuoi conoscermi, vuoi fare esperienza di me, vuoi bermi tutto d'un fiato, e il tempo verrà, ma ora guarda oltre>>.

Il suo sguardo dorato puntò all'orizzonte che si intravedeva dalla finestrella della baracca. Il suo braccio destro si levò nella stessa direzione ad indicarmi la via e ciò che vidi fu una linea argentea infinita.

<<Il mondo ti aspetta>>, continuò, <<con in mano un calice pieno dei suoi segreti, per cui partiremo>>.

Io e Ruby invece, non siamo partite.

New York è talmente vasta e gremita di ogni possibile scenario, che non ho pensato a nessun altro luogo per iniziare la mia eletta al contatto con la natura.
C'è un posto particolare nella vastità di questa città, un posto in cui spesso mi ritiro, in contemplazione, in meditazione, un luogo di convergenza dove le energie si raccolgono prima di ridistribuirsi nel resto del mondo: Liberty Island.
Quando Miss Liberty fu inaugurata nel 1886, lo scultore francese Frederic Auguste Bartholdì spiegò come l'ispirazione per la realizzazione di una statua di tali dimensioni, gli fosse giunta in sogno, nelle sembianze di una donna luminosa, avvolta in una lunga veste dorata. Ella si presentò come il vento della libertà che avrebbe accarezzato disperati ed erranti, eletti a dir suo, dando loro un nuovo scopo e una nuova casa.

Quelle parole mi infiammarono, perché era evidente che Sonny aveva lasciato un messaggio per me. Lo cercai allora tra la folla, ma vanamente. Più di centocinquant'anni erano già passati da quando mi aveva lasciata e sebbene non fosse ancora il momento di rincontrarci, seppi, osservando le catene spezzate ai piedi della statua, che brillavano d'oro solo per i miei occhi, ch'egli ancora mi pensava e nel mondo, a modo suo, anche approfittando dei sogni degli uomini, mi celebrava.

Ogni osservatore che si appresta a guidare il proprio eletto alla scoperta del linguaggio basico della natura, sceglie un luogo in cui coesistano nella loro forma più primitiva i quattro elementi: terra, acqua, aria, fuoco, così da facilitare la concentrazione e l'ascolto del discepolo.
Io e Ruby siamo giunte a Liberty Island al calar del sole, in una fredda giornata di marzo, non più tardi di tre mesi fa. Sotto di noi la terra solida, coperta da un fresco manto d'erba; di fronte a noi, l'oceano maestoso, tinto di porpora e lilla, sul quale soffiava una brezza leggera che portava lentamente al largo delle barchette commemorative, accese con fiaccole di eterna libertà per tutti gli emigranti che erano periti nel vano tentativo di raggiungere la costa. Gli elementi ci circondavano e ci davano il benvenuto, mentre la statua alle nostre spalle, vigilava, inviando la sua silente benedizione.
Ci siamo sedute sul prato e ho iniziato a parlarle di musica.

<<Il suono è il linguaggio dell'universo. Tutto nell'universo è musica, vibrazione. Ogni oggetto, ogni persona, ogni luogo ha un suo timbro particolare, dato dalla somma di tutte le vibrazioni proprie degli elementi che lo compongono. Gli elementi puri, hanno un suono più limpido e quindi più facile da individuare, ecco perché ci troviamo qui>>.
Per Ruby non è stato facile lasciare andare il turbinio di pensieri nella sua testa, ma giunta la quiete, si è mostrata un eccellente ricevitore. I suoni sono arrivati in scala, provocando dapprima uno stordimento mentale, per poi focalizzarsi sulle singole vibrazioni:

Terra rombante, spessa e potente
Al centro conduce,
basso assordante
Acqua di mezzo, chiara frequenza
Al centro conduce,
aperta assonanza
Fuoco tenore, avvolgente ardore
Al centro conduce,
scoppio di cuore
Aria stridente, sottile e insinuante
Al centro conduce,
acuto accecante

Accecata da una impalpabile deflagrazione, Ruby d'un tratto ha spalancato gli occhi, esattamente come secoli prima avevo fatto io, sulla cima di El Chichón, un vulcano attivo nello stato messicano del Chiapas, luogo scelto da Sonny per introdurmi al centro del mondo, laddove giacciono tutti i segreti basici o elementari.
La convergenza delle singole vibrazioni si elevò al punto tale da farsi pura luce e come un'eco infinita, nella mia testa all'epoca e in quella di Ruby pochi mesi fa, cominciò a risuonare la summa nota, il principio e la fine di tutte le cose:

OMMMMMMMMMMMMM

Da quel momento, compresi il mondo nella sua totalità, e seppi che di lì a poco quel vulcano avrebbe eruttato e ucciso.
Da quel momento, Ruby ha compreso l'essenza della vita e io so che prima o poi, esplodendo del suo potere, anche lei ucciderà.
Così vanno le cose nel nostro mondo.

CAPITOLO 21

Nel Bacio del Vampiro, la Coscienza del Respiro

Dennis mi seguiva con lo sguardo, rapito, intento a far propria ogni mia parola. Ascoltarmi parlare era un po' come seguire un corso avanzato di fisica quantistica in cui molte delle sue domande sull'universo trovavano finalmente risposta. Attraverso gli occhi di un vampiro, il mondo appariva come un fiore sbocciato, senza più mistero forse, ma perfetto e radioso di una disarmante bellezza, tanto assoluta da assorbire nella sola contemplazione ogni altro intento.
Ogni fiore però è fragile.
<<Quindi non c'è scampo>>, chiese, <<si deve per forza passare attraverso la morte per rinascere? Gli esseri umani devono sempre essere sacrificati?>>
<<Vittima e carnefice, osservatore ed eletto, vampiro e umano, ognuno ha il proprio ruolo,

ognuno serve l’altro, tutti avanzano nel loro cammino, tutti si elevano e passano ad un'altra forma>>.
<<Sì ma non è che le vittime siano contente di questo passaggio, potendo scegliere ne farebbero a meno. E metti il caso che io sia la vittima designata per Ruby, (visto che l’ho scaricata per te, forse un po’ il dente avvelenato ce l’ha...) Tu non faresti niente per impedire la mia morte? Rimarresti a guardare perché è questo il mio destino e bla bla bla?>>
<<Bla bla bla?>> Gli piaceva punzecchiare la mia austerità.
Rise. Il suo viso si illuminò. Il mio desiderio si riaccese.
Il suo corpo nudo e armonioso brillava ancora delle secrezioni della nostra recente passione. Tra non molto mi sarei persa di nuovo nel suo abbraccio, ma alcune cose dovevano ancora essere chiarite.
<<Perché mai lei dovrebbe uccidere te, se tu non fai più parte della sua vita?>> Il mio sguardo inquisitorio lo trafisse. <<In ogni caso, come ho già spiegato, difficilmente noi vampiri uccidiamo per vendetta>>.
<<Magari sarò l’eccezione che conferma la regola. E dopo? Dove andrei? In cosa mi trasformerei? Energia errante? O esiste un

aldilà?>>

<<Esistono molti aldilà, molte dimensioni>>.

<<E tu ci puoi andare quando vuoi?>>

<<Solo nella dimensione onirica, che non è propriamente un aldilà. Alcuni di noi hanno il dono speciale di poter saltare da una dimensione all'altra, ma è piuttosto raro, perché non siamo ancora tanto evoluti, siamo comunque e sempre creature della terra>>.

<<Quindi non sai niente di Dio, del diavolo o degli angeli?>>

<<Dio e il diavolo sono ovunque intorno a noi. Anzi, non vi è dualità, sono la stessa identica energia, un'energia che è, esiste ma non si definisce, perché qualsiasi attributo genera scissione, mentre noi siamo di fronte all'inscindibile. Le creature celesti invece esistono in dimensioni più elevate. Sono esseri di luce e a volte varcano la soglia terrestre per aiutare l'umanità>>.

<<Li hai visti? Come sono?>>

<<Sono pura luce. Non hanno sesso, non hanno un volto, nessuna definizione perché sono più vicini a Dio, al Tutto>>.

<<Perché ci aiutano? Cosa vogliono da noi?>>

<<Assolutamente niente, ma noi siamo loro e loro sono noi, per cui ci aiutano solo per amor proprio, che coincide con l'amore per il

tutto>>.
<<Che significa?>>
<<Che loro sono lo stadio successivo della nostra evoluzione. Gli umani saranno vampiri, i vampiri diverranno esseri di luce quando abbandoneranno il corpo fisico. Ciò significa che gli esseri di luce sono già stati sia umani che vampiri e la loro coscienza ingloba per intero la nostra, quindi aiutando noi, aiutano se stessi>>.
<<Ah, una grande famiglia felice, evviva!>>
Rimase in riflessione per un po', poi aggiunse: <<non credo però che mi piacerà essere una entità di luce, posso rifiutarmi quando sarà il momento?>>
<<Non lo deciderai, accadrà quando la tua coscienza si innalzerà, non dipende dalla tua volontà. Perché mai non dovresti voler essere un essere di luce?>>
<<Ma che scherzi? Quelli non hanno i genitali, non fanno sesso! Naaaa, meglio l'oblio!>>
Questa volta fui io a ridere. Il mio volto si illuminò. Il suo desiderio si riaccese.
I suoi occhi si socchiusero leggermente e la brama da essi traboccante mi raggiunse, cospargendosi lungo le curve sinuose del mio corpo, anch'esso nudo e velato di un sottile e roseo strato di sudore amoroso.

Cominciò a muovere lentamente la mano, ampia e proporzionata sul proprio petto, accarezzandolo dolcemente, come io amavo fare prima e dopo il sesso, sfiorando appena la pelle, per percepire il fuoco che da essa emanava e che sostava permanentemente sulla liscia superficie del suo corpo. Quella mano, un infallibile oggetto di piacere che raccoglieva molta della sua carica sessuale, si spostava provocatoriamente verso il basso, dove l'addome delineato dalla geometria dei muscoli si alzava e abbassava seguendo il ritmo ancora pacato del respiro. Amava il suo corpo quanto amava il mio e sapeva di essere in grado di portare entrambi ad un livello di piacere unico ed irripetibile, indimenticabile. In quel letto, ero totalmente in suo potere, per cui giocava con i miei sensi e la mia eccitazione, esortandomi a continuare la conversazione finché non fossi crollata e il desiderio di lui fosse divenuto l'unico pensiero nella mia mente, l'unica realtà vivibile in quel momento.

<<Quando inizierai a trasformare Ruby? Fisicamente intendo>>.

La sua voce si andava abbassando, come la sua mano sul basso ventre.

<<Presto, ancora qualche mese e sarà pronta

per ricevere il mio sangue>>.
<<Il che significa che presto inizierai ad andare a letto anche con lei>>. Tale pensiero lo eccitava.
<<E con questo?>>
Osservavo incantata l'avanzare lento della sua mano, la quasi impercettibile oscillazione del bacino e il risveglio del pene, poetico come lo sbocciare di una farfalla dal suo bozzolo.
<<Niente...solo che conoscendovi entrambe, credo proprio che non vi basterete mai. Avete bisogno di un uomo che vi soddisfi>>.
<<Oh piantala! E togliti questa immagine dalla tasta, non accadrà mai! Non durante la trasformazione almeno. Quante volte ti devo dire che nulla e nessuno può interferire nel rapporto tra creatore ed eletto? Stai parlando di qualcosa di sacro che non è stato mai, mai violato. E vorresti essere tu il primo assoluto dall'inizio della creazione?>> Risi prendendolo in giro.
<<Almeno avreste un motivo valido per ricordarmi!>> disse all'improvviso rabbuiandosi per un istante, poi posando gli occhi sui miei seni turgidi, scacciò subito ogni ombra e tornò ad essere il solito irresistibile mascalzone.
<<Dimmi piuttosto, come è possibile che il tuo

creatore, così fico, così potente, così perfetto, che nella vita null'altro ha da fare se non scoparsi le elette, (o eletti chiaro!), ti rifiuti ripetutamente dopo che tu gliel'hai praticamente sbattuta in faccia? Sei davvero sicura che sia sano di mente? A me sembra un essere davvero assurdo!>>
<<Il sesso con Sonny, è questo che vuoi sapere? Però lasciami dire prima che non hai alcun motivo di sentirti minacciato da lui, non c'è nessuna competizione tra voi!>>
<<Minacciato io? Figurati!>> Si alzò col dorso dal cuscino per affondare bene il suo sguardo nel mio. <<Forse non ti è ancora chiara una cosa bella mia: nessun maschio, umano o vampiro potrebbe mai competere con me!>>
Sussultò leggermente quando la sua mano arrivò alla meta e toccò la punta del pene.
Anche io trasalii.
Nella sua sicurezza stava tutto il suo fascino. Non aveva il benché minimo dubbio che non vi fosse donna sull'intero pianeta che non avrebbe potuto conquistare. Tuttavia, la sua aura infuocata si oscurava ogni volta che mi immaginava insieme a Sonny.
<<Perché insisti col chiedere allora?>>
<<Mi piace sapere con chi ho a che fare>>.
<<Bene, come desideri>>.

Sonny e io ci spostavamo in continuazione. Mi raccoglieva tra le sue braccia e a velocità soprannaturale percorrevamo grandi distanze. Per la maggior parte del tempo me ne stavo rannicchiata all'interno del suo mantello e senza quasi accorgermene, dal Chiapas, risalimmo tutto il Messico fino al deserto roccioso di terra rossa, dalle alte pareti e profondissime gole, in quello che oggi è lo stato americano dell'Arizona.
Provai una sconosciuta quanto commovente sensazione di espansione quando i miei occhi si lasciarono invadere dall'immensità corrugata di quella terra. Ci trovavamo a circa milletrecento metri di altitudine, all'ingresso di una grotta che avrebbe protetto Sonny dal sole e consentito ad entrambi un quieto riposo. Non vi erano confini percettibili dal mio punto d'osservazione, il mondo mi si apriva incontrastato e lì, per la prima volta, respirai a pieni polmoni tutta la mia libertà. Il mio cuore impazziva di gioia e mi resi conto d'un tratto, di una musica orchestrale, multidimensionale che dall'orizzonte ad ondate giungeva alla mia testa, e incapace di trattenermi, restituii all'universo la vibrazione, squarciando l'alba con un grido intriso di tutta

la mia forza vitale e gratitudine.
Sonny mi raggiunse alle spalle e mi cinse la vita con le braccia: <<tra tutti sei la mia prediletta>>, sussurrò al mio orecchio. <<Qui il linguaggio basico è amplificato dalla vicinanza del Gran Canyon, una sconfinata cassa armonica naturale che trabocca di energia e tu con essa hai appena stabilito una connessione, affidando all'etere la tua nota più intima. Nessuno dei miei eletti prima era riuscito a farlo con tanta semplicità e in così breve tempo. Ora questo angolo di mondo ti conosce come tu conosci lui>>.
Mi prese per mano e mi condusse all'interno della grotta.
Ogni volta che si coricava accanto a me, trasalivo, sopraffatta dai sensi e dal desiderio di fare esperienza di lui. Temevo la trasformazione, temevo la sensazione delle sue zanne sulla gola, quel penetrare, quel dolore acuto, quel soccombere sotto la sua forza, tuttavia, tutto il mio corpo lo voleva. Toccare la sua pelle liscia e luminosa, baciare la sua bocca calda e dolce, vederlo eccitato quanto lo ero io, spalancare ogni mia porta e lasciarlo entrare, prorompente, inarrestabile, a rubarmi ogni contegno, il respiro e l'anima. Quante fantasie la mia mente creava nell'attesa

di lui, fantasie che in nessun modo riuscivo a celargli, ma che lui puntualmente continuava a frustrare.

Per molti giorni e molte notti viaggiammo semplicemente, e studiammo. Ogni passo, ogni scenario poteva divenire oggetto di importanti lezioni. Continuavo ad acuire la mia abilità nel decifrare il linguaggio della natura, apprendevo tutto con estrema diligenza ed entusiasmo, tuttavia, la sua persistenza nel rifiutarmi come donna cominciava a tormentarmi e umanamente mi chiesi se davvero gli piacessi o se dovesse espletare con me solo un dovere.

Con questi pensieri scivolai nell'oblio e quando mi svegliai diverse ore dopo, mi sentii ancora spossata e dolorante, come se non avessi mai dormito. Avevo sognato qualcosa, qualcosa che non ricordavo ma che di certo mi aveva inquietato, un argenteo alone, un fulmine forse, sicuramente un freddo intenso che penetratomi nelle ossa, mi aveva lasciata rigida e di cattivo umore.

Il sole aveva già iniziato la sua discesa verso l'orizzonte. Sonny, ormai avevo capito, usciva prima del mio risveglio per nutrirsi. Tornò di lì a poco, rifocillato del sangue di un qualche animale, la cui carne invece era destinata a me.

Il processo di creazione del fuoco era qualcosa di estremamente affascinante. Levava la mano a circa cinquanta centimetri dal suolo, dapprima si udiva un sibilo, poi la terra cominciava a muoversi, sollevata vorticosamente da una spirale di energia invisibile, che andava via via aumentando la sua velocità di rotazione. Infine uno scoppiettio e la fiamma iniziava ad ardere. Avrei saputo farlo presto anch'io, diceva Sonny, si trattava solo di pratica e concentrazione.

Osservava attentamente ogni mio pasto, ma per me, abituata per lo più ad una vita di stenti, non era sempre facile ingoiare la quantità di carne che lui procurava.

<<Cerca di sforzarti e finire tutto, devi essere in forze>> disse.

<<Per cosa? Il viaggio?>>

<<Per tutto ciò che avverrà>>.

<<E quando avverrà?>> chiesi, non senza un po' di esasperazione nella voce.

Chiuse gli occhi e annusò profondamente qualcosa nell'aria nella mia direzione.

<<Come ti ho già detto, tutto a suo tempo, comunque presto, molto presto>>.

<<Non puoi dirmi niente di più preciso? Passo ogni giorno aspettando che accada qualcosa e

invece non succede mai niente e questo senso di incompiuto mi snerva. Cosa stiamo aspettando esattamente?>>
Volevo delle risposte, le volevo assolutamente perché è questo il compito di ogni mentore.
<<No invece, non si tratta di dare solo risposte, ma di istruirti rispettando i tuoi tempi di assimilazione, altrimenti il mio lavoro sarebbe vano. Inoltre il tuo corpo deve essere preparato o ne andrebbe della tua vita. Una cosa però posso dirti>>, mi guardò con la sua espressione più indecifrabile, a metà strada tra solenne e spiritoso, <<non hai nulla da temere dalle mie zanne, non sentirai alcun dolore, te lo prometto. Sarò molto dolce...se sarà così che mi vorrai!>>
E allora apparvero le disarmanti virgolette ad incorniciare il suo splendido sorriso ed ebbi la certezza che poteva leggere ogni mio più intimo pensiero e che non vi era nulla che potessi tenergli segreto. Le mie fantasie su di lui erano roventi, spinte, estreme e difficilmente immaginavo di essere presa con dolcezza. Se avessi avuto la pelle chiara, sarei sicuramente avvampata, ma lui non aveva certo bisogno di vedere le guance rosse per sapere che il mio sangue stava ribollendo. Si divertì ancora di più fiutando il mio

imbarazzo e rise apertamente.
Quando finii la mia cena, ci preparammo a riprendere il cammino verso valle, dove ci attendeva ancora il nulla desertico che si estendeva molto oltre ciò che i miei occhi potevano vedere.
<<Dove siamo diretti?>>
<<In nessun luogo particolare, ma ovunque>>.
Sorrise di nuovo e in meno di un secondo, lasciandomi del tutto sconvolta, Sonny scomparve dalla mia vista. I suoi tratti che già tanto amavo si scomposero all'improvviso in qualcosa di indefinito, deforme, mostruoso. Udii tutte le sue ossa spezzarsi, i muscoli allungarsi lacerando i vestiti che li avvolgevano. Cadde a terra a quattro zampe e allora la sua informe massa corporea cominciò a lievitare. Una peluria rasa spuntò ovunque sulla sua pelle e il collo e la mandibola si allungarono enormemente. Dopo quello che sembrò un momento allucinante, spaventoso e interminabile, quando i sordi rumori di ossa e articolazioni in dislocazione furono terminati e il rantolo di dolore e fatica si riassorbì in un regolare respiro, i miei occhi poterono sostare su una sagoma finalmente riconoscibile e di commozione si bagnarono, quando realizzarono di avere di fronte la creatura più

bella ed elegante che avessero mai visto: un immenso cavallo privo di criniera e dal manto completamente dorato.
Mi avvicinai con mano tremante ma decisa a toccarlo. Poteva essere vero ciò a cui avevo appena assistito? Il contatto con la solidità di quel corpo mi tolse ogni dubbio. La seta dorata del suo manto scorreva liscia sotto le mie mani, tanto piacevole da rapirmi totalmente e da farmi dimenticare la censura cui Sonny mi sottoponeva ogni volta che cercavo di toccarlo. Quando gli sembrò che stessi esagerando nitrì, riportandomi al presente, e mi accorsi che il sole stava morendo tra le mie dita e che era ora di andare. Non so come, mi ritrovai in groppa al magnifico destriero e iniziammo la nostra discesa dalle Montagne Rocciose.
Fu quasi uno shock sentirmi così intimamente a contatto con lui. Si muoveva lento sotto di me, la sua pelle vellutata e tanto preziosa sfregava dolcemente contro le mie cosce e contro la vulva, che madida di umori poggiava libera sul suo dorso. Avvertii una stranissima sensazione allo stomaco, la stessa che avevo sempre provato nei miei momenti di intimità con Charles, ma ora molto più potente, perché il mio desiderio, in continua crescita, era

molto più maturo e libero adesso.
Il dirupo dal quale ci stavamo spostando era impervio e dovevo aggrapparmi saldamente a lui per mantenere l'equilibrio e non cadere. Ciò mi aiutava a distogliere la mente dai molti pensieri erotici, ma mai del tutto, mai molto a lungo.
Una ragazza di colore che vagava sola attraverso i territori selvaggi dell'America occidentale era qualcosa di quantomeno singolare e inappropriato nel 1730. Ogni deserto di cui avevo sentito parlare era macchiato di sangue e popolato da fantasmi e le immense distese di terra brulla dell'Arizona non facevano eccezione. Quella regione apparteneva da sempre alle tribù indiane degli Apache e dei Navajo, per la maggior parte, ma spagnoli da sud e inglesi da est confluivano sempre più numerosi a reclamare lo spazio e a proclamare la supremazia della loro fede.
Con Sonny al mio fianco non avevo comunque nulla da temere.
Viaggiamo per tutta la notte ad andatura sostenuta, in alcuni tratti, dove il vociare di accampamenti militari si levava a spezzare il silenzio profondo dell'oscurità, Sonny scattava al galoppo, tanto veloce da confondersi con una folata di vento ed essere invisibile ad

occhio umano.
Ogni tanto perdevo i sensi per la stanchezza. Il mio corpo era completamente indolenzito e nonostante fossi avvolta nel mantello, continuavo a rabbrividire, preda del freddo interiore che mi aveva colpita durante il sonno.
Ogni volta che riaprivo gli occhi era come essere ciechi. Nessuna forma era distinguibile nelle tenebre che ci avvolgevano, ma l'odore secco proveniente dall'aridità sotto i nostri piedi e allo stesso tempo speziato degli arbusti circostanti, mi suggerivano chiaramente che il viaggio in quella terra impervia era ancora lungo. Non vi era riparo alcuno in cui potessimo sostare in sicurezza. Le montagne con le loro grotte e gallerie erano lontane ormai e di fronte a noi, solo ciottoli, scalfiti dal ritmo incalzante degli zoccoli del cavallo, sabbia e oscurità.
Avevo sete e una serie di necessità biologiche da espletare. Battei forte sul collo possente del mio creatore per fargli capire di fermarsi. Lui invece impennò e nitrì e cominciò a correre sempre più veloce. Aggrappandomi forte, cercai di afferrare la borraccia con all'interno la poca acqua rimasta. Mi bagnai le labbra, ne sorseggiai un po', ma il cavallo aumentò

ancora la velocità, costringendomi ad assumere una posizione più rannicchiata e salda per non cadere e così, l'acqua preziosa mi scivolò dalle mani. Poco dopo, mi colpì una fitta al basso ventre e persi i sensi.

Quando rinvenni, il sole era molto alto nel cielo, forse era già pomeriggio inoltrato. Non ero completamente lucida, mi sentivo afferrare da più mani, mi sembrava di levitare, forse mi stavano trasportando da qualche parte, ma chi? Lo spossamento era ancora troppo e mi rapì di nuovo. Mi riaddormentai accompagnata da un suono meraviglioso, quello dell'acqua che scorre. Ma forse stavo ancora sognando.

Riaprii lentamente gli occhi. Era di nuovo buio, ma un bel fuoco ardeva poco distante, invadendomi con l'estremo conforto del suo calore e della sua luce. Osservai.

Mi trovavo in una capanna di forma conica. Le pareti erano costruite con ramoscelli, legno, erba e fango. Sul soffitto, un'apertura canalizzava il fumo all'esterno e lasciava intravedere le stelle. L'uscio invece era morbido, una tenda di tessuto o pelle.

Ero sola nell'abitacolo. Qualcuno aveva pensato a darmi ristoro. Il mio giaciglio, di pelli e pelliccia era meravigliosamente confortevole. Accanto, erano state depositate dell'acqua, della carne essiccata insieme a radici e cime di cactus. Non avevo fame, il basso ventre mi doleva ancora e appena mi mossi, sentii qualcosa di caldo colarmi tra le gambe. Le mestruazioni erano arrivate regolarmente, giustificando il malessere degli ultimi giorni.

Poi una donna entrò nella capanna.

Era una pellerossa, una squaw, con zigomi alti, naso lungo e dritto, profondi occhi neri e piume bianche tra i lucidi capelli intrecciati. Ma dov'era finito Sonny? Gli era capitato qualcosa?

La donna mi si avvicinò e cominciò a parlarmi in una lingua sconosciuta. Il suo tono era velato, amorevole e per questo non ebbi paura. Non era più giovanissima, la sua pelle era rigata dal tempo, ma la vita raccolta nei suoi occhi la rendeva più rigogliosa di un campo fiorito a primavera.

Mi invitò a mangiare e mi posò in grembo delle foglie ovali molto grandi e spesse, indicandomi a gesti di posizionarle tra le cosce come tampone.

Così feci, lei sorrise e se ne andò.

Subito dopo avvertii la presenza di Sonny nella capanna.

<<Sonny, finalmente! Dov'eri finito? Dove siamo?>>
Mi sollevai a sedere dal giaciglio e lo vidi avvolto come al solito nella sua aura dorata. Indossava vestiti indiani, una specie di gilet e dei calzoni corti alle ginocchia, in pelle di daino. Aveva una collana d'osso al collo e bracciali ai bicipiti. Era talmente sexy da togliermi il respiro, però notai che il suo sguardo era quello del predatore, con gli occhi sempre più liquidi e le zanne esposte. Si avvicinava lento.
<<I nativi della tribù degli Apache ti hanno accolta vedendoti giungere sola, spossata e priva di sensi, dal deserto. Poiché sei una donna di colore, hanno presupposto che tu fossi una schiava in fuga dal padrone bianco e per questo si sono sentiti affini e molto solidali con te. Ti hanno confinata qui perché secondo la loro tradizione, le donne mestruate sono in connessione con il Grande Spirito e molto sensibili ai suoi messaggi, per cui devono ritirarsi in meditazione. Io ho mantenuto la mia mutazione fino al tramonto, nessuno mi ha notato, tranne l'uomo sacro della tribù. Lui come noi conosce i segreti della natura e ha letto l'artificio nelle mie sembianze equine>>.
<<E dunque?>> chiesi preoccupata. Forse

aveva appena avuto a che fare con lo sciamano, forse lo aveva morso e per questo l'eccitazione ancora non abbandonava i suoi occhi. Questa la strampalata teoria della mia mente, che impaurita, si opponeva a quanto stava per accadere, ma il mio cuore, già conosceva la verità e ardeva di desiderio.
Ero avvolta in una caldissima nuvola di pelo. Le pelliccia d'orso copriva interamente il mio corpo, eppure Sonny, continuando ad avvicinarsi con passo felpato, sembrava vedere oltre quella e apprezzare molto ogni curva che faceva ondeggiare dolcemente il suo sguardo.
<<E' un uomo saggio che venera le tradizioni e le leggende dei suoi avi, ma sufficientemente libero da non farsi condizionare e perfettamente in grado di comprendere che la mia oggettiva pericolosità, non costituisce oggi alcun rischio per il suo popolo. Tuttavia, non tollererà la nostra presenza qui molto a lungo>>.
Si chinò di fronte al giaciglio che aveva dato conforto alle mie membra doloranti e notai così che i suoi occhi erano due pozzi d'oro luccicanti. Era incantevole e mostruoso allo stesso tempo.
<<E' giunto il momento vero?>> dissi con appena un filo di voce. Ma perché oggi? Stavo

già perdendo il mio sangue naturale e se avesse anche bevuto da me, non sarebbe stato troppo? E se con tanta foga non fosse riuscito a fermarsi? Lentamente, la pelle d'orso cominciò a scivolare verso il basso accarezzandomi la pelle.

<<No!>> gridai, trattenendo con le mani la coperta, <<non oggi, non posso adesso, sono troppo debilitata>>.

<<Sei perfetta. Sei pronta!>> La sua voce era sempre più bassa e si andava ad incuneare tra le fessure della mia resistenza. Mi stava forse ammaliando? Avrei voluto chiederglielo, ma non era certo quello il tempo per le spiegazioni. Non potei fare nulla per trattenere la coperta mentre, lenta, riprendeva la sua discesa sul mio corpo.

Mi sentii ardere esattamente come se il fuoco al centro della capanna stesse consumando la mia pelle, ma la vera fiamma era interna. Un intimo subbuglio era dilagato nel mio ventre e tra le cosce.

Sonny si chinò ulteriormente, mise la mano destra sulla mia nuca e mi sollevò verso di sé, portandomi a pochi centimetri dalle sue labbra.

La sua voce mi giunse allora nella vibrazione più bassa: <<nel bacio del vampiro, la

coscienza del respiro>>.

E trovò la nota esatta di accordatura della mia vita alla sua.

Mi baciò come mai aveva fatto prima, invadendomi, istruendomi, amandomi. Nel profondo intreccio delle nostre lingue, trovarono spazio i sensi tutti, il totale abbandono e il mutuo scambio di sangue verace, sgorgato dal fervore delle sue zanne sulle nostre labbra.

Non fui più la stessa dopo quel bacio che mi aveva rivelato la verità: ero nata per appartenergli incondizionatamente.

Quando si staccò dalla mia bocca, le mie mani lo cercavano ovunque. Lui scese sul mio collo, leccando il rigolo di sangue che qui si era riversato. Ebbi un fremito al pensiero che stava per affondare i denti nella mia gola, invece passò oltre. Scese accarezzandomi il seno, passando la punta della lingua sui capezzoli, ma non vi indugiò molto, aveva un'altra priorità.

A quel punto, le foglie donatemi dalla squaw fallirono la loro missione di contenere il mio flusso mestruale, reso molto più abbondante e fluido dalla mia eccitazione. Giunto con il viso all'altezza del pube, Sonny inalò profondamente. Chiuse gli occhi e l'oro

liquido ormai incontenibile, dalle palpebre cadde copioso sulle mie parti intime. Sembrò andare in estasi e io non riuscii a trattenere un gemito.
Alzò una mano e le foglie spugnose tra le mie cosce sparirono, lasciandomi una fresca sensazione sulla vulva. Poi sentii imperioso il bisogno di aprire le gambe per lui. Lo feci, le spalancai. Lui mi guardò dentro, mi annusò ancora, emise un suono gutturale e con la lingua si accarezzò i denti affilati. Infilò le mani sotto il bacino e mi afferrò le natiche per sollevarmi in una posizione a lui più comoda. In quel momento un fiotto di sangue sgorgò dalla vagina e lui non si trattenne più, cominciò a leccare, prima esternamente, sulle grandi labbra, sulla fessura e sul clitoride. Mi assaporò con foga crescente, mi baciò sempre più intensamente, sempre più in profondità, sfiorando con le zanne il centro del mio piacere, tormentandolo con poderose stoccate di lingua. Gemevo e tremavo non riuscendo a contenere il godimento. Beveva, succhiava forte, penetrandomi con la lingua rigida, che scavava le pareti interne della vagina alla ricerca del sangue mestruale.
Le sensazioni che provavo mi toglievano il fiato. Il sangue correva veloce direttamente dal

mio utero alla sua gola; era come se il piacere mi venisse strappato dal ventre. Ogni volta che accoglieva il flusso nella sua bocca, la lingua in vagina doveva spingere verso il basso, andando a stimolare il perineo e facendomi impazzire. Poi tornava sul clitoride, lo leccava sulla parte superiore, lo prendeva tra le labbra, ci giocava, poi ancora giù e ancora dentro, finché conobbi un'intensità di piacere che non avevo mai nemmeno immaginato prima, sebbene anche Charles fosse stato un amante eccezionale e molto premuroso. Venni potentemente e a lungo, mentre le contrazioni interne dell'orgasmo spingevano fuori abbondanti flutti di sangue. A quel punto anche Sonny gemette, deglutendo tutto il nettare del mio grembo e saziando così la sua sete.

Mi ritrovai assolutamente soddisfatta e stordita da quanto accaduto, mi sentivo confusa e febbricitante e non mi accorsi di quando Sonny si fosse spogliato. Ora era nudo di fronte a me. Aveva un fisico possente, ben strutturato con spalle massicce, ma non era muscoloso, anzi era magro, leggermente ricurvo, eppure splendido. Aveva sempre pensato che il cervello contasse di più dei muscoli e si era prodigato di più nelle attività

intellettuali piuttosto che in quelle fisiche.
Poi in un lampo, realizzai tutto il suo vigore. Il suo pene dritto e turgido mi fissava con impazienza. Reclamava qualcosa da me, era evidente, e lo pretendeva urgentemente.
<<Fallo anche tu per me. Poi ti sentirai meglio>>, mi rassicurò con voce roca e trattenuta.
E così, quasi senza rendermene conto, mi ritrovai in ginocchio di fronte a lui, avvolgendolo con il calore febbrile della mia bocca. Lui afferrò con entrambe le mani la mia nuca e i riccioli che la ricoprivano e guidò i movimenti della mia testa, scandendone il ritmo e l'intensità, spingendomi ad affondare sempre di più. La mia bocca era completamente invasa dal suo membro e dal gusto dolciastro e ferruginoso del sangue.
Fu in quel momento con Sonny che divenni veramente consapevole delle gioie della fellatio, di cosa significasse tenere in bocca un membro caldo, vivo e palpitante, esplorarlo con la lingua, assaporarlo, cingerlo con le labbra dalla base alla punta e ritorno. E' un atto di grande potere e fiducia, non di sottomissione come molti potrebbero pensare, e Sonny me li stava concedendo entrambi in abbondanza, rendendomi padrona assoluta di

quel suo momento di vulnerabilità. Anche i vampiri, rapiti dall'estasi dell'atto sessuale infatti, si annullano in quell'attimo, abbassano la guardia rimanendo senza difese e strategie e quindi esposti e in vari modi danneggiabili.
Il potere che assaporavo sulla punta della lingua mi esaltava, così come il suo ansimare e gemere crescente. Il suo pene, come anche la mia passione, continuava ad aumentare nella mia bocca; lo facevo scorrere veloce avanti e indietro, accarezzandone il tronco con la lingua, mentre la punta si insinuava nella profondità della gola. Poi trattenni tra le labbra solo il glande gonfio e lo sentii irrigidirsi ulteriormente e palpitare, finché Sonny smise di gemere, smise anche di respirare. Mi bloccò la testa con una mano in modo che non potessi allontanarmi e infine liberò tutto il suo portentoso, infinito orgasmo nella mia bocca.
Oddio! Un fiume irruppe e mi sentii annegare. Mi andò di traverso; bisogno di tossire, conati di vomito, urgenza di respirare. Ma Sonny non mi permetteva di indietreggiare, non mi dava tregua.
<<Bevi>>, mi ordinò perso nel suo piacere, <<ingoia l'eternità>>.
E quando, costretta, cominciai ad assaporare la

sua eiaculazione smisi di lottare. Amai all'istante quel rosso sapore, tanto dolce da rammentarmi il gusto del miele che una sola volta nella mia vita avevo assaggiato e adorato. Il sangue seminale del mio mentore aveva messo radici profonde in me. La sua opera di creazione era iniziata.

<<Lo ha fatto nel modo più passionale evitando il trauma di un morso!>> constatò Dennis, ammirato oserei dire.

<<Già. Non dirmi che stai cominciando ad apprezzare il mio creatore?>>

<<Naaaa, come potrei apprezzare uno che approfitta della debolezza di una donna?>> mentì.

Non lo avrebbe mai ammesso, ma nel profondo rispettava Sonny per essere stato in grado di raggiungere il suo obiettivo, mettendo però al primo posto il mio benessere.

Gli spiegai che per diversi giorni Sonny volle che lo scambio di sangue tra noi avvenisse attraverso il sesso orale. Quando il mio sangue mestruale cominciò a diminuire, Sonny incideva una vena sull'inguine o all'interno coscia vicinissimo alla vagina per continuare a darmi piacere mentre beveva. La quantità di sangue da lui eiaculata invece, era sufficiente

affinché il mio corpo cominciasse ad adattarsi e dopo i primi giorni infernali in cui esso manifestava i sintomi del rigetto, mi sentii più forte e desiderosa di averne dosi sempre maggiori.
<<Ecco perché non hai mai avuto problemi a fare l'amore con lui, il tuo corpo era già pronto e non più così umanamente fragile>>.
<<Esatto. Sonny pensò a tutto e mi preparò a dovere per ricevere l'impeto della sua passione>>.
<<Insomma avete fatto giorni e giorni di petting!>>
<<Sì, giorni bellissimi, di esplorazione ed esaltazione dei sensi. Giorni di ricerca ed esperimenti. Tutto era nuovo per me. In un certo senso era come se fossi ancora vergine e lui mi stesse insegnando l'arte di amare>>.
<<Posso dire che ha fatto un pessimo lavoro allora!>>
Lo aveva detto sul serio?
<<Come dici prego?>> Chiesi impallidendo.
Dennis continuava a toccarsi e il suo pene era semieretto.
<<Tra me e te a letto, sono io quello che sa più cose! Non mi fraintendere, tu sei bellissima, sexy e bravissima in ogni pratica erotica, ma sono io quello che comanda e che ti guida e tu

lo sai>>.
<<Ma cosa diavolo stai dicendo razza di presuntuoso? Tu fai quello che fai unicamente perché io te lo permetto!>> Aimè anche i vampiri hanno un ego e non amano essere punzecchiati proprio lì.
Aveva ragione.
<<Ohh ti ho ferita nell'orgoglio vero?>> Rise prendendomi in giro. <<Non te la prendere, non è colpa tua, sei stata un'allieva modello senza dubbio e Sonny, altrettanto senza dubbio, è stato il migliore, l'impareggiabile maestro, ma non c'è niente che tu ora, dall'alto della tua posizione possa insegnarmi in quanto a sesso!>>
<<Se il sesso con me ti annoia, possiamo finirla anche subito!>> Dennis ha sempre avuto il potere di farmi davvero irritare.
<<Ma non sto dicendo questo! Quello che voglio dire è che è una questione di ruoli>>. Sorrise. <<La donna vuole essere dominata, vuole abbandonarsi e affidarsi a mani esperte e lo può fare solo se il maschio fa l'uomo e si assume la responsabilità anche del piacere di lei. Per cui non importa quanti anni hai, quanta esperienza tu abbia fatto nella tua vita, quanto emancipata e forte sei, o se ogni giorno sei una dominatrice, a letto, ciò che vuoi, è che

il tuo uomo ti sovrasti, ti faccia sentire la sua potenza, ti faccia stare al tuo posto>>.
Vidi aumentare il flusso sanguigno nel pene che si irrigidì un po' di più, corteggiandomi nel tentativo di farsi perdonare.
Dennis diceva il vero. Tutto ciò che desideravo quando stavo con lui, era sentire il peso del suo corpo su di me e il suo vigore montare dentro me. Volevo sentirmi sopraffatta, senza più alcun controllo, pronta ad andare ovunque lui volesse condurmi.
Poi qualcosa cambiò. Lui smise di parlare e la sua espressione mutò, scivolando in un mood più riflessivo. Ma non stava pensando. Non vedevo immagini intorno a lui, nessuna proiezione mentale. Il cambiamento era intimo e riguardava le sue emissioni di energia. Il fuoco nella sua aura si affievolì e la sua luce divenne molto più delicata. Poi all'improvviso mi guardò dritto negli occhi.
<<Ti amo>> disse.
Il suo campo aurico tornò allora ad espandersi di una intensissima luce rosa.
Non stava pensando, stava sentendo.
L'amore incondizionato è bianco lo si vede nelle piante, negli animali, molto più raramente nell'uomo. L'innamoramento, l'amore verso un uomo o una donna, invece, è

di un brillante rosa shocking. Quando questa nuova luce andò a mescolarsi con l'abituale fuoco dell'aura di Dennis, conobbi l'autenticità del suo sentimento.

<<Vedi>>, continuò, <<io non potrò mai competere con il tuo creatore, lui ha poteri e conoscenze che io posso a malapena immaginare. E' immortale come lo sei tu e gli apparterrai per sempre, ma c'è una differenza fondamentale tra me e lui, che tu dovresti cominciare a considerare: io ti amo senza un perché, non per quello che rappresenti, ma l'essenza di te>>, mi rivelò mentre il suo bagliore si faceva accecante.

<<Dennis...>> mi sentivo esplodere d'amore per lui e volevo dimostraglielo, nonostante la mia coscienza ancora lottasse contro l'assurdità di questa relazione.

<<No no, lasciami finire. Il tuo creatore aveva una missione da compiere. Lui ti amava come ogni osservatore ama il proprio eletto ed è una cosa sacra ecc, ma quando io ti guardo, vedo una donna non un vampiro, una donna straordinaria, meravigliosa, quella che mi fa battere il cuore come nessun'altra prima d'ora, quella a cui desidero dedicarmi, non per studiarti o per vantarmi con gli amici, ma solo egoisticamente perché voglio essere felice e

insieme a te, sono assolutamente, totalmente felice. Non voglio niente da te Naomi, non voglio il tuo sangue, non voglio la tua fedeltà, non voglio la vita eterna, voglio solo amarti e essere amato. Sonny ti ha dato una nuova vita, io ti offro la pienezza delle emozioni, l'occasione di viverla veramente anziché rimanere nell'ombra ad osservare>>.
Non c'erano parole per descrivergli la felicità che mi aveva appena donato. Grazie a lui riscoprii la mia umanità e l'esaltazione di un cuore innamorato, un cuore che avevo dimenticato e trascurato per troppo tempo. Mi spogliai allora delle mie vesti di dea, per vestire i panni di una donna traboccante d'amore per il suo uomo e ansiosa di sentire nella carne la forza di quel sentimento. La nostra non sarebbe mai stata una storia normale, ma in ogni attimo, finché sarebbe durata, sarebbe stata unica e autentica.
Mi avvicinai e lo baciai completamente, senza riserve, senza risparmiare nulla, come una sposa alla sua prima notte di nozze. La passione ci travolse ancora, facemmo l'amore lentamente, votandoci l'uno all'altro, profondamente, vivendo ogni attimo, ogni bacio, ogni carezza. Conoscemmo nel ritmo cullante del nostro amplesso, la giustezza del

nostro essere insieme, la bellezza della nostra fusione e all'apice del nostro volo, una scintilla del nostro roseo e puro amore zampillò nel cosmo seminando la vita laddove si credeva deserto.

CAPITOLO 22

Il Mondo è un Vampiro

Inafferrabili,
incontrollabili,
precipitano gli eventi.

La grotta trema.

Qualcosa scuote la roccia sotto i nostri piedi e avanza indisturbato verso di noi. Come un martello pneumatico, spietato, batte incalzante il ritmo della nostra fine.

L'inarrestabile crescendo di questo strano terremoto fa traballare le pareti, cadere ciottoli e bloccare il nostro respiro.

In preda allo sconforto e al panico, guardandomi intorno, riesco solo a cogliere sprazzi della morte che verrà, e il macigno della colpa che pende sulla mia testa.

Se si trattasse di un fenomeno naturale, potremmo facilmente controllare la situazione, ma il tremore è iniziato circa un'ora fa e non si è mai placato. E evidente

ormai che gli umani stiano scavando il cuore della montagna per raggiungerci e annientarci proprio quando saremo sfiniti e più vulnerabili. Possibile che all'esterno nessuno dei nostri abbia ancora scoperto e debellato questo diabolico piano?
Il doppio scudo protettivo creato da Zakk ci avvolge, impedendo alla montagna di crollarci addosso, ma ci rende anche inaccessibili le menti dei nostri simili, vanificando ogni nostro tentativo di entrare in comunicazione con loro e di richiedere aiuto.
Come si sta evolvendo la battaglia? Sarà il destino del mondo già stato segnato? Non possiamo saperlo. L'unica cosa che possiamo fare nell'oscurità di questo rifugio, è resistere e sperare che esso non ceda, trasformandosi nella nostra tomba.
Qui, oltre all'ignoto pericolo proveniente dal sottosuolo, dobbiamo ora fronteggiare un nemico altrettanto minaccioso e addirittura più incombente: la sete.
Non vi sono più animali all'interno della grotta, da cui poter bere.
Zakk e Moris stanno unendo la loro energia mentale per mantenere saldo lo scudo, ma ormai il loro potere vacilla. Non si nutrono da giorni e entrambi hanno più volte donato a

me il loro sangue, per aiutarmi a superare una doglia e poi un'altra e un'altra ancora.

Sudano nello sforzo, e sprecano così gocce preziose del loro ultimo sangue.

Guardo Agnes, la mia fedele servitrice, che ha il compito di assistermi in questo parto impossibile. La sua pelle già matura, è resa più grinzosa dalla sete e gli occhi, seppur pieni di amore e devozione, appaiono più spenti. Continua ad accudirmi, asciugando il sudore dalla mia fronte, accarezzandomi nella vana speranza di dare sollievo al mio dolore, controllando minuto dopo minuto l'evolversi del travaglio. La dilatazione procede a rilento e il parto, aimè, rimane chiuso.

La sete mi dilania.

La gola, le labbra e le mani sono arse ed increspate, fatico a muoverle.

Sento aprirsi una voragine dentro di me.

<<Oh Agnes, il dolore si avvicina di nuovo. Non so se posso farcela, è tutto così difficile, è tutto così sbagliato...non so...>>

<<Suvvia bambina mia, fatti coraggio! La tua forza non ha eguali, certo che ce la farai. Respira profondamente e andrà tutto bene>>.

<<L'aria che respiro mi brucia la gola>> grido, <<come posso far nascere mio figlio in queste condizioni? E' tutto perduto!>>

Anche il dubbio mi tormenta ora. Davvero tutto questo sta accadendo per un motivo preciso e più grande delle nostre volontà? Qual è il disegno dietro tutto questo odio e questa disperazione? Dovrei saperlo. Come osservatore dovrei conoscere la verità. Che rimane ora di tutto il mio sapere, della mia magnificenza? Anche loro si stanno prosciugando velocemente, come accade al mio corpo.

Ho paura.

<<Devi bere ancora da me>>. Agnes mi offre nuovamente il suo polso.

<<No, siete tutti allo stremo delle forze, non posso>>. La mia voce angosciata muore nella dolorosa arsura della gola.

<<Oh Naomi, ascoltami. Zakk e Moris sono più importanti, loro, se resistono, possono portarti in salvo. Io invece non sono indispensabile. Sono solo una levatrice, ma credimi, ogni donna, quando arriva il momento, sa esattamente cosa deve fare. L'istinto la guida, come è sempre stato, per cui tuo figlio nascerà anche senza di me. Ora devi bere e devi farlo adesso!>>

Mi poggia il polso sulle labbra secche. La mia testa si agita continuando a dire no, ma l'odore del sangue sotto la sua pelle sottile acceca ogni

mia ragione. Si apre la mia bocca famelica, mi accingo ad addentare il groviglio di vene violacee, pregustando la meravigliosa colata di sangue ristoratore nella mia gola, ma ecco che qualcosa accade.
Un flash.
E il dolore scoppia nuovamente lancinante.
Urlo.
Rimango immobile, totalmente paralizzata dal dilaniarsi del mio corpo. Lo sento aprirsi con forza e la creatura farsi spazio e avvicinarsi a questo mondo.
Lo precede il suo sapere. Le sue immagini, il suo modo di comunicare, che ora espatria dai confini della mente per invadere il mondo fisico e rendersi visibile a tutti i presenti.
Capisco allora, che il mio bimbo è vivo, forte e molto vicino.
Il dolore è straziante, ma sono rincuorata e rinvigorisco.
I lampi di luce continuano e si moltiplicano. Ogni flash è uno scalpello che dà forma all'aria, finché davanti ai nostri occhi, appare qualcosa di sferico, poi cilindrico e si allunga, ancora e ancora. Una spirale che si avvolge su se stessa velocemente. Compare una punta all'estremità, l'arpione che ferisce la montagna, e ruota, ruota, sempre più vorticosamente.

Un'enorme trivella.
Di nuovo un flash. Questa volta molto più potente perché intriso di emotività.
Una densa miscela di polvere e fumo e detriti si scatena e con furia monta, fino a prendere quella terribile forma, il più osceno disegno concepito dall'uomo, che ora ricordo, il mio piccolo mi aveva già mostrato, senza che però io riuscissi a comprendere.
Il fungo atomico.
Tutti noi rimaniamo sconcertati, in muta osservazione, finché in un'unica onda cerebrale la verità si fa chiara e manifesta e più spaventosa di qualsiasi altra cosa ci stia al momento minacciando. La sete, la guerra, tutto si azzera, paragonato a questo indicibile orrore.
Il dolore con cui mio figlio sta caricando quest'immagine, non è soltanto il suo o il nostro, ma quello dell'intera umanità, memore o immemore di un nero passato che continua a ripetersi.
Il ritmico e ormai assordante martellare proveniente dalle viscere della montagna assume ora una forma e un motivo.
<<Mio Dio!>> esclama Moris, dando voce all'angoscia e alla disperazione insinuatesi nel nostro cuore. <<Non stanno aprendo un varco

per raggiungerci, ma un tunnel attraverso cui far passare un ordigno atomico!>>

<<A quello di certo non potremmo sopravvivere>>, afferma Zakk. <<Vogliono essere sicuri di ridurci in polvere e annientarci definitivamente>>.

<<Ma è assurdo! Una bomba atomica all'interno di una montagna? E'un suicidio! Non ci saranno effetti anche per loro?>> chiede Agnes.

<<Se hanno ben calibrato la potenza dell'ordigno, potrebbero far esplodere soltanto questa grotta o parte della montagna e la radioattività potrebbe rimanere sepolta qui insieme a noi>>, spiega Zakk. Ascolto i miei compagni e il dolore che monta dentro di me.

<<Stai descrivendo una misericordia che non appartiene al genere umano>>. Moris, nonostante i tormenti della sete e lo sforzo mentale cui è sottoposto, rimane il più lucido tra noi. <<Siamo tutti confinati su questa montagna. In un colpo solo hanno la possibilità di spazzarci via definitivamente e di vincere la guerra. Che importa se anche molti dei loro soldati ci rimetteranno la vita? Sono esseri imperfetti per i quali il fine giustifica sempre ogni mezzo>>.

<<Mmmmmm>>, mi lamento, arsa e sfinita.

<<Per l'amor del cielo, ci sarà pur qualcosa che possiamo fare per fermarli?>> domanda Agnes.

Riesco infine a trovare la forza di parlare: <<Nooo, è molto di più di questo!>> Non riesco a trattenere le lacrime, <<il carico emotivo di queste immagini è troppo denso. So ciò che accadrà perché mio figlio lo sa, lo sa come se lo avesse già vissuto. Sarà un disastro di immane portata che avrà effetti su scala planetaria. Sento il terrore del mondo intero, il dolore, la fame, la solitudine, la morte conseguenti questo gesto scellerato. Gli umani hanno effettuato calcoli e test imperfetti, poiché imperfetta è la loro mente, incapace di afferrare l'unione infinita e sottile tra tutte le cose esistenti sul pianeta. Non sono perciò in grado di individuare e controllare tutte le variabili e le reazioni a catena che si scateneranno una volta deflagrato l'ordigno. Non solo la montagna crollerà, ma una falda si aprirà in profondità, vicino al centro della terra, provocando un'onda sismica senza precedenti attraverso tutte le terre emerse. L'asse terrestre si sposterà con gravi conseguenze climatiche e le particelle radioattive liberate nell'atmosfera, bruceranno finché più nulla rimarrà. Il mondo che

conosciamo, non esiterà più>>.
Urlo di nuovo in preda ai dolori del travaglio.
<<Allora non c'è tempo da perdere>>, dice Moris, <<dobbiamo trovare il modo di metterci in contatto con Tristan e spiegargli la situazione. Aprendo un varco dall'altro lato del monte, alla nostra velocità, potremmo raggiungere la trivella e distruggerla, e rendere innocua la bomba>>.
In quel momento, la pelle tirata e disidratata sullo zigomo sinistro di Moris scoppia, aprendo una vistosa ferita. Lo sento fremere per il dolore e nello stesso istante, con sommo orrore, vedo una crepa farsi lentamente strada sulla superficie invisibile dello scudo protettivo di Zakk.
Lui barcolla, come se fosse stato colpito.
<<Dannazione!>> impreca.
<<Dobbiamo resistere, ce la possiamo fare!>> Moris cerca nuovamente un contatto mentale con il fratello, per calmarlo e dargli tutto il suo supporto, ignorando il fatto, ormai noto a tutti, che qualsiasi sforzo, non sarà mai abbastanza.
<<Non sprechiamo energie invano>> dico, <<non è compito nostro arrestare l'apocalisse, non avremo mai il tempo e i mezzi per farlo, perché credetemi, la sete ci ucciderà assai

prima>>.
Un mio nuovo grido di dolore sembra ferire il loro udito e ridestarli dal torpore della rassegnazione.
Moris tocca con la mano il taglio sanguinante sul suo viso e afferma: <<Naomi ha ragione. Dobbiamo bere>>.
<<E come? Non ci sono più animali qui dentro>>, chiede Agnes tastandomi il ventre.
<<Zakk, dobbiamo allentare lo scudo in modo da aprire un passaggio verso l'esterno, credi di potercela fare?>>
<<Ma che dici? Se allento lo scudo ci crollerà tutto addosso. Il peso della montagna è già pressoché insostenibile, se tolgo energia è la fine>>.
<<Lo so, lo so, ma è la nostra unica speranza. Concentrati, devi fare solo un minuscolo spostamento e lasciare libera una piccola porzione dell'antro della grotta>>.
<<Libera e quindi indifesa! Chiunque potrebbe entrare. Ma che cos'hai in mente? Comunque, tutto il sangue che c'è la fuori è imbevibile per noi. I soldati sono tutti vaccinati>>.
<<E' vero, ma appena uscirò, contatterò subito i nostri telepaticamente. Sapranno finalmente della situazione e si organizzeranno per porvi rimedio. Allo stesso tempo si disporranno in

difesa dell'ingresso lasciato esposto ed io, sperando di avere la meglio, catturerò e porterò qui degli umani, in modo che Naomi si possa nutrire a dovere e riacquistare tutte le forze di cui ha bisogno, per riuscire a smaterializzarsi o in qualche modo per mettersi in salvo>>.

<<E noi?>> chiede Zakk, come l'imputato che sta aspettando la sentenza di morte.

<<Zakk, noi abbiamo una missione>>. Moris si avvicina al fratello, gli mette una mano sulla spalla. <<La vita del creatore viene sempre prima di tutto. Null'altro è importante se non preservare la sua vita e quella della creatura che porta in grembo. Se il nostro destino è quello di perire tra questi monti, così sarà. In caso contrario, troveremo il modo di sopravvivere>>.

Zakk esita un attimo, poi, arrendendosi al suo destino afferma: <<Ma certo>>. Mi guarda e abbassa il capo, mostrandomi la sua piena lealtà e sottomissione.

<<Forse potremmo trovare il modo di distillare il sangue umano, purificarlo dalla contaminazione del vaccino in modo da poterlo bere senza pericolo>>, suggerisce Agnes con un filo di speranza nella voce.

<<No, non è fattibile Agnes. Credi che nessun

vampiro in questi lunghi anni assediati dal vaccino antimorso ci abbia mai pensato? Non si tratta di una miscela, non è possibile isolare i due tipi di sangue. Il corpo umano reagisce al nostro morso producendo anticorpi che rimangono poi costantemente in circolo nell'organismo, rendendolo per noi sempre letale. Non servirebbe una distillazione, ma piuttosto un antidoto, che però rimane ignoto alla nostra razza>>.

<<Allora è davvero finita>>, Agnes sussurra appena. Continua ad accarezzarmi e a lavare via il sudore dalla mia pelle. Nel dolore, i miei occhi agganciano i suoi e capisco che il pensiero di sapermi di nuovo forte e in salvo con la mia creatura, le dà il sollievo e la pace necessari ad affrontare la fine che si avvicina.

Sono impotente. I miei fedeli servitori stanno sacrificando la loro vita per me ed io non posso fare assolutamente nulla per salvarli. Chiedo al mio bambino di indicarmi una via, ma di nuovo mi mostra le tre sinistre croci sul Golgota. Un presagio di morte, forse di più, una certezza. Non si può sfuggire al proprio destino dopotutto. Una croce per ciascuno dei miei amici, ed io, in conformità al mio ruolo, non posso sottrarmi o in alcun modo intervenire. Posso solo rimanere in silenzio ad

osservare la vita che immolata, scivola via dai loro occhi.
Zakk e Moris si guardano, prendono gli ultimi accordi telepaticamente, poi lo scudo oscilla, e ad un sibilo simile a quello della corrente elettrica, fa seguito un'ondata di ossigeno, aria fresca. Il varco è stato aperto e Moris già non si vede più.
Immediatamente, dallo stesso passaggio, mi assalgono gli orrori della guerra: le urla, gli spari, la paura, l'odore di sangue che mi fa impazzire. Sento la pelle ritrarsi ulteriormente, tormentata dalla sete, le zanne allungarsi fino a ferire il labbro inferiore, gli occhi dilatati e liquidi, spiritati, che ora vedono il solo colore rosso.
Nello stesso istante mi invadono anche tutti i pensieri dei vampiri in battaglia e d'istinto la mia mente si connette con quella degli altri osservatori sul campo.
In seguito alla Grande Creazione, il nostro numero sulla terra è aumentato da nove a quindici. Gli ultimi nati però, deficitarii di una istruzione che richiederebbe diversi anni per essere completata, sono ancora troppo vulnerabili ed inesperti per comandare proprie milizie di vampiri comuni come accade invece per gli anziani. Solo sei degli

osservatori in campo, elargiscono ordini e hanno disposto il rispettivo corpo bellico, costituito principalmente dai propri figli nel sangue, a ventaglio attorno all'antro della grotta. I novizi da me creati, invece, sono equamente distribuiti tra le sei diverse formazioni.

Combattono come leoni, usando tutte le armi che la soprannaturalità ha donato loro.

Per loro volere, impera un vento gelido che scaglia lame di ghiaccio addosso agli avversari. La tormenta rende impossibile agli umani l'attacco aereo e difficile avanzare a terra. Essi si muovono in formazione, cercando riparo dal quale posizionare le loro armi avvelenate. L'ordine dato loro è sparare sempre e comunque senza sosta, poiché i vampiri si spostano ad una velocità troppo elevata per poter essere presi di mira, e riescono troppo facilmente a raggiungere gli avversari e a disarmarli.

Così, nonostante i doni straordinari che la natura ci ha dato, a centinaia vedo cadere i vampiri dell'ultima generazione, troppo giovani ed ineruditi per sapere come schivare uno o più proiettili.

I vampiri più anziani invece e gli osservatori godono di molti più vantaggi. Le ferite si

rimarginano velocemente, la forza del pensiero costringe armi nemiche ad incepparsi e soldati ad arrendersi. In una guerra in cui è a rischio la sopravvivenza di un'intera specie, non ci può essere spazio per la pietà, e tutti i prigionieri, se non impiegati come riserva di cibo, vengono giustiziati.
Tuttavia, gli umani sanno come contrattaccare: mine antivampiro sono sparse ovunque sul campo di battaglia.
Alcuni di noi hanno la capacità di levitare o di volare, altri devono costantemente affinare i sensi e l'istinto per non caderne vittima, ma spesso, tutto ciò non è sufficiente. Le armi degli umani sono sofisticatissime, progettate per innescarsi ad ogni minimo spostamento d'aria, anche a distanza di diversi metri.
Sebbene il gelo della tormenta mi raggiunga sul mio giaciglio all'interno della grotta, nulla può fermare il grondare della mia pelle all'intensificarsi del dolore e si confondono, ora, le mie urla con quelle dei morenti.
Nel caos della battaglia, i fratelli non sembrano preoccuparsi del pericolo nucleare che ci minaccia. Mi giunge però una consolante informazione: qualcuno sta già provvedendo.
Tristan?
La sua mente è assente, rifugge la connessione

con tutti gli osservatori. All'alba della battaglia ha impartito ordini agli schieramenti e, scannerizzata la montagna, è partito per la sua personale e solitaria crociata, sciogliendo ogni legame mentale con i suoi simili. Perché questa scelta, quando è molto più sicuro e facile rimanere tutti in contatto come se fossimo un unico immenso organismo pensante? Qual è il suo piano? Perché tanta segretezza? Per tutti noi, la fede in lui va molto aldilà della comprensione del suo pensiero, ma di questi tempi, la mia fede, come questa grotta, continua a tremare.

Poi d'un tratto la mia mente tormentata viene catapultata sul versante est della montagna.

Appartato su una radura, Samael, l'israelita, uno degli osservatori più antichi e scienziato della nostra comunità, trasmette immagini delle varie tipologie di bombe nucleari e detonatori. La bomba sarà lanciata da un computer a grande velocità attraverso il tunnel appena scavato. Se i vampiri incaricati di fermare questo scempio non riusciranno, per una qualsiasi ragione, ad arrestarne la corsa con la forza del pensiero, sarà lui a guidare la loro mano al disinnesco dell'ordigno. Il tutto si dovrà compiere in pochi secondi.

All'improvviso si leva un canto basico dalla profondità della foresta. Esso non è udibile all'orecchio umano, ma sovrasta le voci, i pianti e le urla. Moris sta intonando una preghiera, un'invocazione d'aiuto, un reverenziale richiamo al sacrificio, cui solo creature pure, gli animali, possono rispondere. Grazie al loro sangue, non soltanto io, ma anche Agnes, Zakk e lui stesso potranno dissetarsi e dunque accumulare energie sufficienti a riorganizzare la resistenza, forse una fuga.
Anche Samael ode il canto di Moris. Egli intravede l'alba attraverso le maestose ed intricate corna di un anziano cervo, emerso dalla fitta boscaglia per rispondere alla chiamata del mio fedele servitore, e nel compiacersi di scorgere ancora tanta bellezza in mezzo ai più indicibili orrori, all'improvviso, senza alcun preavviso, il petto gli esplode, trafitto da qualcuno che vigliaccamente o astutamente ha voluto colpirlo alle spalle.
I raggi del sole nascente si riflettono sul sangue sgorgante dal suo torace aperto. Il suo cuore plurimillenario, a pezzi, cade dissacrato sull'erba fresca del mattino.
Il cervo prosegue il suo cammino.

Nei trecento anni della mia vita, non ho mai assistito alla dipartita di un osservatore. Gli osservatori di solito non soccombono a morti violente, ma decidono liberamente, quando è il loro momento, di lasciare il corpo e passare alla dimensione celeste. In questo modo, la loro energia si disperde lentamente e i rimanenti fratelli, avendo il tempo di reintegrarla, non soffrono tale distacco, né il salasso nelle loro vene, dovuto all'evanescenza di quella percentuale di sangue condiviso con chi ha abbandonato la vita terrena.
Ma Samael è una vittima della guerra, è stato tradito e la sua tragica morte, più di quella di migliaia e migliaia di altri, tra umani e vampiri, ricade sulla mia coscienza.
Allo spaccarsi del suo cuore, rintocca anche per noi l'ora della morte.
Tutti gli osservatori dentro e fuori il campo di battaglia, sono atterrati da un devastante collasso cardiaco. La pressione sanguigna precipita, il cuore batte colpi a vuoto e per me, persino i dolori del parto si affievoliscono, sbiadendo come il colorito della mia pelle, passato da un bronzo ramato ad uno spaventoso rosa ambrato.
Vedo con gli occhi della mente i miei fratelli piegarsi, venir meno sotto il peso della perdita

tanto innaturale ed incommensurabile di una maestosità come Samael. Egli possedeva il dono unico tra tutti gli osservatori mai esistiti, della micro e della maxi estensione. Poteva rimpicciolire o ingrandire all'infinito, avendo così modo di studiare in tempo reale, ogni reazione chimica, ogni processo biologico nel microcosmo o reazione astronomica nel macrocosmo, ragion per cui la nostra razza è altamente evoluta e conosce da secoli molte verità scientifiche che la mente umana deve ancora arrivare anche solo a concepire.
Perdere Samael significa perdere il sapere che verrà, tutto ciò che lui non ha fatto in tempo a scoprire e di cui noi di conseguenza rimarremo per sempre all'oscuro; significa arrestare l'evoluzione del nostro mondo.
Tale consapevolezza è troppo insopportabile.
Il respiro si fa affannoso, un rantolo...stop.
Muoio

<<HHHHHHHHHHHHHAAA>>
L'aria rientra nei polmoni.
<<Bambina, bambina coraggio, è passato!>>
Agnes smette di schiaffeggiarmi.
Sono cosciente.
Il dolore mi assale di nuovo, più vivo, più potente e urlo ancora e ancora.

Il cedimento degli osservatori si propaga come un'onda d'urto investendo i vampiri comuni in base alle linee di sangue.

Impotente assisto alla presa d'assalto degli umani che approfittano della nostra debolezza, del venir meno dei nostri poteri e prendono il sopravvento, massacrandoci.

Corpi di vampiro dilaniati si perdono a vista d'occhio sulle pendici del monte fino all'orizzonte.

Il manto erboso è completamente intriso del nostro sacro sangue e lì, inginocchiato, col volto tremante perso tra i grondanti fiori di campo, vedo Tristan.

Il sangue delle sue lacrime affrante di sconfitta, si tramuta in argento vivo, scintillante d'ira alla luce del sole.

La sua mente è ora aperta, in comunicazione con noi superstiti e fa paura.

Prima che l'apertura dello scudo possa essere violata dai nemici, Moris fa ritorno alla grotta, con gli occhi sbarrati pieni di sgomento per quanto accaduto in soli pochi secondi e quanto ancora è imminente.

Porta con sé un prigioniero umano e lo seguono due enormi cervi dagli onorevoli palchi.

Fa poi il suo ingresso un'aquila reale, fiera,

padrona.
Gli animali si dispongono al centro del nostro cerchio e chinano la testa in segno di sottomissione al sacrificio. L'umano invece, comprendendo il suo destino, si dispera e piange, ma la sete accecante e la furia verso il genere umano, istillataci dal nostro patriarca, non lascia scampo alcuno allo sventurato.
Moris lo costringe ad inginocchiarsi di fronte a me e a chinarsi finché l'arteria centrale della sua gola è completamente esposta e vicinissima alle mie labbra aride.
Mi cibo di lui in un lampo, come una belva, come la belva che ero stata per il padre di Ruby, facendo bene attenzione stavolta a non sprecare una singola goccia di sangue.
Rifiorisco alla piena forma fisica, il dolore, seppur acuto, diviene più sopportabile e mentre osservo i miei compagni bere dagli animali offertisi, mi si rivela in tutto il suo orrore, il piano di Tristan.
<<Il mondo è un vampiro!>> egli annuncia.
Una visione si affaccia alle nostre menti turbate: il pianeta Terra giace nella sua mano. Oscurato il sole, solo la luce argentea della sua ragione illuminerà il globo e proliferera.
Si leva acuto il suo urlo di guerra. Stridente e graffiante corrode gli umani timpani

propagandosi per centinaia di chilometri in ogni punto cardinale.
Poi inizia la sua marcia attraverso i cadaveri, le mine antivampiro e le pallottole vaganti. Nulla può fermarlo. Al suo passaggio cadono gli umani privi di vita, come le api dopo la prima puntura e avanza, incontrastato verso i potenti della terra, destinati inesorabilmente a cadere in suo potere e a ubbidirgli.
Arresta per un istante il suo incedere solo per volgere lo sguardo verso la grotta. Uno sguardo dedicato a me soltanto, che trapassa incurante il grande masso che abbiamo pocanzi posto di fronte all'ingresso, e anche il potente scudo protettivo che Zakk, rinvigorito, ha provveduto a chiudere e rinforzare.
E allora sussulto e mi dimeno tra il dolore e il terrore, cercando disperatamente un modo per impedire che il futuro da lui mostratomi si realizzi: a suo fianco, sul trono del mondo, siederà mio figlio, e prima che i suoi occhi possano riconoscermi, Tristan, l'Eterno verrà a reclamarlo.

CAPITOLO 23

Testimoni del Tempo

<<Il sorgere del sole è sempre preceduto dall'ora più buia, mia eletta>>.
Sfiorandomi appena il mento, Sonny alzò delicatamente verso di sé il mio viso intriso di lacrime. Egli conosceva il mio cuore così come ogni mio pensiero e proprio per questo consideravo crudele il suo persistente rifiuto di rendere completa la nostra unione anche sul piano fisico. Amava forse vedermi soffrire e languire per lui?

Qualsiasi spiegazione filosofica egli mi desse, qualsiasi rassicurazione che ciò che bramavo sarebbe presto accaduto non era mai abbastanza per calmare il mio desiderio e la mia rabbia. Avevo bisogno di lui, di sentire il suo corpo nel mio, di un appagamento reale, concreto, di una dimostrazione pratica del suo amore per me, eppure lui, che continuamente declamava i suoi profondi sentimenti per me, continuava ad ignorare il mio tormento e a negarmi la pace.

Comprendo ora come egli avesse cercato di preparami anche agli eventi odierni: esiste un momento esatto per ogni cosa e la tal cosa diviene assolutamente inevitabile in quel preciso momento.

Ma l'essere umano non comprende nulla al di là dei propri bisogni quando questi ardono e offuscano la sua mente razionale, per cui non potei accettare quel suo ennesimo stoicismo, così come oggi, pur essendo un essere sovrannaturale dotato di una coscienza superiore, non posso accettare la mia impotenza dinanzi al volere di Tristan, l'Eterno, che ancora una volta interferisce per portarmi via tutto il mio senso, tutto ciò per cui sono finora vissuta.

Follia sì, solo un folle rema contro vento; solo una madre lotta per la vita che ha generato, anche quando sa che è perfettamente inutile.

<<Tu mi prendi in giro!>>
Accecata dalla frustrazione, scacciai violentemente la mano di Sonny dal mio viso e mi alzai di scatto dal letto, allontanandomi da lui, inutilmente sperando di sfuggire al suo

potere.

<<Godi nel vedermi soffrire, è così?>> continuai, <<ti senti un dio perché puoi disporre di me come vuoi. Non sono altro che il tuo giocattolo!>>

La mia voce fremeva e d'un tratto mi ritrovai grondante di sudore.

<<TI ODIO!>> urlai con tutta la forza che avevo e scoppiai in un pianto dirotto.

Lui mi guardava con compassione, mi si avvicinò e mi prese tra le braccia. Lottai per scacciarlo, ma invano, dunque continuai con le mie blasfemie, nel tentativo di ferirlo in qualche modo e farlo soffrire come stavo soffrendo io.

<<Non avrei mai dovuto lasciare Charles! Lui mi ha amata davvero, rimanendo magari avrei potuto riconquistarlo e comunque gli stavo a cuore, non mi avrebbe mai negato nulla!>>

Con la solita voce calma e profonda Sonny rispose: <<Charles ti ha lasciata per un'altra, il suo cuore non batte più per te. Non c'è più posto da lui per te>>.

<<NOOOOO, bugiardo, bastardo! E' stata tutta colpa tua, tu ti sei messo in mezzo, l'hai soggiogato per allontanarlo da me!>> Deliravo ormai.

Un tremore convulso si impossessò

all'improvviso del mio corpo. Qualcosa non andava, la mia testa pulsava paurosamente, come se le vene vi dovessero scoppiare da un momento all'altro.

Lui mi strinse un po' di più e mi accarezzò la schiena e la testa.

<<Mia prediletta, lo sai anche tu che il mio potere può controllare la mente, ma non il cuore. Il cuore è assolutamente ingovernabile, esso non mente mai e dice sempre chiaramente a noi osservatori chi è degno del nostro dono e chi no. Non ho operato alcuna magia per separarti da lui, perché lui appartiene a questo mondo, mentre tu appartieni al mio già da prima di nascere>>.

Il tremore era aumentato al punto che non riuscivo più a parlare. I miei occhi disperati gli chiedevano aiuto.

<<Calmati adesso>>, disse, <<il tuo corpo sta reagendo alle trasfusioni che abbiamo effettuato finora, tentando di rigettare il mio sangue. Andrà tutto bene, te lo prometto, ma devi calmarti e riposare adesso>>.

Ricordo di averlo visto alzare una mano sul mio viso e con essa arrivò lo sfinimento e un sonno profondo.

Stavamo ancora percorrendo le vaste pianure del West verso nessuna meta specifica, o almeno nessuna che Sonny volesse rivelarmi. Mi dava pochissime informazioni, soltanto lo stretto necessario alla mia formazione.

Era particolarmente interessato a luoghi bui come le miniere, i canyons o le formazioni rocciose di qualsiasi tipo e soprattutto le loro grotte naturali, per cui sapevo che ci stavamo pian piano spostando verso gli stati centrali e che qui avremmo probabilmente sostato più a lungo.

Quando ripresi conoscenza, diverso tempo dopo, non riconobbi la stanza che ci ospitava, come spesso accadeva. Sonny approfittava dei miei momenti di incoscienza per effettuare gli spostamenti più lunghi.

Lo vidi sdraiato accanto a me, intento a guardarmi. I suoi occhi erano di un dorato intenso, bellissimi e luminosi come i gioielli ostentati dalle ricche signore, che avevo sempre ammirato da lontano.

<<Come ti senti?>> mi chiese.

<<Meglio, ma sento dolori in tutto il corpo>>.

Nel vedere la sua bellezza, non mi sentivo più tanto arrabbiata. Lui risplendeva di un'armonia che commuove e ora che la burrasca delle mie emozioni era passata, pensai che fosse una benedizione che una tale creatura fosse stesa lì con me, tanto vicina alla mia anima. Mi prese forte il desiderio di affidarmi completamente a lui e di non preoccuparmi più se tutto il mio corpo stava ardendo a causa della febbre del rigetto. Però una parte recondita di me ancora lottava.

<<Come fai a sapere sempre, senza alcun dubbio, cosa è meglio per me? Non sono forse io stessa, con il mio libero arbitrio, l'unica che dovrebbe decidere, che dovrebbe sapere cosa è giusto e cosa è sbagliato per se stessa?>>

<<Certo, tu puoi decidere ciò che è giusto e ciò che è sbagliato per te e nessuno mai dovrebbe importi la sua volontà perché sei una persona libera. Sei libera di provare, vincere o sbagliare, per poi rialzarti e ricominciare e così facendo acquisisci sempre maggior esperienza e maturi nelle tue scelte. Tuttavia, esiste un bene supremo che difficilmente arriverai a comprendere nella tua umanità, poiché la tua coscienza è limitata e non libera come credi. Questa che ti sto enunciando, mia diletta, è una legge universale, e anche quando sarai un vampiro a tutti gli effetti e la tua coscienza si eleverà, potrebbe divenire necessario affidarti a qualcuno di superiore, qualcuno i cui disegni potrebbero apparirti distorti, turpi, incomprensibili e persino folli, ma che ti

condurrà alla verità e a quel bene supremo cui tutti auspichiamo>>.

<<Vuoi dire che nemmeno quando sarò un vampiro conoscerò il bene supremo e avrò sempre bisogno della tua guida?>>

<<Tutti noi, umani, osservatori e vampiri comuni avremo bisogno di una guida. Il mondo sta andando incontro ad una grande trasformazione. Passato e futuro si congiungeranno e tutto sarà come deve essere>>.

Ancora una volta Sonny stava esulando dalla conversazione e parlava di cose che non riuscivo a capire.

<<E come sarà possibile riconoscere le intenzioni di questa guida? E se non agisse in nome di un bene supremo ma solo per vili scopi personali?>>

Lo guardai negli occhi e poi abbassai lo sguardo perché in cuor mio, avendo passato tanto tempo con lui, non credevo a quanto stavo per dire, ma la mia mente razionale, inquisitoria e diffidente, mi imponeva di dare voce a tali pensieri: <<e se tu mi avessi ingannato? Se non mi volessi trasformare ma tenermi solamente come la tua personale riserva di sangue? Dopotutto, adesso sto male, magari sono già condannata e tu potresti

lasciarmi qui sola a morire>>.
La mia voce andò affievolendosi nel pronunciare le ultime parole e mi vergognai anche solo di averle pensate.
Ma Sonny non ne fu colpito.
<<Ciò di cui tu parli, si chiama fede Naomi. Non avremo altra scelta se non credere che il male di oggi sarà il bene di domani. Ma ora per te, la situazione non è ancora così complicata. Tu puoi effettivamente scegliere, per cui quando ti sentirai meglio, se iltuo corpo reclamerà ancora un maschio, puoi uscire a cercarlo e ti assicuro che ne troverai molti disponibili a soddisfarti>>.
Così dicendo, si alzò dal letto e uscì dalla stanza, lasciandomi febbricitante e di nuovo in lacrime, sola, forse a morire.
Mi ripresi un paio di giorni dopo, quando Sonny ebbe reciso per me il suo polso, offrendomi ancora il suo sangue da bere. Il sapore era mielato, buonissimo e ricordo che ad ogni sorso, il mio intero corpo si rinfrescava e rinvigoriva. Non avrei più voluto lasciarlo andare, ma ad un tratto, sentii la ferita nella sua pelle chiudersi contro la mia bocca e più nessuna goccia di sangue vi uscì. Ritornai in me dopo quell'estasi pronta a ridargli quanto gli avevo preso.

Lo scambio di sangue tra noi avveniva quasi esclusivamente attraverso il sesso orale. Non accadeva tutti i giorni, ma la frequenza dei nostri incontri intimi era aumentata di recente, e ogni volta, il rito dell'amore, anche se mai completo, sembrava predominante rispetto al rito della nutrizione, perciò io attendevo ormai con dissennata trepidazione quel momento.
Ma in quell'occasione, egli preferì punirmi, non reclamando quanto gli spettava di diritto, ma alzando i tacchi e andandosene senza dire una parola.

Mi vestii velocemente e gli corsi appresso, ma l'oscurità e l'aria fresca lo avevano già inghiottito.

Mi guardai intorno e alla fioca luce della luna d'argento che sembrava stranamente vicina quella sera, potei scorgere solo campi d'erba vellutata e alte cime innevate.

Un cartello poco distante, mi disse che ci trovavamo nella Bitterroot Valley, Montana. Alloggiavamo in quella che sembrava essere la baracca di un pastore, con un giaciglio, un focolare, un tavolo e il silenzio a farci compagnia, così spesso, da poterlo quasi toccare.

Quell'assenza di suoni, di vita era talmente

incombente che ad un tratto ebbi paura, come quella notte ormai lontana nella palude, quando la nebbia si poggiò sulla mia pelle lasciandovi argentee striature.
Corsi ancora più giù per il pendio oscuro, inseguendo una minuscola luce visibile in lontananza e percorrendo il sentiero, mi accorsi di come quel posto fosse in realtà un cantiere a cielo aperto. Altre baracche divennero distinguibili sotto i raggi della luna. Un po' ovunque erano sparsi attrezzi da lavoro: pale, martelli e picconi e impalcature a ridosso della fiancata di una montagna.
Finalmente udii delle voci provenire da una delle baracche, ma quando inciampai su un grumo di catene e una frusta, capii che si trattava forse di un campo di prigionia, in cui i detenuti ai lavori forzati, erano costretti a scavare quella che mi sembrava una miniera.
Perché mai Sonny mi aveva portata in un posto simile? Avvertivo il pericolo intorno a me, se qualcuno di quegli uomini si fosse accorto della presenza di una donna, per giunta di colore in quel posto dimenticato da Dio, che ne sarebbe stato di me?
Sonny aveva detto che potevo uscire a cercare un uomo se volevo e che ne avrei trovati molti...

Mi si chiuse la gola e fui presa da un grande senso di nausea.
Era questo che voleva per me? Era questo il suo amore per me?
Mi misi a correre per tornare al nostro rifugio e chiudere tutto quel sinistro mondo fuori dalla porta, nella speranza che il sole sorgesse presto, poi ad un tratto udii la voce di una donna.
Non stava parlando, ma piuttosto mugugnando, sospirando, quasi godendo e seguendo quei rumori ad un tratto lo vidi: lui, Sonny, il mio creatore, teneva tra le braccia una donna pellerossa, con i seni scoperti, traballanti mentre lui vi affondava i suoi canini e avidamente beveva.
Lui alzò lo sguardo e incrociò il mio e in quell'istante non vidi bellezza, ma la fierezza di un predatore che aveva sopraffatto la sua preda e la doppiezza del traditore che aveva spezzato il mio cuore.
Non potei sostenere quella diabolica visione. Scappai via, caddi, vomitai e finalmente giunsi al rifugio, dove rimasi come inebetita, sola e abbandonata, fino al sorgere del sole.

Sonny apparve quando il primo raggio di luce invase la modesta stanza. Non riuscii a decifrare la sua espressione, non mi era possibile mettere ben a fuoco il suo viso tra le lacrime che ancora imperlavano i miei occhi, mi accorsi però del suo bagliore e del suo magnetismo.

Avrei voluto ribellarmi, urlare, insultarlo, picchiarlo, chiedergli perché, ma nulla di tutto questo mi era possibile: una forza mi serrava la gola e mi spingeva verso di lui.

Può un'anima sentirsi più sopraffatta? Le ferite più profonde ci sono sempre inflitte da chi amiamo maggiormente e spesso una vita non basta per comprendere, accettare e perdonare.

La presa di Sonny su di me non si allentò fino a quando giungemmo all'interno di una delle tante grotte che circondavano quella vallata.

Il sole non era ancora tanto forte da illuminare l'intero antro, tuttavia, pur nella semioscurità, sapevo che quella porzione di roccia era intatta e non ancora stata scavata e sezionata dall'uomo. Sentivo molto distintamente, infatti, la voce gracchiante del granito, anche se la mia mente, distratta dal suo dolore, rifiutava ogni conscia connessione con l'ambiente e con qualsiasi lezione il mio dissoluto creatore avesse ora da impartirmi.

L'aria fredda e la palpabile umidità mi fecero

rabbrividire, ma Sonny mi prese la mano e aumentando la sua luminosità, mi trasmise il tepore del suo cuore. Mi sentii subito bene e in nulla mancante, ma comunque gli chiesi: <<perché?>>
<<Essere indissolubilmente legati, come siamo noi, non significa possedersi a vicenda. Tu misuri il tuo amore per me in base al tuo bisogno di avermi accanto, o dentro, o al fatto che tra tanti scegli me e pretendi che io faccia lo stesso. In verità ti dico, che ciò che tu provi non è amore, ma vanità, ego, mero possesso>>.
<<Come puoi parlarmi in questo modo? Io ti amo, lo sai che farei qualsiasi cosa per te e lo sto facendo! Ubbidisco ad ogni tuo ordine, imparo tutto ciò che mi dici, ti seguo ovunque, ma non capisco che bisogno c'era di trattarmi in questo modo, di farmi tanto soffrire, quando bastava che mi parlassi e che semplicemente mi spiegassi le tue motivazioni e dove stavo sbagliando!>>

<<L'avrei fatto, se avesse potuto servire a farti capire cos'è l'amore del quale tu vai blaterando, ma questa è una lezione che soltanto con l'esperienza puoi apprendere. Il concetto in sé non ti avrebbe aiutato, anzi avrebbe creato ancor più divisione e confusione dentro di te. Tu ora soffri perché

hai scoperto che l'oggetto del tuo desiderio, colui di cui hai bisogno, non è di tua esclusiva proprietà. Stai mettendo in discussione me e la mia onestà, ma soprattutto te stessa, la tua integrità, perché stanotte ho amato un'altra e se è successo deve essere, come tu stessa hai appena detto, perché hai fatto qualcosa di sbagliato, o peggio, perché sei sbagliata>>.

Lo guardai nei suoi occhi dorati e amorevoli, nonostante la brutalità delle sue parole e di come aveva detto di aver amato un'altra, e non potei frenare lo sgorgare di nuove lacrime sul mio viso.

<<Devi renderti conto>>, continuò, <<che non puoi amare veramente finché il tuo sentimento è condizionato. Ciò che tu provi ora, non è ancora amore, ma solo un'infatuazione, un innamoramento, che dipende dal bisogno che hai di me, ma amare davvero, significa essere liberi e lasciare che la persona amata sia a sua volta libera, in modo che entrambi, senza ostacolarci, ma al contrario, liberamente supportandoci a vicenda, possiamo realizzare l'idea più elevata di noi stessi e divenire ciò che di migliore possiamo essere.

Ricorda che tutti siamo su questa terra per liberarci dalle catene che imprigionano

l'anima e le impediscono di realizzarsi, tu più di chiunque altro, dal momento che sei nata fisicamente costretta dalle catene. Il tuo è un processo di emancipazione radicale che è iniziato con la liberazione del corpo e la conquistata libertà di muoverti nel mondo. Ma molto più serrati e profondi sono i condizionamenti mentali, emotivi e morali che ti portano ora questa sofferenza. Quando anch'essi saranno sciolti, sarai pronta per essere un osservatore>>.
<<Questa notte, ti ho visto nutrirti di quella donna e trarre piacere dal suo corpo, non era questo un bisogno fisico che tu avevi? L'hai lasciata libera di decidere se voleva darti il suo sangue? Non credo che per quanto affascinante tu sia, le donne ti offrirebbero la vena così facilmente, avrebbero paura di te, come l'ho avuta io la prima volta che ti ho visto! Come puoi dire di averla amata? L'hai solo usata!>>
Pronunciai queste parole con tanto disprezzo da scioccare me stessa, al contrario, ancora una volta, Sonny non sembrava particolarmente colpito.
<<Il tempo ti aiuterà a comprendere le mie parole>>, disse, <<dovrai riflettere molto su questo: amore significa libertà, la libertà è la

dote per eccellenza di un osservatore, dunque l'amore è la nostra essenza. Non avrei potuto non amare quella donna la scorsa notte, pur volendo. Si è trattato comunque di un mutuo scambio, non ho preso nulla da lei che non abbia restituito. Le ho dato tutto me stesso e lei ora è molto più felice di quanto non losia mai stata, perché ha conosciuto l'amore. In futuro capirai meglio, che così agendo, ho compiuto il massimo bene per lei e anche per te>>.
Il mio orgoglio femminile venne frustato da quelle parole e dovetti iniziare a contemplare l'idea che pur stando insieme, sia lui che io probabilmente, avremmo amato anche altre, forse tante altre persone. Tutti i campanelli di allarme dentro di me cominciarono a suonare, tutte le catene dell'etica e dell'educazione che avevo sempre ricevuto, cominciarono a stringermi il cuore, finché esso sembrò fermarsi. E Sonny riprese a parlare: <<questo non è soltanto un insegnamento sull'amore, ma anche e soprattutto sulla solitudine, poiché noi dobbiamo amare indipendentemente dall'avere o meno un compagno. Io non rimarrò con te per sempre, nonostante l'autenticità del nostro legame. Di fatto, diventare un osservatore significa abbracciare

la solitudine. Quella che sto per rivelarti è un'altra delle verità universali che instillerà al momento solo un eco nel tuo animo. Un giorno ne farai esperienza e solo allora riuscirai a catturare il suono e a farne tua melodia>>.

Noi osservatori siamo l'oceano, il deserto,
il silenzio del monte e persino il cielo stellato:
immutabili, inasservibili, spesso invisibili.
Siamo la solitudine di tutto il creato:
incomprensibili, intoccabili, inesperibili.
Eppure giorno verrà, che i tuoi giovani occhi, ora accecati,
si abitueranno alla luce,
poiché sole è la solitudine, non tenebra;
in essa si forgia il pensiero e plasmano le mani
la vita in opera d'arte.
Noi osservatori, siamo testimoni del tempo
e della coscienza del mondo
e mia Diletta, asciugheranno le tue lacrime, perché
non v'è Alba in qualunque universo
che non ti appartenga.

E fu allora che Sonny divenne il sole. Tendendo il braccio destro ad indicare le pareti che ci circondavano, aumentò la sua luminescenza e la grotta d'un tratto, prese vita

esplodendo in una miriade di forme e colori preziosi.
Non ho mai più visto nulla di più bello in vita mia: un tempio di gemme vive che irradiavano ogni sfumatura di giallo, arancio, verde e viola. Il mio udito ormai sensibilissimo, coglieva la loro lenta e faticosa crescita, il loro graffiante emergere dalla roccia. Esse mi parlavano attraverso il loro scricchiolio e osservandole estasiata sotto la luce magica di Sonny, potevo scorgere l'invisibile allungamento dei cristalli dalla base di granito. Così gli elementi realizzavano il massimo potenziale della loro natura.
Compresi il motivo per cui Sonny mi aveva condotta in quel posto e sfumò dalla mia mente ogni destabilizzante pensiero, poiché tutto il mio intimo spazio era ora colmato da assoluta grazia e bellezza.
I minerali, le presenze più antiche della terra, sono gli autentici testimoni del tempo.
I minerali in quella grotta cantavano per me verità sotterranee e la loro voce si incastonò nel mio animo forse anche più di quella del mio creatore.
<<Quarzi>>, precisò Sonny, <<sono i diretti discendenti dell'unione dei quattro elementi basici: terra, acqua, fuoco e aria, che hai già

conosciuto. Essi conservano la memoria della creazione, ecco perché noi osservatori, in quanto creatori, possediamo una particolare affinità con i minerali e gli elementi chimici naturali presenti sulla terra. Durante la trasformazione, quando il sangue umano soccombe a quello del vampiro, si accentua la secrezione nel corpo di tali elementi, i quali si combineranno nell'esatta misura da comporre il minerale cui si è più affini. La presenza di queste formazioni nel nostro nuovo corpo, definisce la nostra personalità di vampiro, oltre ad ogni nostra caratteristica fisica e psichica, dal colore degli occhi, allo sviluppo dei nostri particolari poteri>>.

<<Il tuo elemento è l'oro? L'oro ti ha dato il potere di trasformarti in qualsiasi cosa tu voglia?>>

<<Esatto. Oltre alla luminosità che da sempre ha fatto sì che questo metallo fosse associato al sole, l'oro è un eccellente conduttore di calore ed è estremamente duttile e malleabile. Per trasformarmi non devo fare altro che aumentare il calore del mio corpo, in modo tale che l'oro in esso circolante fonda e acquisisca insieme alle mie ossa, la forma che la mia mente comanda. Oltre alla volontà di bruciare, le emozioni sono per noi fonte di

calore fisico e sono dunque sempre il motore della manifestazione delle nostre peculiari abilità. Quando siamo attraversati da tali scariche emotive, l'elemento o il cristallo che dà colorazione e consistenza ai nostri occhi si liquefa, e le nostre orbite oculari divengono argini, incapaci di trattenere l'esondazione della nostra anima>>.
<<Sì, ho visto molte volte l'oro colare dai tuoi occhi. E' forse la cosa più mostruosa e al tempo stesso più spettacolare della nostra anatomia. Ma io? Che pietra sarò?>>
<<Lo saprò soltanto quando il tuo corpo sarà pronto a transitare. Anche se comincio ad avere qualche intuizione>>.
Un angolo profondo, più scuro e freddo rispetto all'abitacolo della grotta, dove il sole non arrivava mai con i suoi raggi, attirò la mia attenzione. Quella porzione di roccia chiamava distintamente il mio nome. Mi avvicinai e cominciai a sentire una forza che mi attirava, simile a quella di Sonny quando mi aveva obbligato a seguirlo in quel posto. Un grosso magnete, pensai. Mi trovai di fronte ad una roccia nera di forma cilindrica. Sembrava guardarmi direttamente negli occhi con la sua testa sferica. Allungai una mano, perché così essa mi ordinò. Al tocco, la roccia mi inviò la

sua vibrazione che mi attraversò completamente in ogni cellula del mio corpo. Potei distintamente sentire ogni atomo dentro di me caricarsi di quel potere.
Poi all'improvvisò, la vibrazione cessò e la roccia si ruppe. Ritirai la mano spaventata di aver provocato un danno irreparabile, ma poi la vidi e caddi come in trance.
Il geode spezzatosi era rivestito all'interno di piccoli cristalli di colore viola intenso. Pensai alla lavanda e al benessere provato nel posare lo sguardo sulle delicate violacee crespe mosse dal vento, ma nulla era di fatto equiparabile al sublime splendore di quelle gemme custodite nel cuore della montagna, che solo per me, in quel preciso istante, si era rivelato, offrendomi il suo tesoro e accogliendomi come il grembo materno accoglie la nuova vita in esso germinata.
Sentii Sonny sorridere alle mie spalle.
Al tramonto, ci trovammo nuovamente al rifugio.
Lentamente, mentre i suoi occhi d'oro colanti scavavano nei miei, Sonny mi spogliò completamente perché era giunta infine l'ora di un nuovo scambio di sangue tra noi.
Si spogliò a sua volta e intrecciando i nostri corpi ci adagiammo sul letto.

Era sempre molto generoso in tenerezze, ma non mancava mai di farmi percepire il suo potere. Mi baciava prendendomi il viso tra le mani, un gesto di possesso e al contempo di protezione, che mi infiammava, ma, lo sapevo bene, anche di supremazia e clemenza. Onorava il mio corpo, facendolo fremere sempre al limite tra piacere e dolore. Era il re degli equilibri.
Ma quella notte fu diversa.
Baciandogli il petto, provai un istinto irrefrenabile di mordergli un capezzolo. Lo avevo fatto altre volte sapendo che per quanta energia ci mettessi, la sua pelle non si scalfiva e lui non provava mai alcun dolore. Inaspettatamente però, la bocca mi si riempì del familiare sapore mielato del suo sangue e lui trasalì. Non lo avevo mai sentito così eccitato e fremente. Scesi allora con la testa verso il basso perché il gusto del suo sangue aveva acceso in me una sete incontrollabile che dovevo lenire immediatamente per non impazzire. Non avevo mai avuto tanta sete di lui e mi ricordai di quando mi aveva spiegato che il suo sangue sarebbe divenuto a poco a poco il mio unico sostentamento e che a quel punto la mia dipendenza da lui sarebbe stata totale.

Ma non mi permise di proseguire. Mi fece scivolare sotto di lui, mentre io, presa dal panico per il suo rifiuto di concedermi quanto desideravo tanto ardentemente, cercavo con tutte le forze di scalciare e ribellarmi al peso del suo corpo su di me. Mi tenne ferma la testa e iniziai a gridare. Non capivo, sentivo un fuoco dentro di me, ed ebbi la sensazione di diventare completamente liquida. Ero in ebollizione e quando sentii un fluido denso colarmi tra le gambe, temetti che le viscere si fossero squagliate al mio interno. Gli occhi bruciavano e lacrime pesanti cadevano sul mio viso. Poi li spalancai e tra riflessi rossi e viola, vidi il viso di Sonny preso dall'estasi, allargarsi nel più bel sorriso che mi avesse mai dedicato. <<Ametista>> sussurrò, prima di entrare in me e pompare il suo piacere sovrannaturale nel mio grembo, finché giunse il suo rosso seme di creatore ad incidere nella mia carne l'assoluta esperienza dell'unione.

Morii nella definitiva chiarezza dell'amore del creatore e della veridicità di ogni sua parola.

Poi, nella felicità del totale appagamento, si adeguò il mio cuore alla lentezza del tempo e rinacqui, d'amore creata.

CAPITOLO 24

Comunione di Sangue

Dalla notte della mia creazione, ogni cosa apparve ai miei occhi nella sua forma più semplice.
Una casa non era più una normale casa, ma una combinazione di solide figure geometriche, piene di luce e colori; ponti e strade, nulla più di lunghe linee di congiunzione tra due punti altrimenti isolati, mentre alberi e persone snellivano fino ad assumere l'aspetto di ossute croci, fisse a terra o ambulanti.
Da subito, non riconoscendo il mondo come ero sempre stata abituata a vederlo, mi spaventai, ma Sonny, che sembrava finalmente non custodire più alcun segreto per me, mi spiegò con molta parsimonia il processo di semplificazione in atto nel mio corpo e nella mia mente.
<<Mia prediletta, il tuo organismo si sta ora

adeguando alla geometria basica della Terra. Ogni cosa e ogni essere che qui sorge e respira si erge sulla semplicità, ma si manifesta complicato di sovrastrutture. Transitando dalla condizione umana a quella vampirica, andiamo via via perdendo le nostre sovrastrutture, poiché la coscienza di noi stessi e della vita si innalza e le nostre percezioni si affinano. Dal momento in cui il nostro cuore inizia a pompare sangue di vampiro in tutto il corpo e nessun altro liquido rimane in noi circolante, noi abbiamo coscienza della nostra natura e gli occhi fisici così come ogni altro senso, non sono più l'unica finestra sul mondo. Vediamo allora l'essenza delle cose, la loro forma basica, la loro struttura elementare, ma oltre a questo, osserviamo ciò che è nelle cose, la loro essenza vitale, la loro energia. E' esattamente così che noi creatori conosciamo le persone e le scegliamo per seguirci, qualora il loro nucleo vibri sufficientemente in sintonia con il nostro>>.

Da allora, il mio amore per la vita fu totale, poiché io divenni parte del tutto, e tutto divenne parte di me. La mia mente andava costantemente semplificando forme, suoni, parole, finché mi apparve palese il legame intrinseco esistente tra tutte le cose e le

creature della Terra e capii che agendo su me stessa, sul mio corpo, sui miei pensieri, sui miei atteggiamenti, avrei potuto da quel momento in avanti, provocare di riflesso, reazioni su altre situazioni o persone e oggetti, portandoli ad una modifica del loro status quo, ad un cambiamento.
Un assolato pomeriggio di primavera, quando il sole ritorna a far sentire il suo vigore e penetra con forza ogni superficie su cui si posa, io e il mio creatore continuavamo indisturbati a vivere il nostro idillio in un campo fiorito, con l'erba alta a proteggere la nostra sovrannaturale intimità e il cinguettio degli uccelli sopra di noi.
L'orgasmo era vicino, lo sentivo in ogni fibra del mio essere, infinitamente più intenso di quando ero umana. Insieme a me, la terra fremeva, come se tutti gli elementi sotto di noi fossero sul punto di esplodere e di manifestare tutta la loro magnificenza. Sentivo le loro voci cantare sempre più forte, finché anche il mio grido si unì al loro coro e mi parve di sciogliermi al centro della terra.
Quando ritornai in me, Sonny mi rivolse uno dei suoi splendidi sorrisi e mi aiutò ad alzarmi.
<<Osserva amore mio>> mi disse, con le labbra imporporate del mio sangue.

All'improvviso, sulla collina si era fatta piena estate. La quantità di fiori sbocciati era tale da ricoprire l'intero manto erboso, un tappeto dalla trama fittissima e dagli incredibili sgargianti colori ci sosteneva; anche gli alberi avevano preso vita, intensificando il loro profumo e animandosi di gemme e frutti. Una brezza poi si levò scuotendo l'erba e le fronde e subito dopo un inaspettato sciame di farfalle degli stessi colori dell'arcobaleno si alzò in volo, emozionandomi tanto che pesanti gocce di ametista sgorgarono dai mie occhi, depositandosi sul terreno dove solidificarono in pietre preziose.
<<Che cosa è accaduto?>> chiesi al mio bellissimo creatore.
<<La terra è esplosa di vita insieme a noi: i boccioli si sono aperti; i fiori deflagrati in frutti e le crisalidi, emerse dal bozzolo, si sono alzate in volo. La nostra energia sessuale è penetrata nel ventre di madre terra che ha risposto in assonanza rimandandoci la stessa forza creatrice. Così, tutto ciò che era in itinere è giunto a compimento, esattamente come la nostra unione è giunta al suo culmine più perfetto>>.
I giorni e i mesi passarono, immersi nell'amore più totale. Ero completamente

aperta, esposta al mondo e al mio creatore, docile e pronta a ricevere qualsiasi dono e qualsiasi insegnamento. Ero come una spugna su cui Sonny riversava tutto il suo sapere.

Viaggiavamo molto, generalmente non sostavamo nello stesso posto per più di due mesi. Mi spiegò tutto del mondo fisico e metafisico, e di come sviluppare l'energia psichica. Passavamo moltissime ore della giornata ad allenare le onde cerebrali, in modo che potessi in ogni momento percepirle e piegarle al mio volere. Imparai così a spostare oggetti con il pensiero e a modificare le condizioni ambientali e atmosferiche. Appresi come leggere la mente delle persone e come comunicare telepaticamente con i miei simili.

Con questo passaggio in particolare, ogni mia incertezza nel realizzare l'unione con il tutto venne spazzata via e compresi il significato profondo della condivisione.

Dal momento in cui i miei occhi si schiusero alla luce soprannaturale, la mia testa iniziò a ronzare. Inizialmente era un leggero brusio di sottofondo che accompagnava la naturale vibrazione degli elementi e di tutte le creature viventi, ma più respiravo la nuova vita, più questo rumore si faceva intenso fino a diventare assordante.

Sonny affermava che la mia metamorfosi non era ancora totalmente conclusa e che tutto stava procedendo nel migliore dei modi. Continuava quindi ad impartire le sue lezioni, ma vi erano dei momenti in cui la mia testa sembrava sul punto di scoppiare.
Ad un certo punto, non capii il motivo, ma sembrò volermi punire. Da due notti mi negava il contatto fisico e dunque anche il suo sangue, che ormai era il mio unico nutrimento.
La terza notte lo seguii nei suoi vagabondaggi. Era evidente che aveva deciso di sfamarsi altrove, tra altre braccia.
Non fu difficile trovarlo, l'odore della sua eccitazione si spandeva per tutta la prateria, penetrando i miei sensi e facendo esplodere il fuoco della sete nella mia gola. Vidi la pelle bianchissima di una ragazza risplendere sotto la luna. Avvicinandomi notai che aveva lunghi e lisci capelli biondi, era nuda dalla vita in su ed era ormai in pieno potere del mio creatore. Mentre la baciava lui mi guardava e mi fece cenno con una mano di avvicinarmi. I suoi occhi grondavano oro, niente avrebbe potuto farlo desistere dal suo intento ormai, nemmeno una mia supplica.
Le mie labbra erano secche per la sete, sotto i

miei occhi erano ormai evidenti degli aloni scuri e il rimbombo nella mia testa diventava sempre più insopportabile.
<<Devi nutrirti>> mi disse Sonny, <<avvicinati e bevi insieme a me, mia diletta>>.
Fui sconvolta da quell'invito. La sola idea di nutrirmi di un essere umano mi faceva stare male.
Rifiutai energicamente, scuotendo la testa da una parte all'altra.
<<Berrò da te>> risposi.
<<No, amore mio. Non avrai più nemmeno una goccia del mio sangue>>. La notizia mi gettò nel panico. Sapevo che prima o poi sarei dovuta essere indipendente da lui, ma era troppo, troppo presto, non ero pronta.
<<Non puoi rifiutarti a me! Tu mi hai resa così, non puoi di punto in bianco prendere una decisione del genere senza neanche consultarmi! Lo dovremmo stabilire insieme quando sarà il momento e di certo adesso non lo è!>>
La ragazza continuava a baciarlo sul collo, laddove io avrei affondato i miei denti.
<<La tua trasformazione non sarà completa finché non imparerai a prendere il sangue dagli umani. Loro sono il nostro sostentamento, non dimenticarlo mai!>>

Sentii le lacrime riempirmi gli occhi. Scossi di nuovo la testa, non potevo, non quella notte, nonostante la sete mi stesse torturando.
Sonny posò dolcemente una mano sulla nuca della ragazza, che gemeva, ansiosa di placare il suo desiderio. Le fece piegare la testa, esponendo la vena blu sul suo candido collo e molto lentamente vi spinse i canini dentro, facendo sgorgare un sangue, particolarmente aromatico e nuovo alle mie narici. Tutti i mie sensi erano in allerta. Sonny continuava a gustarsi il pasto e a invitarmi con lo sguardo, ma io semplicemente non potevo, non quella notte.
Corsi via e non trovai sollievo dalla sete per molte notti ancora.
Il mio creatore insisteva affinché cedessi al mio istinto, cosicché la mia trasformazione potesse essere completata e a tale scopo, mi aggirai innumerevoli volte per i villaggi che popolavano la prateria del Kansas, ogni volta riproponendomi di fare ciò che andava fatto per lenire il fuoco che mi dilaniava la gola, per sopravvivere, ma al momento di agire, il peso della mia coscienza mi bloccava.
<<Non ti devi preoccupare>>, mi rassicurava Sonny, <<io sarò al tuo fianco per impedirti di andare oltre; come ben sai, la vita per noi è

sacra. Ti insegnerò a controllare il tuo appetito e a prendere da ogni persona solo una piccola quantità di sangue, ma tu devi lasciarti andare, non lottare contro te stessa!>>
Sì, i vampiri osservatori non erano mostri assassini. Essi necessitavano di sangue per sostenersi, ma la vita umana veniva prima di ogni cosa e andava preservata, per questo la sete veniva placata abbeverandosi a varie sorgenti. Sapevo bene che accettare il nutrimento da una vena umana sarebbe stato per me come un battesimo, la totale accettazione della mia natura di vampiro, la definitiva rinascita a nuova vita, tuttavia il pensiero di lacerare con i denti una carne viva e pulsante e di lasciare che la mia bocca si riempisse di vermiglio sangue ancora frizzante, mi disgustava e ogni volta, fallivo.
Ma ormai la sete mi paralizzava, non riuscivo più nemmeno a ragionare; il mio cervello, costantemente assillato da quel rumore perforante, si stava disidratando come il mio corpo, screpolato, grinzoso e ovunque dolorante. Come poteva Sonny lasciarmi soffrire in quel modo? Negarmi la beatitudine del suo sangue, che per suo stesso volere era divenuto la mia unica fonte di sostentamento?
Un pomeriggio come tanti, accecata dal

risentimento, mi destai dal sonno profondo. Immediatamente il dolore provocato dalla disidratazione in ogni parte del mio corpo, mi assalì e seppi che non potevo più procrastinare, il mio cuore non avrebbe retto un altro giorno senza la sua linfa. Mi alzai e decisi che mi sarei inoltrata nei boschi. Il sangue animale non mi avrebbe ridato pieno vigore, ma mi avrebbe permesso di sopravvivere, o così almeno speravo.
Si era alzato il vento quando uscii dal nostro rifugio. Vivevamo isolati, ma non troppo distanti dal villaggio. Qualche miglio ci separava dal centro abitato dai coloni, una piccola comunità in crescita, all'interno della quale, il sangue di inglesi, spagnoli e nativi si mescolava e duplicava velocemente perdendo la propria purezza, cosicché nuove generazioni meticce iniziarono a popolare quella terra desolata.
Pur attraverso l'assordante rumore che ormai attanagliava costantemente il mio cervello, potevo sentire il loro vociare. Vi era fermento nel villaggio, preoccupazione: la situazione politica, l'espansione della colonia, le guerre, le tasse, obbedienza alla corona...La comunità era in subbuglio e più essa si agitava, più l'odore del sangue nuovo mi raggiungeva. Il mio

stomaco si contorse, i miei occhi sporsero dalle orbite e il dolore che provavo in tutto il corpo si acutizzò. Poi colsi un pensiero nel marasma di tutte quelle onde cerebrali, una mente che andava controcorrente, una intelligenza dissenziente che creava scenari futuri diversi attorno ad un concetto che mi affascinò: indipendenza.
Chi mai poteva concepire un ideale così elevato e potente? Come mi aveva insegnato Sonny, mi agganciai a quella frequenza e mi lasciai invadere dalle immagini, fragranze ed emozioni provenienti dalla mente di un giovane uomo, la cui passione politica era tanto forte, da poter condizionare da lì a breve, l'intera comunità. Vidi il suo passato e il suo futuro e il mio cuore si arrestò quando riconobbi l'impronta del suo pensiero, l'origine del suo fervore. L'immagine si scolpì nitida nella mia mente: Boston, Harvard University, Conferenza sui Diritti Umani e Colonialismo, relatore Professor Charles B. Sinclair.
Il mio Charles, il mio grande ed unico amore umano: il volto ancora bello e disteso; due piccole rughe al lato degli occhi che si accentuavano ad ogni sorriso, conferendogli un'aria più matura e saggia; la pelle

abbronzata; occhi intensi e accesi del fuoco della libertà che sempre lo aveva animato e il suo disarmante e accecante sorriso, che ancora una volta mi fece tremare. Non so cosa accadde in me, ma come colsi la sua immagine nella mente di quel suo giovane allievo, il desiderio di averlo ancora tra le mie braccia divenne l'unica urgenza, l'unica verità e certezza di quell'istante, l'unica cosa reale, come se tutto il mio essere non concepisse altro che l'essere a lui congiunto. Non vi era più spazio o tempo a dividerci, io lo volevo e il desiderio di lui, la sete di lui, era la sola realtà che conoscevo e stringevo a me in quell'attimo.

La mia vista passò dal viola ametista, al rosso sangue, a luce pura. Non sentii più la pesantezza del corpo, né il dolore che lo aveva tormentato negli ultimi giorni, nulla aveva più consistenza. Divenni energia, una forza senziente che in una frazione di millesimo di nanosecondo si elevò nell'etere e rimbalzando sui quattro elementi della natura acquisiva così tanta velocità da essere in ogni momento, in ogni luogo. Io volevo però essere in un unico luogo: a Boston, tra le braccia di Charles.

Come se lo avesse sempre fatto, spontaneamente il mio corpo ricominciò ad

addensarsi, a riacquistare sempre più peso, fino a riprendere forma in un giardino fiorito di una grande casa rossa, con rifiniture ed infissi bianchi. Di fronte a me, un tavolo rotondo in ferro battuto, su cui erano ben riposti alcuni giornali, mentre sparsi ovunque, c'erano pennelli, tavolozze e tele. Alzai lo sguardo sulla grande veranda lattea che collegava il giardino alla biblioteca della casa e letteralmente mi accesi, perché sentivo già il suo odore e sapevo che Charles stava dirigendosi inconsapevole proprio verso di me. Il mio corpo non era più debole e grinzoso, la pelle liscia e bronzea emanava una luce calda e avvolgente, gli occhi viola scintillavano, i canini affilati si intravedevano dalle mie labbra socchiuse e pur nella mia soprannaturalità, sapevo di non essere mai stata più bella di allora.
Charles arrivò, ma prima ancora di entrare in giardino, si arrestò, accecato da tanta luce. Si coprì gli occhi con una mano, poi mi mise a fuoco e incredulo, totalmente confuso mi guardò attentamente.
<<Tu...>> disse infine.
<<Charles, amore mio!>>
La mia voce era totalmente diversa da come lui se la ricordava. Non sapeva che lo stavo

ammaliando, che stavo usando quel tono specifico che riduce gli umani alla nostra obbedienza, proprio lui, che viveva invece per la libertà e l'indipendenza, proprio lui, che mi aveva in tutto e per tutto resa libera.

<<Sei davvero tu? Da dove arrivi? Mio Dio! Sei...sei...bellissima!>>

Stava lottando con se stesso. Per quanto fosse sorpreso e al tempo stesso felice di vedermi, capiva che in me qualcosa non andava, che non ero più la fanciulla che aveva amato, eppure provava una attrazione irrefrenabile. Aprii le braccia e lo invitai a me. I suoi piedi si mossero al mio comando e quando egli non riuscì ad arrestare il suo passo, si spaventò.

<<Chi sei tu?>> mi chiese avanzando suo malgrado verso di me.

Arrivò a un palmo da me e l'averlo così vicino mi fece perdere ogni controllo.

La mia mente gli ordinò di baciarmi appassionatamente e non potendosi rifiutare lo fece, nonostante le mie zanne lo spaventassero e gli ferissero ripetutamente labbra e lingua. Quando il suo sangue si riversò nella mia bocca andai in estasi; la mia sete finalmente trovava appagamento, ma ciò che accadde in realtà andava molto oltre la mia ancora limitata comprensione. Come la mia gola iniziò a rigenerarsi e con essa ogni cellula del mio corpo, tutto l'assillante rumore nella mia testa si placò fino a diventare un allegro vociare. Rimasi in ascolto mentre continuavo a bearmi nel bacio di sangue che passava la vita da Charles a me. Non conoscevo quelle persone, non sapevo perché si trovassero nella mia testa e non avrei nemmeno mai immaginato che i pensieri avessero un netto e distinto timbro di voce. Ne distinguevo almeno una decina, eppure non parlavano, non emettevano parole riconoscibili, non mi stavano dicendo nulla, poi mi accorsi che più profondamente baciavo Charles, più il suo sangue scorreva dentro di me, più mi sentivo felice e appagata e lo stesso quegl'individui nella mia mente. Non mi parlavano, ma erano con me in comunicazione, di più, in comunione, poiché compresi che provavano esattamente ciò che io provavo, la stessa euforia, lo stesso senso di completezza e come me, ma soprattutto con me, rinascevano ad ogni sorso. E seppi allora che erano miei simili, vampiri osservatori, e che per l'eternità non sarei mai più stata sola.

In un impeto d'amore abbracciai più forte Charles, incurante di qualcosa che si spezzava sotto le mie mani, e lo baciai ancora più profondamente. Strappai la sua camicia, totalmente in preda al desiderio fisico di lui, poi all'improvviso, una voce femminile che giungeva dall'interno della casa mi fece raggelare. Mentre lui, non potendo fare altro, continuava a baciarmi, lei, Evelyn, la sua compagna, chiamandolo, arrivò in giardino e vedendo la scena cominciò ad urlare e corse nella nostra direzione.

Lui, udendola, cercò invano di staccarsi da me, nell'intento di ribellarsi al mio volere, ma una parte di lui godeva di quella costrizione, sentivo che provava anche uno strano, perverso piacere nell'atto di possedere una creatura come me, un qualcosa che era esistito sempre solo nei suoi sogni e che poi trovava una dimensione materiale nei suoi dipinti. Sapevo che era sempre stato un uomo di grande intuito e sensibilità, ma non avevo mai compreso quanto il suo intimo sentire fosse vicino all'ultraterreno. Tale consapevolezza mi eccitò ulteriormente e fui presa dalla folle e convulsa idea di renderlo il mio compagno nell'oltrevita, in modo da poter stare per sempre insieme. A quel pensiero, il coro festoso nella mia testa si spense di colpo, nessuno era felice e condivideva questo piano e capii allora che si trattava di un categorico no. Mi innervosii. Nella mia smania di onnipotenza, con la vita di quell'uomo per me tanto importante tra le braccia, mi sentivo Dio, invincibile e nel pieno diritto di soddisfare ogni mio desiderio, per cui perché mai avrei dovuto accettare che qualcun altro decidesse per me?

Nel frattempo, Evelyn, la stessa donna per la quale Charles mi aveva lasciata, tanti anni prima, si stava pericolosamente avvicinando a noi, così prima che giungesse, alzai una mano e la bloccai sul posto. Non poté più muoversi, ma solo rimanere a guardare con occhi sbarrati quanto accadeva tra me e il suo Charles.

Solo allora concessi alle nostre bocche di staccarsi. Lo spogliai nudo e vidi con immensa soddisfazione il suo desiderio per me. Le sue mani cominciarono a cercarmi, a desiderarmi, a spogliarmi. Mi inginocchiai e presi in bocca il suo piacere perché era troppo urgente il bisogno di sentire nuovamente il suo sapore. I mie denti lo ferivano ovunque si posassero ed io godevo ogni volta che il suo sangue si mescolava allo sperma. Consumammo più volte, ancora e ancora, mentre la povera Evelyn rimaneva disperatamente a guardare, con occhi spalancati e sanguinanti poiché avevo impedito alle sue palpebre di chiudersi e idratarli. E così non mi accorsi che forzando Charles a ripetuti coiti e innumerevoli morsi, anche lui si stava consumando. Era smunto, inerme, probabilmente con più di qualche osso spezzato e infine aveva perso conoscenza. Rinsavii, mi ricordai chi ero, chi era lui e l'amore e il rispetto che in passato c'erano stati tra noi. E mi sentii abominevole, una bestia, una mantide, impotente a rimediare a ciò che avevo fatto. Era questo il mio castigo? Assistere alla morte di chi più mi aveva amata in vita mia?

Poi apparve Sonny e come lo vidi capii che anche lui era stato sempre nella mia testa insieme agli altri, aveva vissuto tutto insieme a me, ma a differenza dei fratelli, era rimasto sempre in disparte, in osservazione, giudicando il mio comportamento e di conseguenza l'esito del suo lavoro su di me. Anche lui era sotto esame.

Disperata mi gettai tra le sue braccia chiedendogli perdono e aiuto per Charles.

<<Shhhhhh>> mi zittì, depositandomi un tenero bacio sulla fronte, <<fisicamente non vi è alcun danno irreparabile, le adeguate cure mediche lo riporteranno in perfetta salute. Charles è un'anima grande, ha molto ancora

da dare all'umanità. Sarà immortale molto più di quanto lo siamo noi, poiché le sue gesta diverranno leggenda ed egli vivrà nella memoria del mondo che verrà>>.
Mi insegnò allora a rimuovere i ricordi dell'accaduto dalla sua mente e da quella della povera Evelyn, cosicché potessero riprendere la loro vita senza traumi e prosperare.
Non rividi più Charles, ma negli anni seguii nell'ombra la sua carriera politica e accademica. Fu sempre un fermo sostenitore dei diritti umani e dell'uguaglianza tra tutti gli uomini. Infiammò le folle e si batté sempre per i suoi ideali, ispirando molti degli uomini di potere che successivamente, segnarono la storia d'America. Su diversi suoi scritti furono modellati la Dichiarazione di Indipendenza degli Stati Federati e molti anni dopo, il XV emendamento che abolì la schiavitù in questo paese.

Più tardi, sul delta del fiume Mystic, con il ruggire dell'Atlantico alle nostre spalle, Sonny vide la mortificazione nei miei occhi per quanto era accaduto e per aver scoperto un lato di me che mi spaventava profondamente.
<<La tua costernazione redime te da colpa e me da te>>.

Sgranai gli occhi, non capivo ciò che diceva, rifiutavo di capire.
<<Quando l'allievo tarda a manifestare il proprio dono naturale>>, continuò, <<occorre forzarlo a qualcosa di estremo, affinché entri in una condizione emotiva tale, da poter accedere a tutte quelle facoltà mentali e fisiche che ancora non conosce e non ha usato. Solo l'istinto lo guiderà in queste circostanze.
Tu sei un osservatore straordinario Naomi! Ho sempre saputo, che il tuo elemento era l'aria e che saresti stata tra noi la più veloce, ma oggi mi inchino a te, perché persino le mie infallibili aspettative sono state superate. Sei libertà assoluta, non hai confini di spazio e di tempo, puoi essere in ogni momento in qualsiasi luogo e ciò ti rende, non solo tra i vampiri, ma tra tutti gli osservatori, che come me oggi sono stati cerebralmente testimoni di tanta grandezza, di gran lunga la più preziosa, per ragioni che non è mio compito rivelarti>>.
Disse tutto questo con estrema riverenza e davvero si inginocchiò di fronte a me.
<<Mio creatore, che fai? Per favore alzati, non sono degna di tutto ciò, oggi ho quasi tolto la vita ad un uomo...>>
<<Il quasi fa tutta la differenza. Ogni osservatore deve conoscere la morte per

comprendere appieno la vita. Il fatto che tu ti sia fermata in tempo, che la tua coscienza, messa in disparte dall'istinto del predatore, pur per noi tanto importante, abbia avuto il sopravvento, indica che sai discernere. Hai assimilato il sangue umano, ne conosci ora il valore e il tuo amore per l'umanità da adesso in avanti è assoluto. Sei matura per poter andare nel mondo e insegnare a tua volta ad altri eletti, sul cui capo arde la fiamma della creazione. Ci sono molte lezioni ancora da apprendere, ma sarà la vita da osservatore ad insegnartele. Tutti quanti noi continuiamo a formarci, ogni giorno, ogni anno, ogni secolo. Tu quest'oggi, mi hai insegnato ad andare oltre ciò che posso concepire, ad esempio, a non limitare il mio addestramento a ciò che do per scontato, perché l'eletto può ancora e sempre stupirmi. E quando ciò accade, quando l'allievo insegna al maestro, quest'ultimo ha concluso il suo lavoro e deve riprendere la sua strada, alla ricerca di qualcun'altro, di altrettanto straordinario, da poter forgiare>>.

Si alzò e mi sorrise. Io impallidii, non poteva essere vero, non poteva lasciarmi, non riuscivo nemmeno a concepire una vita, una eternità intera senza di lui. Eppure la sua mente sorvolava già lidi lontani.

<<Ma è troppo presto>>, dissi singhiozzando, quando sapevo che ormai i nostri destini erano separati, <<non so niente di come fare ad insegnare ad altri, come anche solo capire che siano quelli giusti...e...tutto l'amore che c'è tra di noi? Non conta più adesso? Davvero vuoi andartene?>>

<<Saprai cosa fare al momento giusto. Ricorda che madre natura ti guida sempre, in ogni circostanza, puoi chiedere agli elementi e avrai sempre risposta. Inoltre, non scordare che noi osservatori siamo tutti costantemente connessi, in perenne comunicazione, per cui puoi ricevere aiuto o consiglio da chiunque di noi. Per quel che riguarda noi due, l'amore è proprio tutto ciò che conta. Siamo per sempre indissolubili, Naomi, una cosa sola. Prendiamo ora strade diverse, per continuare la nostra crescita, ma io sarò sempre in te come tu sarai sempre in me>>.

E mentre tra le lacrime lo guardavo brillare, entrò nell'acqua gelida del fiume. I suoi cari contorni piano piano si dissolsero e assunte le sembianze di un arzillo pesce dorato, senza esitazione, senza guardare indietro, puntò l'oceano e tra i flutti sparì, lasciandomi per sempre in balia di me stessa.

CAPITOLO 25

L'Alfa e l'Omega

Quando l'eco della mia voce senza tempo, nella stanza si placò, facendo cadere nuovamente il silenzio sulla storia della mia vita che non avrebbe mai dovuto essere ascoltata da orecchio umano, Dennis, nel letto accanto a me, cercò inutilmente di nascondere un sospiro di sollievo. Lo allietava il fatto che non avrebbe più sentito parlare di Sonny, inghiottito dalle acque dell'Atlantico e mai più riapparso nel mio cammino.

Mi guardò negli occhi, quello sguardo vero e profondo, che ti attraversa e scova l'anima, uno sguardo che è amore puro, senza promesse e stranamente senza desiderio, uno sguardo di accoglienza, compassione e bruciante verità. La giada dei suoi occhi si sciolse nell'ametista dei miei; un suo lieve sorriso, la sua mano destra levatasi a sfiorare dolcemente il mio viso, per poi perdersi tra i mie capelli corvini e attirarmi a sé, cosicché anche le nostre labbra potessero castamente unirsi a sugellare un sentimento assolutamente nuovo che entrambi non comprendevamo totalmente.

Quel bacio, così candido e perfetto, mi toccò tanto in profondità per quell'amore assoluto che rivelava, che violacee lacrime di commozione caddero dai miei occhi e bagnarono i nostri visi.

Fu così che ci unimmo in matrimonio.

Da quel momento in poi, ebbi la consapevolezza che saremmo appartenuti l'uno all'altra.

Saremmo sempre stati diversi e divisi, io una specie, lui un'altra; non avremmo passato l'eternità insieme, il suo corpo, che invecchiava molto più velocemente del mio, sarebbe svanito un giorno; non avrebbe compreso tutte le mie decisioni ed azioni, poiché la mia mente si sarebbe sempre mossa su più elevati livelli; eppure sentivo che sarei sempre stata legata a lui. Non lo stesso tipo di legame che avevo con Sonny, qualcosa di più carnale, concreto, qualcosa che non sapevo spiegare ma del cui pulsare dentro di me, avevo già chiara coscienza. In ogni attimo sentivo sbocciare nel mio cuore e in grembo,

un amore sempre più grande per quest'uomo, come se ad ogni respiro lui mi caricasse di vita. E di questo mi sarei ricordata nei lunghi mesi di lontananza che ci aspettavano, avrei continuato a sentire il pulsare dentro di me, di questa vita che lui mi aveva dato.
<<E' giunto il tempo di Ruby>>, sussurrai contro le sue labbra, che si trovavano ancora sullc mie.
<<Sì>> mormorò, <<so che devi stare con lei e che devi essere tutta per lei, senza alcuna distrazione>>.
Si scostò dolcemente da me e mi baciò la fronte. <<Non interferirò>> disse, <<io ti ho avuta come nessun altro umano o vampiro, ti ha avuta mai. Magari mi innamorerò di nuovo in futuro, chi lo sa, ma tu sei l'amore della mia vita e so che presto o tardi ti rivedrò>>.
Annuii e gli sorrisi e lui, cambiando radicalmente tono, continuò: <<anzi, credo che non resisterai a lungo senza di me...Dai, lo sappiamo benissimo tutti e due che nessuno ti scopa bene come lo faccio io. Potrai anche fare sesso sovrannaturale con chissà chi altro, ma io solo ho la mappa precisa al nanomillimetro del tuo punto G, per cui, quando ti prende una voglia di quelle serie, sarai costretta a tornare>>.

E rise, prendendomi in giro con la sua aria da sbruffone.
Poi un velo di tristezza tornò nei nostri occhi, perché tra noi non v'erano vincoli se non la purezza del nostro sentimento e chi ama veramente sa che per quanto difficile, l'amore va lasciato libero d'essere anche altrove.
Fu così, a cuore colmo, che lasciai Dennis e mi preparai a creare il mio più grande capolavoro, Ruby.

Da trent'anni attendevo di infondere la vita nel marmo latteo, che via via avevo accuratamente scolpito a suon di emozioni e rivelazioni, e che ora finalmente era pronto per ricevere la mia linfa e manifestare nel mondo la sua anima a sua volta creatrice.

Avevo generato nei secoli, centinaia di vampiri tra i quali un solo osservatore prima di Ruby, poiché la fiamma della creazione sul capo di un eletto, è estremamente rara e a volte, per i più disparati motivi, può spegnersi, portandosi via anni del nostro duro lavoro e della nostra dedizione.
La fiamma di Ruby non aveva sempre brillato.
Ci furono momenti particolarmente bui in cui temevo di perderla: quando si puniva e volontariamente si faceva del male, quando

non sapeva decidersi tra la vita e la morte. Eppure, ho sempre saputo che il fuoco della creazione ardeva in lei. In diverse occasioni nel corso degli anni, infatti, ho scorto la sua fiamma, seppur fievolmente, cambiare forma e colorazione, adattarsi alle oscillazioni del suo campo elettromagnetico, senza però mai spegnersi definitivamente. Proprio per questo motivo, più passava il tempo e più potevo rendermi conto della straordinarietà di Ruby; più mi veniva imposto di lasciarla perdere, più la fiamma che avvertivo sul suo capo sembrava innalzarsi, come a chiamarmi, a supplicarmi di non volgere lo sguardo altrove, perché mai avrei trovato un altro essere di tanta grandezza. Il suo inconscio voleva essere visto, il suo inconscio la legava alla vita più di quanto ella stessa non desiderasse e nel momento in cui accettò il suo destino di sovrannaturalità, la sua mente conscia e quella inconscia iniziarono a comunicare e la fiamma si stabilizzò e arrivando al suo massimo splendore, si fece infine visibile. Lì capii che la vita era il suo dono; come, quanto, cosa avrebbe potuto fare, erano perle di stupore che avrei estratto tra poco dal nettare sacro della sua vena.

Mi avvicinai alla sua abitazione con calma, per

vivere ancora una volta, nell'intimità della mia mente, ogni dettaglio di quell'incontro a lungo atteso. Lei sapeva che l'ora era giunta. La connessione mentale tra noi era come un cordone ombelicale che nutriva l'anima e lasciava passare ogni genere di informazione ed emozione.
Ruby mi stava aspettando, seduta al centro del suo letto, indossando una veste bianca, semitrasparente. I capelli rossi e ondulati si sparpagliavano disordinatamente sulle spalle e sul petto, spezzando il candore della sua figura, mentre capezzoli rosa e turgidi si facevano strada attraverso il sottile tessuto.

A quella visione, i canini mi invasero la bocca e i miei occhi si sciolsero all'istante.

Freddo gelo.

All'improvviso, un brivido mi attraversò tutta, mi sconvolse e arrestò il mio incedere. Una folata di energia potente e aliena mi paralizzò. Eppure conoscevo quella sensazione, mi aveva assalita diverse volte nella mia vita. Avrei dovuto abituarmici, così come anche alle scintille d'argento che sempre la seguivano, saette, che dopo il gelo penetrante si scaricavano a terra, proprio un passo avanti a me.

Scacciai il sentimento di disagio che sempre

accompagnava tale manifestazione e tornai a concentrarmi sulla mia bella Ruby, mentre riprendevo il mio lento cammino verso di lei.

In quanti l'avevano amata? In quanti avevano goduto del suo corpo? In quanti l'avevano usata?

Da quella notte Ruby sarebbe stata mia. Non avrebbe certo dimenticato la sua vita, ma ne avrebbe preso definitivo distacco. Nulla sarebbe stato per lei più importante ed assoluto del nostro rapporto, nemmeno il ricordo di Dennis.

La mia pelle sulla sua pelle, il mio corpo col suo corpo, il mio sangue nel suo sangue... nient'altro importava più.

Il suo sangue era ricco, denso, dal sapore speziato e una punta di gelsomino.

Quale estasi avrei provato nel tenerla tra le braccia, nell'ordinare alla vena del suo lungo collo immacolato di aprirsi per me e di lasciare che il suo nettare si riversasse nella mia bocca! L'eccitazione che provavo diventava sempre più incontenibile, perché ancora pochi istanti, e avrei conosciuto la mia eletta totalmente. Non ci sarebbero stati più segreti tra noi, tutto ciò che lei provava, ciò che avrebbe voluto nascondermi, le resistenze che seppur in minima parte ancora avvertivo, sarebbero

crollate nell'istante in cui la prima goccia del suo sangue avrebbe bagnato la mia lingua. Ruby mi si sarebbe rivelata completamente ed io l'avrei elevata per sempre dalla sua condizione umana, trasfondendole la mia sacralità, in un attimo di unione infinita.
Ma quando giunsi a pochi passi da casa sua, qualcosa non andava.

Tornò ad avvolgermi di nuovo il gelo di pocanzi. Si era fatto spesso ora, una coltre di argentea nebbia che bloccava il mio cammino e si insinuava nelle mie ossa. Lo stomaco mi si contrasse e mi piegai in due. Tra le fitte di dolore cercai di riprendermi e rialzarmi. Cosa stava accadendo? Anche la gola mi si strinse, perché realizzai che il disagio che solitamente provavo al manifestarsi di questo fenomeno, si era tramutato in agitazione e poi paura.

Guardai verso la casa di Ruby, attraverso le finestre, attraverso le mura finché intercettai un lampo, occhi invincibili, immutabili, grondanti argento liquido, che mi trafiggevano con una crudeltà che credetti di essere in presenza del diavolo.
Tristan.
Il terrore mi prese.
Ruby.

Mi materializzai dentro la casa, sull'uscio

della camera da letto e ciò che vidi fu il crollo assoluto e definitivo di ogni mia certezza, di ogni mia ragione di esistere.

Inginocchiato al mio posto, sul talamo che avrebbe dovuto unire me e la mia eletta, Tristan Exaa, l'Eterno, il vampiro più antico esistente, detentore di tutta la conoscenza del mondo, il padre di noi tutti, colui che ci guidava, colui che, proprio in virtù della sua natura, più di ogni altro amava, teneva la mia Ruby tra le braccia, succhiandone il sangue prezioso dalla gola mentre con aria di perfida sfida continuava a fissarmi.

Lenzuola imbrattate.

Tutto si annullò.

Vidi il buio e dalla profonda ferita del mio cuore lacerato si levò un grido di ribellione, un grido di disperazione.

<<NOOOOOOOOOOOOOOOOOOOOO>> e mi scagliai contro Tristan.

La sua risata mi arrivò acuta quanto il mio urlo e ferì i miei timpani.

Mi ritrovai sospesa a mezzaria nel mio tentativo di balzargli addosso e strappargli Ruby dalle braccia. La sua forza mentale era insormontabile e nulla potevo fare per sfuggire al suo potere, se non dimenarmi e sfinirmi e guardare l'orrore che tra loro si stava consumando.

Vidi Ruby aprire gli occhi e guardare il suo carnefice quand'egli ebbe finito di abbeverarsi alla sua vena.

Smeraldi! Smeraldi liquidi!

Il verde brillante dei suoi occhi colò sul suo viso. Era emozione, eccitazione, era amore. Lo stesso amore che io avevo provato per Sonny nell'attimo della mia trasformazione, lo stesso che lei avrebbe dovuto provare per me quella notte stessa.

Lei lo amava. Lui, e non ne comprendevo assolutamente il motivo, la adorava.

Il sentimento che li univa era palpabile.

Tristan aprì per lei la vena sul suo collo e lei vi affondò i denti, bevendo a grandi sorsi il sangue più puro e potente esistente al mondo.

Piansi e cercai nuovamente di ribellarmi, mentre lui continuava per tutto il tempo a fissarmi, con occhi stoici e gelidi, unicamente attendendo che la mia mente, colpita dallo shock, si riprendesse e iniziasse ad accettare una realtà dei fatti ormai incontrovertibile, una realtà che avrebbe in effetti potuto cambiare per sempre le regole della creazione. Infine, sfinita, mi arresi e l'unica cosa che potei fare, nel pianto convulso che mi soffocava, fu chiedere: <<perché?>>

<<Lei è sempre stata mia. E' sempre appartenuta a me, non a te! Ma tu eri troppo impegnata altrove per rendertene conto>>.

La sua voce metallica mi feriva come se stessi ricevendo sferzate, mi entrava dentro e lì sostava, corrodendo la mente, scuotendo la mia coscienza.

All'improvviso, non riuscii più a respirare. Ripercorsi con la mente sconvolta, tutta la mia vita: la palude, la mia formazione con Sonny, la mia vita da neo-osservatore in giro per il mondo, New York, Ruby.

Mi resi di colpo conto che lui era sempre stato presente!

Sotto forma di nebbia, sotto forma di polvere d'argento, come aria gelida e penetrante, come spirito. Lui era ovunque, lasciava la sua scia d'argento negli alberi, negli oggetti, ovunque ci fosse argento, Tristan c'era, poiché questo elemento era il conduttore della sua coscienza. Mi ricordai di tutte le volte che Ruby aveva indossato indumenti di questo colore: biancheria intima, make up, tutti gli oggetti che acquistava, la sua "recente" passione per questo metallo.

Come avevo potuto non capire? Come era stato possibile non rendermi conto di ciò che stava accadendo proprio sotto il mio naso?

Rividi nella mia memoria il cambiamento di Ruby: il suo fisico così debilitato che, ad un certo punto, iniziò a rinvigorire, a intensificare il colorito, aumentare la temperatura, a sviluppare una consistente muscolatura, ad accentuare i colori naturali della pelle, dei capelli e degli occhi.

Compresi allora la sconcertante verità: Tristan aveva iniziato a trasferire il proprio sangue in Ruby molto tempo prima che io la ritenessi pronta a ricevere il mio.

<<NOOO!>> gridai di nuovo scuotendo la testa e forzando ogni mio muscolo al limite per liberarmi dalla sua stretta mentale. Egli era ormai una maschera di avorio lucente, argento colato e sangue, che non smetteva di trafiggermi con i suoi occhi liquidi, due pozzi su cui si affacciava l'infinito. La bocca aperta, con zanne gocciolanti, tesa in un ghigno efferato. Più io gridavo e mi lamentavo, più lui copriva la mia voce con la sua agghiacciante risata.

<<Come hai potuto?>> trovai la forza di chiedere. <<Siamo osservatori! Tutta la nostra esistenza si fonda sulla sacralità! Come hai potuto compiere uno scempio simile? Io l'ho osservata, io le sono stata accanto per trent'anni, io l'ho istruita, io l'ho amata, io l'ho

salvata! Salvata anche da te...>> e il pianto mi sopraffece di nuovo, perché mi rendevo conto che il mio lavoro era ormai andato in fumo e che tutto ciò che sapevo essere sacro, era stato profanato nel modo più subdolo e spietato.

Non vi era via di scampo, non era più possibile rimediare, il sangue di Tristan, non il mio, scorreva ormai nelle vene di Ruby.

Vedevo la fame che lei aveva di lui, come lo abbracciava, come lo toccava, quanto avidamente succhiava il suo sangue. Lui era il suo tutto ora e per sempre ed io per sempre l'avevo perduta.

Odiai Tristan con tutte le mie forze, anche se per un osservatore questo sentimento non era naturale, eppure lo odiai, come tanti anni prima avevo odiato il padre di Ruby, e sentii montare dentro di me la stessa foga distruttiva.

Poi lui parlò, in tono pacato ma assolutamente fermo e autoritario: <<attenta! Troppa eccitazione nuoce alla tua condizione. Non vi è nulla che tu possa fare per cambiare la situazione o per sfuggire al mio potere. Non ti permetterò mai più di avvicinarti a lei, per cui calmati o con tanta energia repressa rischierai di implodere>>.

Sentivo infatti la rabbia ribollire dentro di me e uno strano rimescolamento nel ventre mi costrinse a recuperare, per quanto possibile, un po' di contegno.

Allora Tristan mi aprì la sua mente e mi mostrò la scena di tanti anni prima, quando egli teneva tra le braccia, priva di coscienza, l'adolescente Ruby, con l'intento di ucciderla per impedirmi di sprecare il mio tempo di osservatore con una persona che non era degna del dono.

<<Quella notte ricevetti la più grande delle rivelazioni>>, continuò, <<e il disegno supremo cominciò a prendere forma.

Sonny aveva ragione a riporre la sua fiducia in te, Diamante Nero del Belize. Sapeva che saresti stata un osservatore eccezionale e me ne resi conto anch'io osservandoti in segreto negli anni della tua formazione, ma la tua vera straordinarietà mi si rivelò solo quando in seguito lottasti contro di me per la vita di questa ragazza. Tu sei il creatore più potente che sia mai esistito, perché a differenza di tutti quanti noi, non solo puoi trasformare nel sangue, ma puoi creare la vita dalla tua carne>>.

Non compresi di cosa stesse parlando e cercai nuovamente di ribellarmi, ma lui continuò:

<<allo stesso modo, conobbi la preziosità di Ruby. Tenendola tra le braccia quella notte,

entrai in empatia con lei, sentii il suo cuore pompare il sangue in tutto il suo esile corpo e il rumore del suo scorrere nelle vene come quello di un torrente in piena in alta montagna. Un sangue puro e cristallino che conserva l'energia primordiale della fonte, un sangue che neppure io avrei potuto sopraffare e distruggere. Capisci Naomi? Un secondo mi è bastato per comprendere ciò che tu, annebbiata dalle emozioni, fatichi ancora ad afferrare. Costei è vita! Nonostante le tante occasioni, la morte non l'ha mai scalfita non per via del suo innato attaccamento alla vita, alla sua forza di volontà e all'istinto di sopravvivenza, come da tua interpretazione, ma unicamente perché lei è già per sua natura, incredibilmente e assolutamente immortale! Il suo dono è la vita perenne, il mio sangue dentro di lei non si limiterà a rallentare il suo processo di invecchiamento, ma lo arresterà totalmente e renderà il suo corpo in tutto e per tutto incorruttibile, nulla potrà mai ferirla o indebolirla fisicamente e mentalmente. Un vampiro perfetto, senza alcun punto debole. Lei sarà il primo vampiro, non semplicemente longevo, ma veramente immortale ed immutabile. E da migliaia di anni io attendo la mia compagna per l'eternità>>.

Queste ultime parole rimbombarono dentro di me, svegliandomi da quello che pareva essere un sonno profondo. Ruby immortale. Come era possibile? Nessun essere umano può vincere la morte. Se era vero, come avevo fatto a non accorgermene? Doveva in qualche modo essere scritto nella sua aura.

Tristan rispose ai miei pensieri: <<l'eccezionalità che captavi in lei era esattamente questa sua naturale estraneità al perimento. La verità è stata sempre davanti ai tuoi occhi, ma tu cercavi sempre altre spiegazioni, razionalizzavi, perché per quanto superiore, la tua mente è ancora vincolata e programmata per rispettare regole predeterminate, ragion per cui dai ancora molte cose per scontate. Inoltre, lasciandoti distrarre da una passione terrena, l'hai lasciata sola innumerevoli volte, offrendo a me l'opportunità di agire>>.

Mi portò con la mente al momento dell'incidente stradale in cui Ruby perse entrambi i genitori adottivi. Mi ricordai allora di quanto strano avessi trovato il fatto che Ruby non avesse subito alcuna ferita e soprattutto che senza battere ciglio avesse d'istinto voluto assaggiare il sangue dei signori Goodwin. Avevo giustificato questo macabro comportamento con il desiderio di assorbire l'energia vitale dei suoi genitori prima di dire loro definitivamente addio, ma ora che sapevo il vero motivo, questa mia razionalizzazione mi parve ridicola e ancora più assurdo il fatto che io non sia stata in grado di capire immediatamente che Ruby era già un essere sovrannaturale, era già in iter di trasformazione.

<<Perché me l'hai portata via? Perché lei dal momento che il suo destino comunque era quello di essere una di noi? Credi che avrei fatto con lei un pessimo lavoro? Non mi ritieni all'altezza del mio compito? Che motivo c'era di strapparmi ciò che era mio di diritto e di tenermi all'oscuro? Come ho potuto non accorgermi di nulla?>> e mille altre domande albergavano nella mia mente sconvolta.

<<Io non dubito dei miei figli! Il fallimento non esiste per gli osservatori. Hai di fatto operato magistralmente con Ruby, poiché tu l'hai formata, tu hai infuso in lei il senso di essere un osservatore, di essere un tutt'uno con il mondo creato. Io invece l'ho trasformata, e lei ora è mia per sempre. Ti ho privata del privilegio di farla tua nel sangue, poiché il suo sangue è forte quanto il mio e avrebbe resistito ad una qualsiasi trasfusione di grado inferiore.

Ho dovuto agire nell'ombra, perché a differenza di voi miei discendenti, per me il futuro è storia già letta e tutti noi dobbiamo prepararci al meglio a ciò che ci aspetta.

Ad ogni mio incontro con Ruby, isolavo la sua mente per disconnetterla da te e cancellavo poi accuratamente la sua memoria così che tu non ne potessi trovare traccia. La tua mente, d'altro canto, distratta ed oberata da pensieri inerenti quell'umano, è stata sempre facilmente ingannabile per me>>.

Rimasi allibita, incredula per essermi lasciata ingannare tanto ingenuamente, e mi vergognai di essere un osservatore debole agli istinti, un creatore incline ai piaceri della carne quando l'unico scopo dovrebbe essere l'elevazione spirituale di sé e del proprio discepolo. Il mio cuore, già lacerato per la perdita di Ruby, si gravò anche di colpa.

Prima che potessi raccogliere i cocci di me stessa e ammettere i miei errori, Tristan continuò: <<il futuro è qui e ora. Ognuno di noi ha avuto il proprio ruolo nella creazione degli eventi che verranno. E il tuo in particolare è appena iniziato>>.

Abbassò gli occhi d'argento e con lo sguardo trafisse il mio grembo.

Nell'istante in cui portai attenzione a quella

mia parte anatomica chiamata in causa da Tristan, avvertii subito un movimento, un rimescolamento e proprio nel centro del mio ventre sentii un'esplosione:

TU TUM TU TUM TU TUM

Vidi poi tante luci danzare, come fuochi d'artificio nel cielo notturno, ed esse illuminarono la mia mente, dando un nuovo senso alla mia vita, poiché da quel momento in poi, finalmente sveglia, potevo distinguere l'inequivocabile battito di un cuore nuovo, fare eco al mio, un cuore diverso da quello di Ruby.

Stupore, confusione, gioia, disperazione sopraggiunsero tutte insieme ad abbattere il mio raziocinio. Non potevo credere a ciò che stava accadendo dentro di me.

<<Non si tratta solo di te, ma del mondo intero>>, precisò Tristan. <<Non puoi più occuparti di Ruby, il tuo compito ora è ben più arduo e importante. Tu sei l'alfa, il principio di una nuova era; io sono l'omega, la fine del mondo oggi noto. Preserva la vita che porti in grembo ad ogni costo, attraverso l'oscurità che incombe. Io, unito all'eletta che ti ho strappato, percorrerò l'eternità e condurrò il mio gregge.

Al passare della tempesta, sarà un mondo nuovo>>.
E non fu necessario aggiungere altro. La storia era già scritta.
Era l'alba di una nuova era, era l'alba del crepuscolo.

CAPITOLO 26

l'Alba di una nuova Era

<<LA TESTA! Si vede la testa, bambina!>>

Agnes grida forsennata, mentre si affaccenda tra le cosce insanguinate della mia signora, annunciando a noi tutti che l'ora della verità è infine giunta.

Quando i dolori si sono fatti insopportabili, Naomi ha incaricato me, Moris, quale ultimo narratore di questo testamento, intimandomi di non desistere dallo scrivere per nessun motivo al mondo, neanche se la mia assenza dal combattimento dovesse costare la vita a uno qualsiasi di noi.

La guerra implacabile, ormai incontenibile, sta per irrompere nella grotta e tutto ciò che possiamo fare è cercare di resistere il più a lungo possibile, con lo scudo mentale, io e Zakk, per permettere al messia di venire al mondo.

La grotta, dal canto suo, non ha mai smesso

di tremare, nonostante i nostri abbiano tentato di intervenire in qualche modo per disinnescare l'ordigno nucleare che gli umani hanno progettato per distruggerci, lasciandoci privi di qualsiasi via di fuga.

Il nostro destino è segnato, ma se riusciamo a dare il tempo a Naomi di partorire e smaterializzarsi con il piccolo, mettendosi in salvo, ci sarà almeno ancora speranza per un futuro di pace tra umani e vampiri. Dopotutto, ogni grande conquista nella storia è costata tanti sacrifici e tante vite, ma vi è un bene superiore di fronte al quale occorre inchinarsi, poiché esso ci conduce all'orizzonte del tempo, al prossimo stadio evolutivo.

Zakk si trova vicino all'ingresso che abbiamo sigillato con un masso nel momento in cui siamo arrivati qui. Il suo viso è teso e ricoperto di sudore per lo sforzo mentale di mantenere alto lo scudo di energia che impedisce alla grotta di crollarci addosso, tuttavia, è armato e pronto ad affrontare direttamente chiunque dovesse aprire l'antro e riuscire a penetrare nel nostro rifugio.

Io uniformo la mia energia mentale alla sua e pianifico ogni dettaglio, per quanto possibile, dello scontro che avverrà, quando i nostri nemici si riverseranno all'interno della grotta.

Non appena Naomi si sarà messa in salvo con il piccolo e Agnes e lo spazio sarà libero, io scaglierò una forza mentale sui soldati umani, che li spingerà sul fondo della grotta.

Con l'aiuto di altri vampiri ora liberi di entrare, inchioderemo gli umani al muro e li disarmeremo con la forza del pensiero, ci precipiteremo poi all'esterno e ritireremo completamente lo scudo, lasciando che la montagna crolli su di loro. Qui, ci uniremo ai nostri schieramenti e continueremo a combattere, usando tutti i nostri mezzi fino all'ultimo, ammesso che nel frattempo, la bomba nel sottosuolo sia stata disinnescata.

Al momento presente, nella grotta c'è un gran frastuono: i boati delle armi da fuoco, il trapanare incessante della trivella sotto di noi e le urla incontrollabili di Naomi.

<<Bambina devi spingere! Quando arriva la contrazione spingi con tutte le tue forze, ma fermati quando ti dirò di farlo, chiaro?>> ordina Agnes.

Vedo la mia signora annuire faticosamente. Il suo volto è disidratato e trasfigurato dal dolore.

Poi ella grida nuovamente e la fedele Agnes ripete: <<spingi, spingi più forte!>>

Il grido si aggrava progressivamente.

<<Bravissima tesoro, ora fermati e riprendi fiato. Respira, respira profondamente>>.

Agnes respira insieme alla mia signora, ma la tregua dura solo un attimo. La scena si ripete più volte, esattamente allo stesso modo, ad eccezione del fatto che dopo ogni spinta, Naomi appare sempre più pallida, mentre il groviglio di vene disegnate sul suo ventre teso, è sempre più acceso.

Lei è lì distesa a soffrire, a farsi carico di tutti noi, umani e vampiri, ma pochi sembrano rendersene conto. Vi è qualcosa che io e la mia signora non ci siamo detti, nemmeno mentalmente, ma so per certo che il pensiero la tormenta forse più del dolore fisico che prova. Un'ombra più oscura della notte incombe sull'intera situazione, già di per sé disperata, rendendo qualsiasi strategia di sopravvivenza, qualsiasi pensiero o azione di attacco e difesa, del tutto imprevedibili e praticamente vani.

Non c'è stato il tempo di confrontarci, ma è naturale che nessuno di noi, e soprattutto Naomi, essendo un osservatore, possa imputare la morte orrenda e sacrilega del potente Samael, ad un umano. E' l'ombra del tradimento dunque a pesare sulle nostre coscienze.

Un essere umano non avrebbe mai potuto avvicinarsi tanto a Samael, dal momento che le sue frequenze cerebrali sarebbero state captate dall'osservatore già a diverse miglia di distanza. Inoltre Samael aveva di certo scannerizzato la zona e considerata libera, prima di appartarvisi.

Soltanto qualcuno in grado di eludere il sofisticatissimo sistema di sicurezza di un osservatore avrebbe potuto colpirlo alle spalle e impedire così che egli si rendesse conto di ciò che stava effettivamente accadendo e potesse quindi, anche negli ultimi istanti della sua vita, trasmettere a tutti gli altri un messaggio di allarme.

E' qualcosa di spaventoso e di inconcepibile; chi mai potrebbe odiare così tanto il suo stesso genere da desiderarne la completa distruzione? I vampiri comuni non sono molto diversi dagli umani per un osservatore, si possono certo avvicinare, combattono a fianco degli osservatori cui sono asserviti e spesso si istaura tra loro anche un rapporto di fiducia, ma nel momento stesso in cui pensano una cosa, l'osservatore già ne è a conoscenza.

No, a rigor di logica, e al solo pensiero tutto il mio essere trema di orrore, solo un altro osservatore poteva portare a compimento uno

scempio simile. Eppure, anche questo dovrebbe risultare impossibile. Un osservatore è dotato di una coscienza più evoluta, la sua natura lo porta a mettersi continuamente a disposizione, di un singolo e di una comunità, a disposizione della vita per meglio dire, quindi il tradimento, la menzogna, il male altrui gratuito, non fanno parte del suo dna. Egli dovrebbe perdere la ragione e andare contro se stesso per commettere una simile azione, ma anche questo non potrebbe accadere, poiché gli altri, per via della costante connessione tra tutti gli osservatori della terra, glielo impedirebbero.
Tuttavia, ne esiste uno e uno soltanto in grado di sfuggire al loro controllo e di isolarsi completamente da ogni altro: colui che da sempre ci guida, che conosce ogni cosa, che più di chiunque altro si trova vicino alla sfera celeste, il nostro capostipite, Tristan.
Il volto perenne di Tristan prende fulminea forma nella mia testa, un lampo d'argento attraversa l'antro. Tutti lo vedono, tutti rabbrividiscono. E' allora che la matassa di vene sul ventre di Naomi esplode sottopelle, diramandosi in migliaia di altri filamenti in ogni direzione del suo corpo ormai esausto.
<<AAAAAAAHAAAAAAAAAAAAHHHAAAA>>

lei grida.
Provo un dolore lancinante alle orecchie e mi accorgo che i miei timpani sanguinano, così come quelli di Zakk e Agnes. Segue un attimo di smarrimento e confusione e sento lo scudo venir meno.
<<ZAKK>>, chiamo a gran voce, <<non disperdere energia, rimani concentrato, per l'amor del cielo!>>

Sento poi la forza cerebrale di Agnes unirsi a noi, mentre ordina, ancora una volta, a Naomi di resistere e di spingere.
<<Così bambina, dai ancora, più forte!>>

Vedo una fioca luce provenire dalle cosce della mia signora, e il sangue proveniente da lei sgorgare copioso e spargersi sul pavimento e avanzare verso di me.
Il tremore cresce e cresce. La trivella è vicina, troppo vicina.
<<Agnes, devi sbrigarti, non c'è più tempo ormai!>> le urlo, e la mia voce trema insieme alle pareti. Ormai è difficile per tutti noi mantenere anche l'equilibrio.
<<Forza bambina, la testa è quasi fuori>>.
Naomi fa un ulteriore sforzo. La luce tra le sue cosce si fa più intensa.
Dall'ingresso intanto, sopraggiunge sommessa, una voce sconosciuta ma chiaramente

soprannaturale: << il consiglio degli osservatori mi manda a dirvi che la missione di neutralizzare la bomba diretta verso di voi dal sottosuolo è fallita. Ripeto, missione fallita! La montagna sta per crollare e l'esplosione nucleare è prevista tra pochissimi minuti. Occorre che sgombriate subito la grotta e vi mettiate in salvo. Io e dieci dei miei vampiri siamo qui per scortarvi>>.

Io e Zakk incrociamo gli sguardi.

<<No no, aspetta Naomi non spingere!>>

<<Aaaha non riesco a trattenermi. Non ce la faccio!>> Naomi piange disperata, perduta.

<<Che succede Agnes? Quanto ci vuole ancora? E' la nostra unica occasione, dobbiamo aprire l'antro!>>

<<La spalla del bambino è incastrata, se non la libero subito potrebbe morire>>.

<<E allora fallo, quanto ci vuole?>> Agnes non mi risponde e inizia subito a trafficare cercando di liberare la via al bambino.

Naomi grida spaventosamente.

Pesanti ciottoli cadono tutto intorno a noi. Il rumore è assordante.

<<Non possiamo più aspettare, io apro l'ingresso>>, decide Zakk.

<<No aspetta>>, grido andando verso di lui. Decido di parlargli mentalmente.

Come ha potuto comunicare con noi? Lo scudo ci isola completamente dall'esterno. Per quanto siano compromessi i nostri poteri mentali, riusciamo ancora a sostenere il peso di una montagna quindi è impossibile che la voce di costui sia potuta giungere fino a noi.

<<OH NO!>> Agnes suda e piange, come la mia signora.

Mi avvicino. La testa del bambino è completamente fuoriuscita, ma è totalmente blu. La mano di Agnes è dentro il corpo di Naomi nel tentativo di liberare la spalla del piccolo. Anche essa è blu fino all'avambraccio. La luce che prima vedevo ora è debole e sta per spegnersi, il sangue invece è dappertutto.

<<Agnes, parla, che sta succedendo?>> Ella alza gli occhi su di me, spiritati, in preda al panico. Naomi piange e si dimena, urla dal dolore e supplica Agnes di fare qualcosa.

<<Agnes!>> la scuoto per costringerla a riprendersi.

<<La spalla è incastrata e per rimuoverla devo romperla>>. <<Fallo>> supplica Naomi, <<fallo nascere e poi lo guarirai con i tuoi poteri>>.

<<Il bambino è già in sofferenza, rompendogli la spalla potrei lesionare qualche organo vitale e ucciderlo, ma la cosa peggiore, Naomi, è che

credo che il tuo corpo si stia chiudendo e lo sta schiacciando, come sta schiacciando la mia mano>>.

Naomi scuote la testa, rifiutando la notizia.

<<Non so come sia possibile>>, continua Agnes.

<<Non c'è tempo per le spiegazioni, tiralo fuori! Fai quello che devi fare!>> ordino io.

<<Ma sono incastrata anch'io, non riesco più a muovere la mano e tutto ciò che faccio sarà inutile se non comandi al tuo corpo di tornare a dilatarsi Naomi>>.

All'improvviso il tremore e il rumore assordante provocati dalla trivella si placano.

Zakk chiede al vampiro all'esterno di identificarsi: <<chi sei messaggero?>>

Scorgo Naomi raccogliere tutte le sue forze, la sua dignità e prepararsi per il sacrificio finale e nello stesso momento, il neonato cianotico, con il visino girato nella mia direzione, di colpo apre gli occhi. Occhi trasparenti, di pura luce, occhi di diamante.

Istantaneamente, è proprio lui a rispondere alla domanda di Zakk. Dai suoi occhietti luminosi prende forma nell'etere l'immagine di Samael nei suoi ultimi istanti di vita, trafitto alle spalle da un potentissimo raggio laser, scagliatogli nel petto da una distanza di diverse miglia. L'assassino si avvicina velocemente, vuole essere sicuro di aver definitivamente eliminato l'osservatore. Ha lavorato anni per potenziare la sua vista a raggi x e sviluppare in un'arma letale quel laser proveniente dal suo occhio sinistro. Ha girato il mondo, studiando e carpendo i segreti dei migliori vampiri sulla terra, curando ogni dettaglio, stando bene attento a non entrare in contatto con nessun osservatore, finché non fosse stato in grado di sospendere il pensiero e di azzerare ogni emozione, di trasformarsi cioè in una macchina da guerra, di cui essi avrebbero potuto fidarsi, senza intuire alcun desiderio di vendetta in lui. Quando finalmente dagli alberi sbuca nella radura dove Samael giace già cadavere, il suo volto è illuminato dal sole nuovo appena sorto e subito riconosco quello sguardo machiavellico, subdolo e calcolatore, che non avremmo mai dovuto lasciare andare anni prima. Ricordo Esther, la sua compagna incinta, sbranata da uno dei nostri nuovi vampiri, accecato dalla sete e lui, che disperato, offre la vena a Naomi per ultimare la sua trasformazione, con il desiderio solenne di vendetta negli occhi.

Le mie labbra si muovono appena per pronunciare quel nome:

<<Daryl!>>

E in una frazione di millesimo di secondo, si scatena l'inferno.

Naomi urla convulsa e vedo le sua costole aprirsi e le ossa del bacino spezzarsi.

Dall'altra parte, all'ingresso della grotta un'esplosione. Il masso che sigillava il nostro rifugio va in frantumi e schiere di combattenti si riversano subito dentro la grotta.

Zakk si scaglia su tre umani spezzando loro l'osso del collo, ne disarma altri quattro con la forza del pensiero e poi li affronta corpo a corpo. Io faccio lo stesso con quanti riesco ad intercettare dalla mia posizione attraverso il fumo e i detriti. Mentalmente stritolo il cuore a diversi soldati proteggendo meglio che posso il giaciglio di Naomi che continua a spezzarsi le ossa una ad una per permettere ad Agnes di sbloccare la spalla del bimbo e farlo nascere. Schivo le pallottole avvelenate sparate da orde di umani che continuano ad entrare e sottraggo una parte consistente della mia energia mentale a Zakk per proiettare uno scudo su Agnes e permetterle di finire il suo lavoro.

Lo scudo di Zakk vacilla pericolosamente, ma il tremore dal sottosuolo è cessato e lui può resistere e continuare a generare la protezione sopra le nostre teste.

La mi attenzione è totalmente focalizzata ad individuare Daryl. Dov'è? Devo assolutamente neutralizzarlo prima che possa raggiungere Naomi.

Tre dei nostri vampiri cadono sotto i colpi delle armi da fuoco degliumani. Essi gorgogliano disperati e lentamente si consumano.

Traccio l'intenzione di due soldati di puntare le loro armi verso di me. Le faccio esplodere loro in faccia prima che possano mettersi in posizione.

Altri vampiri entrano nella grotta e si gettano nella battaglia, facendo liquefare qualsiasi arma nemica che incontrano, riducendo a brandelli le carni umane.

Ma lui non c'è.

Zakk è assalito da un gruppo di berretti verdi. Ne conto sette e vedo delle lame ondeggiare pericolosamente. Mi adopero a distanza per renderli innocui. Elimino facilmente il primo. Torco la mano di un secondo uomo, il coltello cade a terra e lo polverizzo. Ecco che Zakk lo colpisce in pieno viso, lo stende e si gira ad affrontare gli altri tre. Un sesto si scaglia contro di lui ma non gli do il tempo di raggiungerlo. Ne arriva un settimo e un ottavo.

Devo intervenire e fare in modo che rivolgano le armi verso se stessi.

Daryl.

E' dietro di me. Sento il suo fiato sul collo ma più di ogni altra cosa, il calore rosso del suo raggio laser puntato sul mio torace. Mi tiene sotto tiro. Non ho scampo.

<<La resa dei conti è finalmente giunta mio caro Moris>>.

<<Daryl, nessuno di noi ha mai voluto la morte della tua Esther, è stato un incidente. Naomi non ha colpa per quello che è accaduto, lei cercava di proteggerla>>.

<<Lei che ci ha rapiti per portarci in quel maledetto campo, è lei che l'ha esposta ad ogni sorta di pericolo, è lei che l'ha condannata a morte. Siete dei mostri, voi, tutti! E io sono il giustiziere. Questo è il giorno del giudizio e la vostra intera razza avrà fine>>.

<<Ma una nuova razza sta per nascere proprio ora. Una razza che non avrà i difetti degli umani né quelli dei vampiri, una razza perfetta, capisci? Una nuova possibilità di ricominciare per entrambe le specie>>.

<<Nessuna possibilità, nessuna nuova alba sorgerà su questa montagna. Esther e mio figlio bramano vendetta, e io rispondo unicamente a loro. Ora ascoltami bene, ti

tengo ancora in vita perché il tuo compito è quello di registrare tutto. Non hai potere a sufficienza per fermarmi per cui non tentare di farlo. Non c'è nulla che il mio raggio laser non possa perforare. Nemmeno il tuo scudo mentale può isolare quella troia e proteggerla dalla mia furia. Dunque riporta ogni dettaglio su come muore un osservatore e su come si crocifigge l'abominio che deriva dal suo ventre putrido. Ma prima goditi lo spettacolo della morte di tuo fratello>>.

Mi afferra la testa e mi costringe a guardare nella direzione di Zakk.

Lo vedo accerchiato dai berretti verdi. Lotta come un leone, ma sono in troppi. D'istinto ne aggredisco alcuni con la forza del pensiero, ma Daryl mi colpisce sulla testa, interrompendo il mio flusso di energia. Mi giro verso di lui, con un balzo gli sono addosso.

La penna mossa da magia, continua a tracciare sulla carta la testimonianza di tutto ciò che accade.

Cadiamo sul duro pavimento di roccia viva.

La grotta ricomincia a tremare.

Sto sopra di lui, lo prendo a pugni e subito conficco un dito in quel maledettissimo occhio laser.

Subito vedo un bagliore rosso intenso

accendersi proprio sotto il mio pollice che preme con forza sul suo occhio e in un istante il mio pollice scompare, si disintegra e il raggio arriva dritto nel mio occhio destro.

<<AAAAHAAAA>> mi dimeno, mi dispero. Il fuoco continua a bruciare, lo sento scavarmi l'orbita oculare e avvicinarsi velocemente al cervello. E' la fine.

La morte festeggia sui nostri cadaveri, che ha atteso per secoli.

Zakk è sopraffatto dagli assalitori. Sento il rumore metallico delle lame entrargli nella carne, una volta, due volte, cento colpi, cento ferite da cui il veleno di cui sono imbevute le armi, si sparge per tutto il corpo, sciogliendo qualsiasi tessuto.

E così, mentre da un lato sento Naomi che ancora grida spaccando letteralmente il suo corpo per far nascere suo figlio, di fronte a me, vedo a terra, il volto del mio amato gemello, bollire, perdere consistenza, e liquefarsi, portandosi nell'oblio, cinquecento anni di vita insieme.

Ora gli altri vampiri presenti mantengono alto lo scudo che impedisce alla montagna di crollare.

Daryl mi colpisce con un calcio allo stomaco e si gira verso Naomi puntando il suo laser dritto al suo cuore, ma il tremore irrefrenabile dal sottosuolo gli fa perdere l'equilibrio e cade. Tutti i presenti si ritrovano stesi a terra. La trivella ha perforato il suolo ed è ormai giunta a destinazione. Il pavimento di roccia si rompe.

Da terra, Daryl torna a puntare il suo laser su Naomi.

I miei poteri mentali sono scomparsi, il mio cervello continua a bruciare, non vi è nulla che possa fare per salvare la mia signora e la sua creatura, se non supplicare le creature celesti tutte, di intervenire o chiamarmi nell'aldilà prima che possa assistere alla sua morte.

Poi una luce bianca immensa, si leva proprio dal giaciglio di Naomi.

Odo in lontananza Agnes esclamare <<Sìììììì!>>

Poi Daryl fa fuoco.

Dal suolo divelto, emerge all'improvviso una saetta, tanto fulminea da essere quasi invisibile anche a occhi di vampiro. Essa, intercettando la traiettoria precisa del laser di Daryl, si pone davanti a Naomi, facendole da scudo con il proprio corpo e assorbendo il raggio dentro di sé.

La luce proveniente dalle cosce della mia signora illumina l'intero antro e solo allora, con l'unico occhio rimastomi, vedo chi sì è

sacrificato per lei.
Ruby, l'Immortale.
Ella è un composto di forza ineguagliabile e grazia. Per anni ne ho carpito l'immagine solo dai ricordi della mia signora e ho sempre desiderato incontrarla. La realtà supera di gran lunga ogni mia aspettativa.
Ruby è immacolata: pelle d'avorio sotto la quale pare che non scorra alcun sangue. Una statua, di bianco vestita, animata solo dal bagliore dei capelli fulvi e dagli smeraldi liquidi dei suoi occhi sovrannaturali, fieri e spietati, che come quelli di Tristan, nostro capostipite e suo creatore, non esitano mai.

Ora capisco che Tristan aveva mandato lei, a neutralizzare l'ordigno nucleare, poiché l'unica tra tutti noi, in grado di incorporare tutta l'energia di una eventuale esplosione e di sopravvivere.
Così, vedo dal suo petto, dove è stata colpita dal raggio di Daryl, formarsi un vortice rosso, che ella scaglia proprio su colui che in principio l'aveva generato, incenerendolo all'istante.

Molti altri vampiri arrivano alla grotta a portare il loro aiuto, ma il mio cervello ormai non li riconosce più. L'oblio è vicino, la vista si annerisce, i rumori sono ovattati, sempre più distanti. Però distinguo nettamente un suono proveniente dal giaciglio della mia signora.

Un vagito.

Il pianto miracoloso della vita.

Ed è ancora vita dunque! Un'altra alba, un altro mondo, un altro tempo per amare.

Vengo a questo mondo
in un vortice di luce.
Incerto sai lo sono,
perché è un libero volteggiare.
Poi, salde fibrose mani artigiane
mi accolgono
e non ho più paura di portare a terra
un nuovo nome nel tuo nome,
oh Amore, oh Padre, oh mio Creatore.

EPILOGO

Alla ricerca dell'Unione Infinita

Il sole è sorto nuovamente.
La battaglia si è placata e oggi abbiamo un giorno di tregua, ma la guerra continua, lo sappiamo tutti.
Ci circonda una tremenda devastazione. Ho trovato questo taccuino ben stretto tra le mani di Moris. Nonostante fosse ferito e privo di sensi, lo custodiva, come se fosse il tesoro più prezioso da proteggere ad ogni costo. E se un vampiro tiene così tanto ad un oggetto, deve essere veramente qualcosa di grosso, di epocale.
Leggendo queste pagine, ho rivissuto il succo della mia vita, che è cambiata radicalmente quando ho conosciuto Naomi. Lei, con la sua forza di donna, ha dato al mondo una nuova vita, una nuova speranza di pace e ora è compito mio proteggere questa speranza, proteggere l'amore che ci lega e che abbiamo

creato insieme. Credo sia giusto che sia io ora, a portare avanti la testimonianza scritta di questo passaggio d'era.
Tutti parlano della nascita di una nuova specie, superiore tanto agli umani quanto ai vampiri, ma per quanto sia consapevole di tutte queste implicazioni antropologiche e dell'importanza evolutiva del momento che stiamo vivendo, io sono solo un padre e un compagno, e ciò che voglio, è riprendermi la mia famiglia.
Sono Dennis Bramante, l'uomo innamorato di una vampira, colui che ha generato la vita nel suo grembo, scatenando questo inferno.
Sono giunto qui alle prime luci dell'alba, insieme a Sonny, il creatore di Naomi, che per secoli aveva fatto perdere le sue tracce non ho ancora ben capito per quale motivo. Quello stronzo non mi dice tutto e non mi fido completamente, però sono vivo solo grazie a lui e ha mantenuto la promessa di riportarmi da lei, per cui devo tenerlo in considerazione...seppur minima!
Tre anni fa sono partito per incontrare il mio mentore il Dottor C. H. Price, un ginecologo di fama mondiale e ricercatore delle nuove teorie evolutive. Da lui ho imparato tutto quello che so, sul corpo femminile, sulle patologie, su come intervenire e su come far

nascere i bambini ovviamente. Negli ultimi anni il dottore si era dedicato allo studio dell'anatomia dei vampiri e aveva pubblicato diversi libri in proposito, per cui era l'unico sulla faccia della terra che avrebbe potuto aiutarmi quando seppi di aspettare un figlio da una vampira. Di certo il dottore conosceva molte più cose di quante ne aveva pubblicate e io ero sempre stato il suo pupillo, per cui partii fiducioso, convinto di tornare nel giro di qualche settimana.
Non avrei mai immaginato che proprio lui mi tradisse.
Ci misi un po' a rintracciarlo. Lo scovai in Sudafrica e mi accolse di buon grado. Capii in seguito che era già stato allertato del mio arrivo e che aveva fatto in modo che seguissi le sue tracce fino a quel bunker nel quale conduceva i suoi esperimenti.
Quando gli raccontai la storia rimase estasiato, come se finalmente avesse trovato tutte le risposte alle sue domande in sospeso, ma invece di rispondermi, mi fece prigioniero. Mi legò ad un tavolo da laboratorio e fece su di me ogni genere di esperimenti. Mi viene ancora il vomito a pensarci...Studiò soprattutto il mio sperma e mi costrinse ad avere ripetuti rapporti sessuali con tre vampire che teneva

come cavie da anni, nella speranza che le ingravidassi, per poter poi studiare l'ibrido e perfezionarlo fino ad ottenere la razza perfetta. Un pazzo. Un esaltato. E io un disperato senza via di scampo, ridotto in miseria, chiuso in una cella, senza più la dignità di un uomo.
Non racconterò i dettagli scabrosi della mia prigionia, vi basti solo pensare che l'unica cosa che mi teneva in vita e che mi dava speranza, era il fatto che gli servivo, oltre che per i suoi esperimenti, anche come merce di scambio con i governi in guerra contro i vampiri, che nel frattempo avevano posto taglie milionarie sulla mia testa, con l'intento di eliminarmi e evitare che potessi generare altri figli ibridi. Più tempo passava e più era probabile che qualcuno venisse a cercarmi, mi dicevo, e i vampiri si muovono molto più velocemente degli umani.
Non so esattamente per quanto tempo rimasi prigioniero, più o meno due anni credo, comunque fu Sonny a venirmi a cercare. Mi trovò semincosciente, pieno di lividi, legato mani e piedi in una lurida buia cella sotterranea.
Quando aprii gli occhi me lo trovai davanti. Non avevo idea di chi fosse, ma notai il suo

bagliore, gli occhi dorati e quando mi sorrise, riconobbi le famose virgolette ai lati della bocca che Naomi aveva tante volte decantato e anche se non mi stava per niente simpatico, mi rilassai e mi sentii finalmente al sicuro.
<<Hey>> gli dissi con appena un filo di voce.
Lui tirò fuori un coltello tutto intarsiato di pietre preziose, con il quale mi liberò mani e piedi dalle catene. Mi ricordo di aver pensato, prima di perdere nuovamente i sensi, che era una figata quell'arnese e che prima o poi glielo avrei fregato.
Così ci mettemmo in viaggio. Riabbracciare Naomi e aiutarla a mettere al mondo nostro figlio era tutto ciò che desideravo. Non avremmo mai avuto vita facile, saremmo stati dei fuggitivi, ma saremmo stati insieme e per me solo questo contava.
Sonny sapeva esattamente dove eravamo diretti. Ad un certo punto ha aperto i suoi canali di connessione o qualsiasi diavolo siano, riuscendo a comunicare con gli altri osservatori, ma Naomi non era tra questi. Si era rifugiata da qualche parte perché il momento del parto era arrivato, per cui avremmo dovuto sbrigarci e con un po' di fortuna sarei stato con lei in tempo.
Ma la guerra ormai era dappertutto e noi

dovemmo rallentare, nasconderci e in determinati casi anche agire per difenderci.
Una volta giunti a destinazione, abbiamo trovato cadaveri sparsi ovunque tra queste montagne. La grotta che aveva dato rifugio a Naomi e agli altri è in gran parte crollata. Abbiamo trovato i resti di Zakk, Moris ferito. Si riprenderà, anche se non è certo che recuperi tutte le sue capacità mentali.
Solo grazie a quanto scritto su questo taccuino so che mio figlio è nato ed è vivo, ma di lui o lei che sia e di Naomi non c'è alcuna traccia. Anche Agnes manca all'appello. La speranza ovviamente è che siano riuscite ad attenersi al piano e a rifugiarsi da qualche parte. Ma dove? E come starà Naomi? Ciò che ha passato per dare alla luce nostro figlio è indicibile. Si sarà ripresa?
In virtù del loro legame "speciale", Sonny è certo che lei sia in vita e che stia guarendo in fretta dalle lesioni procuratesi durante il parto, altrimenti lo sentirebbe dice.
E questo è tutto ciò che mi basta sapere.
Ci rimetteremo in viaggio e anche se io sono solo un semplice essere umano al centro di una congrega di vampiri famelici, so che essi mi accettano, o perlomeno mi tollerano abbastanza da garantirmi la loro protezione

fino al momento in cui la ritroverò e finalmente potremo essere una famiglia.
Non so se la pace che i vampiri perseguono, in quanto bene superiore, sia davvero fattibile in questo mondo, ma se esiste anche solo una possibilità di far crescere mio figlio spensierato e felice, in totale liberà e sicurezza, allora è mia responsabilità prendere parte a questa causa. Dopotutto, in questo come in ogni conflitto, non esistono buoni e cattivi, ma solo energie in cambiamento, e vi è un'unica forza in realtà a muovere il tutto: l'Amore.
Naomi diceva spesso che l'universo è un'Unione Infinita, che ogni cosa, evento o emozione che ai nostri occhi pare tanto nettamente identificabile e distinguibile da ogni altra, in profondità si scinde ai minimi termini, torna all'essenza e l'essenza è proprio l'energia di cui è fatta e l'energia non è altro che forza motrice che a tutto dà vita e quindi appunto, è puro Amore.
Non so nulla di guerra, ma penso che se il mio Amore è stato in grado di generare in lei una nuova vita, sarà anche così forte da guidare ogni mio passo in questa crociata.
E'solo con l'anima piena che si diventa guerrieri e la mia è piena di Lei.

RINGRAZIAMENTI

Molto tempo è passato dall'inizio di questo progetto. Anni. Anni durante i quali importanti avvenimenti sono intervenuti a sconvolgere la mia vita.
Tutto ciò in cui credevo, le mie certezze, i miei valori, si è sgretolato davanti ai miei occhi ed è rovinosamente ed irrimediabilmente caduto a terra.
E così, proprio i miei occhi liberi dal velo dell'illusione, hanno per lungo tempo vagato convulsi, posandosi qua e là, senza mai puntare però ad una meta precisa. Avevo perso ogni punto di riferimento ed ho dovuto allora iniziare la vera Ricerca di me stessa.
Perciò nulla ora mi rende più orgogliosa di vedere questo romanzo divenire realtà perché in esso ho riversato ogni mia lacrima, ogni mio sorriso ed ogni mio respiro. E' il mio trionfo per il quale ringrazio prima di ogni altro la Vita e tutti i doni/lezioni che ha avuto in serbo per me, primo fra tutti l'ispirazione costante e una sensibilità che nonostante i vari momenti scioccanti, si è andata via via acuendo invece di dissiparsi.
In secondo luogo, voglio ringraziare gli artisti che più di ogni altro stimo e seguo da sempre con grande fervore. Sono stati una presenza vivace e costante nella stesura di questo libro e ogni parola è intrisa di loro: il compianto e amatissimo

Heath Ledger, Billy Corgan, leader degli *Smashing Pumpkins* e Brandon Boyd, leader degli *Incubus*, che hanno ispirato tre dei personaggi chiave di questo romanzo. Grazie infinite per la vostra Arte!
Questa storia a metà tra fantasia e realtà doveva assolutamente essere raccontata ed è rimasta pazientemente ad aleggiare nell'etere in attesa del momento in cui sarei stata pronta a tradurla in parole. Vi è una persona in particolare che devo ringraziare per avermi molte volte incoraggiata e molte altre ancora per avermi dato significativi spunti per lo sviluppo della trama. Lui è stato fino a pochi anni fa l'attore principale della mia vita, sempre partecipe ad ogni mia iniziativa e sempre il primo lettore di ogni sudato capitolo. Un grazie sincero dal profondo del cuore dunque, al mio ex marito, Michele Tessarin.
Grazie inoltre a tutte le persone che tanto generosamente si sono impegnate nella lettura dei vari capitoli, dandomi il loro spassionato feedback sulla storia, la trama e i personaggi: Flavia Lazzarin, Elena Cappelli, Alessandra Battiston, Alberto Doni, Irene Doni, Anna Ingegneri, Arianna Cacciatori, Claudia Marangon, Davide Zerbin, Alice Fais, Davide Trevisiol.
Per concludere, vorrei ringraziare tutte quelle anime sensibili che si faranno raggiungere dalle note appassionate di questa opera, poiché il

processo di Creazione non si conclude nero su bianco con l'ultima parola scritta, ma continua in ogni emozione e in ogni palpito del cuore suscitato da una coinvolgente lettura.
Come ho più volte sottolineato, l'Universo è un Artista e tutto nell'Universo è Musica.
Per la mia vita, per il mio cuore che ancora sa amare e per il mio Dono, immensamente Grazie!

LA MUSICA DELL'UNIVERSO

Il Compositor che non ode, sente
trama il tutto, vibra il niente
Azzurre note si accorpano sferiche
e sinfonia si fa
nel caos apparente
dell'infinito esistente

18223971R10336

Printed in Great Britain
by Amazon